LUZIFER
VERLAG

DANNY KING

DAS HAUS DER MONSTER

THE MONSTER MAN of HORROR HOUSE

Diese Geschichte ist frei erfunden. Sämtliche Namen, Charaktere, Firmen, Einrichtungen, Orte, Ereignisse und Begebenheiten sind entweder das Produkt der Fantasie des Autors oder wurden fiktiv verwendet. Jede Ähnlichkeit mit tatsächlichen Personen, lebend oder tot, Ereignissen oder Schauplätzen ist rein zufällig.

Deutsche Erstausgabe

Titel der Originalausgabe: THE MONSTER MAN OF HORROR HOUSE

Cover: Michael Schubert
Übersetzung: Heike Schrapper

ISBN: 978-3-95835-183-7

Printed in Germany

Bibliografische Information der Deutschen Nationalbibliothek:
Die Deutsche Nationalbibliothek verzeichnet diese Publikation in der Deutschen Nationalbibliografie; detaillierte bibliografische Daten sind im Internet über http://dnb.d-nb.de abrufbar.

Das vorletzte Haus auf der linken Seite

In jeder Stadt, in jedem Viertel gibt es so ein gruseliges altes Haus: heruntergekommen, zugewuchert, vernachlässigt und vergessen. Bewohnt wird es in der Regel von einem gruseligen alten Mann, der mehr oder weniger den gleichen Eindruck macht. Vergammelt, verwittert und mit bröckelnder Fassade schlurft dieser alte Mann durch die Gegend und kümmert sich um seinen eigenen Kram, wie zum Beispiel das Durchwühlen der Bauschuttcontainer in der Nachbarschaft. Wenn er und sein muffiger Geruch kommen, um die Rente abzuholen, lichtet sich unweigerlich die Schlange vor dem Postschalter.

Die Tatsache, dass er von allen als verschrobener Sonderling angesehen wird, ist ihm beneidenswerterweise überhaupt nicht bewusst. Er selbst hält sich für einen ruhigen, anspruchslosen Gesellen, unaufdringlich und weise – zwar ein Einzelgänger, aber auch ganz schön ausgefuchst. Und höchstwahrscheinlich macht er den klassischen Fehler zu denken, dass er sich einfach nur aus den Angelegenheiten anderer heraushalten muss, damit die anderen sich auch aus seinen heraushalten.

Wenn es doch bloß so einfach wäre!

Es hat ein paar Monate gedauert, bis ich herausfand, dass der gruselige alte Sonderling in meiner Straße ich selbst war.

Bis dahin hatte ich mich einfach nur als *John* betrachtet: hart arbeitend, konservativ, sparsam und alleinstehend. An heißen Tagen vielleicht ein wenig streng riechend, aber was machte das schon, wenn ich sowieso allein lebte? In meinem eigenen Haus konnte ich schließlich riechen, wie ich wollte. Davon abgesehen hatte ich mal irgendwo gelesen, dass Seife die Pheromonausgänge verstopft, und die sind es doch wohl, was die Frauen feucht im Schritt werden lässt, nicht Rasierwässerchen und Herrendüfte und dieser ganze tuntige Mist. Wobei mich so ein Schnickschnack wie Frauen sowieso nicht mehr interessierte. Meine Libido war wie meine alte Armee-Faustfeuerwaffe: irgendwo in einem Karton unter einem Haufen altem Scheiß vergraben, und seit damals in Aden nicht mehr abgefeuert worden. Aber ich war zufrieden mit meinem Los. Ein bisschen im Schatten vor mich hinwerkeln, die Welt da draußen auf Abstand halten und ein paar Pennys für das Alter auf die Seite legen, das war alles, was ich wollte.

Ich war 1972 in dieses Haus gezogen, das damals ein schickes Reihenendhaus mit Garage und Garten gewesen war. Es hatte mich die stolze Summe von dreitausend Pfund gekostet, und obwohl ich nie den Rasen gemäht, die Dachrinne gesäubert oder die Fenster geputzt hatte, nahm ich doch an, dass es seitdem nicht an Wert verloren hatte.

Als einsamer alter Kauz zu enden, dessen einziger Lebensinhalt im Leeren von Dosen mit Ochsenschwanzsuppe bestand, hatte ich nie geplant. Ich meine, wer will das schon? Aber so war es nun mal gekommen. Als ich jung war, nicht mehr als ein Dreikäsehoch, träumte ich davon, zur See zu fahren, die Welt zu sehen und unbekannte Länder zu entdecken. Tja, weiter weg von diesen Träumen hätte ich wohl nicht enden können. Wahrscheinlich hatten meine Pläne einfach irgendwann Schiffbruch an den Klippen des Schicksals erlitten – aber wenn man ehrlich ist, geht es wohl den meisten Menschen so.

Wie dem auch sei, da mein sozialer Abstieg ein langsamer gewesen war, und nicht etwa ein spektakulärer Sturz aus großer Höhe, war mir erst gar nicht bewusst, dass mein Ansehen ungefähr auf einer Stufe mit dem des Schrottplatzköters rangierte. Jedenfalls bis die Kids aus der Nachbarschaft anfingen, sich für mich zu interessieren – immer ein untrügliches Zeichen dafür, dass man nicht gerade den Respekt der Gemeinde genießt. Über die Tatsache, dass ausgerechnet mir die zweifelhafte Ehre zuteilgeworden war, als Ziel ihrer Streiche zu dienen, wurde ich nicht lange im Unklaren gelassen. Gespenstisches Klopfen ertönte zu jeder Tages- und Nachtzeit an meiner Haustür, Stimmen flüsterten im verschlungenen Dschungel meines Gartens und die gelieferte Milch wartete nicht länger auf der obersten Stufe, bis ich sie hereinholte, sondern wurde mir im Morgengrauen direkt durch den Briefschlitz geschüttet. Was für Witzbolde!

Nachdem ich diesen Unfug vier Wochen lang ertragen hatte, warf ich einen langen, prüfenden Blick in den Spiegel und musste schließlich bestürzt erkennen, dass *ich* der seltsame alte Kauz von Thetford war.

Wie schon gesagt, in jedem Viertel gibt es einen. Zu meiner Zeit hieß er Harold und wohnte in einer Kate am Ende unserer Straße. In Ypres war er einer deutschen Granate in den Weg gelaufen, und deshalb sah er wie ein Monster aus, mit Hakenhänden und einem Gesicht, das irgendwie falsch zusammengesetzt wirkte. Ich und meine Freunde hatten furchtbare Angst vor ihm und dachten uns schreckliche Geschichten darüber aus, welches Schicksal einem Kind drohte, das ihm in die Klauen fiel. Das führte unweigerlich dazu, dass wir nachts in seinen Garten schlichen, um unseren Mut beim Zertrampeln von Harolds Tomatenpflanzen zu beweisen. Wenn wir anschließend über die Mauer kletterten und in der Dunkelheit verschwanden, schimpfte er jedes Mal laut hinter uns her. Wir hielten dieses Gebrüll natürlich für die Raserei eines Mörders, dem wir ganz knapp entkommen waren, bevor er seine Pasteten mit unserem Fleisch füllen konnte.

In Wirklichkeit wollte er wohl nur, dass wir abhauten und nicht mehr in seine Gießkanne pinkelten. Der arme alte Harold; auf dem Schlachtfeld war er durch die Hölle gegangen und nicht einmal zu Hause, im hohen Alter, ließ man ihm seine Ruhe.

Seltsam, seit fünfzig Jahren hatte ich nicht mehr an ihn gedacht, bis die Streiche vor meiner eigenen Haustür anfingen. Und in dem Moment wurde mir klar, dass ich seine Reinkarnation war. Natürlich hatte es keinen Sinn, sich bei den Eltern der Blagen zu beschweren. Die würden sowieso nichts tun.

Mein Tommy macht so was nicht, und erzählen Sie mir bloß nichts anderes, Sie alter Wichser. Los, verpissen Sie sich von meinem Grundstück! Sie stinken!

So etwas hätte es früher nicht gegeben. Hätte sich zu meiner Zeit ein Nachbar über mich beschwert, hätte mein Vater mir sofort eins mit dem Gürtel übergezogen. O ja, damals wurde den Kindern noch Respekt vor dem Alter beigebracht – vielleicht mal abgesehen von dem armen Harold. Er hatte sich bei jedem beschwert, aber niemand hatte auch nur im geringsten Notiz von ihm genommen. Ich vermute, keiner will was mit einem Sonderling zu tun haben, ob jung oder alt, denn Sonderlinge beschweren sich immer über irgendwas, seien es die Kinder im Gemüsebeet oder die Katholiken im Stadtplanungsbüro. Warum sollte man so jemandem nachgeben? Kurzer Prozess und die borstige Seite des Besens, das ist alles, was die verstehen.

Ich kann das durchaus nachvollziehen. Ehrlich. Bei objektiver Betrachtung kann ich absolut nicht ausschließen, dass ich mir selbst auch nicht zugehört hätte, wenn ich mein Nachbar gewesen wäre. Aber das machte die Gleichgültigkeit meiner Nachbarn nicht erträglicher, besonders nachdem meine Mülltonnen anfingen, einen Tag vor der Leerung auf dem Gartenweg Kopfstand zu machen. Diese kleinen Arschlöcher!

Es wurde so schlimm, dass ich schon darüber nachdachte,

zur Polizei zu gehen. Aber diese Idee verwarf ich schnell wieder. Die Behörden und ich kommen nicht besonders gut miteinander aus. Ich mag es nicht, wenn sie in meinen Privatangelegenheiten herumschnüffeln – besonders nicht diese Fischfresser im Stadtplanungsbüro. Also ergriff ich die einzige Möglichkeit, die mir blieb, und nahm die Schädlingsbekämpfung selbst in die Hand.

Einer der vielen Vorteile meiner Lebensweise ist es, dass ich immer genügend Material für jegliches Vorhaben parat habe, sei es im Garten einen Hühnerstall zusammenzuzimmern, einen alten Staubsauger zu reparieren oder im Keller eine Guillotine zu bauen. Also schlug ich Nägel in Wände, zog Drähte über Flaschenzüge und montierte Bolzen an Türen, bis ich eine zufriedenstellende Lösung für meine Sorgen geschaffen hatte.

Meine Falle war fertig.

»So sollte es klappen«, murmelte ich und bewunderte mein Werk, während ich mir eine Körperreinigung mit dem Taschentuch gönnte. »Fehlt nur noch ein Köder.«

Drei Nächte lang ließ ich einen Fünfer offen auf dem Wohnzimmertisch liegen, aber niemand brach ein, um ihn zu klauen. Offensichtlich war eine weniger subtile Herangehensweise vonnöten. Ich kramte den alten Filzhut meines Vaters hervor.

Mein Vater hatte sein Leben lang Melone getragen. Ich selbst war von dieser Mode verschont geblieben, deshalb war der Hut in den letzten vier Jahrzehnten im hinteren Schlafzimmer verstaubt. Aber jetzt war seine Zeit endlich gekommen. Ich fischte ihn vom Kleiderschrank, wischte den Rand mit meiner Hemdmanschette ab und setzte ihn mir in einem kecken Winkel auf den Kopf. Und was soll ich sagen? Als ich mich in der Diele im Spiegel bewunderte, musste ich zugeben, dass ich wie ein totaler Schwachkopf aussah. Nun, Melonen sind wohl nicht ohne Grund aus der Mode gekommen.

Als Nächstes griff ich nach meinem Mantel und dem Einkaufskorb. Da ich eine ziemlich genaue Vorstellung davon hatte, wer die kleinen Gangster waren, die mich so piesackten, und auch, wo ich sie finden würde, machte ich mich klar zum Gefecht und setzte Kurs in Richtung Supermarkt.

Einen Vorteil hat es immerhin, wenn man im Ort als verrückter Sonderling gilt: Man kann sich auch wie einer anziehen. Und deshalb wurde ich trotz meines extravaganten Kopfschmucks keines Blickes gewürdigt – jedenfalls, bis ich auf die miesen kleinen Ratten traf, die in einer Gasse neben dem Supermarkt Zigaretten schnorrten. Unterdrücktes Kichern, Gejohle und spöttische Rufe aus ihrer Richtung verrieten mir, dass sie mich zur Kenntnis genommen hatten. Ich zog vor ein paar verwirrten Kunden den Hut und begab mich in das Geschäft, um zu sehen, welche Schätze ich aus dem Regal mit den verbeulten Dosen heben könnte.

Während der nächsten Tage trieb ich mich oft im Ort herum, immer mit der Melone auf dem Kopf und immer im Sichtfeld meiner Plagegeister. Sie schlichen mir hysterisch kichernd hinterher und gingen irgendwann dazu über, sich aus McDonald's-Tüten Kopfbedeckungen zu formen, die wohl meiner eigenen ähneln sollten. Offensichtlich fanden sie das alles enorm unterhaltsam, daher trug ich den Hut weiter, bis sie sich einen Sport daraus machten, ihn mir abwechselnd vom Kopf zu stoßen und selbst eine Runde damit zu drehen.

In der Gewissheit, die bestmögliche Vorarbeit geleistet zu haben, platzierte ich die Melone schließlich zu Hause auf der Fensterbank, schön nach vorne raus, mit direktem Blick auf die Straße (jedenfalls wenn man sich die überhängenden Äste des Nussbaums wegdachte) und machte mich bereit für eine arbeitsreiche Nacht.

Nächtliche Besucher

»Hast du ihn schon?«

»Nee, das Scheißding ist auf den Boden gefallen. Komm, halt das Fenster offen, ich geh rein.«

»Tommy, mach das nicht!«

»Fick dich doch, du feige Memme.«

»Halt die Fresse, ich bin keine Memme.«

»Dann beweis es mir.«

»Ihr haltet jetzt alle die verfickte Fresse, sonst wird die alte Vogelscheuche noch wach.«

»Ich hab nichts gesagt, das war Farny.«

»Scheiß Petze.«

»Fick dich!«

Der Anführer der Bande kletterte durchs Fenster und ließ sich ins Zwielicht meines Wohnzimmers fallen. Kaum in der Lage, einen Begeisterungsschrei zu unterdrücken, grapschte er nach dem alten Hut meines Vaters und reichte ihn durch das offene Fenster an seine Kumpel weiter.

»Hab ihn! Hier, nehmt das Ding!«, flüsterte er aufgeregt und kraxelte zurück auf die Fensterbank, um von dort den Rückzug anzutreten. Die Jungen draußen kicherten triumphierend. Reihum setzten sie sich den Hut auf die Köpfe, bis sie plötzlich merkten, dass ihr Anführer noch nicht zurück war.

»Tommy, kommst du jetzt raus oder was ist?«

»Wartet. Seht euch das mal an«, antwortete der und deutete auf das andere Ausstellungsstück, das ich dort extra für meine nächtlichen Besucher platziert hatte.

Ein paar Meter vom Fenster entfernt hatte ich ein paar der größeren Müllhaufen zur Seite geschoben, um ein Stück Teppich ans Tageslicht zu holen. Meine gute alte Auslegeware hatte seit 1982 keine Luft mehr geschnappt, und auch diesmal war ihr keine längere Atempause vergönnt, denn ich hatte meinen Köder aus dem Keller gehievt und an ebendieser Stelle abgesetzt. Von den überwucherten Unkrautbeeten meines Vorgartens aus war das Objekt kaum zu erkennen, aber wenn man erst einmal im Haus war, stach es ins Auge wie ein rostiger Nagel.

»Das ist ein Sarg!«, erklärte Tommy seiner Gang.

»Was?«, kam die Antwort.

»Ein Sarg! Der Spinner hat einen verfickten *Sarg* in seinem Wohnzimmer!«

»Wo?«

»Ich seh nix.«

»Du lügst doch.«

Tommy nahm seinen ganzen Mut zusammen und bewegte sich vorsichtig auf den Sarg zu, immer darauf bedacht, zwischen all dem Gerümpel nicht zu stolpern und beim ersten verdächtigen Geräusch die Flucht zu ergreifen.

»Was ist da drin?«

»Tommy, mach das nicht. Lass uns abhauen.«

»Schnauze, Memme!«

Tommy ignorierte seine Kumpel und näherte sich weiter dem Sarg, bis er in Reichweite des zerkratzten alten Zedernholzdeckels war. Auf makabre Weise fasziniert betastete er den Rand auf der Suche nach einem Verschluss.

»Tommy, was machst du denn?«, rief eine dünne, ängstliche Stimme von draußen.

Aber Tommy, der Abenteurer, war gerade in Grabräuberstimmung. Er mühte sich an dem schweren Deckel ab, bis er ihn tatsächlich einen Spalt breit angehoben hatte. Nach wenigen Zentimetern verhinderten allerdings die schweren

Schrauben, die ich in die Scharniere getrieben hatte, ein weiteres Öffnen.

Eine jähe Bewegung innerhalb des Sarges führte dazu, dass Tommy den Deckel fallen ließ und erschrocken zurücktaumelte. »Oh mein Gott!«, quiekte er. Mit ein paar hektischen Sätzen hatte er sich auf die Fensterbank gerettet, wo er seinen Mut schließlich wiederfand. In derselben Zeit hatten es seine Freunde schon wesentlich weiter gebracht: Sie waren praktisch schon wieder zu Hause und in ihre Schlafanzüge gesprungen, bis schließlich die Neugier, gepaart mit dem Ausbleiben jeglicher Reaktion durch den Hausbesitzer, dazu führte, dass es um meinen Sarg herum wieder lebhafter wurde. Jetzt waren schon zwei von ihnen im Haus.

»Du hebst ihn an, ich gucke rein.«

Tommy ließ sich auf die Knie fallen und drückte ein Auge gegen den Spalt.

»Ach du Scheiße!«, jaulte er, als sich im Inneren wieder etwas bewegte. Tommy fiel auf den Hintern, krabbelte zum Fenster und über seinen Kumpel, der schon auf halbem Weg nach draußen war.

Dieses Mal dauerte es eine geschlagene Stunde, bis sie zurückkamen. Drei von ihnen kletterten durchs Fenster – erst Tommy, dann der Junge, den sie Farny nannten, und schließlich ein Rotschopf – sodass nur der kleinste von ihnen draußen zurückblieb, wo er protestierend vor sich hin schniefte und flennte.

»Was ist das?«, fragte Farny, der den Deckel, so weit es ging, hochhielt.

»Keine Ahnung, aber es ist voll gruselig«, erwiderte Tommy, und Rotschopf, der neben ihm kniete, gab ihm recht.

»Glaubt ihr, das ist der Alte selber und er schläft hier drin oder so?«, fragte er, woraufhin Farny seine Finger wegzog und den Deckel fallen ließ – sehr zum Nachteil der Nasen seiner Freunde.

»Du verfickter Arschidiot!« Tommy stöhnte und hielt sich die blutige Masse, die von seinem Gesicht übrig geblieben war, bis er feststellte, dass das Feuchte gar kein Blut war, sondern bloß Tränen. »Blöder Penner!«

»Es ist ein Mädchen«, sagte der Rotschopf und hielt den Sargdeckel lange genug offen, um noch einen Blick hineinzuwerfen.

»Tommy, bitte, lass uns nach Hause gehen«, schluchzte der vierte der Musketiere durch das offene Fenster.

»Barry, komm rein hier«, war alles, was er zum Lohn für seine Mühen zurückbekam.

»Nein, ich mag nicht.«

»Feige Memme!«, war Farnys Einschätzung und Rotschopf stimmte zu.

»Er pisst sich gleich in die Hose.«

»Tu ich gar nicht, ich will bloß nach Hause«, jammerte der Kleinste, aber Tommy ließ sich nicht umstimmen.

»Barry, du kommst jetzt sofort hier rein oder du darfst nie wieder mit uns abhängen.«

»Das sage ich Mama«, drohte Barry, löste damit aber lediglich verächtliches Gelächter aus. Schließlich brachte er die anderen auf die einzig mögliche Weise zum Schweigen, die ihm noch blieb: Er kletterte durch das Fenster. Zu sagen, dass er dabei äußerst widerwillig vorging, wäre die Untertreibung des Jahres. Jede panische Schmeißfliege schafft es schneller durch ein Fenster als Barry in diesem Moment, aber schlussendlich war er bei seinen Freunden angekommen und konnte seine Bedenken aus der Nähe äußern, wenn auch seine Stimme vor Angst inzwischen so hoch war, dass ihn wahrscheinlich nur noch Hunde oder Superman verstehen konnten.

»Guck in den Sarg, Barry«, befahl Tommy. Er hob den Deckel – und ebenso das Ausmaß der Angst, die sein kleiner Bruder verspürte – an, bis es nicht mehr ging.

Es folgten ein paar Strophen des alten Liedes (*Memme/gar nicht/Fresse halten/jetzt mach schon*), bevor Barry durch den Schlitz spähte, scharf die Luft einzog und die anderen endlich Ruhe gaben.

»Wer ist das?«, fragte er mit zittriger Stimme, doch die anderen bekamen keine Gelegenheit zu antworten, denn genau in diesem Moment zog ich an der Schnur und das Fenster, durch das sie hereingekommen waren, knallte zu.

Mit qualmenden Socken traten die Jungs die Flucht an, aber das Fenster war nun fest verschlossen – und außerdem mit Plexiglas verstärkt, damit sie nicht die Scheiben einschlagen konnten.

»WAS WOLLT IHR HIER?«, dröhnte ein Tonband aus den Schatten des Raumes. Die Stimme scheuchte die Bande in Richtung der offenen Tür, von wo sie, in jämmerlicher Panik übereinander stolpernd, in den Flur purzelten. Dort versperrten zwei Kistenstapel sowohl den Vorder- als auch den Hinterausgang. Eine dritte Tür jedoch stand einladend offen und versprach Schutz vor der immer wütenderen Stimme, die aus einem halben Dutzend strategisch im Haus verteilter Lautsprecher schallte.

»WO IST MEINE AXT?«

»Hier rein!«, rief Tommy und alle folgten ihm, ohne auch nur eine Sekunde lang nachzudenken.

Als sie kaum zwei Schritte in den Keller getan hatten, stellte die Bande fest, dass es keinen Weg nach draußen gab, aber da war es sowieso zu spät. Die Tür schlug zu und die Treppenstufen klappten ein, wurden zu einer glatten Rutschbahn, die sie geradewegs ins Dunkel stürzen ließ.

»Hab ich euch«, gluckste ich zufrieden, schob von außen den schweren eisernen Riegel vor und lauschte dem Chor der Angstschreie.

Böse Kinder kommen in den Keller

Ich ließ sie eine halbe Stunde lang in der Dunkelheit schmoren, bevor ich zur Kellertür zurückkehrte. Die menschliche Einbildungskraft ist eine mächtige Waffe und ich wollte, dass die jugendlichen Gehirne meiner Gäste gut auf das Programm, das ich ihnen darzubieten beabsichtigte, vorbereitet waren. Ich schob den Riegel zur Seite und leuchtete mit einer Taschenlampe ins Dunkel. Farny und Rotschopf hatten sich auf dem Fußboden aneinandergekauert und heulten sich die Augen aus. Sie hatten sozusagen die weiße Flagge gehisst und waren offensichtlich entschlossen, ihrem Schöpfer so wenig würdevoll wie möglich gegenüberzutreten (na gut, sie waren ja auch erst zwölf), während Tommy eine Maurerkelle umklammert hielt und sich schützend vor seinem kleinen Bruder aufbaute. Geblendet vom Licht der Taschenlampe drehten Farny und Rotschopf die Heul-Lautstärke auf. Tommy versuchte währenddessen, mit seiner Kelle Löcher in die Luft zu sensen.

»Lass uns raus, du Pisser! Lass uns raus oder wir rufen die Bullen!«, drohte er.

»Warum habt ihr das dann nicht schon getan?«, fragte ich. Die Antwort kannte ich natürlich längst. Ich hatte den Großteil meiner Bleivorräte im Zimmer direkt über dem Keller auf dem Fußboden angehäuft, was bedeutete, dass ihre Handys ungefähr die gleiche Chance auf ein Netz hatten wie mein Haus auf eine Fotostrecke in *Schöner Wohnen*.

»Funktionieren die Handys etwa nicht, Jungs?«, kicherte ich.

»Ich will nach Hause«, schniefte Barry, unfähig sich noch länger zu beherrschen.

»Das kann ich mir vorstellen«, knurrte ich. »Nur leider bekommt man im Leben nicht immer, was man will.«

Die Stufen vor mir hatten sich im 45-Grad-Winkel eingeklappt und die Kellertreppe dadurch in eine spiegelglatte Rutschbahn verwandelt. Ich hielt meine alte Automatikpistole in den Lichtkegel der Taschenlampe und dirigierte die Jungen vom Fuß der Treppe weg.

»An die Wand. Los, Bewegung. Wenn ihr tut, was ich sage, lasse ich euch vielleicht lebend hier raus«, ermunterte ich sie.

Die Jungs begaben sich zur hinteren Wand, wo ich sie dazu überredete, sich auf ein angeschlagenes, zerfetztes Sofa zu setzen, von dem ich schon vergessen hatte, dass es überhaupt existierte, bis ich das ganze verdammte Blei nach oben geschleppt hatte. Ich legte einen Hebel an der Wand am Kopf der Treppe um und die Stufen vor mir klackten zurück in eine benutzbare Treppenform. Vorsichtig stieg ich hinunter, den Lauf meiner Browning immer auf die Bande gerichtet. Auf dem Boden des Kellers angelangt, tastete ich nach dem Lichtschalter, der hinter einem Regal versteckt war. Eine 40-Watt-Glühbirne in der Ecke flammte auf. Den Lampenschirm für diese Birne bildete ein alter Schafsschädel. Als das Licht durch die Augenhöhlen und das grinsende Maul brach, stöhnten die vier Jungen kollektiv erschrocken auf, also wies ich sie an, still zu sein, sonst würde ich auch aus ihren Schädeln Lampenschirme machen.

Ich zog ein umgedrehtes Ölfass ans Sofa heran und setzte mich darauf, bevor mein verfluchter Rücken mich noch umbrachte. »Na dann«, sagte ich. »Rausziehen!«

Ihrem Gesichtsausdruck nach mussten sie wohl »ausziehen« verstanden haben, deswegen zeigte ich auf die linke Seite des

Sofas, wo Tommy einen langen Ledergurt in der Ritze zwischen Sitzfläche und Lehne fand, dessen eines Ende am Holzrahmen des Möbels festgemacht war. Mit etwas Überzeugungsarbeit brachte ich ihn dazu, das andere Ende weiterzugeben, sodass Rotschopf, der rechts außen saß, den Gurt an einem Haken befestigen konnte, den ich unterhalb der Armlehne eingeschraubt hatte. Es war nicht gerade der Sicherheitsgurt von Hannibal Lecter, aber es würde sie davon abhalten, sich sofort auf mich zu stürzen, sollte ich mich mal kratzen müssen.

»So, Jungs, dann fangen wir doch am besten mit euren Namen an, okay?«

Tommy erklärte, von ihm würde ich gar nichts erfahren, was einerseits bewundernswert widerspenstig, andererseits ziemlich sinnlos war, wenn man bedachte, dass er eine Baseballkappe mit dem Schriftzug *Tommy* trug. Barry dagegen sang wie ein Vögelchen, ebenso Farny und Rotschopf, die sich als Ralph Farnsworth (von seinen Freunden *Farny* genannt) und Colin Dunlop (von Freund und Feind *Ginger* genannt) herausstellten.

»Ich heiße John Coal«, erklärte ich ihnen, wobei ich die Waffe senkte und in meiner Jacke nach der Pfeife suchte. »Und das Haus, in das ihr eingebrochen seid, ist mein Eigentum.«

»Sie lassen uns jetzt sofort gehen, sonst sag ich's meinem Vater«, drohte Tommy erneut.

»Dann sag's ihm doch«, entgegnete ich. »Na los, geh und erzähl's ihm.«

Tommy blieb einen Moment lang stumm, während die Hemmnisse, die der Verwirklichung dieser Drohung entgegenstanden, in seinem Kopf rotierten.

»Wenn ich euch nicht gehen lasse, kannst du deinem Papa wohl schlecht irgendwas erzählen, oder?«, gab ich zu bedenken.

Tommy antwortete nicht, stattdessen appellierte sein kleiner Bruder Barry, der den Ernst der Lage anscheinend besser einzuschätzen wusste, an mein Gewissen und bat um Gnade. So ist das mit Kindern; bis sie zehn Jahre alt sind, kann man ihnen mit Gartenschere und Heckentrimmer hinterherlaufen und sie glauben allen Ernstes, dass man ihnen die Beine abschneiden wird, wenn man sie erst gefangen hat. Aber sobald sie in dieses furchtbare Teenager-Alter kommen, entwickeln sie über Nacht ein Gespür für das englische Strafrecht. Tommy wusste in seinem Alter wahrscheinlich – oder glaubte, es wenigstens zu wissen – dass ich ihnen nicht wirklich etwas tun konnte, nicht *in echt*, jedenfalls nicht, ohne Strafverfolgung, Verurteilung und Gefängnis zu riskieren. Aber dieses Halbwissen ist gefährlich, denn ab und zu kommt es vor, dass so ein großspuriger junger Heißsporn auf einen unberechenbaren alten Sack trifft, der eben *nicht* nur labert. Und dann hat er seine letzte Geburtstagskerze ausgeblasen, da hilft ihm kein Strafgesetzbuch der Welt mehr. Jetzt war es an mir, meine Gäste zu überzeugen, dass ich genau dieser unberechenbare alte Sack war.

»Tut mir leid, Jungs, nehmt es nicht persönlich, aber ich kann nun mal nicht dulden, dass irgendwelche kleinen Petzen in meinem Haus und Hof rumschleichen. Ich habe viel zu viele Leichen im Keller, und wenn ihr ihnen nicht Gesellschaft leisten wollt, dann solltet ihr mir besser aus dem Weg gehen, zu eurem eigenen Besten.«

»Was für Leichen?«, fragte Farny, als ob ich ihm das nach dem ganzen Sermon auf die Nase binden würde.

»Die dunkelsten Geheimnisse; Mord und Tod, Blut und Dämonen«, zischte ich, mir die sprichwörtliche Taschenlampe unters Kinn haltend. »Deswegen bin ich überhaupt in dieses erbärmliche Kaff gekommen: um all die Schrecken hinter mir zu lassen. Und deswegen lebe ich so zurückgezogen, nicht auf eigenen Wunsch, sondern um die Menschen um mich herum zu schützen. Denn wenn meine Geheimnisse jemals ans Licht kämen, würde es Tod und Verderben für diese ganze gottverlassene Gegend bedeuten.«

»Sie labern doch nur«, sagte Tommy. »Mein Vater meint, Sie sind bloß ein alter Penner, der zufällig ein Haus hat. Und wenn ich nicht enden will wie Sie, soll ich endlich die Schule schmeißen und mit ihm auf den Bau gehen.«

So sehr ich es schätzte, an Tommys elterlicher Karriereberatung teilhaben zu dürfen, merkte ich doch, dass meine Redekunst verschwendet war, sollte ich nicht mit ein paar stichhaltigen Einzelheiten aufwarten. Daher steckte ich meine Pfeife an, nahm einen tiefen Zug, vernebelte die abgestandene Kellerluft mit einer blaugrauen Wolke und bedachte die weitere Vorgehensweise.

»Ist das so?«, überlegte ich dann laut. »Ich dachte immer, gerade Väter erzählen ihren Kindern allen möglichen Blödsinn. Mein eigener Vater war da keine Ausnahme, und ausgesprochen überzeugend. Natürlich ist er längst tot, er starb vor vielen Jahren. Aber als er noch lebte, hätte ich alles für ihn getan. Einfach alles. Oder wenigstens fast alles …

TEIL 1

WIE DER VATER, SO DER SOHN

- I -

Mein Vater, Reginald Coal, war ein außergewöhnlicher Mann; umso mehr, wenn man seinen außerordentlich schwierigen Start ins Leben bedachte. Von seiner unverheirateten Mutter ausgesetzt und sich selbst überlassen in den blutgetränkten Laken, in die er geboren worden war, grenzte es an ein Wunder, dass man ihn überhaupt gefunden hatte, bevor die Kälte des Winters seinem kurzen Leben ein Ende setzen konnte.

Die Haushälterin der Lloyds hatte sich gerade zur Nachtruhe fertig gemacht, als sie von draußen aus der Gasse die Schreie einer Katze zu hören glaubte. Damit die gnädige Frau nicht gestört wurde, stand sie auf, um das Tier zu verscheuchen – und bekam den Schreck ihres Lebens.

Ich nehme an, die Absicht meiner Großmutter – mal abgesehen davon, dass sie nicht mit der Schande leben wollte, als die ein Kind der Liebe in solch ungnädigen Zeiten nun einmal galt – war es gewesen, meinen Vater bei einer wohlhabenden Familie unterzubringen. Und eine solche waren die Lloyds. Sie rühmten sich einer langen, illustren Ahnenreihe, besaßen ihre eigene Loge in Ascot und einen Haufen Aktien, der sie bis zum Börsencrash 1929 finanziell in trockenen Tüchern hielt. Leider erhalten Familien wie die Lloyds ihre erlesene Ahnenreihe nicht dadurch, dass sie jedes hergelaufene Waisenkind adoptieren, das ihnen irgendjemand in den Kohlenschuppen legt.

»Nehmen Sie es mit«, verfügte Mr. Lloyd knapp, als der Arzt ihm mitteilte, dass der kleine Reginald außer Gefahr sei.

»Natürlich«, buckelte der Doktor. »Ganz wie Sie wünschen.«

Anstatt in privilegiertem Luxus verbrachte Reginald seine ersten zehn Jahre deshalb im örtlichen Waisenhaus, chronisch unterversorgt mit Liebe und Vitamin D. Von hier aus hätte alles auch ganz anders kommen können, aber eines Tages, im Frühling des Jahres 1932, erbarmte der Reverend Charles Eckett sich des schlaksigsten Waisenjungen im Heim *St Mary's of the Blessed Salvation* (und ganz Norwich). Er bot ihm an, wovon alle Waisenkinder der Welt bei Tag und Nacht träumen: ein Zuhause und eine Familie ganz für sich allein.

Wisst ihr, der gute Reverend und seine Frau konnten nämlich keine eigenen Kinder bekommen, also taten sie ein Werk christlicher Nächstenliebe und holten sich ein Kind von der Müllkippe des Lebens. Je elender und bedauernswerter dieses Kind war, so meinten sie, umso heller strahlte dadurch das Licht ihrer noblen Geste.

Reginald Coal erhielt zum ersten Mal in seinem kurzen Leben saubere Bettwäsche und warme Umarmungen, und er gewöhnte sich sehr schnell daran. Die Rachitis, die seine frühen Jahre überschattet hatte, verschwand und er wuchs mit der Zeit zu einem stattlichen jungen Mann heran. Wenn Reichskanzler Hitler die Laufbahn meines Vaters nicht durch seinen Einmarsch in Polen abgelenkt hätte, wer weiß, ob er unter anderen Umständen nicht nach Oxford oder Cambridge gegangen wäre? Unter den gegebenen Umständen ging er nach Nordafrika.

Wie so viele Kriegsveteranen sprach mein Vater selten von seinen Erlebnissen, aber er muss sich wohl in der Schlacht bewährt haben, denn er begann als einfacher Gefreiter in Tobruk und kam als Captain in Rom an. Als Reiseandenken hatte er die Brust voller Medaillen, darunter auch das Victoria-Kreuz.

Jetzt hätten Oma Coal und die Lloyds sich bestimmt nur zu gerne mit Reginald sehen lassen.

Er machte allerdings nie viel Aufhebens um seine Auszeichnungen. Sie waren nichts anderes als Sinnbilder dafür, dass er seine Pflicht getan hatte. Er hatte zu viele Kameraden verloren, als dass er Lust gehabt hätte, mit seinen Medaillen anzugeben, also legte er sie nach seiner Heimkehr in eine Blechdose, tauschte sein Schiffchen gegen eine Melone und kümmerte sich um seine Ausbildung.

Und so kam es, dass zwei Jahre (und tausend während nächtlichen Lernens abgebrannte Kerzen) später Reginald Coal schließlich doch noch in Oxford angenommen wurde.

»Warum hieß er immer noch Coal?«

»Was?«

»Warum hieß er immer noch Coal? Warum hat er seinen Namen nicht in Eckett geändert, so wie sein neuer Vater, der Reverend?«, fragte Tommy.

»Er hatte den Namen Coal in seinen ersten zehn Lebensjahren getragen. Man hatte ihn so genannt, weil er im Kohleschuppen gefunden worden war«, erklärte ich. »Der Reverend hielt es für wichtig, dass mein Vater seine Wurzeln nicht vergaß. Wie dem auch sei, ihr sollt mich nicht unterbrechen«, rügte ich, klopfte meine Pfeife gegen die Wand des Ölfasses und griff in meinen Tabaksbeutel, um sie aufzufüllen.

Jedenfalls war das eine erstaunliche Leistung für ein uneheliches Kind, das auf einem Haufen Kohle zum Sterben abgelegt worden war. Und sie wird noch erstaunlicher, wenn man bedenkt, dass er, während er für das Examen lernte, noch in Vollzeit arbeitete, um mich und meine Mutter zu ernähren.

Ich wurde 1945 geboren, beinahe auf den Tag genau neun Monate, nachdem die *Royal Air Force* den gefeierten Captain Coal aus Italien für eine Woche in den verdienten Heimaturlaub geschickt hatte. Als er 1946 dann endgültig nach Hause kam, warteten wir schon in einem Cottage in der Nähe von King's Lynn auf ihn. Meine Mutter, Rhea Eckett, war die Nichte des Reverends, und mein Vater hatte sie wahrscheinlich aus Pflichtgefühl seinem Adoptivvater gegenüber geheiratet, oder weil er merkte, dass Geduld doch nicht mehr die höchste Tugend war, wenn einem erst die Maschinengewehrkugeln um die Ohren flogen. Ich weiß nicht, vielleicht bin ich auch etwas ungerecht zu meinen Eltern. Vielleicht liebte mein Vater meine Mutter aufrichtig und war mit ihr auf eine Weise verbunden, die man nur mit dem Herzen erfassen kann. Schon möglich. Weil ich sie aber nicht nur als meine geliebte Mutter kannte, sondern auch als die ewig nörgelnde alte Schreckschraube, die sie leider war, bin ich mir ziemlich sicher, dass Kriegsheld Captain Coal durchaus etwas Besseres hätte finden können. Nach fünf weiteren Jahren voll mit Lernen, Pauken, Büffeln und Schuften wurde mein Vater 1953 endlich Anwalt, und später zu einem der besten Strafverteidiger, die seine Generation hervorgebracht hat.

Über die nächsten fünfzehn Jahre vertrat er sie alle, von Donald Cooper, dem Kühltruhenkiller (gehängt), bis Sir Henry Davenport-Fielding, dem Hausmädchen mordenden Ehebrecher mit einflussreichen Freunden (auch gehängt – seine Freunde waren offenbar gerade nicht da, als er sie gebraucht hätte). Natürlich hatte mein Vater auch seine Erfolge, zum Beispiel Penny Wilson, die Witwe von Wimborne, die dem Galgen entkam, nur um für den Rest ihrer Tage in einer Zelle in Holloway Schals zu stricken – genau solche Schals wie die, die ihren Liebhabern immer die Luft abgeschnürt hatten, wenn sie gerade mit der armen Penny Schluss machen wollten. Dann war da noch Ryan Douglas, der Kidnapper von Colchester, der nicht nur von jedem Verdacht freigesprochen wurde, irgendetwas mit dem Verschwinden von Beryl Ashby zu tun zu haben, sondern es später noch zu einem berühmten Dichter brachte. Avantgardistische Poesieliebhaber und Kritiker bejubelten seine Anthologie *Mit den Augen eines Geistes*, die nach seiner Verhandlung herauskam. Darin stellte er seine und Beryls stürmische Liebesbeziehung dar, die am Ende in Beryls (rein fiktiver) Entführung und Ermordung durch seine Hand gipfelte. Sie machte den jungen Douglas zum Star, und wahrscheinlich hätte er noch größere literarische Höhen erklommen, wenn Beryls Vater, Gordon Ashby, sich damit begnügt hätte, ihn nach seiner Lesung im *The Black Cat* nach einem Autogramm zu fragen, anstatt ihm gleich ein Messer in den Hals zu stoßen. Wie auch immer, Gordon Ashby gab daraufhin seinerseits einen sehr sympathischen Angeklagten ab, und das Ansehen meines Vaters wuchs enorm, weil er während des folgenden Gerichtsverfahrens nicht von seiner Seite wich, bis sich schließlich die Falltür unter Ashbys Füßen öffnete.

Tja, so war das in den Fünfzigern. Vergesst die Popstars und Filmidole; Kidnapper und Killer waren damals ebenso groß in den Schlagzeilen wie irgendein Sänger mit wackelnden Knien, der ein kurzes Strohfeuer entfachte – besonders, wenn sie schlussendlich baumeln mussten. Und durch seinen unermüdlichen Beistand für aufsehenerregende Mörder und seinen tadellosen Ruf aus Kriegszeiten wurde der Name meines Vaters berühmt.

Ich sollte am besten von vornherein erwähnen, dass ich immer große Ehrfurcht, um nicht zu sagen: Furcht, vor meinem Vater hatte. Nicht, weil er ein besonders strenger Mann gewesen wäre – ganz im Gegenteil – sondern weil er ein so bewundernswert guter Mann war. In meinen frühen Jahren hatte ich immer das Gefühl, dass ich so unglaublich hohen Anforderungen, wie er sie stellte, niemals gerecht werden könnte. Zwar sagte er nie ein böses Wort zu mir, er verhielt sich auch nicht herablassend oder grausam, aber sein Lob kam nie von ganzem Herzen und seine Anerkennung war eher oberflächlich als aufrichtig.

Aber wie schon gesagt: Denkt bitte nicht schlecht über meinen Vater, denn er war kein schlechter Mensch. Ich war wohl eher ein enttäuschender Sohn, wenn ich ehrlich bin.

Im Herbst '62 ging Mutter für immer in das große Modegeschäft im Himmel ein. Das war damals sehr hart für mich, besonders weil ich ein Einzelkind war, aber ich versuchte, mir nichts anmerken zu lassen, denn ich wollte vor meinem Vater nicht als Weichei dastehen. Stattdessen gewöhnten wir uns eine stramme Routine an, lernten die Wäschemangel zu bedienen und erledigten zusammen gerade genug Hausarbeit, um sicherzustellen, dass uns die Unterhemden, Socken oder sauberen Taschentücher unter der Woche nicht ausgingen.

Ich hatte inzwischen die Schule verlassen und bei einem örtlichen Elektriker eine Lehre angefangen. Ich war nicht so der akademische Typ, sehr zum Leidwesen meines Vaters, aber dafür konnte ich in diesem Jahr den Fernseher reparieren, als ausgerechnet vor der Weihnachtsansprache der Queen eine Röhre durchbrannte.

»So, das wär's«, sagte ich, drehte den Knopf an der Vorderseite der Kiste und wurde fast verrückt, während der Fernseher gute dreißig Sekunden lang brummte und knisterte, bis sich endlich aus einem Lichtpunkt das Bild entfaltete. Ich drehte die Lautstärke auf und die Melodie von *Good King Wenceslas* erklang in unserem Wohnzimmer.

Mein Vater betrachtete das Bild eine oder zwei Sekunden lang, sah mich an und nickte.

»Fein gemacht, John. Gute Arbeit«, sagte er, bevor er sich in seinem Sessel zurücklehnte, um den Gedanken ihrer Majestät zum vergangenen Jahr zu lauschen.

Und da habt ihr es: Das Netteste, was mein Vater je zu mir gesagt hat. Ich fühlte mich zwei Meter groß und hätte vor Freude singen können, aber das ging natürlich nicht. Stattdessen saß ich einfach da und sah mit meinem Vater die Ansprache der Königin an, ohne auch nur ein Wort davon mitzubekommen.

Das war das schönste Weihnachten meines Lebens.

- II -

Sechs Wochen später, in der tiefsten, schwärzesten Februarnacht meines Lebens, kam mein Vater zu mir. Er trat an mein

Bett, riss mich aus dem Schlaf und schüttelte mich mit einem Ausdruck tiefsten Entsetzens in den Augen. Schweiß stand ihm auf der Stirn. Noch nie hatte ich meinen Vater so gesehen. Ich weiß nicht, ob ihn überhaupt schon einmal jemand so gesehen hatte, wahrscheinlich noch nicht einmal die Deutschen. Eine Angst hatte von ihm Besitz ergriffen, als ob alle Dämonen der Hölle hinter ihm her wären. Ich holte den Scotch von der Anrichte und tat, was ich konnte, damit er sich wieder beruhigte.

»Ich wollte das nicht. Es war nicht meine Schuld!«, schluchzte er immer wieder. Mit hochgezogenen Knien saß er da und kippte den Whisky hinunter.

»Was denn, Vater? Was wolltest du nicht?«, fragte ich, aber ich konnte ihn kaum dazu bringen mich anzusehen, geschweige denn zu antworten. »Vater, bitte sag doch was«, flehte ich, und endlich, nach einem weiteren enormen Schluck Scotch, flüsterte er etwas. Ein kaum wahrnehmbares Krächzen.

»Was?« Ich musste mehrmals fragen, bevor ich schließlich verstand.

»Ich habe jemanden getötet«, schniefte er. »Ich habe ein Mädchen getötet.«

Zu sagen, ich war fassungslos, wäre untertrieben. Ich war wie von einer Abrissbirne getroffen, aus den Klamotten gehauen, plattgebügelt, wieder in meinen Schlafanzug gesteckt und auf die Füße gestellt, und das alles, bevor ich zwinkern konnte.

Mein Vater hatte jemanden umgebracht!

Logischerweise hatte er eine Menge Leute umgebracht – das Victoria-Kreuz wurde schließlich nicht für höflich interessiertes Zuschauen bei den Kampfhandlungen vergeben – aber das waren alles Deutsche oder Italiener gewesen, die meinen Vater zuerst selber umbringen wollten.

Aber ein Mädchen?

Mein Vater hatte ein Mädchen getötet?

»Wer war sie?«, fragte ich, in der Dunkelheit inzwischen ebenso zitternd wie mein Vater.

»Ich weiß nicht«, schluchzte er. »Eine von der Straße. Ein leichtes Mädchen.«

»Leichtes Mädchen?«

»Oh Gott, jetzt sieh mich nicht so an, John. Ich wusste nicht, dass sie eine Gunstgewerblerin war. Ich schwöre es«, sagte er, als er merkte, wie ich zurückschreckte.

»Das glaube ich dir, Vater«, versicherte ich ihm. »Aber wie ist es passiert?«

Mein Vater schwieg einige Sekunden lang. Er hielt nur sein Glas zum Nachschenken hin und schaute mich mitleiderregend an. Ich füllte sein Trinkglas bis zur Hälfte, dann nahm ich mir selbst eins. Normalerweise hätte ich nicht im Traum daran gedacht, in Gegenwart meines Vaters Alkohol zu trinken, aber jetzt brauchte ich einen Drink. Außerdem schlussfolgerte ich, er würde, wo er schon dazu übergegangen war Prostituierte umzubringen, wahrscheinlich Fünfe gerade sein lassen.

»Es ist kalt draußen«, begann er. »Bitterkalt, und der Nebel so dicht, dass man eine Axt braucht, um durchzukommen. Als ich sie so bibbernd am Straßenrand stehen sah, dachte ich, sie braucht eine Fahrgelegenheit nach Hause. Ich schwöre dir, John, ich schwöre es auf meines Vaters guten Namen: Ich hatte keine Ahnung, dass sie eine Dirne war.«

Das war wieder typisch mein Vater. Er war so ein guter Mann, dass es manchmal an Naivität grenzte. Eigentlich lächerlich, besonders wenn man bedenkt, dass er ein Strafverteidiger war, aber für die Schlechtigkeit in anderen Leuten hatte mein Vater eben einen blinden Fleck.

»Natürlich nahm sie mein Angebot an«, musste er nun fast lachen, wobei er den Kopf über seine eigene Dummheit schüttelte.

»Doch als wir erst einmal auf der Landstraße waren, wurde mir mein Irrtum bewusst, als sie … nun, sagen wir einfach, sie lenkte meine Aufmerksamkeit auf die wahre Natur ihres Berufes.«

Ich blinzelte ein paarmal in der Dunkelheit, zwar völlig ahnungslos über die Art und Weise, wie sie das getan haben mochte, aber nichtsdestotrotz rechtschaffen schockiert.

»Erzähl weiter«, drängte ich. Meine Vorstellungskraft verweilte noch auf dem Beifahrersitz von Vaters Auto, wo die junge Dame ihm ihre Referenzen zeigte.

»Nun, ich … äh … dankte ihr für das großzügige Angebot, das ich leider ablehnen musste, gab ihr ein paar Schillinge, um sie für ihre Unannehmlichkeiten zu entschädigen, und setzte sie wieder an der Stelle ab, von wo aus sie ihrem Geschäft nachging.«

»Wo war das, Vater?«

»Das ist unwichtig. Aber du darfst dort niemals hingehen, verstanden?«

Ich versprach ihm natürlich umgehend, das nie zu tun, auch wenn mir später klar wurde, dass ich den Ort schlecht vermeiden konnte, wenn ich nicht wusste, wo er sich befand.

»Jedenfalls nahm die junge Dame mein Geld an. Dann sagte sie allerdings, sie würde mich aus der Zeitung kennen, und dass es bestimmt einen Riesenskandal geben würde, wenn herauskäme, dass der berühmte Rechtsanwalt sich nachts Frauen des horizontalen Gewerbes in sein Auto holt – wenn ich wüsste, was sie meint.«

»Was meinte sie denn?«

»Erpressung, John. Sie meinte, sie würde mir die Presse auf den Hals hetzen, wenn ich ihr nicht helfe, ihre Schäfchen ins Trockene zu bringen. Ach, John, Alter schützt vor Torheit nicht«, jammerte er.

»Du hättest zur Polizei gehen und sie als Nutte anschwärzen können«, wandte ich ein.

»Dann hätte mein Wort gegen ihres gestanden.«

»Das wäre ja wohl keine Konkurrenz gewesen.«

»Für dich vielleicht nicht, John, und sicher nicht für die meisten meiner Freunde, aber ich bin nun einmal ein Strafverteidiger. Soweit es die Polizei betrifft, stehe ich auf der Seite des Feindes, und sie würden mir bestimmt liebend gern eins auswischen«, erklärte er. Dann starrte er in die Dunkelheit, auf den Kadaver seiner zerfetzten Karriere, und fragte sich, wie sein lebenslanger mustergültiger Einsatz ihn an diesen Punkt hatte bringen können.

»Und deshalb hast du sie umgebracht?«, fragte ich schließlich.

»Was? Gütiger Gott, John, nein!«, rief er aus. »Ich könnte keine Fliege töten, nur um meinen Ruf zu schützen, schon gar nicht ein hübsches junges Mädchen. Wie kannst du so etwas bloß denken?«

»Tut mir leid, Vater, ich habe nicht nachgedacht.«

»Nein, in der Tat nicht«, rügte er. »Es war ein Unfall, nicht mehr und nicht weniger. Als ich ihr sagte, sie solle tun, was sie nicht lassen könne, fing sie an zu schreien und griff mich an. Ich wollte mich nur verteidigen, aber ich habe wohl leider meine eigene Kraft unterschätzt.«

»Natürlich, Vater.«

»John, die letzte Person, gegen die ich gekämpft habe, war ein stämmiger deutscher Steuermannsmaat, und diese Begegnung habe ich nur um Haaresbreite überlebt. Es kann sein, dass ich mich vielleicht durch den Schock zurückversetzt gefühlt und dieselbe Kraft angewendet habe wie damals bei dem Jerry«, lamentierte er.

Was für eine Ironie des Schicksals: Mein Vater war nicht nur den Umtrieben eines hinterhältigen Flittchens zum Opfer gefallen, zu allem Übel hatten sich auch noch seine eigenen traumatischen Kriegserlebnisse gegen ihn verschworen.

»Was willst du jetzt machen?«, fragte ich.

Mein Vater zuckte bloß mit den Schultern und schüttelte den Kopf.

»Hängen«, mutmaßte er.

»Was? Aber das geht nicht.« Mein umgestoßenes Glas rollte durchs Zimmer.

»Es wird sich wohl leider nicht vermeiden lassen. Ich mache eine Fahrt nach Tyburn, das ist so sicher wie das Amen in der Kirche.«

Ganz abgesehen von dem dramatischen Euphemismus, konnte ich kaum begreifen, was mein Vater da sagte. Er war ein Kriegsheld, der Tapferste der Tapferen, ausgezeichnet vom König persönlich. In den letzten Jahren hatte er sich einen Ruf als hoch angesehener Verteidiger hoffnungsloser Fälle erworben. Wenn es in dieser unseligen Angelegenheit ein unschuldiges Opfer gab, dann war er das. Konnte er dafür wirklich hängen?

»Sie verkaufte Sex. Wenn ein Mädchen dieses Gewerbes unter solchen Umständen stirbt, geht man so gut wie immer davon aus, dass das Motiv ebenfalls sexuell ist. Und das ist ein eindeutiges Kapitalverbrechen. Keine mildernden Umstände. Keine Gnade. Nur drei Sonntage Frist und dann eine Verabredung mit dem Seil im Morgengrauen.«

»Oh, Vater!« In mir brach alles zusammen. »Das ist so ungerecht, so unfair. Gibt es denn überhaupt nichts, was wir tun können?«

»Nein, mein Sohn, wenn ich morgen früh zur Polizei gehe, muss ich ihnen alles erzählen und mein Schicksal in Gottes Hände legen.«

Die Überraschungen kamen in dieser Nacht dicht an dicht und diese letzte Offenbarung haute mich ebenso um wie mein Whiskyglas.

»Du meinst, die Polizei weiß noch gar nichts?«

»Nein«, erwiderte mein Vater mit unschuldigem Augenaufschlag. »Woher sollte sie?«

»Aber wo …?« Ich schüttelte mir die Fragen aus dem Kopf und ordnete für einen Moment meine Gedanken. Seltsam, aber der Beruf meines Vaters und mein eigener waren in gewisser Weise gar nicht so verschieden, wie er dachte. Wenn etwas nicht funktionierte, musste ich es mir gedanklich als dreidimensionales Schaltdiagramm vorstellen können, um den Fehler zu lokalisieren. Nun wandte ich dieselbe Technik im Bezug auf das Problem meines Vaters an.

»Wann ist das alles passiert, Vater? Um wie viel Uhr?«

»Ungefähr vor einer Stunde, denke ich. Vielleicht zwei.«

»Hat irgendjemand gesehen, wie das Mädchen zu dir ins Auto stieg?«

»Ich glaube nicht, schon wegen des Nebels. John, worauf willst du hinaus?«, fragte er, aber ich wischte die Frage weg, um noch ein paar eigene zu stellen.

»Wo ist sie jetzt?«

»Sie ist tot!«, schnappte er, verärgert über meine Unverschämtheit.

»Ja, aber wo ist sie?«

Mein Vater funkelte mich durch das Zwielicht an. Für einen Moment dachte ich, er würde mir raten, mich zum Teufel zu scheren, aber stattdessen zog er ein weiteres totes Kaninchen aus dem Zylinder, indem er antwortete, sie sei noch im Auto.

»Im Auto?«

»In der Garage«, ergänzte er.

Wir hingen beide unseren eigenen Gedanken nach. Die Zeit verrann, aber der nächste Schritt musste wohlüberlegt sein. Ich verwandte einige kostbare Sekunden darauf, zu überprüfen, ob alle Glühbirnen meines imaginären Schaltplans leuchteten, dann nahm ich meinem Vater den Scotch aus der Hand.

»Geh ins Bett.«

»Was?«

»Geh ins Bett«, wiederholte ich. »Und sag niemandem irgendwas, besonders nicht der Polizei. Ich werde alles für dich in Ordnung bringen, Vater.«

»In Ordnung bringen? Was meinst du mit in Ordnung bringen?«, wollte er wissen.

»Vater, was passiert ist, ist passiert, und niemand kann es mehr ungeschehen machen. Aber es wäre völlig sinnlos, dich wegen eines Unfalls selbst zu opfern.«

»Aber welche Wahl haben wir denn?«, staunte er.

»Mein Gott, falls ich jemals in Schwierigkeiten gerate, erinnere mich daran, dass ich bloß nicht dich als Anwalt nehme«, seufzte ich.

»John ...?«

»Ich lasse sie verschwinden. Verwische die Spuren zu dir.«

»Sie verschwinden lassen? Die Spuren verwischen? Einfach so? Sie wegwerfen wie ein Stück Abfall? Meinst du das? Mein Gott, John, wie konnte es so weit kommen ...«, fing mein Vater wieder an zu predigen, aber zum ersten Mal in meinem Leben setzte ich mich durch und sagte ihm, er solle still sein.

»Dein Sinn für Gerechtigkeit wird dir bloß den Strick um den Hals legen. Das ist für dich und deine verdrehten Moralvorstellungen vielleicht in Ordnung, aber was ist mit mir? Ich brauche einen Vater. Ich brauche dich in meinem Leben. Deine Klienten brauchen dich. Die Welt braucht dich. Du bist ein guter und wichtiger Mensch. Du kannst dich jetzt nicht ausliefern, nur um dein eigenes Gewissen zu beruhigen. Das wäre selbstsüchtig. Du musst dem widerstehen«, redete ich auf ihn ein.

Mein Vater wusste nichts zu sagen. Bestürzt starrte er mit offenem Mund auf den Sohn, der vor seinen Augen zum Mann wurde, dann senkte er den Blick und nickte traurig.

»Dann soll es so sein, John. Wenn es dir so viel bedeutet, werden wir alles so machen, wie du willst«, erklärte er sich endlich einverstanden.

Ich griff mir seine Autoschlüssel und machte mich in Richtung Garage auf, aber mein Vater rief mich zurück, bevor ich die Tür der guten Stube erreicht hatte.

»John?«

Ich schaute zurück. Aus der Dunkelheit sah er zu mir auf. »Ich … ich möchte nur, dass du weißt … Ich bin sehr stolz auf dich«, sagte er schließlich.

Ich antwortete nicht. Ich nickte nur, dann machte ich mich auf, um die tote Prostituierte zu entsorgen, die mein Vater in dieser Nacht mit nach Hause gebracht hatte.

- III -

Sie war genau dort, wo er gesagt hatte: zusammengesunken auf dem Beifahrersitz seines *Morris Oxford* und so leblos wie ein liegen gelassenes Kleid. Ich näherte mich ihr vorsichtig, voller Furcht vor dem Anblick, der mich erwartete, aber das stellte sich als unnötig heraus, denn es gab keine sichtbaren Zeichen von Gewaltanwendung. Weder war ihr Schädel eingeschlagen noch ihr Gesicht irgendwie entstellt. Ihr Haar war ein bisschen zerzaust und ihre Bluse zerrissen, aber davon abgesehen sah sie aus, als ob sie nur mit dem Kopf am Seitenfenster eingeschlafen sei und auf den Kuss eines schönen Prinzen wartete, der sie wieder erweckte.

Ich packte eine Spitzhacke und eine Schaufel in den Kofferraum und öffnete das Garagentor.

Die Nacht war immer noch nebelverhangen und kalt wie ein Grab, aber das nahm ich kaum wahr. Zu konzentriert war ich auf die Aufgabe, die vor mir lag. Ich legte meiner Beifahrerin den Sicherheitsgurt an, damit sie nicht während der Fahrt auf mich fallen konnte, und steuerte in die Nacht.

Ich ließ es langsam angehen. Da die Sicht nur bis zur Motorhaube reichte, hatte ich auch keine andere Wahl, trotzdem schaffte ich es durch die Stadt bis zur Landstraße. Dort gab es ein paar abgelegene Stellen, die am Tag zum Picknick und in der Nacht von Liebespaaren aufgesucht wurden. Bei dieser Kälte würde allerdings wohl niemand auch nur einen Knöchel dem Frost aussetzen wollen. Nichtsdestotrotz gab es, wie das unglückselige Mädchen auf dem Beifahrersitz nur zu gut wusste, immer ein paar wetterharte Burschen, auf die man aufpassen musste, also bewegte ich mich mit aller Vorsicht.

Ich kurvte über die Landstraßen, auf der Suche nach dem Waldweg, der hinunter zum See führte. Bei der dritten Vorbeifahrt fand ich ihn endlich. Der Weg war schlammig aber festgefroren, also rumpelte und ruckelte ich mit dem Auto zum Ufer und parkte ein paar Meter vom Wasser entfernt, direkt vor einigen kahlen Bäumen mit knorrigen, verdrehten Ästen.

Keine anderen Pärchen waren an diesem Abend hier hergekommen. Ich schnallte meine Beifahrerin ab und fing sie auf, als sie mir über den Schoß fiel.

Mein Gott, sie war wirklich entzückend: jung, schön und nicht mehr belastet von weltlichen Sorgen. Abgestoßen von meinen eigenen Gedanken stieg mir die Galle hoch und ich musste würgen, als mich die Erkenntnis traf, dass mein eigener Vater hierfür verantwortlich war.

Mein Vater hatte dieses Licht ausgelöscht!

Sie war vielleicht ein knappes Jahr älter als ich und mein Vater hatte sie umgebracht.

Gut, es war ein Unfall gewesen, er hatte es nicht absichtlich getan und würde es ungeschehen machen, wenn er nur könnte, sogar zum Preis seines eigenen Ruins. Trotz alledem war sie tot. Sie war jung, schön und blond. Aber sie war tot. Und die Schuld dafür lag ganz allein bei ihr.

Diese groteske Tatsache rief mir wieder in Erinnerung, warum ich überhaupt hergekommen war. Ich stieg aus dem Auto, griff mir die Werkzeuge und begab mich auf die Suche nach einer passenden letzten Ruhestätte.

Ungefähr dreißig Meter vom Auto entfernt stieß ich auf eine kleine Lichtung. Der Boden war dick mit welken Blättern bedeckt, die sich hervorragend eignen würden, um mein Werk zuzudecken. Ich schob den knisternden Blätterteppich mit den Füßen zur Seite und begann die Spitzhacke zu schwingen. Leider war der Boden von zwei Wochen strengem Frost so durchgefroren, dass die Erde hart wie Beton war. Seit fast dreißig Minuten hatte ich gegraben wie ein Wahnsinniger und eine Schicht von gerade fünf Zentimetern abgetragen. Bei diesem Arbeitstempo würde ich im April noch hier sein und die ersten Picknicker begrüßen. Ich ließ die Hacke fallen, wischte mir über die Stirn und überdachte die Situation.

Ich konnte das Mädchen nicht einfach hier liegen lassen, wo jeder sie finden konnte. Mein Vater sagte immer, der Zeitfaktor sei entscheidend bei kriminalistischen Ermittlungen, also war es notwendig, dass ich uns so viel Zeit wie möglich verschaffte. Das würde die Erinnerung eventueller Zeugen trüben und mögliche Spuren, die mein Vater hinterlassen haben mochte, tilgen.

Ich überlegte, bis mir fast der Kopf platzte.

Unter den Blättern? Sollte ich das Mädchen einfach mit Blättern zudecken und hoffen, dass niemand über sie stolpern würde? Nein – Tiere würden sie wittern, außerdem waren hier ständig Spaziergänger mit Hunden unterwegs. Ich musste sie außer Reichweite von schnüffelnden Nasen bringen. Bloß wo?

Da fiel mein Blick auf den See.

Er war gefroren, genau wie der Boden, aber im Unterschied dazu musste ich mich nicht durch zwei Kubikmeter granitharten Dreck wühlen, um mein Problem zu beseitigen. Ein einziges Loch, einen halben Meter breit, würde bequem ausreichen.

Ich bedeckte die Mulde, in der man keine Flunder hätte begraben können, mit Blättern und begab mich aufs Eis. Da es mein Gewicht ohne das geringste Knacken trug, nahm ich an, dass es mindestens fünfzehn Zentimeter dick sein musste. Leider hat Eis die unangenehme Eigenschaft, gerade dort am dünnsten zu sein, wo das Wasser am tiefsten ist, deshalb ging ich sehr vorsichtig an die Stelle, wo ich die Mitte des Sees vermutete.

Dort holte ich mit der Spitzhacke aus. Ihr Auftreffen hallte wie ein Schuss durch den Wald, sprengte aber nur einen mickrigen Splitter aus der ansonsten makellos glänzenden Eisfläche. Mein zweiter Schlag krachte an derselben Stelle ins Eis. Der Widerhall schüttelte den Frost von den Zweigen der Bäume am Ufer und ließ mich zusammenzucken. Doch anders ging es nun mal nicht. Besser fünf Minuten Krach als sechs Stunden schuften und schwitzen, und da die Nacht nach wie vor dicht vernebelt war, würden eventuelle Spaziergänger sowieso nicht in der Lage sein, die Quelle des Lärms zu orten. Also machte ich tapfer weiter, schwang die Hacke und schlug mich durch die Eisschicht bis zum Wasser. Nach drei oder vier Dutzend Schlägen wurden meine Bemühungen mit einem Spritzen belohnt. Ich arbeitete an der Erweiterung des Loches, bis ich fast ausrutschte und selbst hineinfiel.

Es war inzwischen schon kurz vor sechs Uhr morgens. Bald würden die Milchmänner und die ersten Autos die Straßen beleben und ich durfte mich auf keinen Fall von möglichen Zeugen sehen lassen. Schnell rannte ich zum Auto zurück, um den Grund meiner nächtlichen Unternehmungen herauszuholen.

Als ich den Wagen endlich fand, rechnete ich beinahe damit, dass sie nicht mehr da sein würde. Beim Ausheben ihres nassen Grabes war meine Fantasie Amok gelaufen, hatte diesen Albtraum zu fürchterlichen Dimensionen aufgeblasen, bis ich davon überzeugt war, sie sei gar nicht tot, lediglich schwer verletzt, sodass es an mir wäre, zu entscheiden, ob ich ihr den Rest geben oder sie wieder gesund pflegen musste. Doch zum Glück hatte ein gütiger Gott mir dieses Dilemma erspart. Sie war immer noch genauso tot wie vorher und erwartete meine Rückkehr mit glasigen Augen.

Da soll noch mal einer behaupten, mein Vater wüsste nicht, wie man junge Frauen umbringt.

Ich zog ihr die Schuhe von den Füßen und stopfte sie in ihre Bluse, damit sie nicht auf dem Weg verloren gingen, dann griff ich unter ihre Arme und zog sie vom Beifahrersitz. Als ich sie erst einmal auf dem Eis hatte, war das Ziehen einfacher. Ich dachte schon, die Sache wäre so gut wie geschafft, da merkte ich, dass ich keine Ahnung hatte, wo das verdammte Loch war.

Der See war fast eine Viertelmeile lang und so stockdunkel, wie der Nebel es zuließ. Den Großteil der nächsten halben Stunde verbrachte ich damit, sie kreuz und quer über das Eis zu schleppen, bis ich vor Angst und Erschöpfung zusammenbrach. Womöglich hatte ich sie nur Zentimeter an dem Loch vorbeigezogen und es in der Dunkelheit nicht bemerkt. Ich entschied, noch einmal alleine auf die Suche zu gehen, ohne zusätzliche Last, und die Leiche anschließend abzuholen.

Zehn weitere schreckliche Minuten vergingen, dann stolperte ich endlich in mein eigenes Machwerk. Mein Fuß verschwand in der eiskalten Öffnung und ich konnte mich nur vor einem frühen Seemannsgrab bewahren, indem ich die Arme blitzartig zu den Seiten ausstreckte, auch wenn das Krachen meiner Knochen auf die ausgezackte Eiskante mich vor Schmerz fast bewusstlos werden ließ.

Nachdem ich mich wieder hochgezogen hatte, schickte ich einen stummen Schrei in die Nacht und machte unbeirrt weiter. Zuerst riss ich mir die tropfnasse Jacke und den Pullover vom Körper. Beides legte ich links und rechts neben den Rand, damit ich die Öffnung später leichter wiederfinden konnte. Außerdem nahm ich einige Zweige und flache Steine, die ich auf der Eisfläche gefunden hatte, und legte alles in einem Umkreis von zehn Metern um das Loch herum aus.

Ich würde es nicht noch einmal verlieren, so viel war sicher. Leider wurde mir genau in diesem Moment klar, dass mich das Schicksal für den bescheidenen Erfolg anscheinend mit Zins und Zinseszins zur Kasse bitten wollte.

Ich hatte das Mädchen verloren.

So fixiert war ich auf die Suche nach dem Loch gewesen, dass mir dadurch das Gleiche noch einmal passiert war: Ich hatte sie einfach irgendwo liegen lassen, in der Annahme, es würde mir schon gelingen, sie wiederzufinden.

Oh Scheibenkleister!

Es war inzwischen Viertel vor sieben und der Nebel lichtete sich langsam. Das war ein zweischneidiges Schwert, bedeutete es doch einerseits, dass ich meinen Schützling leichter finden konnte, andererseits aber auch, dass der Deckmantel, unter dem ich operierte, sich zu lüften begann.

In weit ausgreifenden Bögen schlitterte ich über den See, fast verrückt vor Verzweiflung und mehr denn je davon überzeugt, dass das Mädchen einfach aufgestanden und weggegangen sein musste, als mich ein plötzlicher Schreck auf die Knie fallen ließ. Irgendwo da draußen schlug eine Autotür zu.

Ich hielt den Atem an und lauschte angestrengt in die Dunkelheit, den Kopf in alle Richtungen drehend, um so viel wie möglich zu hören. Bald wehten Stimmen über das Eis herüber.

»… da draußen … auf dem See … so etwas wie … lauter Krach …«

»Oh Gott.« Ich erschauerte. Die Angst vor Entdeckung legte sich um meinen Hals wie eine Schlinge.

Wieder stürzte ich mich in den Nebel, rutschte über die tödliche Oberfläche ohne einen Gedanken an meine Sicherheit zu verschwenden, denn die Zeit war plötzlich knapp geworden, sowohl für meinen Auftrag als auch für mein Leben. Natürlich könnte man argumentieren, dass ich ja die Tat nicht begangen, sondern nur versucht hatte, die Spuren zu beseitigen, und dafür konnte ich nicht gehängt werden. Aber sogar wenn mein Vater sich stellte und die volle Verantwortung für sein nächtliches Werk übernahm … Passte es nicht sehr viel besser ins Bild, dass ein liebender Vater sich für seinen missratenen Sohn opferte, als alles, was ansatzweise der Wahrheit entsprach? Besonders wenn dieser Vater der berühmte Reginald Coal war, Träger des Victoria-Kreuzes, Kronanwalt und allgemein anerkannter Gutmensch.

Das nächste Geräusch, das meine Nerven erschütterte, war das Bellen eines Hundes. Er kam zornig kläffend aus dem Nebel auf mich zugerast und schlitterte direkt an mir vorbei. Beim Anblick des schwarzen Köters bekam ich fast einen Anfall, aber das Tier schnüffelte nur flüchtig an mir und trabte seiner Wege.

»Jupiter!«, ertönte wieder ein Rufen, kaum die Länge eines Fußballfeldes von mir entfernt. »Jupiter, mein Junge, wo bist du? Was hast du gefunden?«

Der Hund war offensichtlich von der Leine gelassen und auf den See geschickt worden, damit er suchte, was immer es hier zu finden gab, also drehte ich mich um und folgte seinem aufgeregten Gebell bis zu der Stelle, wo er neben der Leiche einer näheren Bekanntschaft meines Vaters auf und ab hüpfte.

Ich trat den Hund zur Seite, packte das Mädchen unter den Armen, und trat noch einmal nach dem Hund, weil der sich entschieden hatte, bei dem Spiel mitzumachen und sie an ihren Knöcheln in die entgegengesetzte Richtung zu zerren.

»Was hast du da? Was ist da, Junge?«, tönten die aufgeregten Stimmen jetzt noch näher als zuvor. Das war der Moment, in dem ich mich entschied, in meines Vaters Fußstapfen zu treten, und das tat, was er in einer solchen Situation sicherlich machen würde: Ich zog den Gürtel aus meiner Hose und erdrosselte den Hund. Innerhalb von dreißig Sekunden war er tot, oder jedenfalls kein Titelanwärter mehr für eine Hundeschau. Ich schnallte den Gürtel wieder um, griff mir ein paar Knöchel und zog das Mädchen zum Loch.

Meine Verfolger fanden ihren Hund, bevor ich mein Loch gefunden hatte. Ihr Gebrüll zeugte in gleichem Maße von Wut und Verzweiflung.

»Oh Gott, nein!«

»Du Mistkerl! Du verfluchtes Arschloch! Wir wissen, dass du da irgendwo bist, und wir kommen und bringen dich um!«, versprachen sie, aber ich hatte meine durchnässte Jacke schon gefunden und das Loch war nur noch einen kleinen Ruck links davon.

Ursprünglich hatte ich geplant, ein paar feierliche Worte zu sprechen, bevor ich sie der Tiefe überantwortete. Diese noblen Absichten hatten meine neuesten Gefährten zunichtegemacht, daher schmiss ich sie einfach kopfüber in die Öffnung und stopfte ihre Beine hinterher.

»Was war das?«

»Jemand ist reingefallen. Hier lang, komm schon«, erklang die unvermeidliche Antwort, doch mein Werk war vollbracht und nun war definitiv Rückzug angesagt.

Ich packte meinen Pullover und meine Jacke und machte mich auf zum Ufer. Natürlich hatte ich in dem verdammten Nebel jetzt auch noch das Auto meines Vaters verloren. Andererseits, wenn ich dermaßen viele wichtige Sachen in dieser nervenaufreibenden Nacht verlieren konnte, war es den ehemaligen Hundebesitzern bestimmt möglich, wenigstens meine Spur zu verlieren.

Ein paar Sekunden später erreichte ich das Ufer und suchte im sich lichtenden Nebel nach vertrauten Umrissen. Nichts kam mir bekannt vor, also rannte ich stolpernd und strauchelnd am Rand des Sees entlang, bis ich wegen einer Baumwurzel, die nicht vom Eis verschluckt worden war, auf den Hintern fiel.

»Da hinten ist der Mistkerl!«, wurden wieder die Stimmen

laut, aber jetzt hatte ich endlich auch mal Glück: Als ich aufblickte, sah ich Vaters *Oxford* zwischen den Bäumen stehen.

Mit frischer Entschlossenheit stürmte ich darauf zu und bekam noch einmal fast einen Herzinfarkt, weil ich gute zehn Sekunden in meinen Taschen nach den Autoschlüsseln wühlen musste. Dann trat ich endlich das Gaspedal durch, wirbelte das Lenkrad herum und verschwendete keinen Gedanken an die schlechte Federung. Das Auto hüpfte über jeden Huckel und durch jede Kuhle, bis die Vorderräder schließlich so etwas wie ebenen Untergrund fanden. Ich kuppelte, schaltete und beschleunigte wie ein geölter Blitz. Im Rückspiegel kamen Gestalten aus dem Nebel gerannt. Ich traute mich nicht, zurückzuschauen. Ich trat einfach durch bis zum Bodenblech, schoss den Weg hoch und auf die Landstraße, als ob die Welt um mich herum in den Abgrund stürzen würde.

Und wisst ihr was?

Das tat sie auch.

- IV -

Um kurz nach acht kam ich zu Hause an, stellte den Oxford in die Garage und schloss das Tor hinter mir ab. Zuerst hängte ich die Werkzeuge an die Wand. Dann verbrachte ich dreißig Minuten damit, das Auto mit Terpentin auszuwaschen, bis ich von den ausgestandenen Schrecken so erschöpft war, dass ich an Ort und Stelle, ausgestreckt über die Vordersitze, einschlief.

Kurze Zeit später wachte ich auf. Zuerst wusste ich nicht, wie spät es war oder wo ich mich befand, doch dann stürzten die Ereignisse der letzten Nacht auf mich ein wie ein furchtbarer Traum. Aber es war kein Traum gewesen, wie mein Vater bezeugen konnte, der sich mit ängstlichem Gesichtsausdruck über mich beugte.

»Und?«, fragte er.

»Alles erledigt.«

Mein Vater blies die Wangen auf und schüttelte traurig den Kopf.

»Herr, habe Mitleid mit uns, deinen elenden Dienern«, lamentierte er, dann hielt er mir seine Hand hin. Ich zögerte zuerst, weil es eine für ihn so ungewohnte Geste war, aber schließlich ergriff ich sie feierlich.

»Es ist eine schreckliche Sache, die wir in dieser Nacht getan haben, John, doch du hattest recht, es war ein notwendiges Übel. So wahr Gott mein Zeuge ist, das war es. Und deshalb schlage ich dir jetzt einen Pakt vor. Wir wollen die Ereignisse dieser höllischen Nacht hinter uns lassen und bei unser beider Leben schwören, fortan niemals zu irgendjemandem außerhalb unseres Bundes auch nur ein Wort darüber zu sprechen, was dieser armen, unglückseligen Kreatur zugestoßen ist.«

Mein Vater hatte immer schon eine ausgeprägte Neigung zum Ausschmücken der schnöden Alltagssprache gehabt. Ich glaube, was er meinte, war in etwa: Ich erzähle es keinem, wenn du es keinem erzählst.

»Ja, Vater«, stimmte ich zu, wurde aber schlagartig blass, als mir meine Gesellschaft auf dem Eis wieder einfiel. »Warte mal, ich bin gesehen worden.«

Mein Vater sprang fünf Zentimeter nach links. »Aus der Nähe?«

»Nein, als ich weggefahren bin. Sie haben sich bestimmt die Autonum ...« In Panik umrundete ich den Wagen und stellte fest, dass die Nummernschilder fehlten.

»Es ist schon gut, John, ich habe sie gestern Abend abmontiert«, sagte er. »Nur zur Sicherheit.«

Ich nahm diese Erklärung ohne Weiteres hin, erleichtert, dass er so vorausschauend eine Vorsichtsmaßnahme getroffen hatte, die mir selbst nicht in den Sinn gekommen war. Erst ein paar Tage später begann ich mich zu fragen, wann genau er die Nummernschilder wohl abgenommen hatte.

Und warum?

Die Zeitungen schrieben nichts von jungen Damen in Seen oder Mördern auf dem Eis. Es gab nur ein paar Zeilen im lokalen Käseblatt über den Hund eines Jagdaufsehers, der von einem Wilderer getötet worden war. Der Jagdaufseher war am Boden zerstört, nicht zuletzt weil er den Wilderer nicht erwischt hatte, und am Ende des Artikels stand eine Telefonnummer mit der Bitte um sachdienliche Informationen.

Ich seufzte voll dankbarer Erleichterung, weil diese ganze schreckliche Angelegenheit jetzt hinter mir lag, aber das gute Gefühl war nicht von Dauer, denn nur ein paar Tage nach unserer ersten Vater-Sohn-Aktivität fing mein alter Herr schon wieder an.

»Oh John, John!«, rief er aus, während er mich zum zweiten Mal innerhalb einer Woche aus meinen Albträumen schüttelte. Seine Züge trugen den nun schon vertrauten panischen Ausdruck. »Wach auf! Wir sind wieder in Schwierigkeiten!«

Das vorherige Abenteuer war die mit Abstand schlimmste Erfahrung meines bisherigen Lebens gewesen, also könnt ihr euch wohl meine Reaktion auf diese neuerliche Entwicklung der Dinge vorstellen. Falls nicht, gibt es da diesen alten Witz, der es ganz gut zum Ausdruck bringt: Der Lone Ranger und Tonto reiten durch die Prärie, als sie plötzlich von einer Meute wütender Sioux auf dem Kriegspfad umringt werden. Der Lone Ranger wendet sich an seinen Gefährten: »Sieht aus, als ob wir in Schwierigkeiten sind, Tonto.« Darauf Tonto: »Was soll der Scheiß mit dem *wir*, Bleichgesicht?« Meine Antwort war nicht die gleiche wie Tontos, obwohl ich zugegebenermaßen kurz mit dem Gedanken spielte.

»Wir sind erledigt, wir sind erledigt«, schluchzte er, und wieder einmal konnte ich kein vernünftiges Wort aus meinem

Vater herausbekommen, bevor ich nicht seine Stimmbänder geölt hatte.

»Sie hat mich gesehen! Sie weiß alles!«, wiederholte er, mir unser neuerliches Dilemma in quälenden Bruchstückchen präsentierend.

»Wer hat dich gesehen? Wer weiß alles?« Während ich ihn bedrängte, füllte ich sein Glas nach.

»Ihre Freundin«, sagte er schließlich. »Noch eine Dirne. Sie muss bei der anderen gewesen sein, als ich sie im Auto mitnahm, und sie sagt, sie habe mich gesehen. Im Büro hat sie mich angerufen. Angerufen! Einfach so.«

Ich schluckte. »Was hat sie gesagt?« Der Boden verschwand unter meinen Füßen wie eine Falltür in Tyburn.

»Sie sagt, sie wird mich verraten, wenn ich ihr nicht fünftausend Pfund zahle«, antwortete er und verzog angewidert das Gesicht. »Bei diesen Huren dreht sich doch alles nur ums Geld, nicht wahr? Wenn es ihr um Gerechtigkeit ginge oder um Rache für ihre Freundin, dann könnte ich das ja noch verstehen, aber Geld? Warum ist es immer Geld, das diese Leute wollen?«

»Haben wir fünftausend Pfund?«, fragte ich.

»Nein, außer wenn wir das Haus verkaufen, das Auto, meine Medaillen und unser letztes Hemd, und sogar dann würde es wahrscheinlich nicht reichen«, überlegte er. »Aber mit solchen Ganoven kann man nicht verhandeln. Selbst wenn wir die Mittel hätten, sie zu bezahlen, würde sie einfach am nächsten Tag das Doppelte verlangen und am Ende doch zur Polizei gehen, wenn sie uns erst hat ausbluten lassen. Nein, John, ich fürchte, wir sind erledigt.«

Ich erlaubte mir einige extrem deprimierende Gedanken, bevor ich riskierte, mir Vaters Zorn zuzuziehen.

»Weiß sie denn auch von mir?«

Mein Vater sah mich an wie vom Donner gerührt und erstickte fast an seiner Wut. »Natürlich weiß sie von dir, du dummer Junge! Was glaubst du wohl, um wen ich mir solche Sorgen mache? Mich selbst? Guter Gott, Junge, du scheinst ja nicht gerade viel von mir zu halten, wenn du so etwas auch nur zu fragen wagst«, schäumte er.

»Nein, nein, Vater, ich wollte nicht …«

Aber mein Vater war nicht in der Stimmung, über diese Beleidigung einfach so hinwegzugehen, und klagte weiter, wie er ohne zu zögern sein Leben für mich geben würde und wie leid es ihm täte, überhaupt zugelassen zu haben, dass ich mich in diese Sache einmischte. Irgendwann gelang es mir, auch mal ein Wort dazwischen zu bekommen.

»Natürlich, Vater, sicher. Ich habe nicht nachgedacht. Bitte! Es tut mir wirklich leid«, flehte ich. Mein Vater meinte nur, das sollte es wohl auch und funkelte mich mit kristallener Verachtung an. Als seine Entrüstung schließlich bröckelte, blieb in mir ein Stachel zurück. Ich hatte wirklich einen Faux Pas begangen. Ganz abgesehen davon schwebte ein Todesurteil über mir.

»Nein, die Sache ist jetzt weit genug gegangen«, schloss er. »Wir müssen zu den Behörden gehen, uns stellen und unseren Frieden mit dieser Welt machen.«

Es war schon erstaunlich, dass dieser Typ, der nicht an einer Schlinge vorbeigehen konnte ohne seinen Kopf hindurchzustecken, derselbe war, der bei Monte Cassino das Victoria-Kreuz errungen hatte.

»Vater, es gibt doch bestimmt etwas, das wir tun können?«, beschwor ich ihn.

Er blieb starrsinnig. »Ich wüsste nicht, was.«

»Lass uns wenigstens zu dieser Frau gehen und versuchen, vernünftig mit ihr zu reden. Das können wir doch bestimmt machen, oder?«

»Damit alle wissen, dass wir noch versucht haben, uns vor unserer Verantwortung zu drücken, als das Spiel schon verloren war? Da hänge ich lieber«, höhnte mein Vater mit derselben viktorianischen Attitüde, die so manchen wackeren Kapitän dazu veranlasste, mit seinem Schiff unterzugehen, obwohl noch reichlich Rettungsringe und -boote frei waren. Ich persönlich konnte mich nur schwer damit identifizieren. So bat und bettelte ich weiter, er möge mir erlauben, das Mädchen aufzusuchen. Ein Versuch konnte doch bestimmt nicht schaden.

»Du hast selbst gesagt, dass ich es bin, um den du dir Sorgen machst«, schniefte ich. »Ich bin nicht bereit für das alles. Bitte tu es für mich, Vater. Bitte!«

Mein Vater verzog eine Weile ungnädig den Mund, ließ ein Stirnrunzeln der äußersten Enttäuschung folgen und gab am Ende nach.

»Tu, was du tun musst, John.« Damit drehte er mir den Rücken zu.

- V -

Mein Vater schlug vor, dass ich sie mit dem *Oxford* abholen solle, und beschrieb mir unsere Erpresserin von Kopf bis Fuß. Kurz nach Sonnenuntergang machte ich mich auf. Ich fuhr die Gegend rund um ihren Standplatz ab, parkte ein Stückchen weiter die Straße hoch und beobachtete, wie gegen neun Uhr ein Mädchen, auf das die Beschreibung passte, von einem hellblauen *Ford Anglia* abgesetzt wurde.

Ich war so aufgeregt wegen der unmöglichen Aufgabe, die vor mir lag, dass ich keinen einzigen Blick auf die Person warf, die sie hergefahren hatte. Stattdessen ließ ich den Motor an, als der Ford wieder abgefahren war, und lenkte meinen Wagen mit an der Beifahrerseite heruntergelassenem Fenster zu der Stelle, wo sie stand.

Das Mädchen kam sofort ans Auto und stieg wortlos ein. Ich gab Gas. Nur weg von den grellen Straßenlaternen, hin zu den undurchdringlichen Schatten der Landstraßen.

»Mit der Hand kostet einen Zehner, Blasen zwanzig, und dreißig, wenn du alles willst«, spulte sie ihr Angebot ab, als wäre ich zum Frühstücken an den Schalter eines Drive-in-Restaurants gekommen.

Ich betrachtete sie unauffällig, um Zeit zu schinden. Sie war ein durchaus hübsches Mädchen, ähnlich wie das, dessen Bekanntschaft ich vor ein paar Tagen gemacht hatte. Ein kecker Gesichtsausdruck, lange Wimpern und knallrote Lippen. Trotzdem war da eine Härte in ihren Zügen, mit der sie mich mühelos einschüchterte.

»Nervös?«, fragte sie, weil ich immer noch nicht geantwortet hatte.

Ich versuchte meine Angst hinunterzuschlucken und erwiderte, so gut ich konnte: »Ein bisschen.«

»Du bist ja auch noch jung. Dein erstes Mal?«

»Was?«

»Bist du zum ersten Mal mit einer Frau zusammen, Süßer?«

»Nein«, gab ich zurück. »Ich bin schon mit einer Menge Frauen zusammen gewesen.« Ich hatte nicht ganz verstanden, was sie meinte.

Meine Beifahrerin lächelte. »Natürlich bist du das, Valentino. Ganz bestimmt. Also, Schätzchen, was soll's denn nun sein?«

Wir würden einen ruhigen Ort zum Reden brauchen. Allerdings wusste ich immer noch nicht, was ich eigentlich genau sagen wollte. Also spielte ich weiter auf Zeit und erzählte ihr, ich wolle einfach nur ein bisschen mit ihr zusammensitzen. Sie war einverstanden, warnte mich aber, dass es trotzdem ein halbes Pfund kosten würde, ob wir nun etwas taten oder nicht. Ich stimmte zu und lenkte das Auto über den Straßenrand und zwischen die Bäume.

Als ich den Motor abstellte, standen wir kurz in völliger Dunkelheit. Ich schaltete die Scheinwerfer wieder an.

»Romantisch«, kommentierte ihre Silhouette. »Geld?«

»Oh, ja«, erinnerte ich mich und kramte in meinen Taschen nach dem Schein, der dort bestimmt sein musste, ohne etwas anderes als Münzen zu finden. »Kann ich dir Kleingeld geben?«, fragte ich. Sie runzelte die Stirn, hielt aber trotzdem ihre Hand auf.

»Ich bin doch kein verdammter Spielautomat«, murmelte sie und verstaute meine Schillinge in ihrer Handtasche. »Na dann, ich bin ganz Ohr.« Sie steckte sich eine Zigarette zwischen die rubinroten Lippen, ihr Feuerzeug klickte ein paarmal, dann füllte sich das Wageninnere mit Rauch.

Unvermittelt zog sie meine Hand auf ihre linke Brust. »Und du möchtest wirklich nicht …?« Entgegen meiner früheren Behauptungen war dies das erste Mal, dass ich überhaupt eine Mädchenbrust berührte; jedenfalls während das Mädchen noch lebte. Aber weil ich nicht hier war, um meine Jugendfantasien auszuleben, zog ich die Hand – nach ungefähr zwanzig Sekunden – zurück.

»Es tut mir leid«, platzte ich heraus, »aber ich muss wirklich dringend mit dir reden.«

»Ach, so einer bist du also?«, schlussfolgerte sie. »Na gut, Schätzchen, lass hören. Wollen wir doch mal sehen, ob du mich schocken kannst.«

Ich atmete tief ein und versuchte mich zusammenzureißen, schaffte es aber nicht ansatzweise. Also sprudelte ich einfach damit heraus, was ich zu sagen hatte.

»Mein Vater wollte deine Freundin nicht töten, es war ein Unfall, ganz ehrlich!«, plapperte ich drauflos und bekam die Zigarette, die ihr aus dem Mund geflogen war, erst ins Gesicht, bevor sie zwischen uns auf dem Sitz landete.

»Du … er … was?«, hustete sie.

»Es war ein Unfall«, wiederholte ich noch einmal den entscheidenden Punkt, bevor sie noch einfach abhaute. »Geh bitte nicht zur Polizei, damit würdest du uns beiden großes Unrecht tun.«

»Zur Polizei gehen? Wen getötet? Wovon sprichst du denn, um alles in der Welt?«, staunte sie. »Du bist doch nicht etwa einer von diesen perversen Spinnern, oder? Wenn du irgendwas Komisches bei mir versuchst, steche ich dich verdammt noch mal ab«, warnte sie mich, nachdem sie ihre Handtasche mehrere Sekunden lang nach einem kleinen Taschenmesser durchwühlt hatte.

»Nein, bitte, ich versuche nichts Komisches, ich will doch nur, dass du mir zuhörst«, flehte ich, aber sie schien nicht mehr wirklich in Stimmung dafür zu sein.

»Hör mal, Schätzchen, ich weiß nicht, wovon du redest, aber ich will auch gar nichts wissen von irgendwen töten und zur Polizei gehen, klar? Du kannst mich einfach wieder da rauslassen, wo du mich abgeholt hast, und wir vergessen den ganzen Kram.« Während sie mich mit dem Taschenmesser in Schach hielt, verstreute sie meine Münzen über den Fußraum des Autos.

Das war nicht gut gelaufen. Zwar nicht so schlecht, wie ich befürchtet hatte, aber nichtsdestotrotz ziemlich schlecht. Ihre Reaktion ließ mich zweifeln, ob ich überhaupt das richtige Mädchen im Auto hatte, auch wenn sie der Beschreibung meines Vaters bis aufs Haar entsprach. Ich beschloss, alles an Versprechungen mitzunehmen, was ich kriegen konnte, bevor ich für heute Feierabend machte. »Du wirst also nicht zur Polizei gehen?«

»Glaub mir, mein Lieber, du setzt mich ab und ich werde niemandem von diesem ganzen Spektakel erzählen«, versicherte sie.

»In Ordnung.« Ich nahm sie beim Wort und wollte den Motor anlassen. Aber kaum hatte ich den Zündschlüssel gedreht, da erhob sich wie aus dem Nichts eine Gestalt hinter dem Beifahrersitz und schlang eine rot-weiße Krawatte um den Hals meiner Mitfahrerin.

»Was zum ...«, keuchte ich zu Tode erschrocken, als ihr

Kopf nach hinten in den Schatten gerissen wurde. Im reflektierten Licht der Autoscheinwerfer konnte ich das zur teuflischen Grimasse verzerrte Gesicht meines Vaters hinter ihr erkennen. Die Zähne krampfhaft zusammengebissen, zog er mit aller Kraft an der seidenen Schlinge.

»Ihre Arme! Halt ihre Arme fest!«, blaffte er mich an, während er sich nach links und rechts vor ihren Versuchen, ihn über ihre Schulter hinweg zu erstechen, wegduckte.

»Was machst du da?«, kreischte ich. Ich wollte mich auf ihn stürzen, wobei mir allerdings die verzweifelt gegen das Lenkrad strampelnden Beine des Mädchens im Weg waren. Ich fasste meinen Vater bei den Handgelenken und versuchte ihm die Krawatte zu entwinden, aber er war stärker als wir beide. Er wehrte mich ab und wrang gleichzeitig weiter das Leben aus ihrem zuckenden Körper.

»Hör auf! Hör auf!«, schrie ich. Eine acht Zentimeter lange Klinge bohrte sich bis zum Griff in meine Seite, sodass ich mit dem Kopf auf das Armaturenbrett krachte. Ich wand mich auf dem Sitz, versuchte meinen Schmerz herauszuschreien, konnte aber noch nicht einmal Atem holen. Ein letztes Mal sah ich in die Augen des Mädchens. Brennend vor Hass und Verzweiflung bohrten sie sich in die meinen, als ob der schiere Zorn sie irgendwie vor der ewigen Dunkelheit bewahren würde, aber das konnte er nicht. Die letzten Flämmchen des Bewusstseins flackerten und erloschen hinter den Pupillen, dann wurden ihre Augen grau.

Mein Vater fuhr fort, mit einer Wut an der Krawatte zu zerren, als sei das Ende der Welt gekommen. Schließlich ließ er locker, fiel in den Sitz zurück und schnappte unredlich erschöpft nach Luft.

»Jesus«, schluchzte er. »Jesus, Jesus, Jesus, ich bin dein Diener.«

Ich weiß nicht, was Jesus davon hielt, aber mich konnte er nicht wirklich überzeugen. Ich grapschte suchend an der Fahrertür herum, bis ich aus dem Auto auf einen knisternden Teppich welker Blätter purzelte.

Wo ich hinwollte, weiß ich nicht, wahrscheinlich einfach nur so weit weg von diesem Albtraum wie irgend möglich, aber der Schmerz in meiner Seite war so stark, dass ich mich kaum über den gefrorenen Boden schleppen konnte. Und natürlich war mein Vater schnell wieder bei mir, hob mich auf und trug mich zurück ins Auto.

»Du bist verletzt, mein Sohn«, sagte er und ließ mich auf den Beifahrersitz fallen. Das Mädchen war schon weg, irgendwo da draußen in der Nacht abgelegt, und jetzt fuhr mich mein Vater zurück nach Hause, in das Heim, das wir beide teilten … zurück zu dem Ort, wo höllische Pakte geschlossen wurden …

- VI -

Ich muss wohl auf der Rückfahrt ohnmächtig geworden sein, denn das Nächste, woran ich mich erinnere, ist, dass ich mit brennendem Fieber wieder zu mir kam. Ich wusste, dass ich mich in meinem Bett befand, aber aus irgendeinem Grund war ich damit raus aufs Eis transportiert worden. Im Nebel bewegten sich furchterregende Schemen, versessen darauf, mich zur Strafe für meine jüngsten Missetaten in Stücke zu reißen und den Wölfen vorzuwerfen. Dabei hatte ich mit dem ersten Mord doch gar nichts zu tun gehabt und, was den zweiten anging, auch nicht gewusst, dass mein Vater mit seinen ganz eigenen Plänen im Auto gelauert hatte.

Bis ins Innerste erschüttert weinte ich vor Verzweiflung, aber ich wusste auch, dass ich jedes Schicksal verdiente, das mich für all das Leid, zu dem ich beigetragen hatte, erwarten mochte.

Die Schemen kamen näher, verfestigten sich vor meinen Augen und entstiegen dem Nebel mit ausgestreckten stählernen Klauen. Da hörte ich von unten ein Knacken. Das Bett legte sich auf die Seite.

Das Eis gab nach!

Das Eis brach unter mir weg!

Ich fand meine Stimme wieder, um einen letzten Schrei zu tun, aber er verhallte in der Nacht, während mein Bett durch das Eis krachte und in den schwarzen Abgrund sank.

Ich erwachte zwischen eiskalten nassen Lappen und gefrorenen Wasserflaschen. Mein Vater bekämpfte das Fieber von außen. Er tat, was er konnte, auch wenn ich gerade nicht in der Verfassung war, seine Bemühungen entsprechend zu würdigen. Ich wand mich nur in den durchnässten Laken, kämpfte gegen die Schmerzen und versank immer wieder in tiefem Schlaf.

Erst vier Tage später kam ich wieder zu mir.

»Es stand eine Zeit lang ganz schön auf Messers Schneide mit dir«, sagte mein Vater. »Ich habe einige gute Männer an Wunden sterben sehen, die nicht so tief waren wie deine. Noch bevor sie ein letztes Gebet sprechen konnten, wurden ihre Adern schwarz von der Blutvergiftung. Ich dachte schon, ich würde dich auch verlieren, John.«

»Wie lange war ich denn weg?«, fragte ich. Meine Arme lagen wie Blei an meinem Körper.

»Eine Woche.«

»Eine Woche! Aber die Arbeit ...?«

»Ich habe deinen Chef für dich angerufen, gesagt, du hättest die Grippe und wärest bettlägerig. Er hatte vollstes Verständnis«, versicherte er mir. Ehrlich gesagt war die Arbeit nicht gerade mein größtes Problem. Es war einfach das Erste gewesen, das mir in den Kopf gekommen war.

»Warum hast du das Mädchen getötet?«, wollte ich wissen.

»Ich hatte keine Wahl, John. Ich musste es tun. Das siehst du doch sicher ein.«

»Nein, Vater, das tue ich nicht. Ich sehe es absolut nicht ein«, erwiderte ich.

»John«, begann er, den Kiefernholzstuhl etwas näher an mein Bett ziehend, wie um seine Redlichkeit zu demonstrieren, »wir wären beide gehängt worden, wenn ich sie nicht zum Schweigen gebracht hätte. Du hattest von vornherein recht«, schloss er. »Mit solchen Frauen kann man nicht verhandeln. Es gab einfach keinen anderen Weg.«

»Aber sie hat doch gesagt, sie würde nicht zur Polizei gehen«, erinnerte ich ihn.

»Ja, ich weiß. Sie hätte alles gesagt, um aus dem Auto herauszukommen, John, einfach alles, weil sie Angst davor hatte, was du ihr antun könntest«, antwortete er. »Genau wie diese italienischen Burschen, die wir damals in Messina gefangen nahmen. Sie versprachen, sie würden ihre Uniformen wegwerfen und nach Hause gehen, wenn wir sie freiließen. Aber uns war klar, dass sie das nicht tun würden. Wir waren auf ihrer Heimaterde und wir wussten, sie würden weiterkämpfen, sobald sie frei wären. Also habe ich sie alle erschossen, um meine eigenen Männer zu retten. So ist das nun mal.«

»Vater ...«

»Du bist nie im Krieg gewesen, mein Sohn. Du musstest nie solche Dinge tun. Ich beneide dich darum ...«, sagte er und legte eine Hand auf meine Schulter. »Aber jetzt musst du stark sein, genau wie ich es für dich sein musste, denn wir sind leider noch nicht ganz aus dem Schneider.«

Ich schnappte nach Luft. Das wurde ja immer besser! All das Sterben, all das Grauen und das Töten und wir waren immer noch nicht aus dem Schneider? Er machte wohl Witze, verdammt noch mal!

»Das kann nicht sein. Niemand hat sie einsteigen sehen. Niemand hat uns im Wald gesehen. Sie wird auf keinen Fall irgendjemandem von dem Erpressungsversuch erzählt haben. Also wie können wir jetzt noch in Gefahr sein?«

Vater wirkte ein wenig empört über meinen wenig respektvollen Ton, ließ es aber wegen des Fiebers noch einmal durchgehen.

»Die Polizei ist schon hier gewesen. Sie haben eine grobe Beschreibung des Autos, das bei beiden Vorfällen benutzt wurde, und jetzt befragen sie jeden in King's Lynn, der ein solches Gefährt besitzt. Sie kennen zwar nicht die Automarke oder das Modell, geschweige denn die Nummer, trotzdem macht mich das Auto verdächtig.« Dann sprach er das aus, was an der Sache besonders heikel war: »Und ich habe für beide Abende kein Alibi.«

»Aber bestimmt ...«

»Aber bestimmt gar nichts! Ein fehlendes Alibi ist in den Augen der meisten Geschworenen so gut wie ein unterschriebenes Geständnis. Ich sollte das wissen, schließlich habe ich bei mehr als einem Urteil auf der anderen Seite gestanden.«

»Aber was können wir denn machen?«, fragte ich. »Ich könnte doch sagen, du warst bei mir. Ich verschaffe dir ein Alibi.«

»Das reicht nicht«, winkte er ab. »Ein Alibi von einem Familienmitglied ist so gut wie gar keins. Nein, ich muss in der Öffentlichkeit gesehen werden, von unabhängigen Zeugen, deren Wort niemand anzweifeln wird.«

»Und wie sollen wir das anstellen?«, rätselte ich voll ahnungsloser Naivität.

Mein Vater zog eine Augenbraue hoch. »Es muss noch einmal getan werden«, sagte er. »Aber dieses Mal musst du es tun.«

Wie ihr euch vorstellen könnt, sprang ich bei diesem Vorschlag nicht gerade begeistert aus dem Bett, um eine Schüssel Cornflakes hinunterzuschlingen und mich direkt ans Werk zu machen. Das Haus hallte drei Tage lang vom Lärm haarsträubender Wortgefechte wider. Doch schließlich wurde es still.

»Sohn, ich habe diese furchtbaren Dinge für dich getan. Jetzt musst du das Gleiche für mich tun. Dies betrifft dich genauso wie mich, und ich werde auf gar keinen Fall alleine unter dem Galgen stehen«, schwor er, seine 180-Grad-Drehung mit einer Extraportion Scheinheiligkeit krönend.

Ich hätte auf meinem Standpunkt beharren und ihm sagen können, er solle sich zum Teufel scheren, aber er war immer noch mein Vater und ich fühlte immer noch zu gleichen Teilen Ehrfurcht und Angst vor ihm. Und davon mal abgesehen: Wenn er in der Lage war, kräftige deutsche Steuermannsmaate, unbewaffnete italienische Burschen und wehrlose junge Mädchen zu töten, um sich selbst zu retten, welchen Preis war er dann wohl noch zu zahlen bereit?

Als mir dieser Gedanke kam, stritt ich mit wesentlich weniger Leidenschaft, aber so ganz hatte ich noch nicht aufgegeben. Schließlich sagen Menschen *alles, um aus dem Auto herauszukommen, einfach alles*. Ich wusste jetzt, dass das stimmte. Und mein Vater wusste es auch.

»Das ist dann aber wirklich das letzte Mal, Vater. Einmal noch, dann hören wir auf«, beharrte ich. »Darauf musst du mir dein Ehrenwort geben.«

Mein Vater betrachtete mich ein paar Sekunden lang, während er diese Bedingung in seinem Kopf herumwälzte, dann nahm er an. »Also gut, dies wird das letzte Mal sein, komme, was da wolle.« Er streckte seine Hand aus, und so angewidert ich auch war, ergriff und schüttelte ich sie trotzdem.

»Dies ist ein Pakt, John, zwischen Vater und Sohn. Er kann von keinem Außenstehenden gebrochen werden. Nimm ein Mädchen, überantworte sie dem lieben Gott auf dieselbe Weise wie die anderen und wir werden frei sein.«

Vieles hätte ich darauf entgegnen können, und wahrscheinlich auch sollen, aber letztendlich war alles, was ich sagte:

»Ja, Vater.«

Als ich die Garage betrat, waren die Nummernschilder schon wieder abmontiert und an die Wand gelehnt worden. Ich warf einen verächtlichen Blick darauf, dann kletterte ich in Vaters Auto und fuhr in die Dunkelheit.

Ich wusste nicht, wo mein Vater den Abend verbrachte, aber als Erstes überzeugte ich mich, dass er sich nicht wieder auf der Rückbank versteckt hielt. Ich weiß nicht, was ich getan hätte, hätte er tatsächlich dort gelauert, aber bestimmt wäre es nicht angenehm geworden.

Bevor er sich für den Abend verabschiedet hatte – aufgebrezelt in seinem feinsten Zwirn – hatte er mich mit einem Paar schwarzer Lederhandschuhe versorgt, außerdem mit einer Hornbrille, in deren Gestell sich lediglich Fensterglas befand, sowie einer bereits vorgeknoteten Seidenkrawatte. Sie war der sehr ähnlich, die er eine Woche zuvor benutzt hatte, obwohl jenes Exemplar angeblich längst in Flammen aufgegangen war. Vielleicht hatte mein Vater mich aber auch belogen. Ich wusste es nicht. Eine Seidenkrawatte sah für mich aus wie die andere.

Wieder einmal fuhr ich quer durch die Stadt zu der Stelle, wo die Frauen standen, die ihren Körper verkauften, und wartete ab, bis die sexuelle Rush Hour abklang. Diese Stadt war offensichtlich mit einer enormen Libido gesegnet. Noch vor zwei Wochen hatte ich keine Ahnung gehabt, dass es so etwas überhaupt gab. Und ich hatte erst recht nicht geahnt, wie viele der männlichen Einwohner dabei mitmachten. Ich glaube, in jenen Tagen und Wochen lernte ich insgesamt mehr, als mir lieb war.

Kurz nach zwei Uhr morgens ließ der Verkehr nach und die meisten der Mädchen begaben sich mit ihren Einnahmen nach Hause zur Ruhe. Eine oder zwei blieben noch zurück und ich wartete, bis zum Schluss nur noch ein einzelnes Mädchen übrig war. Dann ließ ich den Motor an und fuhr zu ihrer Straßenecke hinüber.

»Suchst du Unterhaltung, mein Junge?«, fragte sie. Mit einem Fingerschnippen entledigte sie sich ihrer Zigarette und krempelte die sprichwörtlichen Ärmel hoch.

Ich konnte kaum eine zusammenhängende Antwort herausbringen, deshalb öffnete ich bloß die Beifahrertür. Mit einem Kopfnicken lud ich sie ein, Platz zu nehmen. Das Mädchen ließ sich auf den Sitz gleiten, ich gab Gas und fuhr in Richtung der mir nur allzu vertrauten Landstraße.

»Dich habe ich noch nie hier gesehen, Süßer«, bemerkte sie. »Bist du ein Neuling in diesem Geschäft?«

»Das könnte man wohl sagen«, antwortete ich, als ich endlich meine Stimme wiedergefunden hatte.

Auf der Straße waren kaum noch Autos. Ich ging nicht davon aus, dass am nächsten Tag irgendjemand der Polizei von einem *Oxford* ohne Nummernschilder berichten würde. Das war allerdings schon alles, was mich mit Zuversicht erfüllte. Ich fuhr immer weiter, am See vorbei, an den Picknickplätzen vorbei und sogar an den Feldern und Weiden vorbei, bis das Mädchen anfing, unruhig auf dem Sitz hin- und herzurutschen und mich fragte, wo ich denn hinwollte.

»Weg von hier«, antwortete ich nur. »So weit weg von hier, wie es eben geht.« Das war zugegebenermaßen keine besonders detaillierte Auskunft, aber ich war einfach zu überwältigt vom Strudel meiner Emotionen. Vielleicht hätte ich meine Absichten trotzdem etwas klarer formulieren sollen, denn die Alarmglocken meiner Begleiterin fingen jetzt offensichtlich an, einen Höllenradau zu veranstalten. Wahrscheinlich müssen die Damen aus dem Gewerbe täglich damit rechnen, von irgendeinem Spinner aufgelesen zu werden, und wahrscheinlich treffen einige von ihnen ihre Vorkehrungen für einen solchen Fall, denn plötzlich hatte ich ein Rasiermesser am Hals und eine Drohung im Ohr.

»Du hältst jetzt sofort den Wagen an, mein Lieber«, legte sie mir nahe, »oder ich schneide dir ein neues Grinsen.« Anscheinend hatte sie ihre Strategie nicht ganz zu Ende gedacht.

»Wenn du mich schneidest«, erklärte ich, »verliere ich die Beherrschung über den Wagen und an beiden Seiten der Straße sind tiefe Entwässerungsgräben.« Das Mädchen überprüfte dies mit einem kurzen Blick auf die zugefrorenen Oberflächen der Gewässer, von denen das Mondlicht reflektiert wurde. Es herrschten immer noch Minustemperaturen und das Eis würde zwar höchstwahrscheinlich das Gewicht eines Menschen tragen, aber bestimmt nicht das eines schleudernden *Morris Oxford*.

»Man wird uns erst finden, wenn die Kanäle das nächste Mal trockengelegt werden ... wann auch immer das ist«, fügte ich absolut wahrheitsgemäß hinzu. Diese Kanäle hatten im Laufe der letzten ungefähr vierzig Jahre schon Dutzende von Menschenleben gefordert, und manchmal dauerte es Jahre, bis die Toten aus dem schlammigen schwarzen Wasser wieder auftauchten.

»Halt das Auto an!«, schrie sie. Die Klinge in ihrer Hand zitterte jetzt.

»Tut mir leid, das kann ich nicht«, sagte ich. »Ich muss dich von hier wegbringen. Es ist zu deinem eigenen Besten.«

»Du beschissenes perverses Arschloch!«, kreischte sie. »Ich schwöre dir, ich schlitze dich auf!«

Ich nahm meinen Blick von der Straße und wandte mich ihr zu.

»Wenn du das tust, würdest du mir damit einen Gefallen tun.«

Sie hatte ihr Pulver verschossen. Ich beschloss, nicht weiter auf unsere Reiseroute einzugehen, um nicht doch noch eine Kurzschlussreaktion zu provozieren. Stattdessen setzte ich auf ungewisses Schweigen. So fuhren wir noch ein paar Meilen weiter, gegenseitig unser Leben in den Händen haltend, bis die Straße einen scharfen Rechtsknick machte und über eine Steinbrücke von den eisbedeckten Kanälen wegführte. Das Mädchen sah das, und es war ihr klar, dass ich es auch gesehen hatte. Anscheinend hielt sie dies für einen Jetzt-oder-nie-Moment, denn die Klinge drückte sich gleich wieder an meine Kehle, bevor die Straße noch zu den Kanälen zurückfinden konnte, aber ich gab nicht nach. Stattdessen fuhr ich weiter in die Nacht hinein zu dem Ort, an dem ich sie für immer loswerden wollte.

»Ich zähle bis drei«, warnte sie mich. Die Schneide ihres Rasiermessers hatte schon meine Haut geritzt. Tropfen einer Flüssigkeit, von der ich nur ungern zu viel vergießen wollte, traten hervor. »Eins …«

»Das wird dich nicht retten.«

»Zwei …«, fuhr sie fort.

»Wenn du das tust, bist du in ein paar Tagen tot«, prophezeite ich.

»Drei!« Bevor sie mir ein neues Belüftungsloch verpassen konnte, lenkte ich das Auto von der Straße und zum Ziel unserer Reise: dem Bahnhof von Fenwold Country.

Als ich den Wagen anhielt, machte das Mädchen doch noch einen Versuch, mir die Kehle durchzuschneiden, aber ich packte ihr Handgelenk und bewahrte Leib, Leben und Sitzpolster vor dem Schlimmsten.

»Ich will dir nicht wehtun«, beteuerte ich. »Du hast nichts von mir zu befürchten. Mach das Handschuhfach auf und sieh selbst nach.« Ich unterstrich meine ehrlichen Absichten, indem ich ihr Handgelenk losließ, was ihr freie Bahn mit der Klinge zu meiner Visage verschaffte. Doch die aufkeimende Hoffnung, die sich hier darbot, war zu verführerisch, um sie auszuschlagen.

»Mach es schon auf«, drängte ich.

Sie zögerte einen Moment, bevor sie den Riegel zur Seite schob und das Handschuhfach öffnete. Darin befanden sich ein Umschlag voll mit Pfundnoten, Schillingen und Pennies sowie ein sauberes weißes Taschentuch.

»Das ist für dich«, sagte ich. Sie tastete in dem Umschlag herum, ohne ihren Blick von meinem zu lösen. Es waren fast hundert Pfund darin.

Wieder fuchtelte sie mit dem Rasiermesser vor meinem Gesicht. »Was hat das alles zu bedeuten?«, wollte sie wissen. »Was willst du von mir?«

»Ich will, dass du die Stadt verlässt, untertauchst und nie mehr zurückkommst«, erklärte ich.

»Dass ich untertauche?«

»Es muss so aussehen, als ob du verschwunden wärst, als ob dir etwas zugestoßen wäre, verstehst du? Du musst alle deine Sachen zurücklassen, aber ich würde sagen, dass ich dich hiermit mehr als entschädigt habe.«

»Mit hundert Pfund?«

»Mach das Taschentuch auf«, erinnerte ich sie.

Vor lauter Papiergeld hatte das Mädchen das Taschentuch bisher völlig ignoriert. Jetzt zog sie es heraus und warf einen Blick auf das, was ich darin eingewickelt hatte. »Was ist das?«, fragte sie dann, offenbar nicht schlauer als vorher.

»Das ist eine Medaille, das Victoria-Kreuz. Die höchste militärische Auszeichnung, die man bekommen kann. Es ist eine Menge Geld wert, mindestens ein paar hundert Pfund, womöglich mehr. Wenn du das an den richtigen Sammler versetzt, hast du ausgesorgt.«

»Wem gehört das? Denn deins ist es mit Sicherheit nicht, so viel ist mal klar, Schätzchen«, erriet sie ganz richtig.

Ich setzte auf eine Halbwahrheit: »Einem Verwandten.«

»Das hast du doch bestimmt gestohlen«, mutmaßte sie.

»Ja, aber es wird nie als vermisst gemeldet, das kann ich dir garantieren. Und ich habe die ganzen Dokumente dazugelegt, damit du einen guten Preis dafür herausholen kannst, ohne irgendwelche Schwierigkeiten, versprochen.«

»Was ist mit meinen Freunden?«

»Besorg dir neue«, schlug ich vor. »Bessere als deine alten. Mach einen Neuanfang, weg von alldem hier.«

»Und wo genau soll ich das tun?«

»Der erste Zug nach Cambridge kommt in ungefähr drei Stunden hier durch. Von da aus kannst du hinfahren, wo immer du willst. Du darfst nur nie wieder zurückkommen, wenigstens nicht für die nächsten zehn Jahre oder so. Bitte, es ist das Beste für dich. Und für deine Freundinnen.«

An ihrem Gesichtsausdruck konnte ich erkennen, dass mein Vorschlag für sie absolut keinen Sinn ergab und sie ganz schön daran zu knacken hatte. Tja, wir brauchen eben alle unsere Erklärungen, egal wie dick die Umschläge sind, die uns überreicht werden.

»Aber warum?«, fragte sie.

Irgendetwas musste ich ihr wohl antworten, also entschied ich, mich am besten so weit wie möglich an die Wahrheit zu halten. Das Risiko, mit einer schlechten Lüge alles zunichtezumachen, war einfach zu groß.

»Es gibt da jemanden, der glauben soll, dass ich etwas Schlimmes getan habe. Und dass ich es dir angetan habe, einem leichten Mädchen, wenn du weißt, was ich meine, und nur auf diese Art kann ich es tun ohne …« Ich stockte. »Bitte, vertrau mir, es ist wirklich sehr wichtig.«

Mit durchdringendem Blick schaute mich das Mädchen durch die Dunkelheit an. Obwohl ihre Gedanken wahrscheinlich gerade rasten, hielt sie das Rasiermesser jetzt absolut still. Erst als sie zu einem bestürzenden Schluss gekommen war, blitzte die Klinge kurz auf.

»Hat das hier mit Juney zu tun? Bist du das perverse Schwein, das Juney auf dem Gewissen hat?«

»Nein, nein, nein«, versicherte ich. »Ich bin nur das arme Schwein, das zu verhindern versucht, dass es noch mal passiert.«

»Wie? Was hat das alles hier damit zu tun?«

»Das kann ich dir nicht sagen. Es ist nur zu deinem eigenen Besten. Glaub mir das bitte einfach.«

»Ich sollte dich anzeigen«, grübelte sie. »Und wenn du etwas über Juney weißt, dann solltest du das auch anzeigen.« Aber tief im Inneren ahnte sie wohl, dass ich das nicht tun konnte. Sie wusste zwar nicht warum, aber das Leben am Rand der Gesellschaft war ihr vertraut genug, um zu wissen, dass es hier kein Schwarz oder Weiß gab, nur trübe Grauschattierungen, die sich alle überlappten, in einer Weise, die anständige, rechtschaffene Menschen nicht durchschauten.

»Ein paar Hundert, sagst du?« Sie klappte das Rasiermesser ein und schaute sich noch einmal die Medaille an.

»Vielleicht sogar tausend«, übertrieb ich, um den Handel zum Abschluss zu bringen.

Jetzt hatte sie nur noch eine einzige Bedingung.

»Ich habe da ein paar Briefe von meiner Mutter in meinem Zimmer. Die will ich noch haben. Schick sie mir und ich steige in diesen Zug. Sonst will ich nichts«, sagte sie und drückte mir einen einzelnen Messingschlüssel in die Hand. Ich willigte ein, kritzelte meinen Namen und die Telefonnummer auf die Rückseite des Umschlags und tat dann mein Möglichstes, um ihr einzuhämmern, dass sie einzig und allein mit mir sprechen durfte, wenn sie anrief, nicht mit meinem Prostituierten mordenden Vater. Sie schien das zu verstehen, auch ohne dass ich das letzte Detail erwähnen musste.

»Leb wohl, John Coal«, sagte sie, schob sich den Umschlag und das Taschentuch in den BH und stieg aus dem Auto. »Ich kann nicht gerade sagen, es war ein Vergnügen, dich zu treffen, aber es wird mir auf jeden Fall unvergesslich bleiben. Viel Glück für dich.«

»Ja, dir auch, äh …« Mir wurde klar, dass ich ihren Namen nicht kannte, obwohl ich ihr den meinen verraten hatte.

»Shandy«, sagte sie.

»Shandy?«

»So werde ich genannt, weil ich sozusagen halbe-halbe bin, weißt du?«, erklärte sie, und fügte hinzu: »Ich mag auch Mädchen«, als der Groschen bei mir immer noch nicht fallen wollte.

»Ich verstehe«, log ich – gute fünf Jahre, bevor ich es dann wirklich tat. »Tja, dann mach's gut, Shandy. Komm nicht zurück. Und falls irgendjemand fragt ...«

»Ja, ja«, entgegnete sie, bevor ich den Satz beenden konnte, »falls jemand fragt, sage ich, ich bin tot.«

- VIII -

Ich schlich mich in Shandys möbliertes Zimmer, fand die Briefe und nahm ihr auch etwas Unterwäsche mit. Die Nacht neigte sich schon dem Morgengrauen zu, aber ich hatte noch gerade genug Zeit, um wieder auf die Landstraße hinauszufahren und ein weiteres Verbrechen zu inszenieren, bevor ich vom »Tatort« floh.

Als ich nach Hause kam, war alles ruhig. Das Bett meines Vaters war unberührt und er lauerte auch nicht hinter irgendwelchen Einrichtungsgegenständen. Ich dankte Gott für diese Gnade, fiel ins Bett und schlief schon, bevor mein Kopf das Kissen berührte.

Vier Stunden später kam ich wieder zu mir. Im Haus war es immer noch still, aber es gab Anzeichen, dass mein Vater hier gewesen und wieder gegangen war. Sein guter Anzug hing wieder im Schrank, eine Tasse mit Untertasse stand auf der Anrichte und die Nummernschilder waren wieder am *Oxford* festgeschraubt.

Obwohl er mein geliebter Vater war und obwohl wir seit mehr oder weniger achtzehn Jahren unter demselben Dach schliefen, konnte ich mir nicht helfen: Der Gedanke, dass er heute Morgen im Haus herumgeschlichen war, während ich geschlafen hatte, war mir irgendwie unheimlich.

Ich schlug mir die unangenehmen Gedanken aus dem Kopf, wusch mich und setzte den Kessel auf. Eine Tasse Tee hatte ich mir wohl redlich verdient.

Da bemerkte ich das Album.

Ich hatte es vorher noch nie gesehen. Es war ein dickes, in Leder gebundenes Buch, die ersten dreißig Seiten mit Zeitungsausschnitten vollgeklebt. Daneben lagen eine Schere und die Mittagsausgabe des heutigen *Evening Herald*. Die Titelseite fehlte. Ich fand sie zwischen den Seiten des Albums. Sie hing etwas heraus, weil sie noch nicht eingeklebt war. Die Schlagzeile lautete: VERMISSTES MÄDCHEN: EIN WEITERES OPFER DES MOOR-WÜRGERS?

Auf der Seite davor klebte eine ähnliche Schlagzeile, diesmal mit einem Foto des ersten Opfers meines Vaters. WO IST SIE? POLIZEI DURCHKÄMMT DIE GEGEND. Ein weiterer Artikel zeigte das Foto von Juney, seinem zweiten Opfer: TOT! DER WÜRGER HAT WIEDER ZUGESCHLAGEN.

Ich konnte nicht glauben, was ich da sah. Mein Vater hatte ein Sammelalbum mit seinen Gräueltaten angelegt! Ich blätterte im Buch zurück, durch Zeitungsartikel und Schlagzeilen, bis mir klar wurde, dass es nicht um die Mädchen ging, von denen ich wusste. Es ging um wenigstens ein Dutzend andere.

WÜRGER-OPFER NR. 9: POLIZEI AUF DER JAGD NACH DEM WAHNSINNIGEN,

BLUTRAUSCH: SCHON WIEDER EINE LEICHE GEFUNDEN!

POLIZEI RATLOS: MOOR-WÜRGER IMMER NOCH AUF FREIEM FUSS,

MÄDCHENLEICHE IM FLUSS GEFUNDEN.

Insgesamt zählte ich sechzehn Mädchen, die entweder von jemandem, der als der Moor-Würger bezeichnet wurde, umgebracht worden waren oder als vermisst galten. Als ich gerade zu dem Schluss gekommen war, dass es sich bei diesem Moor-Würger um meinen Vater handeln musste, erkannte ich, dass das gar nicht sein konnte. Ein paar der Ausschnitte gingen zurück bis in das Jahr 1917, als mein Vater noch nicht einmal geboren worden war, und einige andere stammten aus den Zwanzigerjahren, als er gerade mal ein Kleinkind gewesen war. Für diese Taten konnte er unmöglich verantwortlich sein. Ich blätterte das Album noch einmal systematisch durch und notierte mir die Jahreszahlen. Dabei stellte ich fest, dass die Morde immer in Schüben aufzutreten schienen und dann ausliefen: 1917, 1925, 1929, 1939, 1944, 1946, 1955, 1962 – die Zahlen waren da, und sie ließen sich nicht leugnen.

»Die Ersten wurden von meinem Vater begangen«, erklärte plötzlich eine Stimme hinter mir, die mich fast zu Tode erschreckte. Ich fuhr herum und sah meinen Vater, der seine Melone auf der Anrichte abgelegt hatte und gerade dabei war, sich aus seinem Überzieher zu schälen.

»Ich habe dich gar nicht kommen hören«, keuchte ich, nach Luft schnappend.

»Nein, wenn ich möchte, kann ich sehr leise sein«, entgegnete er. Seine Augen blickten mich prüfend an und zuckten zu den Notizen, die ich gemacht hatte. »Hast du die neue Seite noch nicht eingeklebt?«

»Was?«, stammelte ich verwirrt. Dann wurde mir klar, wovon er redete. »Nein, noch nicht. Ich wusste nicht, dass ich das sollte.«

Mein Vater ging zum Teekessel hinüber. »Was glaubst du denn wohl, warum ich sie da hingelegt habe?«

Ich wusste es nicht, und ich war auch nicht besonders scharf darauf zu raten. Womöglich brachte mir das eine tödliche Rüge des Würgers ein. Er sah mich an und schaltete das Gas unter dem Kessel ein.

»Klebe sie ein«, sagte er.

»Ja, Vater«, erfüllte ich seinen Willen, bestrich die Rückseite des Zeitungsausschnitts mit Klebstoff und drückte sie ins Album. Er runzelte die Stirn. »Das ist schief.« Als ob das das schlimmste Vergehen war, das man zwischen den Deckeln dieses Albums finden konnte! »Nimm das noch einmal heraus und klebe es richtig ein, bevor es antrocknet«, befahl er. Also zog ich die Seite wieder ab und positionierte sie mit der Präzision eines erfahrenen Konstruktionszeichners neu. »Sehr schön«, brummte mein Vater. Er füllte die Teekanne mit kochendem Wasser auf, stellte sie an den Tisch und zog sich einen Stuhl heran. »Wahrscheinlich hast du dich schon gefragt, was dies alles zu bedeuten hat«, vermutete er.

»Äh …«, machte ich, noch nicht ganz sicher, wie dumm genau ich mich am besten stellen sollte. Schließlich befand ich, dass unerschütterlicher Respekt und Gehorsam die Chancen, meinen neunzehnten Geburtstag zu erleben, beträchtlich erhöhen würden. Ich spitzte also die Lippen und küsste meinem Vater ehrfurchtsvoll die Kehrseite, wenn auch nur im übertragenen Sinne. »Das habe ich mich tatsächlich gefragt, Vater. Ich kann mir absolut keinen Reim darauf machen«, flötete ich wie ein totaler Schwachkopf.

Mein Vater nickte. »Nun, wie ich schon sagte, für die ersten der Mädchen war mein Vater verantwortlich.«

»Der Reverend?«

»Ja, er war ein ganz ausgezeichneter Jäger, hat mich alles gelehrt, was ich weiß. In der Tat, ohne die Fähigkeiten, die er mir beigebracht hat, wäre ich womöglich gar nicht aus dem Krieg zurückgekommen«, sinnierte er. Dann machte er eine Pause, wahrscheinlich damit ich an dieser Stelle ein »Ach ja, guter alter Großpapa« einfügen konnte. Als das nicht passierte, sprach er weiter.

»Nun, wie auch immer, er hat mich kurz vor dem Krieg in die Jagd eingeführt und mir gezeigt, wie man dabei vorgeht.«

»Die Jagd?«, brachte ich schließlich heraus.

»Ja, die Jagd. Ich muss schon sagen, zuerst hatte ich ganz schöne Schwierigkeiten damit. Da hast du dich wesentlich besser angestellt«, lobte er und goss sich eine Tasse Tee ein.

»Ja, ich ... äh ... wusste nicht, dass es eine Jagd ist«, musste ich zugeben.

»Natürlich nicht. Ich doch damals auch nicht. Aber irgendwann habe ich sozusagen den Wildbraten gerochen.«

Darauf wollte ich gar nicht näher eingehen.

»Dein Großvater hatte mich sorgfältig ausgewählt. Er gab mir das Verständnis und die Liebe, die ich von der Hure, die mich geboren hatte, nie bekam. Und er klärte mich auf über den wahren Charakter des *Weibsgeschlechts.*« Mit dem letzten Wort schien er seine ganze Verachtung auszuspucken, aber dann sah ich, dass er nur ein Stück Teeblatt in den Mund bekommen hatte.

»Den wahren Charakter des Weibsgeschlechts?«

Mein Vater antwortete nicht gleich. Er nahm noch einen Schluck Tee und setzte dann sehr vorsichtig seine Tasse ab.

»Das wirst du schon noch verstehen«, gab er schließlich zurück. Seine Handlungen waren überlegt und berechnend, genau wie sie es in den letzten paar Wochen gewesen waren. Dies war eine Initiation. Er führte mich in sein Metier ein, so wie es der Reverend mit ihm getan hatte.

»Ich konnte es zuerst nicht tun«, gab er zu. »Ich hatte es einfach nicht in mir. Zumindest dachte ich das, bis der Krieg kam. Dann fand ich Stärken in mir, die ich vorher nie für möglich gehalten hatte.«

Mein Vater schnippte eine Fluse von seinem Revers und rückte seine Krawatte zurecht. Mir fiel auf, dass er seine Regimentskrawatte trug. Ich fragte mich, ob sein Alibi wohl ein Treffen mit den alten Kameraden beinhaltete, aber ich konnte nicht länger darüber nachdenken, denn die Erzählung meines Vaters näherte sich jetzt dem Punkt, an dem das Mädchen aus der Torte hüpft.

»Du hast diese Stärken auch, John. Ich habe sie schon an jenem ersten Abend in dir gesehen. Und letzte Nacht hast du gezeigt, dass du ohne jeden Zweifel mein Sohn bist.« Mein Vater sah mich mit strahlendem Blick an und erlaubte seinen dünnen Lippen sogar ein seltenes Lächeln. »Ich bin sehr stolz auf dich, John.«

Dies stellte das steife Lob, das er mir für die Reparatur des Fernsehers ausgesprochen hatte, weit in den Schatten, aber aus irgendeinem Grund konnte ich mich nicht richtig darüber freuen.

»Ich habe dich nicht zu diesen Taten gedrängt, John. Wenn überhaupt, dann hast du mich gedrängt. Ich habe dich lediglich zu einer Kreuzung geführt und dich selbst die Richtung auswählen lassen. Du bist ein Jäger, John. Genau wie ich es bin und wie es mein Vater vor mir war. Es liegt in deiner Natur. Und nun ist es an dir, diese Stärken einzusetzen.«

»Ja, Vater«, war alles, was ich – in Anbetracht der Tatsache, dass wir gerade kein Ferngespräch an entgegengesetzten Enden einer langen Überlandleitung führten – dazu sagen konnte.

»Gut. Ich bin froh, dass wir diese kleine Unterhaltung endlich geführt haben«, nickte mein Vater leutselig. »Ich brauche wohl nicht zu erwähnen, dass du bei der Ausübung der Jagd stets die größte Sorgfalt walten lassen musst. Schließlich habe auch ich nicht so lange durchgehalten, indem ich mich benommen habe wie ein wahnsinniger Irrer. Es wird wohl das Beste sein, wenn wir dem Moor-Würger erst einmal ein paar Jahre Ruhe gönnen, meinst du nicht auch?«

Und ob ich das meinte! Genauer gesagt war dies seine erste Äußerung seit ein paar Wochen, mit der ich mich absolut einverstanden erklären konnte. Deshalb beschloss ich, es zunächst dabei bewenden zu lassen und keine übereilten Entscheidungen zu treffen, solange ich nicht wusste, wo mir überhaupt der Kopf stand.

Beziehungsweise, wo mein Kopf wohl landen würde, falls ich eine falsche Entscheidung traf …

- IX -

Während der Tage darauf sprach mein Vater noch öfter zu mir, legte mir die Feinheiten der »Jagd« und die Gottlosigkeit des weiblichen Geschlechts als solches dar. Die Frauen waren schuld, dass wir aus dem Paradies geworfen worden waren, hatten Könige zu Fall gebracht und sogar den armen alten Reverend, »verflucht sei seine Narretei«, so sehr verdorben, dass es ihn einen todsicheren Bischofsposten kostete – was, wie ich annehme, der Punkt war, an dem dies alles seinen Anfang genommen hatte.

Mein Vater, von seiner eigenen leiblichen Mutter nur Stunden nach der Geburt verstoßen, war aus demselben Holz geschnitzt wie der Reverend. Ich hingegen hatte mit den Rippenstehlerinnen bisher keinerlei Probleme gehabt, was mich zu der Frage brachte, wie verbohrt mein Vater wohl sein konnte, dass er annahm, ich würde in dasselbe Horn stoßen wie er und Großpapa. Ich meine, respektvoller Gehorsam hin oder her, aber irgendwie wurde ich das Gefühl nicht los, dass er dieses väterliche Privileg schamlos ausnutzte.

Natürlich versuchte ich trotzdem, ihm den eifrigen Schüler vorzuspielen, um sowohl den Schein als auch meine körperliche Unversehrtheit zu wahren, aber ich hätte mir nach unseren »kleinen Unterhaltungen« regelmäßig die Seele aus dem Leib kotzen können. Mein Vater und Großvater hatten zusammen Dutzende von Frauen ermordet. Und jetzt erwarteten sie, dass ich diese nicht sehr noble Familientradition weiterführen würde. Sicher, Menschen mit verbotenen Lastern versuchen immer, andere zu verführen, genau das zu tun, was sie selbst nicht lassen können. So wälzen sie einen Teil ihrer Gewissenslast auf die anderen ab. Aber hier ging es nicht darum, sich am Vormittag einen Sherry zu genehmigen oder nach der Abendandacht dem Messdiener einen zu blasen. Hier ging es um Mord, das verabscheuungswürdigste und schändlichste Verbrechen von allen. Denn dies war keine »Jagd«. Es war nie eine gewesen, nicht im Frieden, nicht im Krieg und nicht im beschaulichen King's Lynn. Ich war vielleicht jung und hatte meinem Vater geholfen, schreckliche Dinge zu tun, aber ich kannte immer noch den Unterschied zwischen richtig und falsch. Oder nicht?

Natürlich hätte ich zur Polizei gehen sollen. Ja, das hätte ich tun sollen, aber ich tat es nicht, denn ich war ein Feigling. Ich wollte leben, und zwar noch so lange wie möglich. War das selbstsüchtig von mir? Vielleicht, aber wie gesagt war ich jung, mein Leben hatte gerade erst angefangen, und es gab noch so viel, das ich erleben wollte: Great Yarmouth sehen, Motorrad fahren, segeln, mit einem Mädchen ausgehen und sie lebend wieder nach Hause bringen. Ich konnte mich einfach nicht der Polizei stellen, nicht zuletzt, weil mein Vater mich nicht aus den Augen ließ. Er befürchtete wohl, ein bisher unentdecktes Moralgefühl könnte mich doch noch überkommen. Nein, ich musste mir etwas anderes überlegen.

Leider sollte ich diese Chance nicht bekommen. Ich war davon ausgegangen, der Moor-Würger hätte sich für ein paar Jahre zur Ruhe begeben, aber einige unglückliche Umstände führten dazu, dass er vorzeitig aus dem Schlaf gerissen wurde. Sie hatten eine Woche zuvor am Bahnhof von Fenswold ihren Anfang genommen, waren kreuz und quer durchs Land geirrt und erreichten uns schließlich in Gestalt des klingelnden Telefons.

»... weiß wirklich nicht, was ... natürlich ... ja ... ja«, driftete die Stimme meines Vaters die Treppe hoch und lockte mich an das Geländer. »Nun, ich bin sicher, da handelt es sich um ein ... ja, natürlich. Nein, das dürfte kein Problem sein. Ich komme gleich vorbei. Ich danke Ihnen. Vielen Dank.« Er legte den Hörer auf, dachte einen kurzen Moment lang nach und wandte sich der Treppe zu. Ich zog mich in mein Zimmer zurück, versteckte mich, als er vorbeigerauscht kam, dann schlich ich auf Zehenspitzen über den Flur, bis ich in das Schlafzimmer meines Vaters spähen konnte. Der durchwühlte gerade den Kleiderschrank, riss die Schubladen seiner Kommode auf und war offensichtlich auf der Suche nach etwas ganz Bestimmtem. Sein Kopf wurde immer röter, je länger er es nicht finden konnte.

Plötzlich richteten sich seine Augen auf die Zimmertür. Ich huschte zur Seite, um dem stechenden Blick zu entgehen, aber er musste wohl meinen Schatten gesehen haben, denn er blaffte mich an, zu ihm zu kommen.

»Entschuldige, Vater, ich habe nur …«

»Wo ist meine Medaille?«, verlangte er zu wissen, offenbar nicht in der Stimmung für längere Ausführungen. »Wo ist sie?« Er rappelte mit seiner nicht mehr ganz so gut gefüllten Keksdose.

»Ich weiß nicht, Vater. Hast du schon …«, fing ich an, aber mein Vater schnitt mir das Wort ab.

»Das habe ich. Ich bewahre sie hier drin auf, wie du verdammt genau weißt, also wo ist sie? Was hast du damit gemacht?«, kochte er.

»Vater, ehrlich …« Weiter kam ich nicht mit meinen Ausflüchten, da legte er schon wieder los.

»Lügner! Du verdammter Lügner! Wem hast du sie gegeben?«

»Vater …«

»Du hast sie so einem billigen Flittchen gegeben, stimmt's? Wer war sie? Irgendeine kleine Hure, die du beeindrucken wolltest? Sag es mir, bevor …« Doch jetzt war es an ihm, einen Satz unvollendet zu lassen, als ihm plötzlich ein extrem beunruhigender Einfall kam. »Du hast sie *ihr* gegeben, nicht wahr? Du hast sie *ihr* gegeben, anstatt sie … Oh Gott!

Oh du dummer Junge, was hast du getan? Was hast du bloß getan?«

»Vater, bitte, ich kann das erklären«, sagte ich, obwohl es wahrscheinlich genau das war, was er am meisten fürchtete.

»Mutter hat gleich gesagt, ich sollte dich nicht in die Jagd einweihen«, klagte er und traf mich damit voll in die Magengrube. »Sie sagte, du wärst dem nicht gewachsen.«

»Mutter wusste es?« Ich erstickte fast an der Frage.

»Natürlich. Wie hätte sie es nicht wissen können? Bei den Zeiten, zu denen Vater und ich unterwegs waren ...« führte er aus. Das klang logisch, wenn auch total geisteskrank.

»Aber ...«

»Mutter verstand die Jagd als das, was sie war. Und sie hielt mit unerschütterlicher Loyalität zu mir.« Er erhob sich und warf die Keksdose auf das Bett. »Nun sei ein Mann und stehe für deine Taten gerade«, forderte er mich auf, völlig ungerührt vom ohrenbetäubenden Lärm der Alarmsirenen, die bei diesem Einbruch der Scheinheiligkeit in seine Argumentation losgegangen waren. »Du hast sie dieser Dirne gegeben, nicht wahr? Dieser Hure hast du sie gegeben.«

»Ich wusste noch nichts von der Jagd, als ich sie ihr gab. Ich dachte, ich würde damit unser beider Leben retten, also habe ich mit deiner Medaille ihr Schweigen erkauft und es so aussehen lassen, als ob sie verschwunden wäre. Ich dachte doch, ich würde das Richtige tun«, flehte ich. Ob dies wohl der passende Moment war, ihm von den Ersparnissen unter seiner Matratze zu erzählen, die auch nicht mehr da waren, wo er sie vermutete?

»Also hast du ihr meine Medaille gegeben. Und wie genau hast du ihr gegenüber diese Freigiebigkeit begründet?«, forschte er.

»Ich ... ich habe einfach gesagt, ich wäre ein guter Samariter, der gefallene Mädchen erretten will.« Die Flunkerei schaffte es nicht einmal an seinen Augenbrauen vorbei.

»Hast du das tatsächlich?«, fragte er mit einer Stimme, die vor unterdrückter Wut zitterte.

Wir standen uns links und rechts des Bettes gegenüber und ich versuchte, den Raum zwischen uns mit noch etwas mehr heißer Luft zu füllen, bevor mein Vater anfangen konnte, zwischen den Zeilen zu lesen.

»Sie weiß nichts von uns, sie kann uns überhaupt nichts anhaben. Wir brauchen uns ihretwegen wirklich keine Sorgen zu machen«, versprach ich.

»Ach, brauchen wir das nicht?«, kaute mein Vater kurz auf dem Knorpel meiner Versprechungen herum, dann fragte er: »Und was ist mit Sergeant Crow?«

»Sergeant Crow? Wer ist das?«

»Sergeant Crow ist der gute Mann, der gerade angerufen hat. Er hält deine junge Dirne in der Polizeiwache von Lincoln fest. Sie wurde verhaftet, weil sie versuchte, mein Victoria-Kreuz zu versetzen. Es sieht so aus, als habe sie alle nötigen Dokumente vorlegen können, aber der Geschäftsinhaber … Nun, sagen wir einfach, er hatte wohl seine Zweifel daran, ob sie sich diese Auszeichnung an den Hängen des Monte Cassino verdient hat.«

»Die Polizei hält sie fest?« Ich erschauerte. Alles Blut in meinem Körper sackte auf einmal bis zu den Knöcheln.

»Ja, und sie haben bestimmt ein paar Fragen an sie. Also werde ich mich jetzt nach Lincoln begeben, mich ihren hämischen Verhören aussetzen und versuchen, sie zu überzeugen, dass ich ihr die Medaille selbst gegeben habe«, schäumte er. Den Teil, *wie* er sie denn überzeugen wollte, ließ er allerdings aus – ganz zu schweigen von dem *Warum*. »Du dummer, nutzloser Junge!«

»Es tut mir leid, Vater. Was kann ich denn bloß tun?« Während ich meinem Vater nach dem Mund redete, packte ich innerlich bereits die Koffer.

»Ja …«, grollte mein Vater. »Was kannst du tun?«

Ich ließ die Frage in der Luft hängen und ging meine Möglichkeiten durch. Wie ich schon sagte, drehten sich die meisten von ihnen darum, mich so schnell wie möglich aus dem Staub zu machen, sobald mein Vater mir den Rücken zukehrte. Offenkundig war er zu einem ähnlichen Schluss gekommen, denn er bat: »Heb bitte die Socken da für mich auf, ja? Meine Arthritis ist heute wieder schlimm.« Als ich mich bückte, sah ich in der Glasscheibe des Porträts meiner lieben verstorbenen Mutter die Reflexion von etwas Seidigem hinter mir aufblitzen. Ich handelte rein instinktiv. Ohne wirklich zu wissen warum, ließ ich mich genau in dem Moment auf den Boden fallen, als der Seidenstrick an der Stelle durch die Luft fuhr, die mein Hals gerade freigemacht hatte. Ich keuchte vor Schreck über den Angriff meines Vaters auf und fand sogar die Zeit, ihn als ein »mieses Arschloch« zu beschimpfen. Dann war er wieder über mir und warf sich, die Krawatte frei in seiner rechten Hand schwingend, auf mich. Ich strampelte mit den Beinen, trat ihn gegen Brust, Gesicht und Hände, überallhin, wo ich ihn treffen konnte, und schob mich dabei rückwärts durch das Zimmer, aber er ließ sich nicht abwehren, schlug meine Schuhe zur Seite und bemühte sich an meinen zappelnden Beinen vorbeizukommen.

»Nein, Vater! Nein!«, schrie ich, als er meinen Oberkörper mit einer Hand nach unten drückte, während er mit der anderen versuchte, die Krawatte zu einem Lasso zu drehen.

Seine Reaktion war ziemlich extrem, manche würden sie vielleicht viktorianisch nennen, aber ich glaube, sobald er erkannte, dass ich doch nicht das Wunderkind war, für das er mich gehalten hatte, wollte er einfach nur eine schnelle Lösung des Problems. Und was Mord betraf, war er eben ein alter Hase.

»Bitte, Vater, warte doch …«

Aber er antwortete nicht, er drang nur noch stärker auf mich ein, voller Mordlust ganz auf dieses eine Ziel fixiert, und ich habe keinen Zweifel, dass er das Leben aus mir herausgequetscht hätte, wäre mir meine Mutter nicht noch einmal zur Hilfe gekommen. Während des Kampfes musste ich wohl gegen die Seite der Frisierkommode getreten haben, denn der Rahmen von Mutters Bild fiel auf die Dielenbretter und das Glas zersprang.

Ich opferte die Hälfte meiner Defensivkräfte, um in die Scherben zu greifen, und fand wie durch ein Wunder den Glasdolch, den mir meine Mutter zugeworfen hatte. Dieser fand seinerseits schnell den Weg zum Gesicht meines Vaters. Der Scherbe ausweichend, warf er den Kopf hin und her, bis er schließlich mit den Händen über den Augen zurücktaumelte. »Du Rotzbengel!«, brüllte er. Rasend vor Wut schob er eine Hand in die oberste Schublade der Kommode, um seinen alten Armeerevolver herauszuziehen.

Die Kugeln sprengten hinter mir den Putz aus der Wand, während ich mich durch die Tür stürzte. Gleich darauf zersplitterte das Treppengeländer zu Kleinholz, denn mein Vater feuerte weiter aus allen Rohren auf seinen abtrünnigen Sohn.

Es ist erstaunlich, welche Entscheidungen man innerhalb von Sekundenbruchteilen treffen kann. Wieder warnte mich mein Instinkt, dass ich es nicht bis zur Haustür schaffen würde, wenn ich die Treppe hinunterrannte, nicht einmal, wenn ich mich kopfüber nach unten warf, denn dann würde mein Vater ein freies Schussfeld haben. Stattdessen flüchtete ich durch die nächstbeste Tür, nur Millisekunden, bevor die letzte Kugel meines Vaters in den Rahmen einschlug.

Zum Glück – leider nicht für mich, sondern für ihn – war dies die Tür zu einer weiteren Treppe, die hinauf unters Dach führte. Es gab nur diesen einen Weg zum Dachboden und zurück; wenn ich erst dort oben war, saß ich in der Falle. Hinter mir warf mein Vater den leeren Revolver weg und wickelte sich die Seidenkrawatte um die Fingerknöchel. Ich erkannte, dass ich mich wohl eher um die nächsten paar Sekunden meines Lebens sorgen sollte als um die Minuten oder Stunden danach. Ich rannte also die Treppe hoch, unter das niedrige Cottagedach, ins Dämmerlicht des Dachbodens.

Mein Vater war mir dicht auf den Fersen. Immer zwei Stufen auf einmal nehmend, hatte er es darauf abgesehen, mich zwischen den Spinnweben in die Enge zu treiben. Das war allerdings schwieriger, als er es sich vorgestellt hatte. Auf dem Dachboden waren nämlich noch keine Dielen verlegt worden. Mein Vater hatte zwar vor einigen Jahren einmal damit angefangen, aber auch wenn man das im Licht der letzten Ereignisse kaum glauben wollte, war er wenig begabt mit seinen Händen. Aus diesem Grund gab es auf dem Dachboden nur zwei befestigte Bodendielen, der Rest lag noch auf einem Stapel und zeugte zusammen mit einer Schachtel Nägel von jahrelangen guten Absichten. Statt eines Fußbodens waren hier unter den stabilen Trägerbalken nur die mit Gips verputzten Deckenleisten kreuz und quer angenagelt, welche die Decken der Zimmer unter uns bildeten. Bei einem Fehltritt würden unsere Füße unweigerlich durchbrechen. Mir war die Gefahr bewusst, in der ich mich hier oben befand, aber ich flüchtete trotzdem in die Dunkelheit, im verzweifelten Versuch, der kalten Umarmung meines lieben Herrn Vaters so weit wie möglich zu entkommen.

Wacklig balancierte ich über die Balken zu dem winzigen Giebelfenster am anderen Ende des Dachbodens. Es war so schmal, dass ich nicht sicher war, ob ich mich hindurchquetschen könnte, selbst wenn ich es versuchte. Andererseits wusste ich nicht, ob ich das überhaupt wollte; schließlich war es fast zehn Meter hoch und direkt über einem Palisadenzaun. Aber es überblickte auch die Straße, und an diesem Nachmittag der wachsenden Verzweiflung war ich so weit, aus Fenstern zu schreien.

Mein Vater näherte sich von hinten über die Balken. Ich riss das Fenster auf.

»Hilfe! Hilfe! Um Gottes willen helft mir! Mein Vater will mich umbringen!«, sang ich über die Felder hinaus, aber mein Flehen war umsonst. Wir wohnten eine halbe Meile von den nächsten Nachbarn entfernt, und obwohl diese nie eigenhändig irgendwelche jungen Männer ermordet hatten, hatten sie doch bei den letzten Wahlen Harold Macmillans Tories unterstützt; daher war ich mir nicht so sicher, wie viel Verständnis sie für meine Notlage aufbringen würden.

»Gottverdammt, Junge, willst du endlich still sein!«, brüllte mein Vater. Bedächtig rückte er Schritt für Schritt immer näher an mich heran. Ich floh, von Träger zu Träger springend, zurück und versuchte, an ihm vorbeizukommen, stieß mir aber nur den Kopf an einem Dachbalken, als mein Vater mich immer mehr in die Ecke trieb.

»Bitte, Vater, ich liebe dich«, probierte ich einen neuen Ansatz. Vielleicht würde er sich ja mit diesem leeren Gewäsch aus der Reserve locken lassen. Doch mein Vater war ein gerissener alter Knabe, wenn er erst einmal in Fahrt war, und er tat mein Betteln mit einem Schnalzen der Seidenkrawatte ab.

»Du wirst dich beugen, Junge, du wirst dich dem Willen deines Vaters unterwerfen«, knurrte er. Immer musste er sich auf meine Kosten großtun …

»Bitte, Vater, ich werde nichts verraten«, versprach ich. Und das meinte ich absolut ernst. Schließlich ging es auch um meinen Kopf, denn ich war dabeigewesen, als er Juney ermordet hatte. Ich hatte nicht nur Beihilfe bei der Vertuschung eines Verbrechens geleistet – ich war ein echter Komplize.

Und *das* war ein Kapitalverbrechen.

»Du hast mich angelogen, Junge. Angelogen über die Jagd, und das kann ich nicht hinnehmen. Du hast bewiesen, dass du nicht vertrauenswürdig bist. Dass ich dir nicht vertrauen kann«, brüllte er auf, in beinahe traurigem Tonfall, als ob ich ihn zu irgendetwas gezwungen hätte. »Du lässt mir keine andere Wahl.«

Er schob sich noch ein Stück näher zu mir. Von einem Balken zum anderen grätschend, drängte er mich wieder zurück zum Fenster.

Ich griff zu immer dünneren Strohhalmen. »Das Mädchen! Das Mädchen weiß Bescheid«, warnte ich ihn.

»Um sie brauchst du dir keine Sorgen zu machen«, versicherte mein Vater. »Niemand wird je wieder etwas von ihr hören, wenn ich sie erst einmal aus dem Gefängnis geholt habe.«

Er hatte mich nun fast erreicht, aber durch mein Alter und meine Größe war ich im Vorteil – genauer gesagt, durch meinen Mangel an beidem – denn während mein Vater gezwungen war, sich mit gebeugtem Rücken unter die Dachschräge zu drängen, konnte ich mich mit einer Gewandtheit in den Winkeln bewegen, die mein Vater seit den Zeiten von Chamberlains Friedensverhandlungen nicht mehr besessen hatte.

»Du machst es dir nur unnötig schwer, Junge«, wütete er, nachdem er sich wieder einmal den Kopf gestoßen und mit einem unbedachten Schritt die Wohnzimmerdecke angeknackst hatte. »Hurensohn!«

»Wohl eher Sohn eines Bastards«, reizte ich ihn, in der Hoffnung, er würde sich beim Versuch, mich zu erwischen, im Gebälk einklemmen, sodass ich einen Fluchtversuch in Richtung Treppe unternehmen könnte. Aber mein Vater war kein Trottel und hielt mich in den äußersten Winkeln des Daches in Schach.

»Es hätte nicht so weit kommen müssen«, klagte er. »Ich wollte doch nur das Beste für dich.«

»Das wolltest du gar nicht«. Ich nahm allen Mut zusammen und tat etwas, wovon ich vor meines Vaters Mordversuchen an mir nur hatte träumen können: Ich gab Widerworte. »Du wolltest nur, dass ich so werde wie du. Du bist krank.«

»Wir sind doch alle krank«, antwortete er beinahe vernünftig. »Die ganze Welt ist krank. Wir haben fast eine halbe Million guter Männer verloren, bei dem Versuch, die Krebsgeschwülste aus Europa herauszuschneiden. Und dann kommen wir nach Hause und finden die Geschwüre vor unserer eigenen Haustür.« Mein Vater wanderte ein paar Träger nach links, umkreiste einen Eichenstützbalken und kam mir wieder einige Zentimeter näher. Ich wich entsprechend zurück, aber mein Kopf berührte nun schon das Dach. Langsam ging mir das Rückzugsgebiet aus.

Mein Vater fuhr fort: »Ich tue nur, was ich kann, um in meiner kleinen Ecke der Welt aufzuräumen. Durch jede Hure, die ich töte, werden ein Dutzend unserer Töchter davon abgehalten, sich solcher Lasterhaftigkeit hinzugeben.«

»Du bist ja wirklich ein waidgerechter Jägersmann«, höhnte ich.

»Ja, wir nennen es *die Jagd*, weil sie Schlauheit, List und Nervenstärke verlangt, genau wie das Jagen von Füchsen, Hirschen oder feindlichen Heckenschützen. Aber letztendlich sind sie nichts als Ungeziefer. Und Ungeziefer muss ausgemerzt werden.«

»Genau wie Lügner«, erinnerte ich ihn. Inzwischen war ich so eng unter die Dachschräge gezwängt, dass ich kaum Platz hatte, die Stirn zu runzeln.

»Ja, genau wie Lügner«, stimmte er zu. Seine Augen verengten sich, als er bemerkte, was auch mir jetzt auffiel: dass ich keinerlei Rückzugsmöglichkeit mehr hatte.

Blitzartig ließ sich mein Vater auf alle viere fallen und stürzte sich auf mich wie ein Frettchen auf das Kaninchen. Ich wusste, dass die Lage hoffnungslos war. Durch die Hände des Mannes, dessen Schutzbefohlener ich eigentlich war, würde ich den Tod finden. Und ich konnte absolut nichts dagegen tun. Ich war so unter die Dachschräge gezwängt, dass ich kaum eine Hand zu meiner Verteidigung heben konnte. Ich war eine leichte Beute. Um wenigstens einen Hauch von Gegenwehr zu leisten, drückte ich mit aller Kraft gegen meine hölzerne Zwangsjacke, konnte aber meine Hand nicht in eine Position bringen, aus der sie nach meinem Vater hätte schlagen können.

Stattdessen brach sie zwischen den Trägern, auf denen ich lag, geradewegs durch die Decke. Das war es! Das war mein Ausweg!

Ich rollte mich von den stabilen Eichenbalken ab und landete ein paar Zentimeter tiefer auf den verputzten Deckenleisten. Hoffentlich war es noch nicht zu spät! Die Decke riss, aber mein Gewicht war zu gleichmäßig verteilt, sodass der Gips noch einen Moment lang hielt. Mein Vater brüllte entrüstet auf, als er sah, was ich vorhatte, und versuchte meine Flucht mit einem schnellen Griff zu vereiteln, doch die Dachschräge, die mich vorher so beengt hatte, wurde jetzt zu meiner Rettung. Ich stieß mit den Füßen gegen den eichenen Dachstuhl und stürzte durch die Decke ins Ungewisse. Ich hatte kaum Zeit, mich in der Luft zu drehen, da landete ich schon auf Mutters Schlafzimmerkommode, womit ich einem Rudel Porzellankatzen den Garaus machte. Sie hatten dort in relativer Ungestörtheit gelebt, seit sie vor ungefähr sechs Monaten zum letzten Mal abgestaubt worden waren. Der Kommode selbst erging es nicht viel besser. Sie brach in die Knie und warf mich auf den Fußboden. Ich krachte auf noch mehr Porzellankatzen, die sich anscheinend vorher durch einen beherzten Sprung vor mir in Sicherheit gebracht hatten, und zu guter Letzt stürzte die ganze Kommode auf mich wie ein Wrestler auf seinen unterlegenen Kontrahenten.

So schmerzhaft all dies klingen mag – und glaubt mir, es fühlte sich auch mindestens so schmerzhaft an, wie es klingt – konnte ich mich nicht dem Luxus hingeben, meine Verletzungen lange auszukosten. Mein Vater hatte mir einmal erzählt, dass im Krieg mancher gute Mann, der von Traubenmunition durchlöchert worden war, trotzdem weiterkämpfen konnte, solange er nur den festen Willen hatte. Und den Willen hatte ich zweifellos, denn der alte Veteran kam plötzlich selbst durch die Decke gekracht, auch wenn sein Abstieg eher unabsichtlich als geplant wirkte. Zuerst kamen seine Beine, wild um sich tretend wie ein Schwein beim Fallschirmspringen, während sein Körper an den gesplitterten Deckenlatten entlangschrappte und ein dauerhaftes Nadelstreifenmuster verpasst bekam.

Gips und Staub prasselten auf mich herunter und ich machte mich darauf gefasst, dass er gleich mit seinem ganzen Gewicht auf mich fallen würde. Aber seine Ankunft verzögerte sich. Er war auf der Höhe der Glühbirne aufgehalten worden. Es schien, als wolle der Dachboden ihn so lange wie möglich festhalten, vielleicht weil er dessen Bodenbretter sechs Jahre lang ignoriert hatte.

Mein Vater strampelte heftig mit den Beinen, zerriss Jacke, Hemd und Haut beim Versuch sich zu befreien, und endlich war meine Gelegenheit zur Flucht gekommen. Ich kroch unter der Kommode hervor, sprang auf die Füße, die Treppe hinunter in Richtung Haustür, da überwältigte mich auf halbem Weg mein Gewissen.

Was tat ich da?

Nun, offensichtlich rannte ich vor einem gemeingefährlichen Irren weg, der mich umbringen wollte, was sonst?

Aber mal im Ernst: Was tat ich da?

Wenn ich jetzt weglief, würde ich wahrscheinlich entkommen. Ich würde meinem Vater entkommen, der Polizei und all diesem Grauen, und ein langes glückliches Leben führen, aber was war mit all den anderen?

Was war mit Shandy?

Was mit Juney?

Was mit den Mädchen, deren Namen ich noch nicht einmal kannte?

Und was war mit denen, die noch folgen würden?

Ich befand mich in der einmaligen, wenn auch nicht gerade

beneidenswerten Lage, etwas dagegen unternehmen zu können – aber nicht, wenn ich jetzt wegrannte. Wenn ich wegrannte, konnte ich zweifellos mich selbst retten. Aber wenn ich blieb, mich meinem Vater entgegenstellte, konnte ich andere retten.

Und wer weiß … vielleicht sogar meine eigene Seele.

Also blieb ich auf halbem Weg zur Haustür auf der Treppe stehen, drehte mich um und sprintete noch einmal zurück auf den Dachboden.

Als ich ankam, befand sich mein Vater immer noch in derselben Lage – mehr oder weniger. Er hatte es geschafft, den größten Teil seiner Jacke von dem Splitter, an dem sie festgehangen hatte, zu lösen, und war jetzt nur noch einen rostigen Nagel von der Freiheit entfernt. Augenblicklich wusste ich, was ich zu tun hatte. Ich griff mir den liegen gelassenen Hammer von dem staubigen Dielenstapel.

Mein Vater sah mich näher kommen und mühte sich noch verzweifelter ab. Er blaffte mich an, von ihm abzulassen, dabei riss er sich eine ganze Reihe neuer Taschen in seinen Tweedanzug.

»Ich bin dein Vater! Ich bin dein Vater!«, rief er, als ob das jetzt noch irgendetwas zählen würde. Er hob eine Hand, um sich vor dem gefürchteten Schlag zu schützen, und kämpfte gleichzeitig weiter mit dem Holz, all seine Besessenheit jetzt auf die pure Selbsterhaltung ausgerichtet.

In diesem Augenblick sah ich ihn endlich als das, was er war: Eine erbärmliche, bösartige Kreatur, die ein ganzes verdorbenes Leben lang von den Entbehrungen und der Gestörtheit ihrer prägenden frühen Jahre gezehrt hatte. Es war traurig, aber ein oder zwei Tage früher hatte ich immer noch auf gewisse Weise zu meinem Vater aufgesehen, weil er so viele Hindernisse überwunden hatte. Aber hier und jetzt erkannte ich, dass er gar keine Hindernisse überwunden hatte. Er hatte sich nur einfach seinen Platz zwischen ihnen gesucht.

Mit einem letzten Ruck am Stoff war mein Vater auf einmal frei, aber er würde seiner Verantwortung nicht länger entkommen. Ich holte mit dem Hammer aus, schlug mit aller Kraft wieder und wieder zu, bis ich mehrere Messingnägel in den Trägerbalken getrieben hatte, durch meines Vaters Regimentskrawatte – die er immer noch um den Hals trug – hindurch.

»Was tust du?«, würgte er hervor. Mit nur noch 15 Zentimetern Krawattenseide Spielraum hing er jetzt zweieinhalb Meter über dem Boden.

Ich warf den Hammer durch das Loch und sah zu, wie er auf die Kommode schepperte.

»Ich gehe jetzt, Vater. Ich verlasse dich. Für das, was du getan hast, sollte ich dich wohl hassen, aber das werde ich nicht. Denn ich bin nicht wie du oder wie der Reverend. Deshalb werde ich jetzt gehen und den Moor-Würger sein letztes Opfer töten lassen – eins, das seiner würdig ist.«

»Nein, warte, das kannst du nicht tun. Gott, hilf mir!«, bat er. Aber was dieses verlorene Schaf betraf, waren Gott und ich wohl derselben Meinung. Wir sagten ihm Lebewohl und ließen ihn seinen eigenen Gedanken nachhängen.

Ich weiß nicht, wie lange er sich noch an dem Balken festklammern konnte, ein paar Minuten oder ein paar Stunden, aber irgendwann musste seine Kraft nachlassen. Mehr als zwanzig Jahre lang war er dem Galgen entkommen. Jetzt ereilte ihn sein Schicksal Knall auf Fall.

Aufkeimendes Interesse

»Das ist heftig, Alter. Sie haben Ihren eigenen Vater umgebracht«, kommentierte Farny.

»Nein, mein Vater hat sich selbst umgebracht«, berichtigte ich und klopfte meine Pfeife gegen das Fass, auf dem ich saß. Dann stocherte ich mit einem Streichholz im Pfeifenkopf herum, um die letzte festsitzende Asche auszukratzen. »Ich habe nur seine Krawatte am Balken angenagelt. Er war derjenige, der schließlich losgelassen hat. Deshalb hat er sich selbst erhängt, nicht ich«, sagte ich. Rechtlich gesehen mochte diese Argumentation nicht besonders wasserdicht sein, aber ich hatte mich seit nunmehr fast fünfzig Jahren daran festgehalten. Letztendlich ist es doch das Auslösen der Falltür, das einen Verurteilten tötet, und nicht ihm die Schlinge um den Hals zu legen, oder?

»Aber konnte er nicht einfach seine Krawatte abnehmen?«, fragte Barry. Sein Gesichtsausdruck war eine Mischung aus Grauen und Faszination.

»Das ging nicht; nicht während er nur so eben an seinen Fingerspitzen hing. Und er konnte sich auch nicht hochziehen, denn seine Krawatte verhinderte, dass er über den Balken hinauskam – sogar wenn er die Kraft dazu gehabt hätte. Nein, er hing buchstäblich in der Luft, es ging weder rauf noch runter. Die Schwerkraft zog an seinen Beinen und die Krawatte wurde immer enger«, malte ich die Situation so anschaulich aus, wie ich konnte, und machte unwillkürlich einen langen Hals dabei.

»Schwachsinn!«, tönte Tommy großspurig und brach den Bann, in den ich seine kleinen Spießgesellen geschlagen hatte.

»Ich hab' überhaupt noch nie was von irgend so 'nem Moor-Würger gehört.«

»Hast du nicht?«, fragte ich.

»Nein, hab ich nicht. Das denkt der sich doch alles nur aus. Es wäre in allen Zeitungen gewesen, wenn er wirklich so was gemacht hätte«, argumentierte er.

»Das war es auch«, sagte ich.

»Ich hab aber nichts davon gesehen«, beharrte er.

»Hmm. Und hast du von Ian Brady gehört?«

»Wer?«

»Myra Hindley?«

»Wovon reden Sie?«

»John Profumo?«

»Hä?«

Ich machte noch ein bisschen so weiter, fragte Tommy, was er von den Postzugräubern hielt, von Cliff Richard, Stanley Matthews, Bill & Ben und von Dr. Beechings umstrittenen Plänen zur Umstrukturierung des Schienennetzes. Er starrte mich mit offenem Mund dämlich an, bis ich das Gefühl hatte, einen verwirrten Goldfisch zu befragen.

»Mann, ich weiß es nicht, klar?«, platzte er schließlich heraus, bevor er sich selbst die Erklärung lieferte, dass er schließlich erst zwölf war und nicht irgendein »Scheiß-Dinosaurier von früher«, so wie ich. »Ich sage nur, dass er Scheiße labert«, ließ er dennoch nicht locker. »Ihr Alter soll so 'ne Art Serienmörder gewesen sein und dann haben Sie ihn angeblich umgebracht! Warum sind Sie nicht einfach zur Polizei gegangen?«

»Das konnte er ja wohl nicht machen, oder?«, ergriff Rotschopf für mich Partei. »Er wäre dann selber für die anderen Morde angeklagt worden, genau wie sein Vater gesagt hatte.«

»Danke, da hast du recht, Colin«, belohnte ich ihn mit seinem richtigen Namen statt der üblichen Farbbezeichnung.

»Warum erzählen Sie's uns denn dann? Das würde ich gerne mal wissen, wenn wir einfach zur Polizei gehen könnten und denen verraten, was Sie gerade gesagt haben«, hakte Tommy nach.

»Ja, das Gespräch kann ich mir vorstellen«, gab ich zurück. *»Entschuldigen Sie, Herr Wachtmeister, aber als wir gestern Nacht in das Haus von diesem alten Mann eingebrochen sind, hat er uns erzählt, dass sein Dad ein berühmter Massenmörder war und dass er ihn gehängt hat. Wie bitte? Ja, genau, wir sind in sein Haus eingebrochen, warum fragen Sie?«* Meine Darbietung zog die Farbe aus drei von vier Gesichtern.

»Ja, das können wir nicht machen«, stimmte Farny zu und brachte seine Kumpel fürs Erste zum Schweigen.

Dann nahm Barry das Heft in die Hand. Er löcherte mich mit Fragen, allerdings waren es die Fragen eines neugierigen Jungen, der alles ganz genau wissen wollte, nicht die eines neunmalklugen kleinen Kotzbrockens, der versuchte, in meiner Geschichte Löcher zu finden.

»Was ist dann mit Ihrem Dad passiert? Ist er gestorben?«

»Das ist er. Ich bin weggelaufen um zur See zu fahren und er wurde ein paar Tage später gefunden. Die Zeitungen haben alle vermutet, dass er durchgedreht wäre und sich wegen dieses jungen Mädchens erhängte, mit dem er eine Affäre hatte.«

»Welches junge Mädchen?«, fragte Farny.

»Shandy«, erklärte ich. »Die Presse brachte die beiden miteinander in Verbindung, mit ein bisschen Hilfe von der Polizeiwache in Lincolnshire. Sie nahmen an, dass sie entweder versucht hatte, meinen Vater zu erpressen, oder dass er ihr seine Medaille für erbrachte Dienstleistungen überlassen hatte. Als die Sache dann ans Licht kam, hat er sich erhängt, um dem Skandal zu entgehen. Tja, das machten ehrbare Mitbürger damals so, wenn herauskam, dass sie doch nicht ganz so ehrbar waren.«

»Aber hat sich die Polizei gar nicht gewundert, warum Sie abgehauen waren? Warum haben sie Sie nicht gefunden?«, fragte Barry.

»Das konnten sie nicht.« Ich zuckte die Schultern. »Wie ich schon sagte, ich war ein paar Tage zuvor aus dem Land verduftet. Ich hatte in Southampton auf einem Frachtschiff angeheuert und war auf der anderen Seite der Welt gelandet.«

Ich nahm einen Zug aus meiner Pfeife und blickte zurück auf mich, wie ich damals gewesen war: Jung, nutzlos und hässlicher, als es das Gesetz erlaubt; ungefähr so, wie die Jungs vor mir. Wenn ich damals gewusst hätte, was ich jetzt weiß, wäre ich sofort umgekehrt und hätte mich dem erstbesten Polizisten ausgeliefert, der im Hafen herumspazierte. Aber ich wusste es nicht. Sehr zu meinem Bedauern wusste ich es nicht.

»Nein, ich ging von Bord, als wir in Jakarta anlegten, verprasste mein Geld in den Bars und Puffs dieser schönen Stadt und geriet schließlich an die Crew eines Trampschiffes, das durch das Südchinesische Meer kreuzte.«

»Was ist ein Trampschiff?«, wollte Barry wissen.

»Das ist ein Frachter. Ein Frachtschiff, das keine feste Route hat, sondern sich seinen eigenen Fahrplan schreibt, immer dahin, wo es Geld gibt.« Ich kramte in den dunkelsten Winkeln meiner Erinnerung nach einem Namen, den ich seit achtundvierzig Jahren nicht mehr ausgesprochen hatte. »Die *SS Almayer's Folly.*«

Allein dieser Name brachte eine Flut von Erinnerungen zurück, die mich durchschüttelten wie ein Sturm der Windstärke acht. Schreckliche Bilder, die ich vor vielen Monden begraben hatte, drangen auf mich ein. Heraufbeschworen vom Klang des verfluchten Namens ließen sie mein Blut gefrieren und erinnerten mich daran, warum ich noch hier war und die Geschichte erzählen konnte: Freddy Boltons Todesschreie, Rupak Singhs verzweifelter Sprung ins Wasser, Käpt'n Schmitts selbstlose Tapferkeit. Diese Bilder erschütterten mich bis ins Mark, überschatteten alles, was vorher gewesen und was danach gekommen war. Aber die schlimmste Erinnerung von allen war das gottlose Geheul von Tran Van Khan, wie er über das Deck schritt und von unserer wackeren Mannschaft nichts als Fischfutter übrig ließ.

Die Jungs sahen mich fragend an, als sie bemerkten, dass ich zu Stein erstarrt war.

»Alles in Ordnung mit Ihnen?«, fragte Barry ein paarmal, bevor ich ihn endlich hörte.

»Mhm? Oh, ja, Entschuldigung. Nur eine Erinnerung«, sagte ich, blies auf meine Pfeife und hob den Blick, »das waren schwere Wetter damals, Jungs. Schwere Wetter.«

TEIL 2

MÖRDERMOND

- 1 -

Der Heimathafen der *SS Almayer's Folly* war Colombo, aber diesen Ort hatte sie seit Jahren nicht mehr gesehen. Sie war ein 120 Meter langes schwimmendes Asyl für Seepocken, mit rostigen Masten und einem schiefen Schornstein in der Mitte des Decks, der Tag und Nacht schwarzen Rauch spuckte.

Ihr Kapitän war ein Holländer; jedenfalls behauptete er das, wenn auch sein Misstrauen gegenüber Fremden und die Waffen-SS-Luger, die er ständig bei sich trug, auf eine andere Abstammung hindeuteten. Der Rest der Mannschaft bestand aus Indern, Thais, Chinesen und Männern ohne festen Wohnsitz. Insgesamt waren wir achtzehn. Freddy Bolton war außer mir der einzige Engländer an Bord. Er nahm mich mit auf das Schiff, nachdem ich am Hafen versucht hatte ihn anzupumpen. Mein letztes Geld hatte ich für Reiswein ausgegeben.

Käpt'n Schmitt war zuerst gar nicht scharf auf ein neues Gesicht in der Mannschaft, nicht einmal ein so junges und blutunterlaufenes wie meins. Ich glaube, ich überzeugte ihn beim Einstellungsgespräch letztendlich damit, dass ich auf eine ganz bestimmte Frage keine Antwort geben konnte.

»Du bist doch vor irgendwas auf der Flucht, mein Junge, oder?«

»Nein, ich … kann einfach eine Zeit lang nicht nach Hause«, gab ich ihm mehr oder weniger recht.

Der Käpt'n nickte wie einer, der diese Situation nur zu gut kennt. »Alles, was ich dir versprechen kann, ist harte Arbeit und geringer Lohn«, sagte er, genau wie mein Schuldirektor einige Jahre zuvor, nachdem er meine Prüfungsergebnisse gesehen hatte. »Das ist mein Angebot, nimm es an oder lass es.«

»Ich nehme an«, sagte ich und überlegte kurz, die Hälfte meines Lohns direkt in Form von Reiswein zu verlangen; schließlich würde ich das Geld sowieso dafür ausgeben.

»In Ordnung. Bring deine Sachen nach unten und werd nüchtern. Wir legen in fünf Stunden ab.«

Der Käpt'n hielt Wort: Es war wirklich harte Knochenarbeit. Im Hafen lud ich Fracht ein und aus, auf See legte ich Schrubber, Eimer und Seepockenkratzer kaum je aus der Hand. Und noch dazu war es eine Arbeit für Experten, denn wenn ich die falsche Seepocke abkratzte, würden wir wahrscheinlich auf dem Grund des Meeres landen. So lernte ich nach und nach die Eigenarten und Marotten des Schiffes kennen und verdiente mir das Vertrauen des Kapitäns.

Freddy war seit fast zwei Jahren auf der *Folly* und trotz seiner gerade mal zweiundzwanzig Jahre der salzigste Seebär, der je einen Anker lichtete. Weil er mein Landsmann war, lag es natürlich nahe, dass er mein engster Freund an Bord wurde, und doch hatte er etwas an sich, das es mir schwer machte, ihm völlig zu vertrauen. Er war offen, fröhlich und freigiebig mit seinem Tabak, doch er war auch aufbrausend und brüllte mich manchmal wegen der geringsten Kleinigkeit an. Nachts, wenn wir in unseren Kojen lagen und uns in den Schlaf rauchten, lästerten wir über den Rest der Mannschaft, aber kaum jemals führte unser Tratsch auch nur in die Nähe von England. Zuerst fiel mir das nicht weiter auf, wahrscheinlich weil ich einfach froh war, nicht nach meinen eigenen speziellen Problemen gefragt zu werden, aber nach ein paar Fahrten wurde mir das Fehlen von jeglichen persönlichen Geschichten an Bord doch sehr bewusst. Aber ich wollte keine schlafenden Hunde wecken, erst recht nicht, wenn sie direkt neben mir lagen. Trotzdem hielt ich von da an immer ein Auge offen.

Und das sollte mir das Leben retten.

»Coal, steh auf, sofort!«, rüttelte Freddy mich aus dem Schlaf.

Ich hatte erst vor vier Stunden meinen Dienst beendet und meine Augen waren noch verschleiert vom Saufen. Freddy schlug mir mit der flachen Hand ins Gesicht und schubste mich aus der Koje.

»Auf!«, befahl er.

»Was? Was ist? Sinken wir?« Das war meine Standardfrage, seit ich an Bord gekommen war, und sie verriet einiges über das Vertrauen, das ich in mein neues Heim setzte.

»Nein, wir sinken verdammt noch mal nicht. Der Käpt'n hat alle an Deck befohlen, wir sollen uns beim Bootsmann melden. Los, los!«, brummte er und zog mich schon durch den Gang, während ich noch meine Stiefel anzog.

Die Nacht war dunkel und stürmisch. Als wir nach oben kamen, sah ich auch, warum das Schiff so heftig schaukelte.

»Wir haben angehalten«, bemerkte ich, über die Wellen schauend. Freddy antwortete nicht. Er war schon vorher zu dieser Erkenntnis gekommen und fuhr fort, mich in den Hintern zu treten, bis wir den Bootsmann gefunden hatten. Der war umringt von einem halben Dutzend der Männer.

»Was gibt's, Bootsmann?«, fragten wir. Der Bootsmann wies mit einem Kopfnicken aufs Meer hinaus und wir folgten seinem Blick bis zu einem anderen Schiff, das kaum zweihundert Meter von uns entfernt auf den Wellen tanzte.

»Wir haben sie fast über den Haufen gefahren.« Er spuckte einen braunen Klumpen Kautabak in den Wind. »Motherfucker!« Der Bootsmann war Nigerianer, arbeitete aber hart daran, Amerikaner zu werden. Eines Tages, wenn er erst genug Geld hätte, wollte er in die USA gehen, ein paar weiße Frauen heiraten und herausfinden, wie chemische Reinigung funktioniert. Das war sein Traum. Wie wir anderen auch, war er allerdings dazu verdammt, für den Rest seines Lebens mit leeren Taschen aus den Häfen des Ostmeers zurückzukommen und zur Überprüfung seiner diversen Theorien Socken im Maschinenraum aufzuhängen.

»Was für ein Schiff ist das?«, fragte ich, aber der Bootsmann zuckte bloß die Schultern. Es war nicht wichtig, was es war, sondern was es da machte. Kleiner als wir, vielleicht halb so groß wie die *Folly*, schaukelte es auf dem Wasser wie Davey Jones' gedeckter Esstisch und lud uns zum Dinner ein.

Der Käpt'n blies auf der Brücke unsere Dampfpfeife, aber auf dem anderen Schiff regte sich nichts. Kein einziges Licht leuchtete am Bug. Es tanzte nur in der Dunkelheit auf den Wellen, unbeeindruckt vom Meer, dem Sturm oder unserer Anwesenheit.

»Es ist ein Geisterschiff«, bemerkte Sushanta und ergänzte unnötigerweise: »Ein schlechtes Omen.« Sushanta sah sich selbst als unseren Schamanen, einen weisen Mann auf diesem Schiff der Gestrauchelten, aber er selbst war auch nicht gegen gelegentliche Abstürze gefeit, wie die Damen so mancher Etablissements in Macau oder Manila bezeugen konnten.

»Für die Mannschaft von da drüben ist es vielleicht ein scheiß-schlechtes Omen«, stimmte Freddy zu. »Aber für uns bedeutet es Zahltag.«

Der Bootsmann hatte schon einschlägige Erfahrungen gemacht und war nicht gerade begeistert. »Piraten. Sie locken arme gierige Narren an Bord, ziehen ihnen lebendig die Haut ab und stehlen ihr Schiff. Wir müssen vorsichtig sein«, pinkelte er auf Freddys Geburtstagstorte.

Jetzt wandte sich der Käpt'n über Megafon an das andere Schiff: »*Wind von Sumatra*, hier ist die *Almayer's Folly*. Wir sind ein registriertes Handelsschiff aus Colombo. Hören Sie mich? Brauchen Sie Hilfe? Over.«

Keine Antwort.

»*Wind von Sumatra*, ist irgendjemand an Bord? Wir haben medizinische Versorgung, Essen und Wasser. Ist da jemand?«

Immer noch keine Antwort.

Der Bootsmann warf einen Blick hinauf zur Brücke und bekam vom Kapitän das Zeichen, das er erwartet hatte – wenn auch nicht gerade mit Begeisterung. Er runzelte die Stirn. »Okay, Jungs, an die Schießeisen.«

Wir folgten ihm nach unten in den Funkraum, wo er das Vorhängeschloss von einer großen Truhe entfernte und Lee-Enfield-Repetiergewehre verteilte. Die anderen hatten offensichtlich alle schon einmal ein Gewehr in der Hand gehabt, aber als er mir meins in die Hand drückte, unterschätzte ich das Gewicht und ließ es dem Bootsmann auf die Stiefel fallen. Der Bootsmann spitzte die Lippen, nahm mir das Gewehr wieder ab und wühlte in der Truhe.

»Hier«, sagte er, wobei er mir als Trostpreis eine Machete mit flacher Klinge überreichte. »Vielleicht nimmst du besser das.«

So tödlich meine Machete aussah, man würde nur ein paar Meter Vorsprung, eine Sprossenleiter oder auch ein Lee-Enfield-Gewehr brauchen, um mir gegenüber im Vorteil zu sein. Vor dem Kampf gegen hautabziehende Piraten war das ein ernüchternder Gedanke, deshalb fragte ich, ob ich nicht etwas anderes haben könnte; irgendetwas, das aus der Entfernung und ohne jegliche Vorkenntnisse zu benutzen war. Der Bootsmann dachte kurz nach, nahm die Machete zurück und reichte mir dafür einen Verbandskasten. »Du bist der Sanitäter«, erklärte er.

Ich beschloss, lieber den Mund zu halten, bevor er noch den Verbandskasten gegen Papier und Bleistift tauschte und mich zum Berichterstatter degradierte. Stattdessen durchwühlte ich den Kasten schnell nach Skalpellen oder großen Sicherheitsnadeln, mit denen ich die Piraten bekämpfen könnte, und folgte dann dem Rest des Enterkommandos zurück nach oben.

Sushanta versicherte mir, es würde schon nichts passieren, und lud seine Waffe durch, um meine Zuversicht zu stärken.

Er stellte sich zwar immer als einen Spiritualisten dar, aber genau wie der Rest von uns hatte auch er eine zwielichtige Seite. Tätowierungen auf beiden Armen erzählten seine Geschichte, doch leider waren sie in Hindi geschrieben, sodass ich sie nicht entziffern konnte. Ich hatte ihn einmal nach der Bedeutung gefragt und er hatte mir erzählt, dass es alles Namen von Gefängnissen waren, in denen er gesessen hatte. Einige der Schriftzüge waren mit einem Sternchen versehen. Diese, so hatte Sushanta mir lächelnd erklärt, waren die Gefängnisse, aus denen er noch nicht entlassen worden war.

Wir kletterten in ein Beiboot und verteilten uns rundum an den Seiten, während es mit einer Seilwinde zu Wasser gelassen wurde. Hatte ich den Seegang schon an Bord eines 6000-Tonnen-Dampfers für rau gehalten, so war das noch gar nichts gegen den Ausflug, der uns jetzt bevorstand.

»Haltet euren Mageninhalt fest, Jungs, das wird 'ne holprige Fahrt«, kicherte H, warf den Motor an und unser Boot in die schäumende See. H war ein burmesischer Opiumraucher mit unaussprechlichem Namen, weshalb er von allen nur H genannt wurde. Jedenfalls war sein Name insofern unaussprechlich, dass sich niemand je bemüht hatte, es überhaupt zu versuchen. Ich bin mir sicher, wenn wir alle nur fünf Minuten täglich geübt hätten, die entsprechenden Konsonanten zu formen, hätten wir es innerhalb einer Woche geschafft. Aber wo war der Anreiz, wenn er sowieso schon auf »H« hörte? Ganz abgesehen davon waren fünf Minuten in H's Gesellschaft eine lange Zeit, das könnt ihr mir glauben.

Die meisten der Crew wurden mit Spitznamen oder ihrem Rang angesprochen. Ich selbst war nur als Coal bekannt. Das war zwar nicht gerade der kreativste Spitzname, aber ein paar meiner weit gereisten Kameraden konnten sich immer noch darüber kaputtlachen, dass jemand, der so weiß war wie ich, ausgerechnet »Kohle« hieß. Hätten sie mich allerdings jetzt angesehen, hätten sie ihre Meinung vielleicht geändert. Meine schneeweiße Gesichtsfarbe war ins Kotzgrüne übergegangen, weil von allen Seiten riesige Wellen kamen, die uns bis in die Wolken hoben und dann wieder herunterfallen ließen.

Freddy grinste, als würde er am Strand von Blackpool mit der Achterbahn fahren, und juchzte jedes Mal vor Begeisterung, wenn wir in den Himmel geschleudert wurden, bis wir endlich das fremde Schiff erreichten. H ließ das Boot auf den Wellen mitreiten, von denen die *Wind von Sumatra* geschaukelt wurde, und brachte uns nahe genug heran, dass wir unsere Magnete befestigen konnten. Der Bootsmann, Sushanta und Freddy warfen sofort Enterhaken über die Reling und kletterten behände an den Seilen hoch. Als Nächster folgte Singh, zusammen mit Najib und Lumpati, dann ich. H blieb in der Barkasse, um unsere sichere Rückfahrt zu garantieren, während unsere Schiffskameraden ein paar hundert Meter entfernt an Bord der *Folly* mit ihren *Lee Enfields* über der Reling lehnten, damit wir bei einem möglichen Rückzug Deckung hatten.

Lumpati und Singh zogen mich das letzte Stückchen hoch, dann folgten sie den anderen, noch bevor ich mich richtig orientieren konnte.

Die *Wind von Sumatra* war grau und voller Schatten. Sie stöhnte gegen das Tosen der See an und wartete nur darauf, uns zu verschlucken, sobald wir einen falschen Schritt taten. Ich schaltete meine Taschenlampe an und ließ den Lichtkegel über das Deck schweifen. Schutt und Müll rollten zwischen den Luken herum, aber es gab kein Anzeichen von Leben. Irgendetwas war hier passiert.

»Seht euch das an.« Sushantas Taschenlampe beleuchtete den Eingang zur Brücke. Wir gingen näher heran und sahen, dass ein großes Stück aus der Tür herausgesplittert war. Darum herum konnte man am Rahmen Brandspuren erkennen.

»Jemand hat mit einer Signalpistole darauf geschossen«,

sagte der Bootsmann. Mit dieser Erklärung waren wir anderen einigermaßen zufrieden, bis Sushanta anmerkte, dass sie von innen abgefeuert worden war.

»Vielleicht war derjenige betrunken«, mutmaßte Freddy. Das wäre ich auch gerne gewesen, besonders als Rupak Singh vorschlug, wir sollten uns aufteilen und das Schiff jeweils zu zweit durchsuchen. Wie ihr euch bestimmt denken könnt, gab es ein ziemliches Gezeter, weil keiner mit dem dürren weißen Bürschchen, das den Verbandskasten trug, zusammen gehen wollte. Am Ende gab Sushanta nach und erklärte sich bereit, das Schiff gemeinsam mit mir zu erkunden.

Der Bootsmann schickte uns in die Richtung des Frachtraums. Sushanta ging voraus, den Lauf seiner Waffe an der Schulter und den Finger am Abzug. Ich trat die Ladeluke auf und leuchtete mit meiner Taschenlampe hinein, konnte aber nichts Besonderes an den Ballen und Kisten entdecken. Sushanta war etwas schlauer als ich. »Hier ist nichts richtig verstaut. Die Kisten da sollten zusammengebunden sein, aber sie sind in einer Reihe aufgestapelt. Das ist völlig unsinnig.«

Ich stimmte ihm zu und schlug vor, die Angelegenheit in aller Ruhe an Bord der *Folly* zu erörtern, doch leider war Sushanta nicht nur schlauer, sondern auch mutiger als ich. Er kletterte nach unten und stellte sich vor die Mauer aus Kisten.

»Komm hier runter. Sofort!«

Ich schluckte meine Angst hinunter. Trotzdem kam mir auf dem Weg nach unten der Gedanke, wie viel schöner es wäre, jetzt mit meinem Vater Prostituierte umzubringen, anstatt Geisterschiffe zu erforschen.

»Pass auf, wo du hintrittst. Rühr nichts an«, riet Sushanta mir. Wir folgten dem verworrenen Irrgarten aus Kisten und Ballen, bis wir an die Überreste eines Verhaus kamen. Es sah aus, als ob diese Barriere aus den schwersten Kisten gebaut und von hinten verstärkt worden wäre, aber irgendetwas hatte sie mühelos demontiert … und zwar in tausend Stücke.

»Blut«, murmelte Sushanta, der sich vorgebeugt hatte und mit seinen Fingern einige dunkle Flecken inmitten der Trümmer betupfte. Zu meiner Bestürzung konnte ich ihn mit einer eigenen Entdeckung übertrumpfen: An der Wand war so viel Blut verspritzt, dass es aussah wie ein riesiges Jackson-Pollock-Gemälde. Am Fuß des Verhaus lag ein Sortiment aus Haaren und Kleidungsstücken, aufgetürmt zu einem klebrigen Haufen.

»Oh Gott!« Ich musste würgen, hatte aber alles, was ich von mir geben konnte, schon auf der Überfahrt vom Schiff verloren.

Zwischen Blut und Knochen lag auch eine Kette von rosa Würsten, oder wenigstens sah es so aus.

»Innereien«, sagte Sushanta. »Gedärme und Scheiße. Diese Teile mochte es wohl nicht.«

»Was mochte sie nicht?«

»Was auch immer durch dieses Schiff getobt ist.«

Sushanta zielte mit seinem Gewehr nacheinander auf jeden Schatten um uns herum und ich folgte ihm mit meiner Taschenlampe, aber alles, was wir fanden, waren mehr Spritzer und Würste.

»Über ‚schlechtes Omen' sind wir dann wohl hinaus«, sagte ich.

Sushanta stimmte mir zu. »Lass uns zusehen, dass wir verdammt schnell hier rauskommen.« Er musste es mehrmals sagen, denn ich war schon dabei, wieder zurück aufs Deck zu klettern, und konnte ihn von oben schlecht verstehen.

Der Bootsmann und Freddy empfingen uns oben mit ganz ähnlichen Gemetzel-Geschichten, worauf wir alle Gedanken an eine mögliche Bergung über Bord warfen und beschlossen, uns wieder ins Beiboot und zurück zur *Folly* zu begeben.

»Wartet«, meinte Singh. »Da ist noch was.«

Na klar, als ob all die Gräuel, die wir bis jetzt gefunden hatten, noch nicht genug gewesen wären, musste Singh uns noch auf eine Besonderheit des Mannschaftsquartiers aufmerksam machen.

»Es ist verkabelt.«

»Verkabelt?« Freddy schreckte zusammen und machte ein paar Schritte zurück. Vielleicht wollte er noch ein bisschen weiterleben oder so was in der Art.

»Hinter dieser Luke ist genug Dynamit, um den Pott zu versenken«, bestätigte Singh. Er öffnete die Luke einen Spaltbreit, um uns das primitive Spinnennetz aus blauen und braunen Kabeln zu zeigen, das zu einer Sprengladung führte, die am Rumpf der *Wind von Sumatra* befestigt worden war.

»Diese Art von Willkommensgruß haben wir damals den Japanern dagelassen, als wir uns aus Rangun verpisst haben«, erläuterte Singh. »Aber das hier ist eine ziemlich schwache Leistung. Die haben nicht einmal versucht, das Ganze zu tarnen. Seltsam.«

»Vielleicht gibt es noch mehr? Die besser versteckt sind?«, mutmaßte der Bootsmann. Und tatsächlich fanden wir noch einen Draht, der mit einer zweiten Sprengladung verbunden war und quer über die Treppe zum Maschinenraum verlief. Um genau zu sein, bemerkten wir ihn erst, als Lumpati direkt hineinstolperte. Eigentlich wäre damit unser aller Schicksal besiegelt gewesen, aber wir hatten eindeutig mehr Glück als Verstand. Die Mannschaft der *Wind von Sumatra* war anscheinend nicht so geschickt im Aufbauen von Sprengfallen wie Singh seinerzeit im Jahr 1942. Der in Brusthöhe gespannte Draht hielt und warf Lumpati lediglich auf den Rücken.

»Diese Typen wussten einen Scheiß über Sabotage«, schlussfolgerte Singh. Er untersuchte die Auslösebolzen, die neben der Sprengladung drei Zentimeter tief in solide Eichenbalken getrieben worden waren, was es fast unmöglich machte, sie mit bloßen Händen herauszuziehen.

»Vielleicht auch nicht. Vielleicht waren diese Bomben

nicht für Menschen gedacht«, überlegte Sushanta. »Etwas anderes hat die Mannschaft … oder was von ihr übrig war … hierzu getrieben.«

»Hier gibt es nichts zu holen außer dem Tod«, beendete der Bootsmann die Spekulationen. »Lasst uns zurückfahren, bevor wir ein Teil dieser Reise werden.« Er und Sushanta riefen mit ihren Signalpfeifen alle zusammen, und zu meiner enormen Erleichterung stellte ich fest, dass wir noch genauso viele Mannschaftskameraden hatten wie zu Beginn der Expedition. Nur Singh blieb noch zurück, durchsuchte die Lagerräume nach Seilen und stieß fünf Minuten später zu uns, als alle schon vom Rufen seines Namens heiser waren.

»Wir können das Schiff nicht so zurücklassen. Andere könnten es finden«, sagte er, ließ dem Bootsmann ein aufgewickeltes Seilende in den Schoß fallen, und kletterte schließlich selbst ins Boot. Dann nahm er dem Bootsmann die Seilrolle ab und begann sie abzuwickeln, während H unser Beiboot von der *Wind von Sumatra* wegsteuerte. Nach knapp hundert Metern war Singh am losen Ende des Seils angelangt, das er an der Achterklampe festknotete.

»Los jetzt, volle Kraft«, rief er H zu und hielt sich an der Bootswand fest. H drückte gehorsam den Beschleunigungshebel durch. Nach kurzer Zeit spannte sich das Seil, unser Boot stemmte sich für einen Moment gegen das Gewicht des verfluchten Schiffes an, doch es war wohl genauso scharf darauf zur *Folly* zurückzukommen wie der Rest von uns. Schnell waren wir wieder frei, aber nicht ohne einige Bolzen auf der *Wind von Sumatra* aus ihrer Verankerung zu reißen.

Ein dumpfer Schlag erschütterte die Wellen. Als wir zurückschauten, sahen wir die erste von vier schnell aufeinanderfolgenden Explosionen aufblitzen. Sie rissen die Seite des Schiffes auf und gaben seine Decks dem kalten grauen Meer preis, bevor sie ihm ein letztes Mal die Seele mit ihrem Feuer wärmten.

»Da geht sie hin, Jungs.« Als Zeichen des Respekts nahm der Bootsmann seine Mütze ab. Die *Wind von Sumatra* kippte auf die Seite und lag schlingernd auf den Wellen, bis sie sich nicht mehr halten konnte. Riesige Luftblasen entwichen aus den Öffnungen und schließlich glitt ihr Bug unter Wasser. Das hochkant stehende Heck offenbarte die unbewegte Schiffsschraube. Ein letztes Mal schrie sie auf, als das Salzwasser ihre Batteriezellen traf, als ob sie uns anflehte, ihren Namen nicht zu vergessen, dann versank sie in den Wellen, ihrer letzten Ruhestätte in einer Dreiviertelmeile Tiefe entgegen.

»Kümmere dich gut um sie«, empfahl der Bootsmann das Schiff dem Meer. Er setzte seine Mütze wieder auf und kappte mit dem Seil, das wir hinter uns herzogen, auch unsere Verbindung zu den Ereignissen dieser Nacht. »Jetzt lasst uns nie wieder von dieser Sache sprechen.«

Eigentlich wäre die Angelegenheit der *Wind von Sumatra* damit für uns erledigt gewesen. Nie mehr, außer vielleicht in unseren Albträumen, hätten wir noch etwas von ihr sehen oder hören sollen. Aber die See behält ihre Toten nicht …

… genau wie sie immer einen Weg findet, diejenigen zu erwischen, die ihrer kalten Umarmung fürs Erste entkommen konnten.

- II -

Am nächsten Morgen hatte sich der Sturm ausgetobt und der grelle Sonnenschein verwandelte die plätschernden Wellen in eine Collage aus Licht und Schatten. Ich konnte gar nicht genug von dem Farbenspiel bekommen, das die See bei solchem Wetter zeigte, und wann immer ein Schemen unter der Wasseroberfläche vorbeiglitt, stellte ich mir vor, was für ein Monster dort wohl lauern mochte. Bestimmt war ich nicht der erste Seemann, der solche Gedanken hatte. Aber nie erhob sich einer dieser Schemen, um mit der Flosse zu schlagen oder ein Stück aus unserem Schiff herauszubeißen, denn wahrscheinlich waren sie einfach nur Fischschwärme, Klumpen aus Seetang oder Ölflecken. Oder einfach nur Schatten.

Das Abenteuer der letzten Nacht musste unserem Kapitän zu denken gegeben haben, denn meine erste Arbeit des Tages war es, die sechs Rettungsboote der *Folly* zu überprüfen. Das war eine ziemlich einfache Aufgabe. Alles, was ich tun musste, war, die Boote mit Wasser zu füllen und alle Lecks abzudichten, die sich dabei zeigten. Jeder Idiot konnte das, was wohl der Grund war, warum der Käpt'n mich damit betraut hatte. Der anspruchsvollste Teil der Sache war, nicht alle sechs Boote auf einmal zu füllen, sondern sie einzeln nacheinander zu überprüfen, damit wir uns zu keinem Zeitpunkt in der misslichen Lage befanden, durch das Südchinesische Meer zu segeln, während alle Rettungsboote voll mit Wasser waren.

Es war schon fast Mittag und ich machte mich gerade an das vierte Rettungsboot, als ich aus dem Augenwinkel wieder einen Schatten auf dem Wasser wahrnahm. Zuerst sah ich gar nicht genauer hin, denn die Arbeit war anstrengend und zermürbend, besonders unter der heißen Mittagssonne, aber der Schemen hatte sich wohl unbewusst in meinem Kopf festgesetzt, sodass ich danach Ausschau hielt, als ich das nächste Mal den Eimer schwang.

Das Gebilde war immer noch da, dümpelte kurz vor dem Horizont in der Meeresströmung dahin, aber es sah anders aus als die anderen Schemen, die an diesem Morgen am Schiff vorbeigekommen waren. Dieser wirkte irgendwie ... greifbar.

Ich schirmte meine Augen mit der Hand gegen die grelle Sonne ab und versuchte zu erkennen, was dort war, aber der Umriss war einfach zu weit entfernt. Vielleicht irgendwelches Treibgut, das durch das Gewitter der letzten Nacht aufs offene Meer gezogen worden war ... Ohne ein Fernglas konnte ich es nicht mit Sicherheit sagen.

Ich rief den Steuermann auf der Brücke an, der mit seinem Fernglas die kobaltblauen Wogen absuchte, bis auch er fand, was ich entdeckt hatte. »Rettungsboot!«

Dies war unsere zweite Begegnung mit einem anderen Wasserfahrzeug in weniger als zwölf Stunden, also brauchte man nicht gerade ein erfahrener Seemann zu sein, um zu erraten, woher dieses spezielle Rettungsboot stammen mochte. Und tatsächlich, als wir auf wenige hundert Meter herangekommen waren, senkte der Steuermann das Fernglas und sprach aus, was alle schon befürchtet hatten: »Es ist von der *Wind von Sumatra*.«

Der Name stand am Bug des kleinen Bootes und ich verfluchte meine Zunge, die uns in diese Lage gebracht hatte. Doch jetzt war es zu spät. Ein oder zwei von uns hätten vielleicht in die andere Richtung sehen und das Rettungsboot seinem Schicksal überlassen können, aber nicht eine achtzehnköpfige Mannschaft. Wir mussten es bergen.

Auf den ersten Blick sah es nicht so aus, als ob irgendjemand an Bord sei, doch als wir näher kamen, sahen wir eine winzige Gestalt, die sich im Bug zusammengerollt hatte.

»Kurs halten!«, rief der Kapitän. Wir reduzierten unsere Geschwindigkeit auf die eines Stachelrochens, bis wir fast über dem Boot waren. Najib und Singh kletterten an Backbord die Leiter herunter, um das Boot mit Haken heranzuholen, während Sushanta, fünfzehn Meter über ihnen, die Winde betätigte und es – samt dem einsamen Überlebenden – aus dem Wasser zog.

»Findet noch jemand, dass wir erst die Gewehre holen sollten, bevor wir das hier machen?«, fragte ich, aber Singh grinste nur belustigt, also warf ich einen Blick ins Boot, um zu sehen, was wir da geangelt hatten.

Er war nicht viel größer als einen Meter fünfzig, doch so zusammengerollt, wie er dalag, sah er kaum halb so groß aus. Das Gesicht war orientalisch, aber nicht chinesisch oder japanisch, sondern irgendwie spitzer. Womöglich Thai. Ich war kein Fachmann. In seinem ausgelaugten Zustand hätte ihn allerdings auch seine eigene Mutter kaum erkannt. Seine Kleidung war zerrissen und sein Körper von Narben übersät. Ich fragte mich, wie lange er wohl schon auf dem Meer war – und was ihn überhaupt in dieses Rettungsboot getrieben hatte.

Der Steuermann fühlte den Puls des Schiffbrüchigen, erklärte: »Er lebt«, und wartete auf unsere Jubelrufe. Das Schweigen war einmütig.

Der Käpt'n wirkte genauso geknickt wie der Rest von uns, doch da er den Mann schlecht wieder ins Wasser werfen konnte, wies er Lumpati und Ahmed an, unser neues Mannschaftsmitglied nach unten zu bringen, damit sich der Schiffsarzt um ihn kümmern konnte.

Unser Schiffsarzt war ein Bengale namens Upendra. Gerüchten zufolge hatte er seinen Beruf beim Ausnehmen von *Hilsa*-Heringen auf dem Gariahat-Fischmarkt in Kalkutta gelernt. Ein Termin bei ihm war nicht automatisch die Garantie dafür, Schuhe auch in Zukunft paarweise kaufen zu müssen. Vielleicht hätte unser Passagier sein Heil besser wieder auf dem offenen Meer suchen sollen, aber er war nicht bei Besinnung und sich keiner Gefahr bewusst.

Genauso wenig wie der Rest von uns …

- III -

Nach zwei weiteren Stunden hatte ich meine Arbeit an den Rettungsbooten beendet und dankte dem Schicksal, dass ich nicht auf einem größeren Schiff angeheuert hatte. Ansonsten hätte ich mir am Ende des Nachmittags wahrscheinlich die Schnürbänder zuknoten können, ohne mich vornüberzubeugen. Ich verstaute Seile und Eimer, rauchte ein paar Zigaretten am Heck der *Folly* und trödelte exakt so lange herum, dass ich direkt zum Abendessen gehen konnte.

Freddy war schon unten in der Messe, genau wie Sushanta und Najib. Also brachen wir vier zusammen unser Brot. In der Mannschaft kursierte ein Witz, der besagte, dass dies am besten ging, wenn sich zwei Leute auf die eine Seite des Brotes stellten und zwei weitere auf der anderen auf und ab sprangen. Die Jungs in der Messe behaupteten immer, sie müssten eben aus dem, was sie hatten, das Beste machen. Das mochte ja stimmen, aber was sie seit zwei Jahren hatten, waren leider siebeneinhalb Tonnen Zuckermais; ein sehr vielseitiges Gemüse, wie die Mannschaft feststellen musste – und eines, das ich seitdem grundsätzlich dankend ablehne.

Natürlich dauerte es nicht lange, bis das Gespräch auf unseren Neuzugang kam. »Je eher er wach wird und wir herausfinden, was mit dem Rest der *Wind von Sumatra*-Crew passiert ist, desto besser«, sagte Freddy.

»Bist du sicher, dass du das wirklich wissen willst?«, fragte Sushanta.

»Was auch immer das getan hat, ist jetzt jedenfalls zusammen mit ihren Knochen auf dem Meeresgrund«, vermutete Najib.

Sushanta schwieg.

»Aber was war es, das ihnen das angetan hat?«, entschied ich mich zu fragen, da bisher niemand auch nur die geringsten Spekulationen darüber angestellt hatte.

Drei Augenpaare richteten sich auf mich.

»Ich weiß es nicht. Und es hat keinen Sinn, ein Rätselraten darüber zu veranstalten, wenn wir nicht wollen, dass uns die eine mögliche Ursache so ablenkt, dass wir die andere nicht bemerken, bis sie direkt hinter uns steht.«

Najib stimmte zu, obwohl Freddy fünf Schillinge darauf wettete, es müsse sich um eine Art Seeungeheuer handeln. »Kann nichts anderes gewesen sein«, befand er.

Nach und nach trudelte der Rest der Wache ein, um die Tagesspezialität *Fisch Surprise* zu genießen – dreimal dürft ihr raten, was die *Surprise* war – und endlich kam auch »Doktor« Upendra, der sofort von allen Seiten mit Fragen bombardiert wurde.

»Ist er schon wach?«

»Wie heißt er?«

»Woher kommt er?«

»Was ist mit den anderen passiert?«

»Woher hat er die Narben?«

»Kann er kochen?«

»Ach, fick dich doch ins Knie!«

Upendra strich sich mit der Hand übers Kinn und schlug vor, dass wir uns wieder auf unsere Plätze begeben sollten, bevor er die Gestalt hereinwinkte, die direkt hinter ihm wartete. Wie ihr euch bestimmt denken könnt, senkte sich ohrenbetäubende Stille über die Messe, als der uns schon bekannte dürre kleine Wicht durch die Tür trat und uns ängstlich musterte.

»Es ist okay, sie sind in Ordnung«, beruhigte Upendra ihn und lud ihn mit Gesten zum Sitzen ein.

Der gröbste Dreck war von seinem Körper gekratzt worden und er war dermaßen mit Bandagen umwickelt, dass er stellenweise aussah wie eine Mumie. Ein Satz sauberer Kleidung sowie ein Satz alter Sandalen vervollständigten sein Äußeres, sodass wir ihn wieder als ein Mitglied der menschlichen Gesellschaft identifizieren konnten.

Das war unser zweiter Fehler.

»Leute«, verkündete Upendra, »dies ist Tran Van Khan. Er wird mit uns nach Hongkong fahren.«

Khan war ein Thai, oder behauptete das zumindest. Ohne Papiere oder Dokumente war es schwer zu sagen, jedenfalls für einen Europäer, aber der Bootsmann schickte ihn für fünf Minuten zu H, der sowohl Thai als auch Französisch sprach, und schnell stellte sich ein weitaus brisanteres Heimatland heraus.

»Er Vietnam«, erzählte uns H. »Er nicht will nach Hause gehen.«

Wer konnte ihm das schon verübeln? Soldaten und Kriegsgerät überfluteten Vietnam von beiden Seiten der ideologischen Kluft und es würde nicht mehr lange dauern, bis die ganze Gegend in die Luft flog wie eine chinesische Fritteuse. Ich an Khans Stelle hätte auch nicht nach Hause gewollt.

Doch das erklärte immer noch nicht, was auf der *Wind von Sumatra* passiert war. H versuchte ihn auszuquetschen.

»Er sagt, Piraten in der Nacht gekommen und alle an Bord getötet. Wilde, er sagt. Sehr schlimm getötet.«

»Sehr schlimm getötet, was?«, gab der Bootsmann zurück. Er kaute ein paarmal auf den Worten herum und spuckte sie dann mit einem Klumpen Kautabak aus. »Da sind wohl ein paar Einzelheiten bei der Übersetzung verloren gegangen«, vermutete er.

»Sie haben sie gehäutet? Und gegessen?«, wollte Sushanta über H von Khan wissen.

»Sie Kannibalen«, bestätigte H, doch so leicht war Sushanta nicht zu überzeugen.

»Kannibalen so weit im Norden? Kannibalen, die rohes Fleisch essen?«

An dieser Stelle stimmte Khan ein lautes Wehklagen an, begrub sein Gesicht in den Händen und presste sich, zu einem Häufchen Elend zusammengekauert, gegen die Tischkante. Sofort fühlten wir uns alle wie herzlose Schufte – wenigstens fast alle. Freddy bedrängte H immer noch, Khan nach Seeungeheuern zu befragen, als der Kapitän in die Messe kam und sofort ausrastete.

»Was zum Teufel soll das hier? Warum ist der Mann außerhalb der Krankenstation? Und warum redet ihr alle mit ihm? Er steht unter Arrest bis wir in Victoria anlegen und darf von niemandem auf diesem Schiff angesprochen werden. Ist das klar?«

Mir persönlich war es nicht klar, aber das stellte für den Käpt'n kein Hindernis dar. Er befahl Upendra, dem Bootsmann und Najib, Khan zur Krankenstation zurückzubringen.

»Wenn er was zu essen will, lasse ich es bringen«, sagte er zu Upendra. »Aber niemand weiß, was auf seinem Schiff passiert ist, am allerwenigsten ich. Und solange sich das nicht ändert, hat er gefälligst eingesperrt zu bleiben.«

Der Käpt'n sah Ahmed und Freddy an und reichte eine späte Bewerbung in der Kategorie *Vernünftigste Entscheidung der Woche* ein: »Ihr zwei, geht in den Funkraum und holt euch Gewehre. Dann steht ihr Wache vor der Krankenstation, bis ihr abgelöst werdet. Lasst niemanden rein, habt ihr verstanden? Und niemanden raus.«

- IV -

Tja, damit hatten wir uns den Fuchs in den Hühnerstall geholt. Auch wenn Sushanta immer noch rätselte, wer der Fuchs war und wer die Hühner. Nach dem Abendessen zog ich mich müde und ungewaschen zurück. Wenigstens hatte ich die Kajüte ausnahmsweise mal für mich alleine. So schlapp ich auch war, diese Gelegenheit konnte ich mir nicht entgehen lassen, also borgte ich mir eins der Schmuddelheftchen des Bootsmanns und nickte über meinen sündigen Gedanken ein.

Ich erinnere mich sehr selten an meine Träume. Manche Leute können ihre bis ins Detail wieder abrufen, aber das gelingt mir so gut wie nie. Wenn überhaupt, habe ich beim Aufwachen das Gefühl, dass mein Unterbewusstsein mir einen kleinen Stups gibt, was mich verwirrt und etwas erschrocken wach werden lässt. Und in dieser speziellen Nacht war es nicht anders. Nach nur ein paar Stunden Schlaf fragte mich eine Stimme aus einiger Entfernung, ob ich schon mit meinem Vater gesprochen hätte, worauf ich antwortete, ich hätte ihn jahrelang nicht mehr gesehen.

Das war nicht die ganze Wahrheit. Obwohl ich ihn tatsächlich seit Jahren nicht leibhaftig gesehen hatte, war er doch fast immer bei mir. Von Freddy konnte ich das allerdings nicht behaupten. Es war weit nach Mitternacht, trotzdem lag er noch nicht in seiner Koje. Ich griff mir meine Klamotten, danach die Türklinke und ging schließlich auf die Suche nach Freddy, nur für den Fall, dass er eine Flasche gefunden hatte, bei der er meine Hilfe benötigte.

Die *Folly* bei Nacht war etwas ganz anderes als die *Folly* am Tag. Sie bestand aus denselben Gängen, denselben Decks und denselben Treppen, aber bei Nacht wirkte alles enger, irgendwie dichter; sogar die Gänge, in die sowieso nie Tageslicht fiel. Offensichtlich war es eine reine Kopfsache, aber es fühlte sich an, als ob die *Folly* sich jede Nacht anspannte, um sich und ihre Mannschaft besser vor den Gefahren schützen zu können, die jenseits ihrer Lichter lauerten.

Vielleicht lag es daran, dass ich jung war und noch viel Fantasie hatte. Andere an Bord hatten, wie ich bald herausfinden sollte, ihre Unschuld vor vielen Monden verloren.

Freddy war nicht auf seinem Posten vor der Krankenstation. Ahmed ebenso wenig. Ihre Abwesenheit ließ mich innehalten, als ich die unbewachte Tür entdeckte, und ich fragte mich kurz, ob ich die Wache alarmieren sollte. Aber kindlich naiv, wie ich war, hatte ich mir Freddys Theorie noch nicht zu eigen gemacht, dass jeder Eimer, der nicht an seinem Platz stand, auf das Wirken von Seeungeheuern hindeutete. Bevor ich beim Kapitän petzte, wollte ich erst einmal die Sachlage überprüfen.

Bewaffnet mit einer Brandklatsche, atmete ich tief durch und schlich an die Tür der Krankenstation, um zu lauschen. Was ich zu hören gehofft hatte, war gar nichts; oder wenigstens nichts als betrunkenes Geschwätz und schiefe Gesänge. Was ich tatsächlich hörte, war Grunzen: erregtes, raues, animalisches Grunzen.

Ich hätte abhauen sollen, nach einem Umweg über die Waffenkammer dem Kapitän Bescheid geben und dann aus allen Rohren feuernd über die Reling springen. Ja, das hätte ich tun sollen, nach allem, was ich auf der *Wind von Sumatra* gesehen hatte. Doch in solchen Situationen tut man irgendwie nie das, was man eigentlich sollte, immerhin so viel hatte mich mein Vater gelehrt.

Langsam drehte ich den Knauf und schob die Tür spaltbreit auf, um einen Blick nach innen zu erhaschen. Meine Vorstellungskraft hatte mich auf das, was ich dort sah, unmöglich vorbereiten können: Von Ahmed, der ihn an beiden Handgelenken festhielt, in diese unnatürliche Position gezwungen, lag Khan zusammengekrümmt auf der Krankenliege. Khan gefiel das gar nicht, und er bat Ahmed offenbar ihn loszulassen, doch Ahmed blieb ungerührt von seinen Protesten, was ihm durch die Bandagen, die um Khans Mund gewickelt waren und dessen Schreie erstickten, ziemlich leicht gemacht wurde. Wenn Khan schon nicht mochte, was Ahmed tat, dann hasste er mit Sicherheit das, womit Freddy am anderen Ende der Liege beschäftigt war.

Während Socken, Hose und Unterhose um seine Fußgelenke schlotterten, presste Freddy sich wieder und wieder von hinten an Khan heran. Dabei legte er sich so enthusiastisch ins Zeug, als wolle er ihn nur unter Einsatz seiner Hüften von der Liege stoßen. Natürlich wurde der arme Khan gerade vergewaltigt, aber das war mir zu der Zeit nicht klar, weil ich keine Ahnung hatte, dass Kerle anderen Kerlen so etwas antaten. Ich meine, warum sollte jemand das tun? Das musste doch sein, wie wenn man sich Brot in die Nase stopft.

Was ich trotz meiner treudoofen Ahnungslosigkeit auch damals schon wusste, war, dass dies nicht gerade die feine englische Art darstellte. Ich schloss also leise die Tür der Krankenstation und machte ein paar Schritte zurück in Richtung Bett – nur um mit dem Bootsmann zusammenzustoßen, der wie aus dem Nichts und ohne jedes Geräusch hinter mir aufgetaucht war.

»Was ist hier los?«, verlangte er zu wissen.

Hier? Hier? Das war gut. Hier war gar nichts los, bloß hinter der Tür, wo Freddy und Ahmed sich bemühten, die Krankenstation in eine Liga mit Sodom und Gomorra zu bringen.

Der Bootsmann schob mich zur Seite und riss die Tür auf; früh genug, um zu sehen, wie Freddy auf dem Boden herumrollte und versuchte, seine Hose hochzuziehen, während Ahmed von Khan wissen wollte, ob er »okay« sei. Dabei nahm er ihm gerade noch rechtzeitig den Knebel ab, damit er die Antwort hören konnte.

»Zurück mit euch, ihr Hunde!«, brüllte der Bootsmann. Mit Händen, Füßen und meiner Brandklatsche prügelte er auf das Unterhaltungskomitee ein. Sogar auf mich zielte er mit einem Tritt, weil er wahrscheinlich davon ausging, ich wäre Mitveranstalter der Willkommensparty für Khan gewesen. Dann entriss er Freddy seinen Waffengurt und zog die Pistole heraus. »Ihr Hunde, ihr dreckigen Schweine von Hunden«, spuckte der Bootsmann aus. Vermutlich war er kein Hundefreund. »Ihr seid schon einmal verwarnt worden. Der Kapitän wird von dieser Sache erfahren. Damit habt ihr alle eure Anteile eingebüßt!«

Der Bootsmann entsicherte die Pistole, um zu zeigen, dass er es ernst meinte, und schlug mit dem Kolben gegen den Kopf von Ahmed, der aus der Tür flitzte. Freddy kam hinterhergestolpert, stieß mit mir zusammen und wir fielen alle im Korridor vor der Krankenstation in einem strampelnden Knäuel zu Boden.

»Verdammte Scheiße!«, beschwerte sich Freddy in jämmerlichem Ton. »Wegen genau dieser Art Intoleranz bin ich schon aus der Militärakademie geflogen.«

- V -

Bei all meinem Mitgefühl für Khan (das sich, wie man einwenden könnte, durchaus in Grenzen gehalten hatte), war ich noch mehr am Boden zerstört, was meinen eigenen Pisspott voller Unglück betraf. Ich hatte meine Anteile und aller Wahrscheinlichkeit nach meinen Platz in der Mannschaft verloren, bloß weil ich zur falschen Zeit am falschen Ort gewesen war. Aber so war das nun mal mit Unglück, wie wir alle nur allzu bald herausfinden sollten. Während ich noch versuchte, mich aus Freddys *Coitus Interruptus*-Misere zu befreien, öffnete sich die Tür schon wieder und der Bootsmann brüllte uns an, wir sollten Upendra holen.

»Bringt ihn sofort her! Ihr habt den Kerl verdammt noch mal umgebracht. Er stirbt!«, schrie er. Damit hatte er mir den Abend endgültig versaut – wenn nicht mein Leben. Wisst ihr, sogar hier draußen wurde Hochseepiraterie nicht gern gesehen, ganz besonders Freddys spezielle Art. Es waren schon Männer wegen geringerer Vergehen gelyncht worden. Dieser Gedanke brannte in meinem Hirn, als ich auf die Füße sprang und ein Deck höher rannte, ohne auf die anderen zu warten. Leider war mir nur zu klar, welches Schicksal dem sprichwörtlichen Überbringer schlechter Nachrichten drohte. Ich hämmerte gegen Upendras Koje, dann rannte ich weiter und suchte ihn in der Messe, dem Funkraum und der Passagierkabine. Schließlich fand ich ihn an der Reling stehend, von wo er Zigarettenkippen gegen den Vollmond schnippte, der am Horizont aufgegangen war.

»Doktor, Doktor, Freddy und Ahmed haben das Schlitzauge umgebracht.« In sexueller Hinsicht mochte ich zwar naiv sein, aber in puncto Alltagsrassismus machte mir schon in jungen Jahren keiner was vor.

»Was?«, hustete Upendra, warf die letzte Kippe über Bord und hetzte mit mir durch die Luken zurück nach unten, wo sich ein Grüppchen besorgter Schaulustiger vor der Tür zur Krankenstation versammelt hatte.

»Komm sofort hier rein!«, rief der Bootsmann, doch Upendra erstarrte, als er den Schlamassel erblickte, der ihn erwartete, und sah den Bootsmann nur verzweifelt an. Ich konnte es ihm nicht verdenken. Khans Zustand schien sich in den letzten paar Minuten um das Hundertfache verschlechtert zu haben. Seine Haut war beinahe grau, er troff vor Schweiß und zitterte von Kopf bis Fuß vor Krampfanfällen, die seinen zerschundenen und missbrauchten Körper durchliefen. Er streckte eine Hand nach Upendra aus, wie um ihn um Linderung seiner Qualen anzuflehen, aber Upendra war nur ein Quacksalber auf einem Handelsschiff, kein Gesandter des Allmächtigen, deshalb blieb er einfach mit offenem Mund stehen, unfähig, eine Entscheidung zu treffen.

»Morphium!«, forderte der Bootsmann. Upendra drängelte sich zum Medizinschrank durch, wühlte einen Schlüssel aus seiner Tasche und stocherte damit im Schloss herum, bis die Türen aufschwangen. Flüssigkeit in Spritze, Spritze in Arsch – doch Khans Zustand besserte sich nicht im Geringsten. Er wand sich unter dem Einstich, drückte den Rücken durch und gab einen markerschütternden Schrei von sich.

»Haltet seine Arme!«, brüllte der Bootsmann. Wir ergriffen Khans Glieder und drückten ihn nach unten, während er auf der Liege um sich schlug, als wolle er das letzte bisschen Leben aus seinem schmächtigen Gerippe schütteln. Der Bootsmann schob Khan eine Schiene zwischen die Zähne, damit er sich nicht die Zunge abbiss. Der Rest von uns drängte ihn, sich zu »beruhigen«, »nicht dagegen anzukämpfen« oder, in Ahmeds Fall, »ins Licht zu gehen«, aber Khan ging nirgendwo hin – erst recht nicht mit Ahmed – und schien eher stärker als schwächer zu werden.

»Fick mich!«, fluchte Freddy ohne jede Spur von Ironie, als er einen Schlag auf die Nase bekam, und ein paar Sekunden später stellte ich fest, dass wir alle fünf bei unserem Versuch, Khan unten zu halten, nicht mehr mit den Füßen auf dem Boden standen.

»Äh … meint ihr nicht auch …«, begann ich, aber das sollte ich nicht mehr herausfinden, denn in diesem Moment biss Khan die Schiene glatt in zwei Hälften und brüllte den Bootsmann an wie ein Löwe. Wenn ich nicht vor Entsetzen zurückgetaumelt wäre, wäre ich bestimmt wie Freddy geendet: mit dem Rücken an der Wand des Ganges und Khans Fußabdruck auf dem Gesicht. Doch im Vergleich zu Upendra und Ahmed war Freddy noch glimpflich davongekommen. Khan hatte die beiden quer durch die Krankenstation in den Medizinschrank geschleudert, als wären sie nur Säcke mit Federn.

Der Bootsmann rannte schon in Richtung der Tür, als Khan sich von der Liege rollte und ihm den Weg versperrte – ein Kunststück, das ich vorher nicht für möglich gehalten hätte, aber Khan hatte sich irgendwoher einen Meter zusätzlicher Körpergröße besorgt und ragte jetzt vor dem verängstigten Bootsmann auf wie eine drohende Kobra.

Plötzlich explodierte Khans Körperumfang vor unseren Augen, um seiner neuen Größe gerecht zu werden. Unterernährung verwandelte sich in Muskeln und Kümmerlichkeit in Sehnen. Seine Haut wurde kohlrabenschwarz, es brodelte unter der Oberfläche und raue schwarze Borsten brachen überall aus seinem Körper hervor.

Der Bootsmann machte einen letzten verzweifelten Satz in Richtung Freiheit, aber er war schon tot, bevor er es merkte; über alle vier Wände verteilt von Klauen, die durch Knochen und Knorpel fuhren wie durch Pudding.

»Verfickte Scheiße, komm mit!«, schrie Freddy, packte mich am Kragen und schleifte mich durch den Gang, als eine schwarze und blutige Pfote von der Größe einer Mistgabel vor unseren Augen vorbeiwischte und die Luft vor uns durchschnitt. Ahmeds und Upendras Schreie verfolgten uns durch das Schiff, während sie von Khan in Fetzen gerissen wurden. Schließlich ließ ein Schuss die schrecklichen Schreie verstummen, wenn auch nicht Khans Gebrüll. Ich fragte mich, ob der Schütze seine Kugel selbst gefangen hatte.

Natürlich begannen sich entlang der Gänge Türen zu öffnen, aus denen uns Schiffskameraden mit rotgeränderten Augen anblafften und Erklärungen verlangten, aber dazu hatten wir weder Zeit noch Lust, sondern rieten ihnen nur knapp, ebenfalls um ihr Leben zu rennen.

Wir kämpften uns nach draußen durch und rannten ins Dunkle zum Heck, wo, wie wir zu unserer Bestürzung entdeckten, das Schiff zu Ende war. Von hier aus konnten wir entweder ein paar hundert Meilen brustschwimmen und weiterrennen, wenn wir die Philippinen erreichten, oder wir mussten uns dringend etwas anderes überlegen.

»Der Käpt'n«, keuchte ich.

»Waffen«, stimmte Freddy sinngemäß zu.

Wir hetzten zum Ruderhaus und fanden dort den Käpt'n, der gerade der Gegensprechanlage befahl, ihm zu sagen, was los war. Leider konnte die nur mit gequälten Schreien antworten, weil Khan in den unteren Decks wütete.

»Waffen, Käpt'n, wir brauchen Waffen!«, forderte Freddy, was ihm erschrockene Blicke vom Kapitän, dem Steuermann und Erik, der gerade am Ruder war, einbrachte.

»Was passiert da unten?«, fragte Käpt'n Schmitt, dieses Mal direkt an uns gewandt.

»Wir haben keine Zeit zu verlieren. Es kommt!«, stieß ich atemlos hervor. »Waffen!«

»Was kommt?«, wollte der Steuermann wissen, der die Dringlichkeit der Situation offenbar noch nicht erkannt hatte.

»Khan!«, brüllte Freddy. Das trug nur wenig zur Aufklärung bei, aber wir hatten nun mal keine Zeit. »Waffen! Sofort!«

So faszinierend dies alles war, wusste der erfahrene Kapitän Schmitt doch, dass es eine Zeit für Erklärungen gab und eine Zeit, mit dem Schießen anzufangen. Er zog und entsicherte seine Luger und blaffte den Steuermann an, die Gewehre zu holen. Freddy und ich gingen mit dem Steuermann in den Funkraum, wo Kaluu uns fast die Köpfe wegschoss, als wir die Tür öffneten.

»Was ist los? Was passiert da?«, wollte Kaluu wissen. Das war in dieser Nacht eine sehr populäre Frage, auf die aber keiner von uns antwortete, wahrscheinlich weil es keiner konnte. Stattdessen beluden wir uns mit genug Schusswaffen und Munition, um einen Sturm aufzuhalten, und überließen es Kaluu, jedem, der es zufällig hören mochte, ein SOS zu schicken.

»Schließ diese Tür ab und öffne sie für nichts und niemanden«, wies ihn der Steuermann an. »Viel Glück!«

Ich wusste immer noch nicht, wie man mit einem Lee Enfield-Gewehr umging, aber ich ging davon aus, dass ich Khan besser mit einer Waffe gegenübertrat, die ich nicht bedienen konnte, als mit einer Kiste Verbandszeug, mit der ich mich hervorragend auskannte. Freddy gab mir einen Schnellkurs, indem er mir zeigte, wo ich die Kugeln reinstecken musste und welches Ende »peng« machte, und das musste fürs Erste reichen.

Zurück im Ruderhaus war der Käpt'n inzwischen von einem halben Dutzend Männern umringt, die alle Geschichten erzählten, die sehr ähnlich waren wie meine – wenn auch nicht wie Freddys, der Khan immerhin näher gekommen war als die meisten.

»Es ist ein Tier!«

»Es ist ein Monster!«

»Es hat sich auf uns gestürzt wie der Teufel!«

»Wir hatten keine Chance!«

»Was war das?«, fragte jemand, also wiederholte ich meine Beteuerung, dass es Khan sei.

»Er hat sich vor unseren Augen in dieses Ding verwandelt.«

Die Mannschaft starrte uns an. Stille.

Aber nur für eine Sekunde.

- VI -

Schreie aus der Gegensprechanlage erfüllten die Brücke, als Khan über diejenigen herfiel, die sich noch in den Schlafquartieren aufhielten. Der Käpt'n fuhr uns an, dass es nicht wichtig war, was es war, sondern nur, es vom Schiff zu bekommen.

»Kommt zum Ruderhaus«, rief er in die Sprechanlage. »Wir haben Waffen und Munition und können euch beschützen. Kommt sofort zum Ruderhaus!«

Der Käpt'n drehte sich um und befahl uns, auf den Decks Posten zu beziehen und alles zu erschießen, was von unten kam und nicht als Freund erkennbar war.

»Schnell!«

Das Ruderhaus erhob sich über das Hauptdeck und konnte von Backbord und Steuerbord über zwei Stahltreppen erreicht werden. Ich, Freddy, Lumpati und H verteilten uns an der Backbordreling, während Sushanta, Najib und der Käpt'n sich an der Steuerbordseite in Stellung brachten.

Ich spürte, wie das Schiff unter unseren Füßen ostwärts ruckte und Fahrt aufnahm. Der Steuermann hatte den Befehl bekommen, Hilfe zu suchen, und zur Hölle mit den Konsequenzen. Hundertsechzig Seemeilen entfernt dümpelten genug Männer und Maschinen der US Navy, um einen kleineren Krieg anzufangen – was wohl auch der Plan war – also drehte der Steuermann uns in diese Richtung und die Anzeigen der *Folly* in den roten Bereich.

»Nicht panisch drauflosballern«, flüsterte Lumpati, als er sah, wie ich zitterte. »Ein überlegter Schuss nützt dir mehr als drei kopflos in die Gegend geknallte.«

Ich atmete tief durch und versuchte meine Nerven zu beruhigen, obwohl ich mich eigentlich am liebsten zusammengerollt und in den Schlaf geweint hätte.

In diesem Moment ging es los.

Schüsse knatterten auf der Backbordseite und ich hörte, wie Najib und der Käpt'n irgendjemanden oder irgendetwas anriefen, es solle nur kommen. Ich weiß nicht, ob es eine Falle witterte und deshalb in die andere Richtung floh, aber im nächsten Augenblick sah ich eine Gestalt zwischen einigen Containerstapeln, ungefähr fünfundvierzig Meter von mir entfernt, durch mein Schussfeld huschen.

Lumpatis Rat vollständig ignorierend, feuerte ich schnell zwei Salven ab, ohne irgendeine Vorstellung davon, wo sie wohl einschlagen mochten. Auf jeden Fall fühlte ich mich danach besser und lud sofort nach. H forderte mich auf, das Feuer einzustellen, und richtete den Steuerbordscheinwerfer auf die Containerstapel. Er schwenkte den Lichtstrahl von Schatten zu Schatten, bis er auf einen traf, der gerade wieder versuchte, sich aus dem Staub zu machen. Ich ballerte direkt wieder los, aber H schlug gegen den Lauf meines Gewehrs, sodass ich nur eine vorbeiplätschernde Welle erwischte.

»Nicht schießen.« H blickte mich finster an, dann rief er in die Richtung von wem oder was auch immer da draußen war: »Hier hoch! Hier hoch!«

Der Lichtstrahl fiel noch einmal auf eine sich bewegende Gestalt, aber es war nicht die monströse Erscheinung von Khan, die dort zwischen den Containern herumflitzte, sondern Rupak Singh.

Er rannte von Stapel zu Stapel, verkrustet mit dem, was von unseren Schiffskameraden noch übrig war, und einen irren Ausdruck in den weit aufgerissenen Augen. Was wir nur über die Gegensprechanlage mitbekommen hatten, hatte er mit eigenen Augen angesehen, und jetzt konnte er vor Entsetzen kaum noch atmen. Lumpati begann ebenfalls nach Singh zu rufen, aber meine Kehle war zu trocken, als dass ich mich hätte beteiligen können. Es hätte sowieso nichts genützt; Singh hörte nicht hin. Etwas anderes fesselte seine Aufmerksamkeit, und dieses Etwas verfolgte ihn zwischen den Containern.

»Hierher, Singh, hierher! Wir geben dir Deckung!«

Aus den Augenwinkeln sah ich knapp zehn Meter von Singh entfernt noch eine andere Bewegung. Zuerst konnte ich es nicht richtig erkennen, weil es ebenso schwarz war wie die Nacht selbst, aber irgendetwas schlich dort durch die schwankenden Schatten und umkreiste unseren verängstigten Kameraden. Mit zusammengekniffenen Augen versuchte ich die Dunkelheit zu durchdringen, doch die Silhouette war irgendwie nie da, wo ich gerade hinsah.

»Es ist hinter dir, Singh! Hinter dir!«, schlussfolgerte ich. Singh drehte sich mal in diese, mal in jene Richtung, versuchte verzweifelt, in Bewegung zu bleiben, und war doch wie gelähmt vor Furcht, eine falsche Entscheidung zu treffen.

Noch einmal schoss ich eine Acht-Millimeter-Kugel in die Dunkelheit, diesmal auf den massigen Schatten hinter Singhs linkem Ohr. Schon wieder traf ich nur das Deck und erntete einen Rüffel von H. Trotzdem wusste ich, dass ich zu Recht geschossen hatte.

»Es ist da, in den Schatten. Es ist hinter ihm!«, beharrte ich.

Freddy nahm mich beim Wort, eröffnete das Feuer und schoss jedem Schatten mitten ins Herz. Auch Lumpati fiel mit ein. H ließ meinen Gewehrlauf los, um ebenfalls ein paar Schemen umzunieten. Bald waren wir alle vier damit beschäftigt, dass Deck um Singh herum nach Fleisch und Blut zwischen all dem Stahl und Blech abzusuchen.

Singh erkannte schließlich, wo seine Überlebenschance am größten war und machte einen Vorstoß in unsere Richtung. Da wurde sein Weg von einer riesigen, bestialischen Gestalt versperrt, die wie aus dem Nichts vor ihm aufragte.

Khans Erscheinung raubte mir den Atem. Er schien seit

unserer ersten furchtbaren Begegnung sogar noch größer geworden zu sein: an die drei Meter Körperhöhe und breit wie ein Rumfass. Sein dichtes schwarzes Fell verschluckte das bisschen Licht um ihn herum, sodass er überhaupt keine Form zu haben schien, nur Masse – eine Masse mit zwei riesigen Armen, die ausgestreckt waren wie die skelettartigen Äste eines verdorrten Baumes.

H und Lumpati entleerten ihre Magazine auf Khan. Der zuckte nicht einmal mit der Wimper. Er schüttelte nur seinen Kopf, brüllte entrüstet auf, wobei er eine Reihe blutiger Reißzähne entblößte, und grunzte verächtlich.

Singh schrie einen letzten Abschiedsgruß, bevor er den einzigen Ausweg nahm, der ihm noch blieb, und sich über die Reling in die dunklen Wellen stürzte.

»Neiiin!«, rief Lumpati, ließ sein Gewehr fallen und griff nach einer Rettungsweste, um sie seinem Landsmann hinterherzuwerfen, aber der war schon verschwunden. Er hatte noch nicht einmal den Versuch unternommen, gegen die Wogen anzukämpfen, als sie ihn verschluckten.

Wutentbrannt, weil ihm seine Beute entgangen war, richtete Khan seine Aufmerksamkeit jetzt auf uns. Er zog seine Schnauze in Falten, bleckte die furchterregenden gelben Frontzähne, dann ließ er sich auf alle viere fallen – und sprang auf uns zu.

Wir reagierten mit einem Kugelhagel, der Khan allerdings nicht im Geringsten aufhielt. Einen Wimpernschlag später war er mit schnappenden Zähnen und ausholenden Klauen bei uns. In Panik wichen wir zurück. Lumpatis Kopf wurde sauber von seinen Schultern getrennt und gab mir fast einen Kuss, als er an mir vorbeiflog. H fiel beim Versuch, mit seinem letzten Schuss die verletzliche Stelle des Ungeheuers zu finden, in einen Haufen seiner eigenen Innereien.

Ich war der Tür zum Ruderhaus am nächsten, deshalb hatte ich einen Rückzugsort, in den ich stolpern konnte. Auch wenn Khan so schnell war, dass mir das normalerweise nicht viel genützt hätte … aber ich hatte immer schon ein glückliches Händchen bei der Auswahl meiner Freunde. Und das Schicksal wollte es, dass ich mich gerade jetzt in der Gesellschaft eines Mannes befand, dem Khan sich nur zu gern wieder in Erinnerung bringen wollte: Freddy Bolton.

Khan warf sich auf Freddys Rücken, als der versuchte, zur Seite zu springen, nagelte ihn mit zwölf Zentimeter langen Krallen auf das Metalldeck und brüllte ihm mit einer Wildheit ins Ohr, gegen die sich sein bisheriges Wüten wie leichte Gereiztheit ausnahm.

»Hilfe! Um Gottes willen, hilf mir, Coal!«

Khan warf mir einen Blick zu, als wolle er sagen: *Denk nicht mal drüber nach.* Aus Gründen der Fairness ließ ich Freddy genauso viel Hilfe zukommen wie seinem unfreiwilligen Bettgenossen zuvor und suchte Zuflucht im Ruderhaus. Der Steuermann und Erik zogen mich hinein und verriegelten die Luke sofort wieder. Sushanta und Najib machten das Gleiche auf der Backbordseite. Käpt'n Schmitt hatte sich vorgenommen, zur Abwechslung etwas richtig Dummes zu tun und sich von der anderen Seite der Laufbrücke an Khan heranzuschleichen. Ich hatte ihn bereits abgeschrieben, obwohl bisher keine Schreie von ihm zu hören waren. Die würden schon noch kommen, da hatte ich keinen Zweifel – sobald Khan mit Freddy fertig war. Das Geheul meines notgeilen Ex-Kojennachbars hatte seit dem Moment, als Khan ihn ans Deck genagelt hatte, nicht aufgehört, aber noch waren es Angstschreie, keine Schmerzensschreie. Khan hatte offensichtlich vor, diese Tötung so richtig zu genießen.

»Um Gottes willen, helft mir! Hiiilfeee!«, flehte Freddy. Aber was konnten wir schon tun?

»Steckt euch die Finger in die Ohren«, war Sushantas Vorschlag. Dieser Plan war so gut wie jeder andere, also zwängte ich mir die Finger in die Gehörgänge, bis alles, was ich hören konnte, meine eigenen gehetzten Atemgeräusche und das Wummern meines Herzens war. Sushanta selbst entschied sich, alles mit anzuhören. Ich konnte die Fortschritte, die Khan bei Freddy machte, daran ablesen, wie sich Sushantas Gesichtsausdruck veränderte. Ich weiß nicht, was genau Khan mit unserem Romantiker vom Dienst anstellte – und ehrlich gesagt will ich es auch gar nicht wissen – aber Sushantas Mimik nach zu urteilen würde ich meinen, dass er mindestens genauso gut austeilte, wie er eingesteckt hatte.

Plötzlich streckte mich ein enormer Wumms gegen die Stahltür zu Boden. Das fünfzehn Zentimeter breite Bullauge zersprang unter dem nächsten Schlag und Khan streckte seine Schnauze hindurch. Sein Geheul fuhr uns durchs Mark wie ein Sturm. Der Steuermann feuerte seine Waffe ab. Sein erster Schuss traf Khan ins Gesicht, die nächsten beiden Kugeln prallten von der Wand ab und schlugen kreuz und quer durch das Ruderhaus. Unbeeindruckt hämmerte Khan weiter mit aller Kraft auf die Luke ein, während sowohl der Steuermann als auch Sushanta fortfuhren, seine Schnauze mit Blei vollzupumpen.

Schließlich zog Khan sich zurück. Allerdings wirkte er dabei eher wie eine Kreatur, die zielgerichtet ihre Taktik ändert, als wie ein flüchtendes Tier.

»Was zum Teufel ist das für ein Ding?«, fragte Erik. Wieder bekam er keine Antwort. Nicht nur, weil niemand eine wusste, sondern vor allem, weil Khan uns keine Chance dazu ließ.

Die Stahltür mochte allem, was er gegen sie eingesetzt hatte, widerstanden haben, aber er hatte schnell bemerkt, dass er mit den Glasscheiben an den Längsseiten des Ruderhauses mehr Glück haben würde. Ein schmaler Gang führte genau darunter entlang und Khan trat jetzt in unser Blickfeld, größer und haariger als eine Schönheitskönigin aus den Highlands.

Wir wichen alle fünf an die gegenüberliegende Wand zurück. Einen furchtbaren Moment lang stand Khan bloß da und betrachtete uns durch das Glas wie Filetstücke in der Auslage einer Metzgerei. Er verzog seine Schnauze zur Perversion eines Lächelns, schnappte ein paarmal mit den Kiefern, als wolle er die Luft zwischen uns fressen, dann holte er mit einer seiner riesigen Klauen aus. Das Glas zersprang in tausend silberne Scherben. Khan machte einen Satz, kam zusammen mit den Glassplittern auf dem Boden auf und stürzte sich zuerst auf den Steuermann.

Wir Übrigen flüchteten überstürzt. Zu viert purzelten wir aus der Backbordluke, doch nur drei von uns erreichten die unterste Stufe. Najib wurde von einer von Khans Krallen ins Ruderhaus zurückgerissen. Es waren kaum Schreie zu hören, da klatschte schon das Blut gegen die Luke und Najibs Überreste wurden uns in den Weg geschleudert, als ob Khan über unsere Unverschämtheit gekränkt sei. Ihr wisst ja, was man sagt: Wenn der Teufel dich beim Schwanz packt, dann biete ihm nicht noch deine Hand an. Deshalb rannten wir weiter drauflos, in die Nacht hinein, über das schlingernde Deck stolpernd, während die *Folly* blindlings durch die Wellen pflügte.

Ein Blick über die Schulter zeigte mir, wie Khans riesige Gestalt aus dem Ruderhaus sprang. Nur zehn Meter hinter uns kam er in leichtem Galopp auf dem Boden auf. Er schien absolut unaufhaltsam. In diesem Moment wusste ich so sicher wie ein Verurteilter beim Anblick des Stricks, dass ich sterben würde. Ich versuchte, allen Mut zusammenzunehmen und mit Würde zu sterben, wollte mich umdrehen und kämpfend untergehen, aber sämtliche Kraft hatte mich verlassen. Ich konnte nur noch auf den gefürchteten Schlag warten, der mich töten sollte.

Erik fiel als Erster. Khan verschlang ihn, ohne auch nur aus dem Tritt zu kommen. Er kreischte wie die anderen vor ihm und wurde dann im Bruchteil einer Sekunde ausgelöscht. Es schien ein schneller Tod zu sein. Hoffentlich war meiner noch schneller.

Hoffentlich hatte Khan mich nicht an der Tür zur Krankenstation gesehen.

Hoffentlich blieb mir erspart, was Freddy erleiden musste.

Hoffentlich …

Sushanta hatte jedenfalls nicht die Absicht, so schnell aufzugeben, und flitzte zwischen den Containern hin und her. Im Labyrinth der engen Gänge versuchte er, Abstand zwischen sich und das Ungeheuer zu bringen. Ich folgte ihm. Einen eigenen Plan hatte ich nicht, abgesehen davon, dass Sushanta nicht ohne mich entkommen sollte.

Tatsächlich fiel Khan das Manövrieren in diesen engen Zwischenräumen schwerer, sodass es uns wie durch ein Wunder gelang, ein paar Haaresbreiten zwischen uns und den zähnefletschenden Feind zu bringen. Als wir aus den Containerstapeln herauskamen, hatten wir den Luxus von knapp vier Sekunden Zeit zum Nachdenken über unseren nächsten Zug.

Natürlich übernahm Sushanta die Führung. Er sprintete zum Heckmast und erklomm ihn mit der Geschwindigkeit eines Eichhörnchens, das an einer Eiche hochrennt. Ich versuchte zu folgen, aber dieses Mal ging es nicht. So sehr ich es auch versuchte, schaffte ich es einfach nicht, mich an der glatten weißen Stange hochzuziehen. Wahrscheinlich hatte Sushanta seine Kindheit damit verbracht, sich sein Abendessen zu besorgen, indem er an Kokospalmen hinaufkletterte. Ich dagegen hatte neben dem elektrischen Kamin *Tim und Struppi* gelesen und gewartet, bis mein Vater von der Pommesbude zurückkam.

Khan stürzte zwischen den Containern hervor, strauchelte kurz und fing sich. Noch einmal brüllte er mich mit einer Gewalt an, die mir fast die Gesichtshaut abriss, dann machte er sich bereit zum tödlichen Sprung.

Wohin sollte ich fliehen? Ich hatte keine Ahnung. Da bemerkte ich plötzlich Sushantas Schuhe am Fuß des Mastes. Seltsam, was einem in einer solchen Situation alles auffällt. Doch dann wurde mir klar, dass der Mann nur dort oben war, weil er seine Schuhe hier unten zurückgelassen hatte. Nur so war er auf den Mast gekommen. Es war ganz einfach.

Leider hatte ich kaum Zeit, mir den Hut zurechtzurücken, geschweige denn die Schuhe auszuziehen, also tat ich das einzig Mögliche und floh weiter zum Heck. Hoffentlich würde sich noch einmal ein Ausweg darbieten. Und dieses Mal bitte etwas offensichtlicher.

Aber Pustekuchen! Ich erreichte das Ende des Schiffs mit nichts als reichlich Verzweiflung und fand mich neben einer ausgefransten ceylonesischen Flagge in die Enge getrieben. Khan wurde langsamer, als er merkte, dass ich keinen Fluchtweg mehr hatte. Er streckte seine Arme aus, damit ich nicht an ihm vorbeikam. Als er sicher war, dass ich in der Falle saß, kam er langsam und vorsichtig näher, entschlossen, meine Todesangst bis ins Letzte auszukosten. Es war das überlegte Vorgehen einer Bestie, die sich ihrer Handlungen voll bewusst ist.

»Warte«, versuchte ich. Wie viel mochte dieses Untier verstehen? »Warte, ich bin auf deiner Seite.«

Khan schnaubte verächtlich. Er schmatzte mit den Lippen, als ob er die Angst in meiner Stimme schmecken könne.

»Warte, ich weiß, wo es Essen gibt, jede Menge davon!«, probierte ich es noch einmal. »So viel du nur essen kannst.« Doch leider war Khan anscheinend kein Fan von Zuckermais. Er spannte seine Klauen an wie jemand, der über einem besonders guten Stück Fleisch seine Tranchiermesser wetzt.

»Warte, bitte ...«, machte ich einen letzten Versuch. Dies war meine allerletzte Chance. »Ich ... ich liebe dich!«

Die Dinge, die wir im Angesicht des Todes sagen, ergeben meist nicht sehr viel Sinn; sie sind in der Regel nur Geräusche, die wir zu unserem eigenen Trost von uns geben. Doch Khan zögerte, wahrscheinlich aus reiner Verwirrung. Blinzelnd sah er mich an. Ich entschloss mich, diese Rettungsleine zu ergreifen und es bis zum Ende durchzuziehen. Mit meinem aufrichtigsten Lächeln lullte ich ihn ein, dann streckte ich eine Hand nach ihm aus. Khan funkelte mich weiter mit sadistischer Ratlosigkeit an und ich fragte mich, ob ich einen ähnlichen Durchbruch geschafft hatte wie Daniel in der Löwengrube. Hatte ich, indem ich Khan die Hand reichte, die wilde Gier gezähmt, die ihn zu seinem mörderischen Amoklauf trieb? Natürlich geschah dies alles in Sekundenbruchteilen, aber immerhin geschah es. Ich fragte mich gerade, wie ich dem kleinen Arschloch am besten den Schädel einschlagen sollte, wenn er wieder menschlich wurde, da holte Khan aus.

Dies war der Moment, in dem ich wusste, dass ich tot war. Es war ein schreckliches Gefühl, doch wenn mich das Leben eins gelehrt hat, dann ist es, dass sogar die letzte halbe Sekunde deines Lebens immer noch Leben ist.

Und im Leben kann alles passieren.

Khans Hinterlauf platzte plötzlich auf, als Gewehrschüsse ihn zur Seite warfen und gegen das Heck schleuderten. Und dies waren nicht ein oder zwei Schüsse aus einem Lee Enfield, dies waren 600 Schuss pro Minute, aus kurzer Entfernung ausgespuckt von einer Thompson-Maschinenpistole. Kapitän Schmitt, der in Anbetracht der Umstände erstaunlich munter wirkte, hatte gesehen, wie nutzlos unsere Patronen gegen das Untier waren, und war zurückgeprescht, um die schwere Artillerie zu holen. Der Käpt'n entleerte das Magazin in Khans Rücken und Seite, dann warf er es aus, schob ein neues ein und verspritzte noch mehr Kugeln.

Ich ergriff die Gelegenheit, mich Hals über Kopf davonzumachen, Khans um sich schlagenden Klauen und den Kugeln des Käpt'ns ausweichend, bis ich einen Mann mit Maschinenpistole zwischen mir und dem sicheren Tod wusste.

Trotz der heldenhaften Bemühungen des Kapitäns war mir klar, dass er mir nur einen kurzen Aufschub verschaffen konnte, und zu meiner Schande muss ich gestehen, dass ich nicht bei ihm blieb, um zu helfen, obwohl er mir das Leben gerettet hatte. Ich rannte einfach weg, so schnell ich nur konnte. Im Laufen trat ich mir Schuhe und Socken von den Füßen.

Dem Käpt'n rief ich zu, er solle das Gleiche tun, er könne Khan sowieso nicht töten, egal wie oft er auf ihn schoss. Allerdings hielt ich mich nicht damit auf, zu überprüfen, wie mein guter Rat ankam, sondern sprang an den Heckmast und kraxelte hinauf, bis ich fast Sushanta von seiner Stange schubste. Er hockte ganz oben am Mast, auf einer kleinen Querstange, die sowohl die Schiffsantennen als auch die Leinen für Signalflaggen beherbergte. Es war schon für einen einzigen Flüchtling eine sehr unsichere Sitzgelegenheit; zwei würden die Stabilität an ihre Grenzen bringen.

Zu meiner Erleichterung war Sushanta so enorm anständig, mir eine Hand hinzuhalten und mich zu sich heraufzuziehen. Dann rückte er auf eine Seite der Querstange, damit ich mich rittlings auf die andere setzen konnte.

»Binde dich mit deinem Gürtel am Mast fest«, schlug Sushanta vor.

Ich tat, was er sagte, doch viel mehr Sorgen als unsere wackelige Sitzstange machte mir Khan.

»Was ist, wenn er hier raufklettert?«

»Wenn das passiert, mach deinen Gürtel wieder los«, antwortete Sushanta, »und versuch auf dem Kopf zu landen.«

- VII -

Von unserem Aussichtspunkt aus konnten wir Käpt'n Schmitt mit Khan kämpfen sehen. Immer wieder sprintete er von Deckung zu Deckung, wirbelte herum, warf ein Magazin aus und pumpte das nächste in die Gestalt, die ihn über das Deck verfolgte. Grelles Mündungsfeuer erhellte dann alles im Umkreis von zwanzig Metern um den Kapitän herum, einschließlich des hoch aufragenden schwarzen Umrisses von Khan, der nach jeder Salve näher zu kommen schien, bevor es wieder dunkel wurde.

Es war ein tapferes Unterfangen, jedoch ein sinnloses, wie ich ahnte. Der Käpt'n konnte sich keinen Meter Vorsprung erkaufen, um seine Strategie neu zu planen, und sowohl die Munition als auch der Platz würden ihm schon bald ausgehen.

»Was sollen wir machen?«, fragte ich Sushanta mit vor Angst brüchiger Stimme.

»Was willst du denn machen?«, gab der mit einer Ruhe zurück, als wäre dies ein sonniger Landgangsnachmittag, an dem wir nichts zu tun hatten, als in Bordellprospekten zu blättern.

»Ich weiß nicht … irgendwas … egal was«, brachte ich hervor. Direkt unter uns schlugen die Kugeln des Käpt'ns Funken an den Containern.

Sushanta legte mir eine Hand auf die Schulter. Seine Stimme war kaum ein Flüstern. »Jeder von uns muss sein Schicksal erfüllen. Wir haben unseres und der Käpt'n hat seins.«

Ich glaube, ich wusste, worauf Sushanta hinauswollte, nämlich: *Halt den Mund, sonst hört uns das Monster noch hier oben.* Gegen einen Mann mit solch festen Überzeugungen konnte ich schlecht etwas einwenden. Wahrscheinlich fühlte ich mich bloß hilflos im Angesicht der verzweifelten Bemühungen des Kapitäns, sich in immer enger werdenden Kreisen gegen Khan zu behaupten, nachdem er sein Leben für meins aufs Spiel gesetzt hatte. Aber Sushanta hatte recht: Was konnten wir schon für den Käpt'n tun, außer an seiner Seite zu sterben?

Nicht viel.

Und das, ich schäme mich immer noch es zuzugeben, war genau, was wir taten: nicht viel.

»Arschloch!«, schrie der Käpt'n. Ein letztes Mal spuckte die Maschinenpistole Feuer, dann warf er sie weg und zog seine Luger. Erbärmliche vereinzelte Schüsse ersetzten das Stakkato, das vorher die Nacht zerrissen hatte. Das war nicht genug, um Khan auf Abstand zu halten, und im Nebel der rauchenden Waffe stürzte sich der Schwärzeste der Schatten unter uns auf den Käpt'n und verschlang ihn augenblicklich.

Danach gab es keine Geräusche mehr. Keine Schüsse. Kein psychotisches Geheul. Und keinen Käpt'n Schmitt.

Sushanta und ich waren die Einzigen, die noch zwischen Khan und einem weiteren Geisterschiff standen.

Für eine lange Zeit sagte keiner von uns ein Wort. Wir starrten nur hinaus auf die tintenschwarze See und hielten uns am Mast fest, während die Schiffsschrauben uns hinbrachten, wo immer sie wollten.

Wie ich schon sagte, sah Sushanta sich selbst als einen Mann des Glaubens. Ich weiß nicht, welche Richtung er genau praktizierte – eine, die das Heben schwerer Lasten im Hafen untersagt, hatte der Steuermann einmal gespottet – aber Sushanta war immer ein Fels der Vernunft und Ruhe in der Brandung unserer Reisen gewesen, und das nie mehr als in diesem Moment. Ich schaute in sein starkes, edles Gesicht und war froh, dass er es war, der mich auf diesem Weg begleitete, und nicht einer meiner anderen Ex-Mannschaftskameraden, Gott sei ihren armen Seelen gnädig. Sushanta erwiderte meinen Blick, entweder weil er verstand, welchen Trost seine Gesellschaft für mich bedeutete, oder weil er überlegte, wie er mich am besten zwischen sich und Khan schob, sollte der es bis zu uns schaffen.

»Er ist der Wolf«, flüsterte Sushanta schließlich. »Halb Mensch, halb Bestie, vom Mond auf diese Erde gehetzt.«

Ich schaute nach Steuerbord, wo der Vollmond jetzt ein Viertel seines Wegs über den Nachthimmel zurückgelegt hatte.

»Dann kennst du dich mit so was aus? Aus den Mythen und Legenden deines Volkes, nehme ich an.«

»Nein, aber ich habe den Film mit Lon Chaney gesehen, und das hier kommt mir ganz ähnlich vor«, erwiderte Sushanta, womit er meine Verehrung für den Orient für alle Zeiten auf Leyton beschränkte.

Ein unvermitteltes Knurren irgendwo unter uns ließ uns beide erstarren. Langsam, sehr, sehr langsam, richtete ich meine Augen auf das Deck und blinzelte ins Zwielicht.

Sowohl das Meer als auch die *Folly* waren in ein silbriges Blau getaucht, das von jedem Containerstapel, jedem Geländer und jeder gekräuselten Welle reflektierte. Jenseits des Mondlichts jedoch, unter der Wasseroberfläche oder zwischen den Containern, war die Dunkelheit vollkommen – schwärzer als der Tod selbst.

Irgendwo in diesen Schatten knurrte Khan erneut. Es war das tiefe, rollende Grollen eines Tieres, das sein Recht auf ein Territorium geltend macht, welches es sich erkämpft hat. Er wusste, dass wir uns noch in Hörweite befanden, wenn auch nicht genau wo. Es wurde still an Deck, als Khan unter uns schnaufte und schnüffelte, aber beim besten Willen unsere Witterung nicht aufnehmen konnte. Daran war er allerdings selber schuld, hatte er doch mehr oder weniger jeden Quadratzentimeter mit den Überresten eines Gemetzels überzogen, in dessen Gestank wir ihm verloren gegangen waren.

Einige aufgestapelte Fässer fielen um, als Khan immer fieberhafter suchte. Er riss einen Stahlcontainer in Stücke, doch all seine Wildheit brachte ihn seinem Ziel nicht näher. Jedes Mal, wenn er heulte, klang es wütender als vorher.

Und immer noch pflügte das Schiff durch die Wellen, drehten sich die Turbinen weit unter uns ohne Unterlass, bis sie von der Anstrengung noch zu glühen anfangen würden. Die *Folly* würde diese Plackerei nicht mehr lange durchhalten, aber was konnten wir unternehmen? Weder ich noch Sushanta konnte das Ruderhaus erreichen, um den Maschinen Erleichterung zu verschaffen, und Khan war es sowieso egal. Genau wie Sushanta und ich war unser kostbares Schiff ihm ausgeliefert.

Ich fragte mich, was passieren würde, wenn wir auf ein Riff oder Felsen zuliefen. Natürlich würden wir auflaufen, vielleicht sogar kentern, aber was würde dann mit uns geschehen? Khan würde keinen Kratzer abbekommen, nicht einmal, wenn wir in die Schrauben eines Supertankers gerieten, aber ich und Sushanta würden von unserem Sitz gerissen und ihm machtlos gegenüberstehen. Ich versuchte, nicht darüber nachzudenken. Sollte sich eine Katastrophe am Horizont ankündigen, würde ich meinen Gürtel losmachen, ihn um meinen Hals schlingen und es meinem Vater gleichtun.

Aber noch pflügten wir unbehelligt durchs Wasser.

Nach ungefähr einer Stunde verlor ich jedes Zeitgefühl und schaffte es sogar, trotz Khans Gebrüll einzuschlafen. Es war kein entspannter, erholsamer Schlaf, denn all meine Muskeln blieben verkrampft in entsetzter Erwartung dessen, was kommen mochte. Es war eher eine Art Trancezustand, ein Abschalten des Verstands als Selbstschutz vor dem Wahnsinn.

Ich weiß nicht, wie viele Stunden vergingen, aber sie vergingen, und schließlich riss mich Sushanta zurück in die grässliche Realität, aus der zu flüchten ich mir solche Mühe gegeben hatte. Ich blinzelte ein paarmal orientierungslos, bevor sich mein Blick auf Sushanta fokussierte.

Er lächelte.

Wie konnte Sushanta lächeln?

War er etwa verrückt geworden? Oder hatte er sich gerade daran erinnert, wie Lou Costello Lon Chaney einen Mopp über den Kopf haute?

Sushanta deutete hinter mich und sein Lächeln wurde breiter. Ich drehte mich um, suchte den Horizont ab, konnte aber nichts entdecken. Keine Schiffe, keine Inseln, keine Wolken, noch nicht einmal Sterne. Da war überhaupt nichts. Ich wollte Sushanta gerade fragen, was er sah, dass ich nicht sehen konnte – vielleicht ein unsichtbares Kaninchen mit einem Tablett voller Getränke – als mir plötzlich klar wurde, warum er lächelte.

Der Horizont.

Wir konnten ihn sehen.

Nach einer stockdunklen Nacht konnten wir endlich die Linie des Horizonts erkennen, weil die Sonne direkt dahinter stand und den Himmel im Osten erhellte.

Unsere Nacht, so lang und entsetzlich und endlos sie auch erschienen war, war fast vorbei.

»Wird Khan sich wieder in einen Menschen verwandeln?«, flüsterte ich und wagte es kaum zu hoffen. »Wir werden sehen«, erwiderte Sushanta. Er richtete seinen Blick auf Khan, der backbord am Bug stand und seinerseits in den erwachenden Morgen starrte. Khan schnaubte unwillig, dann ließ er ein letztes Brüllen hören, bevor er sich ins Innere des Schiffes zurückzog, um sich dort für den kommenden Tag einzurichten.

Sushanta löste seinen Gürtel vom Mast und band ihn sich um die Taille.

»So, jetzt sind wir dran«, sagte er.

- VIII -

Wir warteten noch ein oder zwei Stunden ab und kletterten erst nach unten, als wir die Sonne im Nacken spüren konnten. Als Erstes kümmerten wir uns um die Geschwindigkeit der *Folly*, die wir zu einem gemächlichen Tuckern hinunterfuhren.

Ich gab Sushanta mit einem Gewehr Deckung, während er das, was vom Steuermann übrig war, von den Anzeigen wischte und sicherstellte, dass wir nicht explodieren würden. Zwar hatte ich nach der vergangenen Nacht alles andere als rückhaltloses Vertrauen in Schusswaffen, aber das Gewicht des Gewehrs vermittelte mir eine dringend benötigte Zuversicht. Wenn Khan auftauchen sollte, und damit meine ich den großen, haarigen Khan, den niemand leiden konnte, wäre ich dennoch wieder auf dem Mast gewesen, bevor Sushanta den Aufschlag meiner Waffe auf dem Deck hörte.

Die meisten Anzeigen waren zerschlagen, daher war es schwer abzuschätzen, wo genau wir uns befanden. Sushanta berechnete, dass wir in der Nacht wahrscheinlich fünfzig Meilen in nordöstlicher Richtung zurückgelegt hatten, was uns zwischen hundert und zweihundert Meilen an die Küste von Vietnam herangebracht hätte.

»Nord oder Süd?«, fragte ich.

»Wieso, bist du wählerisch, wo wir an Land gehen?«, gab er berechtigterweise zurück.

Auch der Funkraum war nicht verschont geblieben. Die Tür war aus den Angeln gerissen und die Armaturen und Körper, die dahinter Schutz gesucht hatten, in unbändiger Raserei zerrissen worden. Ich fragte mich, wie viel Kaluu noch hatte senden können, bevor Khan ihn verstummen ließ. Ich fragte mich, ob es irgendjemand da draußen gehört hatte. Und wenn ja, was sie wohl tun würden. Wahrscheinlich die entsprechenden Seiten aus dem Funkbuch reißen und über Bord werfen, wenn sie schlau waren.

»Das hier war wohlüberlegt«, bemerkte Sushanta. »Volle Absicht. Er hat das getan, um uns zum Schweigen zu bringen. Dieses Ungeheuer ist mehr als bloß ein Tier.«

Sushanta fegte die losen Finger von Kaluus Revolver und wies auf den Gang.

»Lass uns jetzt runtergehen.«

Im Bauch des Schiffes war es still, abgesehen vom Brummen der Maschinen. Sonst herrschte hier am Tag eine hektische Betriebsamkeit und in der Nacht konnte man entferntes Schnarchen und das gelegentliche Klappern von Glas auf Metall hören – aber an diesem Morgen, dem Morgen nach der Nacht davor, hörte man gar nichts.

Schwarzes Blut bedeckte eimerweise den metallenen Fußboden und stand in Pfützen an den Schottwänden. An manchen Stellen war der Boden klebrig, an anderen rutschig, aber alle schnürten mir den Hals zu wie zu einem erstarrten Schrei. In den Kajüten war es schlimmer. Arme, Beine, Köpfe und Knochen lagen verstreut herum. Die meisten sahen aus, als seien sie recht schnell auseinandergenommen worden, andere, als habe jemand noch einmal darauf herumgekaut. Tatsächlich war alles, was wir noch von Upendra fanden, eins seiner Beine. Khan hatte den Doktor letztendlich wohl doch gemocht.

Außer den Gedärmen sahen wir tiefe Furchen in Holz und Metall, die vermutlich von Khans Krallen stammten. Dass sie solche Schäden anrichten konnten, ohne dabei abzubrechen, verschlug mir den Atem.

»Verdammt noch mal, lass uns bloß von hier verschwinden. Wir nehmen ein Rettungsboot und hauen ab. Soll er doch die *Folly* behalten. Scheiß drauf!«

»Wenn er das ist, was ich glaube, haben wir die größten Chancen, wenn wir ihn angreifen, solange er schwach ist. Nicht, indem wir uns auf gut Glück ins Meer stürzen«, erwiderte Sushanta.

In den Mannschaftsquartieren lauerte nichts auf uns, also öffnete Sushanta die Luke am anderen Ende des Ganges und führte uns in den Maschinenraum. Es war heiß wie die Hölle hier unten, noch mehr als gewöhnlich, und an manchen Stellen so eng, dass man kaum an den Maschinengehäusen vorbeikam. Wir durchkämmten das Gelände so gut wir konnten, stocherten in Ecken, Winkeln und Spinnweben. Die eine oder andere Patrone feuerten wir in schmutzige Lumpenbündel, die zwischen den Rohren herumlagen, aber nach zwanzig Minuten Suche hatten wir immer noch nichts vorzuweisen, deshalb drangen wir weiter vor, durch die nächste Luke, die nächste Treppe hinunter, in den Laderaum.

Die meisten Lager waren mit Baumwollballen und Zuckermais vollgestopft. Erstere transportierten wir nach Hongkong, mit Letzterem fütterten wir nach und nach die Fische. Hier unten gab es Dutzende von Orten, an denen Khan sich hätte verstecken können, aber zu unserem Bedauern zeigte er ein bisschen mehr Eigeninitiative. Sobald wir Lager drei betraten, ertönte ein Schuss. Ich war etwas langsam beim In-Deckung-Gehen, weil ich zuerst dachte, Sushanta hätte geschossen. Khans zweite Kugel prallte vom Lauf meines Gewehrs ab und warf mich auf den Rücken.

»Scheiße!«, war das Einzige, was ich herausbrachte – nicht zuletzt, weil ich feststellen musste, dass mir der Zeigefinger der rechten Hand fehlte, und zwar direkt unter dem Knöchel. Khan gab mir allerdings keine Gelegenheit, die Schmerzen auszukosten. Seine Schüsse prallten rings um mich herum von den Schottwänden ab. Ich war gezwungen, mich durch einen Vorhang dicker Metallketten zu werfen, um dem Kugelhagel zu entkommen.

Sushantas Gewehr kam mir zur Hilfe. Mit einer Salve ins Epizentrum von Khans Mündungsfeuer wurde der von seinem Hochsitz getrieben. Die lebende Leiche, die wir am Tag zuvor aufgefischt hatten, kam wie ein Panther auf dem Boden auf und fegte mit unglaublicher Gewandtheit davon. Sushanta tat sein Bestes, um Khans Lauf aufzuhalten, indem er die Luft hinter ihm mit Kugeln durchsiebte, aber ich war in keiner Verfassung zum Kämpfen.

»Er kommt in deine Richtung!« Sushantas Ruf brachte mich wieder zur Besinnung.

Khans schmächtige Gestalt kauerte zwischen zwei Kisten ein gutes Stück vor mir. In der Hoffnung, ihn aus dem Hinterhalt zu erwischen, schickte ich ihm die nächste Kugel in den Weg, aber Khans Reflexe waren die schnellsten, die ich bisher gesehen hatte. Er warf sich aus meiner Schusslinie und rollte auf die Seite, um zweimal in meine Richtung zu feuern, bevor ich überhaupt merkte, dass ich ihn verfehlt hatte. Der erste Schuss traf die Kiste rechts von mir. Ein Regen von Kleinholz prasselte mir ins Gesicht und mein schmerzhaftes Zurückzucken rettete mich irgendwie vor Khans zweiter Kugel.

Das war einfach nicht fair! Ein Werwolf, der auch noch schießen konnte! Was hatten wir denn da für eine Chance?

Ich krabbelte über den Fußboden, während Sushanta mir Deckung gab, indem er sein Magazin in alles im Umkreis von fünf Metern um unseren unerwünschten Schiffsgenossen herum entleerte. Ich stürzte durch die Luke und schob mein Gewehr am Türrahmen vorbei, um den Gefallen zu erwidern, aber Sushanta hatte nicht vor wegzurennen. Trotz Khans Gewandtheit war er fest entschlossen, die Sache auszutragen, bevor der Einbruch der Nacht sich wieder zu unseren Ungunsten auswirkte.

Er rannte los, um Khan zuvorzukommen, und wieder ertönten Schüsse, gefolgt von einem Hagel von Obszönitäten in einer mir unbekannten Sprache. Ich habe keine Ahnung, woher ich wusste, dass es Obszönitäten waren; vielleicht waren es auch gar keine. Aber für mich hören sich die meisten orientalischen Sprachen so an, wenn sie gegen ein Feuergefecht angebrüllt werden. Ein letzter Knall signalisierte das Ende des Kampfes, doch Sushanta schimpfte und tobte weiter. Nachdem ich mir das noch dreißig Sekunden lang angehört hatte, senkte sich endlich Stille über den Laderaum. Ich schulterte mein Gewehr und hielt es auf die Luke gerichtet. Nichts zeigte sich.

»Sushanta?«, flüsterte ich. Die einzige Antwort war das Geräusch der Halteketten, die durch die Bewegung des Schiffes aneinanderklirrten.

»Sushanta?«

Ich hasste es, meinen Standort zu verraten, doch meine Tapferkeit war aufgebraucht. Ich konnte den Gedanken nicht ertragen, mit dieser unmenschlichen Bestie alleingelassen zu sein, nicht einmal in ihrer menschlichen Form.

»Coal?«, flüsterte eine Stimme direkt hinter der Luke.

»Sushanta, bist du das?«

»Nicht schießen.«

Um zu verdeutlichen, dass wir beide auf derselben Seite waren, wedelte Sushanta mit einem schmutzigweißen Lappen, dann trat er in mein Sichtfeld. Seine Seite war rot von Blut und halb taumelte er, halb schleppte er sich durch die Luke. Die Rückkehr eines Besiegten.

»Hilf mir, Coal! Hilf mir zurück nach oben.«

Zuerst zögerte ich, aus Angst, mein Gewehr abzulegen, aber Sushanta versicherte mir, es sei in Ordnung.

»Er wird uns nicht folgen. Nicht jetzt.«

»Also hast du ihn erwischt?«

»Nein.« Sushanta zuckte zusammen, als ich einen Arm unter seine Achseln schlang.

»Khan lebt.«

Ich schleppte Sushanta wieder nach oben und lehnte ihn an die Backbordreling. Im Gegensatz zu den vertrockneten Schmierspuren der letzten Nacht glänzte sein Blut satt rubinrot. Ich hob mein Gewehr auf und spähte durch die Luke, um sicherzugehen, dass wir nicht verfolgt wurden, aber Sushanta wiederholte, dass Khan nicht kommen würde.

»Er wird nicht versuchen, uns am Tag zu töten. Das ist zu gefährlich für ihn. Er wird es aussitzen und warten, bis die Nacht kommt, dann sucht er uns.«

»Aber die Waffe …«

»Er hat sich verteidigt, nicht versucht, uns umzubringen. Er will genauso sehr leben wie wir und er weiß, dass wir ihn bei Tag angreifen müssen. Er war auf uns vorbereitet. Von sich aus wird er keinen Ärger suchen, solange er verletzt werden kann. Er wird abwarten.«

»Woher weißt du das alles?«, fragte ich.

Sushanta nahm die Hand von seiner Seite und atmete tief ein, als er seinen auslaufenden Leib betrachtete. »Ich würde es genauso machen. Er ist ein Kämpfer, unverwüstlich. Und bestimmt schon seit vielen Jahren. Er kennt das alles schon.«

»Was ist also der Plan?«

»Der Plan?«, schnaubte Sushanta. Er blickte gen Himmel. »Alles, was wir tun können, ist, Khan um seine Beute zu bringen.«

Ich fragte mich, wie wir das anstellen sollten, merkte aber, was Sushanta gemeint hatte, als er seinen Revolver zog.

»Gibt es noch irgendwelche Pläne, die nicht darauf hinauslaufen, dass wir uns selbst die Schädel wegpusten?«

»Ich kann mich nicht bewegen und meine Kraft wird mich noch vor heute Abend verlassen. Ich kann nicht klettern und nicht kämpfen. Besser, ich mache mich jetzt auf die lange Reise, als mich von der Bestie auseinandernehmen zu lassen.«

»Ich bemerke da eine Menge *Du* in diesem Plan. Was ist mit mir? Was soll *ich* machen, nachdem du dich verabschiedet hast?«

»Nach mir?« Sushanta zuckte die Achseln. »Dann gehört die Waffe dir.«

Er drückte sich den Lauf unters Kinn, aber ich rammte meinen Daumen hinter den Hahn, als er den Abzug durchziehen wollte. Das rettete zwar Sushanta, aber nicht meinen Daumennagel, der vom Schlagbolzen bis aufs Blut durchstoßen wurde.

»Scheiße!« Ich entriss Sushanta den Revolver, zerrte meinen Daumen aus dem Mechanismus und saugte daran.

Sushanta bettelte um die Waffe, doch ich schleuderte sie über Bord, teils aus Prinzip und teils aus Wut darüber, dass ich jetzt schon mit zwei Fingern weniger auskommen musste.

»Du verdammst mich zu einem qualvollen Tod. Ich kann seinem Zorn nicht entkommen«, beharrte Sushanta.

»Du hast es selbst gesagt«, murmelte ich mit dem Mund voll Blut. »Er wird nicht am Tag kommen. Wir haben noch ein paar Stunden. Und ich brauche dich.«

»Was, wenn es Nacht wird?«

»Wenn wir Khan bis dahin nicht erledigt haben, blase ich dir selber die Rübe runter.«

- IX -

Die folgenden Stunden verbrachten wir damit, durchzuatmen und etwas zu essen. Ich hatte nicht gerade viel Appetit und Sushanta konnte kaum einen Bissen Schiffszwieback unten behalten, aber wir beide hatten Nahrung dringend nötig, auch wenn uns nicht der Sinn danach stand.

Nach drei Stunden Erholung fühlte ich mich wieder fast wie ein Mensch. Ich schüttete mir kaltes Wasser über den Kopf, um den letzten Nebel aus meinen Gedanken zu vertreiben. Meine Finger taten nicht besonders weh, außer wenn ich damit unerwartet irgendwo gegenstieß, was ungefähr alle dreißig Sekunden passierte. Ansonsten kam ich ganz gut damit zurecht, dass ich das meiste mit der linken Hand erledigte.

Sushanta hatte mit Khan recht gehabt. Er machte keine Anstalten, uneingeladen zu unserem Brunch zu erscheinen, und war bestimmt selber dankbar für die Auszeit. Allerdings befanden wir uns nur im Auge des Sturms, so viel war klar. Als die Schatten auf dem Schiff sich von Backbord nach Steuerbord drehten, erinnerten sie mich daran, dass unsere Zeit rasch ablief und Khan bald wieder auf der Pirsch sein würde.

»Also, was ist der Plan?«, krächzte Sushanta. Seine Gesichtsfarbe war fünf Schattierungen blasser als meine, obwohl seine Eltern ihm schon einen guten Vorsprung mitgegeben hatten.

Tatsächlich hatte ich mir bereits einige Gedanken gemacht. Die ersten drehten sich um das Beladen eines Rettungsbootes mit so viel Schiffszwieback und Reiswein, wie es eben tragen konnte, und unser Glück auf dem offenen Meer zu versuchen. Doch etwas an diesem Plan gefiel mir nicht. Und nicht nur der Teil mit dem langsamen, qualvollen Tod. Nein, er gefiel mir nicht, weil er bedeutete, dass Khan davonkommen würde. Und in gleichem Maße wie meine Kraft kehrte auch meine Wut zurück. Natürlich war ich nicht dumm genug, mich noch einmal in einen Kampf verwickeln zu lassen. Ebenso wenig hatte ich allerdings vor, unser Abenteuer einfach als unentschieden abzuhaken. Khan musste das Zeitliche segnen. Und solange ich auf demselben Schiff war wie er und die Sonne am Himmel stand, war das eine Möglichkeit.

Was konnten wir also tun?

Als Erstes konnten wir ihn so lange wie möglich von uns fernhalten, deshalb pulte ich den Schlüsselbund des Steuermanns aus einem Haufen verwesendem Ekelzeugs oben im Ruderhaus und machte mich daran, jede Luke, jeden Schacht und jedes Abdeckgitter abzuschließen, das sich noch schließen ließ. Ich wagte mich sogar ins Innere des Schiffs, bis zum Maschinenraum, und sicherte die Ausgänge und Bullaugen zwischen Khan und der Außenwelt. Manche ließen sich abschließen, andere verrammelte ich mit Feueräxten und Mobiliar. Ich wusste nicht, wie lange ich ihn dort unten gefangen halten konnte. Bestimmt nicht unbegrenzt. Aber jede Minute, die ich ihn aufhielt, war eine Minute, die ich überlebte.

Als ich bei den Außenluken angekommen war, umwickelte ich die Griffe mit Ketten und verschloss sie mit Befestigungsbolzen. Ich holte sogar den Schweißbrenner aus dem Wartungslager und verschweißte die Luken zu soliden Stahlplatten, an denen selbst Houdini sich die Zähne ausgebissen hätte.

Khan war allerdings ein anderes Kaliber.

Ich krönte mein Werk, indem ich mit der Deckwinde einige Stahlcontainer von den Stapeln winschte und vor – oder in manchen Fällen auf – den Luken absetzte, die sich zum Deck öffneten. Als im Westen die Sonne ihren ersten Zeh ins Wasser stippte, wusste ich nicht, was ich noch mehr hätte tun können – außer mein Versprechen an Sushanta halten.

Da er sich den ganzen Tag nicht bewegt hatte, war er keine große Hilfe. Aber ich kann ein berechnender Drecksack sein, wenn ich muss, und dass Sushanta noch atmete, gab mir die beruhigende Gewissheit, dass Khan ihm nicht einen Besuch abgestattet hatte, während ich mit dem Verbarrikadieren der Schotte beschäftigt gewesen war. So schrecklich es einzugestehen ist: Sushanta war mein Lockvogel.

»Töte mich. Töte mich jetzt!«, verlangte er, als ich nachsah, wie es ihm ging. »Es ist fast Nacht. Du hast mir dein Wort gegeben.«

Trotzdem hatte ich nicht die Absicht, ganz allein auf dem Schiff zurückzubleiben, daher eröffnete ich Sushanta eine bessere Idee: »Ich werde dich aus Khans Reichweite schaffen.«

Ich hob Sushanta, so sanft es ging, hoch, legte ihn in das Rettungsboot, das dem Heck am nächsten war, und ließ ihn darin vorsichtig ins Wasser hinab. Unsere Geschwindigkeit betrug nur ein paar Knoten, dennoch flog und rollte der Bug des Rettungsbootes über die Wellenkronen, bis die See sich seiner annahm und es vom Schiffsrumpf wegzog. Ich ging an der Reling entlang nach achtern. Dort sah ich zu, wie Sushantas Boot in unser Kielwasser glitt, und vertäute es am Flaggenmast. Ich hatte 65 Meter Seil gegeben; eine Strecke, die, wie ich hoffte, nicht einmal Khan überspringen konnte. Außerdem hatte ich Sushanta mit reichlich Decken, Brot und Reiswein für die Nacht versorgt.

Als der blaue Himmel blutrot wurde und die Sonne dem Mond Platz machte, wusste ich, dass die Zeit knapp wurde. Ich raffte so viel Munition, Brot und Wasser zusammen, wie ich im Rucksack tragen konnte, und kletterte mittschiffs am Mast hoch, um meinen Platz für die Nacht einzunehmen.

Die letzten Sonnenstrahlen flackerten am Horizont, bis auch sie von den schattendunklen Wellen verschluckt wurden. Danach kam das einzige sichtbare Licht vom Mond, der hoch über meinem Kopf hing wie der Essensgong des Damokles.

Ich sicherte und lud mein Gewehr, alle Sinne auf Panik eingestellt, doch eine Ewigkeit lang war nichts zu hören als die Geräusche des Meeres oder der Wind in der Takelung.

Eine Stunde verstrich, dann zwei. Nummer drei kam und dauerte an und an und an. Es ging schon auf Mitternacht zu, als mich endlich ein scharfer Knall aus der Benommenheit riss. Katastrophalerweise war es der Aufschlag meines Lee Enfields auf dem Deck. Das Gewehr war mir beim Einnicken aus der Hand gefallen. Jetzt lag es irgendwo in der Schwärze dort unten – dem Geräusch nach zu urteilen in ein paar Dutzend Teilen. Ich überlegte, ob ich hinunterklettern und ein anderes suchen sollte, doch ein dumpfes Grollen unter Deck verriet, dass die Vorbereitungszeit abgelaufen war.

Khan war wieder da.

- X -

Obwohl er drei Decks tiefer eingesperrt war, klang Khans Gebrüll entsetzlich nah. Jedes Heulen wurde begleitet von einer Salve von Schlägen, welche die Nieten der *Folly* rattern ließen und ein paar hundert Seepocken vom Rumpf schüttelten. Hin und wieder verlegte Khan seine Aufmerksamkeit von einem Teil des Schiffes zu einem anderen. So arbeitete er sich allmählich, Kajüte für Kajüte, zur Oberfläche vor.

Nach ungefähr einer Stunde zerschlug Khan ein Bullauge

im Schiffsrumpf, um etwas frische Seeluft zu schnappen. Er konnte sich unmöglich hindurchquetschen, aber er konnte wenigstens seinen Kopf herausstrecken und seine irre Wut in Dolby Stereo zu mir hochbrüllen.

Ich versuchte mich abzulenken, indem ich mit zusammengekniffenen Augen auf die schimmernde See und Sushantas Boot blickte, das in der Entfernung schaukelte. Ob er noch am Leben war? Und wenn ja, was bekam er wohl von dem ganzen Zirkus mit?

Khan verschwand vom Bullauge und randalierte weiter durch die unteren Decks. Ich versuchte, das Zifferblatt meiner Armbanduhr zu erkennen. Es war fast vier. Um sechs ging die Sonne auf. Wenn meine Barrikaden Khan noch für zwei Stunden aufhalten konnten, würde ich den Luxus eines ganzen weiteren Tages Vorbereitungszeit haben, um ihm auch die nächste Nacht zu versauen.

Ich drückte mir selbst die Daumen, soweit das noch ging, und brauchte alle Weihnachtswünsche meines Lebens auf einmal auf.

Inzwischen hatte sich seit einer Stunde nichts mehr gerührt. Entweder hatte Khan aufgegeben oder sich selbst besinnungslos geschlagen. Ich hoffte auf Letzteres, hätte mich aber auch mit Ersterem zufriedengegeben, solange es noch eine halbe Stunde Ruhe und Frieden bedeutete, denn es war jetzt halb sechs und ich ganz kurz davor, eine weitere Nacht überlebt zu haben.

Ich verputzte den Rest meiner Vorräte, trank und pinkelte aus großer Höhe ins Südchinesische Meer, jedenfalls zum größten Teil. Dann ließ ich den Rucksack in die Dunkelheit fallen und lockerte erleichtert meine Schultermuskulatur. Es tat gut, ihn los zu sein. Es tat gut, dass ich Khan die ganze Nacht nicht begegnet war. Und es tat gut zu wissen, dass ich bald etwas dringend benötigten Schlaf nachholen konnte.

Alles in allem gab es eine ganze Menge, wofür ich dankbar sein konnte.

Die Motoren tuckerten immer noch vor sich hin, und ich fragte mich, wie lange sie wohl noch tuckern mussten, bis wir Land erreichten. Wenn es am Tag passierte, konnte ich die *Folly* auf ein paar passende Felsen auflaufen lassen und mich mit dem Rettungsboot in Sicherheit bringen. Mit der Vorstellung, wie Khan unten in dem sinkenden Schiff gefangen war und seine Welt Zentimeter für Zentimeter mit Wasser volllief, hatte ich mich einen Großteil der Nacht über unterhalten. Ob ich die Seekarten des Kapitäns studieren sollte? Auch wenn ich daraus nicht schlau wurde, konnte ja vielleicht Sushanta etwas damit anfangen. Schnell vergewisserte ich mich, dass sein Boot immer noch am Schiffsheck vertäut hing. Die gute Nachricht war, dass es nach wie vor ruhig über die Wellen glitt. Die schlechte Nachricht war die riesige schwarze Gestalt, die darin kauerte und zufrieden grunzend an den Überbleibseln meines ehemaligen Schiffskameraden knabberte.

Khan war entkommen!

Der erste Schock traf mich wie ein Güterzug, doch mein Entsetzen wurde durch die Tatsache gemildert, dass Khan anderweitig beschäftigt war. Er verputzte den Inhalt des Bootes, als ob er seit Wochen nichts gegessen hätte.

Und noch etwas anderes besänftigte meinen Schrecken.

Khan war nicht mehr auf dem Schiff!

Er musste wohl seitlich herausgekommen sein und sich am Schleppseil entlang zu seinem Picknick gehangelt haben. Mir bot sich eine einmalige Gelegenheit.

Aber nur, wenn ich jetzt schnell war.

Ich fiel eher aus der Takelung, als dass ich kletterte, und landete neben meinem Rucksack sehr unelegant auf dem Hintern. Khan war immer noch draußen auf dem Meer, hatte mir den Rücken zugewandt, leckte das Rettungsboot aus und wusste noch nicht, dass er seine Seereise gleich allein fortsetzen würde. Aus der Entfernung betrachtet, konnte ich erst jetzt wirklich ermessen, wie gewaltig er war. Sein Fell war dick und zottelig, besonders in diesem tropfnassen Zustand, doch nicht dick genug, um die knotigen Sehnen zu verdecken, die überall unter der Haut seines monströsen Körpers hervortraten. So gebannt war ich vom Anblick dieser übernatürlichen Bestie, dass ich mich zwingen musste, in die Gänge zu kommen, wenn ich eine unangenehm nahe Begegnung verhindern wollte.

Ich griff nach meiner Version eines Seemannsknotens und zog kräftig an seinem Ende, aber nichts passierte. Meine eigene Schuld – Knoten waren noch nie meine Stärke gewesen und ich hatte gar nicht erst versucht, diesen so zu binden, dass er leicht zu lösen sein würde. So sehr ich auch zog und zerrte, der Knoten hielt. Durch das Boot, das die ganze Nacht daran gehangen hatte, war er nur noch fester geworden. Meine einzige Hoffnung war, das Seil zu kappen, doch das war leichter gesagt als getan, da ich nichts hatte, das auch nur entfernt an ein Messer erinnerte.

In diesem Augenblick, als meine Hoffnung einmal mehr in Verzweiflung umschlug, drehte Khan sich um. Er sah mich sofort, wie ich an dem Knoten herumfummelte und frustriert gegen die Flagge trat, und teilte mir mit einem Brüllen mit, dass ich am Arsch war.

Khan sprang vom Bug des Rettungsbootes ins Wasser und fing an, sich am Seil entlangzuhangeln, Klaue für Klaue, immer näher zu mir.

Ich erkannte, dass ich es nicht schaffen würde, das Seil durchzunagen, bevor Khan mich durchgenagt hatte. Es war einfach keine Zeit mehr, an eine Klinge zu kommen. Khan war schon auf halbem Weg zurück und durchmaß das Kielwasser der *Folly* wie einen sanft plätschernden Bach. Meine Suche nach irgendeiner scharfen Kante in Reichweite blieb ergebnislos. Das Einzige, was ich finden konnte, war noch ein Lee-Enfield-Gewehr, und ich verschwendete wertvolle Sekunden mit der vergeblichen Suche nach einem Bajonett, bis mir aufging, dass ich das Seil einfach durchschießen konnte.

»Scheiße!«, fluchte ich, lud die Waffe durch und zielte auf den Flaggenmast.

»Rhrrrrrrrrrhhhh!«, erwiderte Khan und zog sich aus dem Wasser in Richtung Deck.

Mein erster Schuss verfehlte sowohl das Seil als auch das Schiff, der zweite streifte den Knoten lediglich. Die Tatsache, dass ich ein unbewegliches Ziel nicht aus drei Zentimetern Abstand treffen konnte, erfüllte mich nicht gerade mit Zuversicht. Ich ballerte weiter, verfehlte Knoten, Seil und Mast, während das Gewehr in meiner Hand herumsprang wie ein Presslufthammer. Der einzige Schuss, der überhaupt ein Ziel fand, traf ausgerechnet in Khans Schulter, was ihn nur noch wütender machte. Weit mit seinen Klauen ausholend hangelte er die letzten Meter auf mich zu.

»Nein!«, schrie ich, stolperte zurück und ließ das Gewehr fallen, wo ich es gefunden hatte. Die letzte Kugel zündete in der Kammer, pfiff durch die Luft, und mit einer Präzision, von der ich nicht zu träumen gewagt hätte, mitten ins Herz des Knotens. Dieser entließ den Flaggenmast augenblicklich aus seiner Umklammerung – und damit Khan in Richtung des schäumenden Wassers direkt über unseren Schiffsschrauben. Er mochte vielleicht ein paar Kugeln widerstehen können, aber bestimmt war er nicht immun gegen einen solchen Fleischwolf. Nur sollte ich das leider nie herausfinden, denn noch bevor er ins Kielwasser gezogen wurde, grapschte Khan nach dem Rudergehäuse. Halb über, halb unter Wasser hielt er sich mit aller Kraft daran fest, gab ein trotziges Gebrüll von sich und begann wieder am Heck hochzuklettern.

Ich konnte nicht glauben, dass so was überhaupt möglich war. Der Schiffsrumpf bestand aus glattem Stahl, aber Khan schlug seine enormen Klauen hinein und zog sich an den selbst gestanzten Haltegriffen hoch wie an einer Leiter.

In der Hoffnung, ihm ein oder zwei Finger wegzuschießen, zielte ich auf seine Hände, doch schnell zeigte sich, dass das Binden von Seemannsknoten nicht meine einzige Schwäche war. Ich schleuderte Khan den schweren Gewehrkolben ins Gesicht und machte mich aus dem Staub.

Khan sprang die letzten paar Meter über die Reling und war hinter mir her wie der Blitz. Ich flitzte ins Labyrinth der Containerstapel. Dort gewann ich genug Vorsprung, um über meine Möglichkeiten nachzudenken: Entweder konnte ich ins Ruderhaus rennen und mich mit einem der herumliegenden Gewehre erschießen, oder ich konnte über Bord springen und ertrinken. Oder auch erst ins Ruderhaus rennen, mit einem der Gewehre über Bord springen und mich beim Ertrinken erschießen. Immer diese Entscheidungen …

Allerdings gab es noch eine vierte Option, die leider bedingte, dass ich meine Innereien gegen Khans Klauen aufs Spiel setzte.

Die Sonne linste schon über den Horizont, und mit dem Ende der Nacht erwachte der frustrierende Schimmer der Hoffnung. Khan hatte nur noch wenige Minuten in seiner momentanen Gestalt vor sich. Wenn ich bloß ein bisschen länger vor ihm wegrennen konnte, würde mein Verfolger womöglich von seiner eigenen Verwandlung eingeholt werden.

Mit diesem Gedanken ergriff ich die einzige Chance, die mir blieb. Ich rannte vom offenen Deck in den Bauch des Schiffes.

Die Kohlenluke auf der Backbordseite war in der Nacht aufgebogen worden. Ich warf mich hinein und schlitterte die Kohlenrutsche hinunter kopfüber in einen scharfkantigen Haufen Schmerz. Doch Khan war wild entschlossen, meine Seele von seinem Kinn tropfen zu lassen, bevor diese Nacht um war. Wie Zerberus stürzte er sich hinter mir her.

Ich krabbelte über den Kohlenhaufen, durch die Türen der Kohlenkammer und stolperte blindlings in die Kesselleitungen. Direkt hinter mir krachte Khan gegen die Feuerungsluke. Das war untypisch. So ein plumpes Missgeschick hatte ich bisher noch nie bei ihm beobachtet. Ob der verblassende Mond seine Gewandtheit schon aufzehrte? Jedenfalls würde ich mich nicht damit aufhalten, das genauer zu erforschen. Ich lief durch den Maschinenraum, durch ein Loch, das aus der Wand der Ingenieurwerkstatt herausgerissen worden war, an den Dieseltanks vorbei und runter zu den Frachträumen.

In diesem Moment bemerkte ich erst, wohin ich rannte: Dank meiner eigenen Barrikaden wurde ich direkt in Khans Bau getrieben. Alle anderen Gänge zurück zur Oberfläche blieben unpassierbar. Der einzige Weg, der mir offenstand, war der durch die Luken, die Khan in der Nacht zertrümmert hatte, was bedeutete, dass ich bald im Schlupfwinkel der Bestie angekommen sein würde, ohne jede Aussicht auf Entkommen.

Aber Khan war langsamer geworden – deutlich langsamer. War er zuvor wie eine unaufhaltsame Naturgewalt durch das Schiff getobt, hinkte und stolperte er jetzt genauso wie ich; ein schwacher Abklatsch des mir bekannten und verhassten Monsters. Er bot immer noch denselben entsetzlichen Anblick, doch ich schaffte es, meinen Vorsprung zu halten. An den engeren Stellen konnte ich ihn sogar abhängen.

Khans Kräfte verließen ihn. Bald würde er ebenso verletzlich sein wie ich.

Leider nicht bald genug.

Ich rannte durch die nächste Luke, doch die folgende war versiegelt. Einen anderen Ausweg gab es nicht. Alle anderen Luken waren von außen verrammelt und ein Schild an der Wand teilte mir mit, wo ich herausgekommen war. *Lager Nummer 3* stand darauf; mein Blanko-Todesurteil, das nur noch unterschrieben werden musste. Dies war das Ende meiner Reise. In der Luft lag der Geruch des Todes und auf dem Boden knirschten kleine Knochensplitter. Kisten und Ballen waren in Fetzen gerissen und eine Ecke des Lagers zur Latrine umfunktioniert worden. Fingerknochen und angenagte Rippen ragten aus der Sauerei heraus. Mir wurde klar, warum Khan den ganzen Tag hier unten geblieben war, während ich oben die Luken verrammelt hatte: Die Nachwirkungen seines mörderischen Appetits hatten ihn zu einem Nachmittag auf dem Scheißhaus verdammt. Ich starrte auf die schartigen Rippen und tröstete mich mit dem Gedanken, dass meine knubbeligen Knie dem kleinen Wichser wenigstens ein paar Tränen in die Augen treiben würden, wenn er sich morgen mit seinem Kreuzworträtsel niederließ.

Khan brüllte von der einzig offenen Luke aus zu mir herein, aber es war das leidenschaftslose Gebrüll einer Bestie, die nicht richtig bei der Sache war. Ich taumelte trotzdem zurück, rutschte auf einer weggeworfenen Luger aus und landete flach auf dem Rücken in Khans Hinterlassenschaften. Khan bereitete sich auf den tödlichen Schlag vor, also rollte ich mich durch den Nichtschwimmerbereich und krabbelte durchs Lager, entschlossen, ihm so lange wie möglich aus dem Weg zu gehen. Da bemerkte ich den einzigen *anderen* Ausweg aus dem Frachtraum.

Das Bullauge im Schiffsrumpf, aus dem er mich in der vergangenen Nacht angebrüllt hatte!

Khan hatte es vielleicht nicht geschafft, sich hindurchzuquetschen, aber ich war ein dürrer Neunzehnjähriger und notfalls bereit, auf der Flucht größere Stücke meines Körpers zurückzulassen.

Ich sprang auf eine Kiste, streckte beide Arme durch das runde Bullauge und tauchte kopfüber in das Sonnenlicht auf der anderen Seite ein. Das gezackte Glas, das aus dem Rand hervorstand, bohrte sich in meine Seiten und schien mich in zwei Hälften teilen zu wollen, aber das war gar nichts gegen die glühenden Schmerzen, die mein Bein hochschossen – als Khan mich biss!

Seine Reißzähne schlossen sich um meinen strampelnden Knöchel, noch bevor ich mich aus dem Schiff fallen lassen konnte. Khan presste seine Kiefer zusammen. Meine Knochen und Sehnen brannten wie Höllenfeuer und ich schrie, als ob meine Seele an den Mandeln vorbei aus meinem Hals fliehen wolle. Khans Klauen schlossen sich um mein Bein und er begann mich ins Schiff zurückzuzerren.

Um nicht hineingezogen zu werden, hielt ich mich am Schiffsrumpf fest, entschlossen, eher ein Bein als den Kampf zu verlieren. Wieder und wieder trat ich mit dem freien Fuß zu, bis ich etwas matschiges Weiches traf. Für einen kurzen Moment kam mein Knöchel frei und durch einen Sturz aus dem Bullauge entkam ich dem schlimmsten vorstellbaren Tod. Ohne die Tatsache, dass der Mond gerade unterging, wäre mir das wohl kaum gelungen. Aber irgendwann musste ich ja auch einmal Glück haben. Andererseits konnte man nicht gerade behaupten, dass ich schon komplett aus dem Schneider war. Immerhin war ich außerhalb des Schiffs – und schaukelte hundert Meilen von der Küste entfernt im offenen Meer auf den Wellen.

- XI -

Ich hatte nur Sekunden zum Nachdenken. Zur Abwechslung nutzte ich sie sinnvoll, richtete mich im Wasser auf und streckte die Hände nach dem vorbeirauschenden Rumpf der *Folly* aus. Durch die Gnade eines Gottes, der noch nicht damit fertig war, mich durch die Mangel zu drehen, gelang es mir, die Ketten der Winde zu greifen, mit der ich Sushantas Boot zu Wasser gelassen hatte. Ich hatte sie nicht eingeholt, weil ich damit gerechnet hatte, dass ich Sushanta wieder hochziehen müsste. Jetzt hielt ich mich mit dem letzten bisschen

Kraft, das ich noch aufbringen konnte, mithilfe dieses zerbrechlichen Haltegriffs am Leben fest.

Es war nichts mehr von mir übrig. Nichts als Schmerz. Dennoch klammerte ich mich an die Ketten, die mich durchs Wasser zogen, und trieb mich zur Bewegung an. Wenn ich blieb, wo ich war, würde ich wahrscheinlich in ein paar Minuten bewusstlos sein und in ewigen Schlaf fallen, ohne es überhaupt zu merken. Dafür war ich zu weit gekommen.

Nicht hier. Nicht so. Ich hatte einfach zu viel durchgemacht, um jetzt aufzugeben, also fing ich zu klettern an.

Ich will nicht behaupten, es wäre leicht gewesen. Und ich will auch nicht behaupten, die schwarzen Flossen im Wasser hinter dem Schiff hätten mir keinen zusätzlichen Ansporn gegeben. Stück für Stück, den Allmächtigen bei jedem Zentimeter verfluchend, schaffte ich es, mich aus dem Wasser und an den Kettengliedern hochzuziehen.

Es hört sich unmöglich an, ich weiß; besonders wenn man meine Ausgangssituation betrachtet, doch Jugend, Angst und ausreichend Halt für die Fußspitzen können manchmal schon genügen. Natürlich kam noch eine besondere Ironie des Schicksals hinzu, wie ich später feststellen sollte, aber das war mir in dem Moment noch nicht klar.

Nach der kräftezehrendsten Stunde meines Lebens erreichte ich schließlich den Ausleger der Winsch und schlang ein Bein darüber. Ein paar tiefe Atemzüge später rutschte ich daran hinunter, bis ich auf das Deck krachte. Die Landung auf meinem zertrümmerten Knöchel sorgte – zusammen mit den unmenschlichen Anforderungen, die ich an meinen Körper gestellt hatte – dafür, dass ich an Ort und Stelle bewusstlos wurde.

Die Sonne kristallisierte das Salz auf meiner Haut und verbrannte das, was von mir noch übrig war, zu verkohlten Fetzen. Vielleicht hätte sie mir sogar völlig den Rest gegeben, wäre nicht eine hohe Wolkenbank aus dem Süden herangeweht, die mich schützte, während ich schlief. Wie auch immer – es war mal wieder typisch für diese Reise, dass auch die Wolken mir nichts Gutes wollten. Im Laufe des Nachmittags warfen die Sturmböen, die sie mitbrachten, die *Folly* hin und her und rüttelten mich aus dem Schlaf.

Als ich wach wurde, war das Deck vom Regen überflutet. Links und rechts rollten riesige Wogen an der Reling vorbei, der Bug stellte sich seitwärts gegen die Wellenberge und -täler.

Ich kämpfte mich auf die Füße, verlagerte mein Gewicht probeweise auf den zerfleischten Knöchel und stellte zu meiner Überraschung fest, dass er standhielt – auch wenn er sehr deutlich zum Ausdruck brachte, wie er diese Belastung fand.

Die *Folly* schlingerte und krängte, neigte sich immer mehr nach Backbord, als gigantische graue Brecher gegen sie anrollten, und das Wetter schien sogar noch schlimmer zu werden.

An die Reling geklammert schleppte ich mich in Richtung Ruderhaus und kroch auf allen vieren die Treppe hoch, bis ich mich endlich am Steuerrad aufrichtete. Die Frontscheibe war weg und der hereinpeitschende Regen erschwerte meine Aufgabe zusätzlich, falls das überhaupt noch ging. Ich hatte noch nie ein Schiff gesteuert, nicht einmal ein Tretboot, hatte also keinen blassen Schimmer, was ich da tat. Alles, was ich wusste, war, dass man in die Wellen hineinsteuern musste, damit das Schiff nicht kenterte. Wie das genau gehen sollte, war mir allerdings ein Rätsel. Ich drehte am Steuerrad, aber es tat sich nichts; der Bug ignorierte meine Anfrage und zog es weiterhin vor, seine Befehle direkt vom Ozean anzunehmen.

Ich vermutete, dass wir wahrscheinlich mehr Energie brauchen würden, um gegen die Gewalt der Wellen anzukommen, doch keiner der Hebel, die ich probierte, schien auch nur den geringsten Effekt zu haben. Die *Folly* hatte das Handtuch geworfen, ob es mir gefiel oder nicht.

In diesem Moment krachte eine rollende Wasserwand von Backbord über den Bug, überschwemmte die Decks und drohte uns auf den Meeresboden zu drücken. Die Welle überrollte das ganze Schiff, brach durch jedes Bullauge und jeden Schlot und spülte mich beinahe wieder auf demselben Weg aus dem Ruderhaus, auf dem ich hereingekommen war. Doch ich klammerte mich mit finsterer Entschlossenheit fest, bis der Bug endlich wieder durch die Brandung brach.

Die nächste Welle war nicht ganz so massiv, aber sie konnte uns immer noch die Taschen mit Seewasser füllen. So sehr ich an Drehknöpfen schraubte und an Hebeln riss – das Tuckern des Schiffes war Geschichte; an seiner Stelle gab es nur noch brüllende Naturgewalten und ein Knirschen von Stahl auf Stahl. Die *Folly* war ein Spielball der See.

Eine weitere Welle warf uns seitwärts direkt in den nächsten Brecher hinein, der uns von Steuerbord überspülte. Das Deck verschwand unter Wassermassen und wieder rechnete ich mit dem Untergang, doch wir tauchten hindurch, ritten auf ein paar Wellenkämmen und krachten dahinter nach unten.

Die Stürme sind auch nicht mehr das, was sie mal waren, hätte der Käpt'n vermutlich gesagt. In Wahrheit hatte ich einen nicht unbedeutenden Anteil an meiner eigenen Rettung. Denn, wisst ihr, weil ich die Luken verbarrikadiert hatte, konnte kaum Wasser ins Schiff eindringen. Egal, durch wie viele Wellen wir auch brachen, wir tauchten jedes Mal wieder auf, um auch die nächste noch mitzunehmen, wie ein Korken in der Brandung.

Ich hielt mich am Steuerrad fest, drehte es wild mal in diese, mal in jene Richtung. Auch wenn es sowieso keinen Unterschied machte, war es ein gutes Gefühl, nicht untätig zu sein. Tatsächlich erlaubte ich mir gerade den Luxus, neue Hoffnung zu schöpfen, als ein mächtiger Krach vom Heck her sie mir sofort wieder entriss.

Der Achtermast war umgestürzt.

Er war offensichtlich ein Schwachpunkt gewesen und wurde jetzt von einer Welle, die über das Heck hinwegrauschte, vom Deck gespült. Aber es kam noch schlimmer. Die Trossen, die zwischen beiden Masten gespannt waren, weigerten sich zu reißen, deshalb bog sich der Vordermast durch und wurde mit dem nächsten Brecher ebenfalls über Bord gerissen.

Meine Zufluchtsorte waren weg.

Ich starrte auf das kahle Deck und versuchte mir auszumalen, was das bedeutete, aber es war einfach zu viel. Meine letzte Hoffnung war gestorben. Sogar wenn ich den Sturm überlebte, wäre ich jetzt nicht mehr in der Lage, auch die Nacht zu überleben; nicht, wenn ich in Khans Reichweite war. Dies war eine Katastrophe, das Schlimmste, was passieren konnte – vielleicht abgesehen davon, herauszufinden, dass es ein Jenseits gab und dass ich schon dort angekommen war.

Ich war am Arsch.

Der Himmel war so schwarz, dass ich nicht sagen konnte, wie spät es war, doch ich befürchtete, mehr als ein oder zwei Stunden Tageslicht konnten nicht mehr übrig sein.

Aber was sollte ich tun?

Was konnte ich tun?

Ich war erledigt, so gut wie tot, ein Fressen für die Wölfe – oder, in diesem Fall, den Wolf. Es gab keinen Ausweg mehr.

Außer … Einen Weg gab es doch noch, und er war meine letzte und einzige Chance.

Ich musste Khan töten. Und zwar sofort.

- XII -

Der Sturm heulte noch immer, obwohl das Schlimmste überstanden war und die Wellen nicht mehr die Höhe der Reling erreichten. Der Schaden an der *Folly* war beachtlich. Die

Hälfte der Container war über Bord gegangen und zwei der verbliebenen Rettungsboote irreparabel zerschlagen. Nur noch eins blieb übrig, und auch das hatte so seine Mängel, wenn man bedachte, dass es bis zum Rand mit verwesenden Armen und Beinen vollgestopft war. Zuerst verstand ich nicht, wie das hatte passieren können, doch dann traf mich die Erkenntnis:

Khan hatte seine Sachen gepackt.

Die kleine Ratte hatte entschieden, dass seine Zeit auf dem Schiff abgelaufen war. Er floh vom Tatort in der Hoffnung, an Land zu kommen oder auf ein anderes Schiff zu stoßen.

Der Kreis hatte sich geschlossen.

Sein fauliger Picknickkorb sollte ihn ein paar Tage auf See ernähren. Alles, was er nicht aufaß, konnte er beim ersten Anzeichen eines rauchenden Schiffsschlotes über Bord kippen. Der Plan war perfekt.

Ich fragte mich, wie viele Schiffe er wohl schon hinter sich hatte … und wie viele noch vor sich. Dann kam mir ein neuer Gedanke:

Khan wusste nicht, dass ich wieder an Bord gekommen war.

Er konnte es gar nicht wissen. Er hatte mich aus dem Bullauge springen sehen und den einzig logischen Schluss gezogen. Wenn nicht, würde er sich wohl kaum aus dem Staub machen und jemanden zurücklassen, der seine Geschichte erzählen konnte. Er hatte nicht gesehen, wie ich an den Ketten der Winsch hochgeklettert war. Ein verständlicher Irrtum, aber nichtsdestotrotz ein Irrtum, der mir meine Chance auf einem Silbertablett servierte. Leise humpelte ich zum Wartungsschuppen, griff mir eine Bohrkurbel und bohrte drei kleine Löcher in den Boden von Khans Rettungsboot. Ich stopfte sie mit öligen Lumpen zu und verdeckte sie mit Khans Proviant; dann richtete ich alles wieder so her, wie ich es vorgefunden hatte, und schlich weg. Wenn alles nach Plan verlief, würde Khan in See stechen und hundert Meter von der *Folly* entfernt sein, bevor er feuchte Socken bekam. Doch dann wäre es schon zu spät; er wäre zu weit weg vom Schiff und das offene Meer stünde ihm bis zum Hals. In diesen haiverseuchten Gewässern würde er, umgeben von sechzig Kilo blutigem gemischtem Frischfleisch, sicher nicht allzu lange planschen.

Kichernd zelebrierte ich noch mein glückliches Geschick, da stieß ich plötzlich frontal mit Khan zusammen, der, den Torso des Bootsmanns unterm Arm, gerade seinen Unterschlupf verließ. Khan rieb sich den Kopf und machte seinem Ärger Luft. Mit einem Schwall von rauen *Bings* und *Bongs* verfluchte er meine Anhänglichkeit.

»Du sagst es, Süßer«, erwiderte ich, pfefferte ihm die Bohrkurbel ins Gesicht und sprintete los, um etwas zu finden, womit ich ihn umbringen konnte.

Khan ließ sein Päckchen *Bootsmann To Go* fallen und floh zurück ins Schiffsinnere. Ich rannte mit einer Brandaxt hinter ihm her. Wann immer ich nahe genug herankam, hieb ich damit nach seinem Rücken. Erstaunlicherweise kam ich sehr oft nahe heran. Khan schien genauso mitgenommen zu sein wie ich. Sein Körper hatte offenbar die Fähigkeit, alles einstecken zu können, was während der Nacht ausgeteilt wurde, aber am Tag schien er den Preis dafür zahlen zu müssen, wenn auch nicht den Höchstpreis. Obwohl nichts, was ihm zustieß, seine sterbliche Hülle ernsthaft zu beschädigen schien, machte er doch langsam den Eindruck, als könne er eine Nacht Urlaub vertragen.

»Ich bring dich um!«, schrie ich und stürzte mich hinter Khan her die Treppen hinunter, als er ins Dunkel flüchtete. Hier unten waren die meisten Lichter einem Kurzschluss zum Opfer gefallen, nur einige rote Notlampen brannten und tauchten alles in kränklich-blasse Einfarbigkeit.

Khan duckte sich ins Kesselhaus, gerade als ich mit der Axt

ausholte. Mein Hieb durchschlug einen der Kühlkanäle und ein Dampfstoß warf mich auf die Seite.

Khan ergriff sowohl die Gelegenheit als auch eine Brechstange von der Wand, die er gegen meinen schlimmen Knöchel schmetterte. Ich heulte verzweifelt auf. Der Schmerz fuhr mir bis in die DNA; dennoch nahm ich von irgendwoher die Energie, ihm mit dem Axtrücken sein Grinsen aus dem Gesicht zu knüppeln.

Khan schrie gequält. In seinem schmächtigen Zustand war er keinen Nahkampf gewohnt und das hier gefiel ihm gar nicht. Er spürte Schmerzen. Er spürte Angst. Und er konnte von jedem, der größer war als die Schiffskatze, niedergemacht werden. Tagsüber war er wirklich nicht in Bestform.

Ich stemmte mich mithilfe der Axt auf die Füße und stieß sie Khan vor die Brust, aber er taumelte im letzten Moment aus dem Weg. An der gegenüberliegenden Schottwand gab es einen Luftschacht, auf den er es abgesehen hatte. Wenn er es dorthinein schaffte, hatte ich keine Chance mehr, ihn zu verfolgen, und er würde mir wieder verloren gehen. Das durfte nicht passieren. Nicht jetzt, wo er wusste, dass ich noch lebte.

Ich wollte ihn mit der Axt von der Wand fegen, doch die steckte im Boden fest und ich hatte nicht die Kraft, sie herauszuziehen. Khan nutzte seine Chance, schob beide Arme in den Schacht und strampelte mit den Beinen, um sich hineinzuwinden.

Er entkam! Meine letzte Hoffnung rutschte mir durch die Finger.

Ich schnappte nach seinem Bein und bekam den Fuß zu fassen. Genau wie er es ein paar Stunden zuvor bei mir versucht hatte, zog ich ihn ein Stückchen zurück. Aber Khan hielt sich an etwas im Inneren des Schachts fest, um nicht herausgezerrt zu werden. Er halb in der Röhre, ich halb auf ihm liegend, hingen wir beide fest.

Was konnte ich tun? Ich konnte ihn nicht beißen, wie er

es mit mir gemacht hatte. Ich konnte ihn nicht anfallen und verschlingen und dann als große klebrige Sauerei wieder hinten rausdrücken, wie er es zweifelsohne später mit mir vorhatte ... Also was konnte ich tun?

Mit einer Schusswaffe hätte ich ihn sauber umnieten können. Peng, erledigt. Mit einem Messer hätte ich ihm den Bauch aufschlitzen können. Nur hatte ich leider keinen dieser Gegenstände. Bloß eine Axt, die ich nicht mehr aufheben konnte, und meine abrutschenden Hände. Also griff ich nach der einzigen Waffe, die sich noch in meiner Reichweite befand, und rammte sie ihm mit aller Kraft ins Kreuz: die Brechstange.

Ich stach mit dem spitzen Ende zu und trieb es hinein, so fest ich konnte, bis das Geräusch von Stahl auf Stahl mir sagte, dass ich ihn durchbohrt hatte.

Khan kreischte wie eine Dampfpfeife, trat und schlug um sich, als ich den Stahl in seinen Rücken bohrte, aber dies war der Moment, von dem ich geträumt hatte, und ich würde nicht gnädiger zu ihm sein, als er zu meinen Kameraden gewesen war. Dickes dunkles Blut spritzte mir über Arme und Gesicht, lief an der Wand hinunter, bis wir uns beide in der roten Suppe wanden, aber Khan gab nicht auf. Ich ruckte noch einmal kräftig an der Brechstange und wurde schließlich mit dem Knacken seines Rückgrats belohnt, das in zwei Teile brach. Khans Beine erschlafften, aber sein Geheul dauerte an. Ich fragte mich, was ich denn noch tun musste, um den Bastard zu töten, da schoss ein schwarzer Borstenteppich aus seinem Körper und machte alles noch komplizierter.

- XIII -

Ich ließ die Brechstange fallen und stolperte auf die Luke zu, sobald Khans Fell zu sprießen begann. Das hatte ich schon einmal beobachtet, und so faszinierend es auch war, hatte ich diesmal niemanden mehr, der die Krallen für mich abfangen konnte, also zog ich mich, so schnell es meine Verletzungen zuließen, in Richtung Oberdeck zurück.

Ich hörte, wie Khan den zu eng gewordenen Schacht kurz und klein schlug, während er sich daraus befreite. Mit einem Krach landete er auf dem Boden. Er brüllte mir eine Liste ausgesuchter Drohungen hinterher, doch ich traute mich nicht, einen Blick zurückzuwerfen. Verwirrt und verängstigt stolperte ich weiter, bis mir auffiel, dass ich irgendwo falsch abgebogen sein musste.

Ich war im Maschinenraum.

Das war schlecht, denn anders als beim Kesselhaus gab es aus dem Maschinenraum keinen Ausweg. Keine zweite Luke. Keine Luftschächte. Keine Bullaugen oder Falltüren. Nur die eine Luke herein und hinaus. Wenn ich echte Entschlossenheit zeigen wollte, könnte ich vielleicht in die Dieseltanks klettern, mich verheizen lassen und als Abgas durch den Schornstein entkommen; aber das war auch wirklich der einzige Weg nach draußen. Khan zog sich durch die Luke und erfüllte den Raum mit einem Wutschrei, der so mächtig war, dass er fast die Kolben wieder anwarf. Seine Wut wäre atemberaubend gewesen, wenn ich denn noch Atem zum Rauben übrig gehabt hätte. Im Moment war alles, was ich hatte, weißglühende Angst, die mit tausend Spinnenbeinen über meinen Körper kroch. Ich wusste, was mir bevorstand.

Doch Khan schwankte und wackelte nur in der Luke herum, ohne sich auf mich zu stürzen. Er war verletzt, und zwar schwer. Er hatte sich mit seinen Vorderklauen hierherschleppen müssen, und jetzt sah ich auch, dass seine Hinterbeine nutzlos waren. Der Schaden, den ich dem kleinen Khan zugefügt hatte, hatte endlich seine Spuren an dem großen Khan hinterlassen. Die Erkenntnis, dass ich dieses Monster dazu verurteilt hatte, für den Rest seines Lebens nur noch Schiffe mit Rollstuhlrampen verwüsten zu können, hob zwar kurz meine Laune, war aber keine echte Hilfe. Denn auch ohne die Beweglichkeit seiner Hinterbeine hatte Khan mich in die Enge getrieben und freute sich jetzt auf neun Stunden, in denen er genüsslich Rache üben konnte. Freddys Leid war nichts gegen das, was mich erwartete.

Khan rammte seine Krallen in das Stahldeck zwischen uns und zog sich näher an mich heran. Es würde eine sehr lange Nacht werden.

Ich wich in eine Ecke zurück, versuchte mich zusammenzureißen, mich auf das Unvorstellbare vorzubereiten, und knallte mit dem Hinterkopf gegen ein Dieselventil. Mit dem scharfen Schmerz zuckte eine letzte Idee durch meinen Kopf. Ich riss die Gummischläuche heraus, die die Motoren mit den Reservetanks verbanden, und versprühte mit einer Drehung an dem kleinen roten Rad Kraftstoff im Maschinenraum. Khan sah, was ich tat, und bevor ich den Sprühnebel mit irgendetwas entzünden konnte, griff er an. Ich war gezwungen, das Unvermeidliche noch aufzuschieben. Auf der Suche nach einem Streichholz hetzte ich durch den Raum. Vergeblich; ich hatte weder ein Feuerzeug noch ein Streichholz noch eine Schüssel von Lumpatis Zuckermais-Dhansak, um alles in Flammen aufgehen zu lassen. Schon kratzten schwarze Klauen über meine Schultern und schleuderten mich gegen die Schottwand.

»Arsch …«, war die erste Hälfte meines letzten Wortes. Der Rest ging in einem heißen Rauschen unter, das auf einmal die Enge erfüllte. Einer der Lötkolben an der Wand war heruntergefallen und so war der Funke doch noch übergesprungen.

Wwwwwwuuuuuuuuuuschhhhhhhh!

Ich wusste, dass es kein Entkommen gab; nicht vor einem extrem angepissten Werwolf im brennenden Maschinenraum eines Schiffes, dessen Treibstofftanks in Flammen standen. Mein Schicksal war besiegelt. Aber wenn das hier mein Abgang war, wollte ich wenigstens Khan mitnehmen. Dabei hatte ich keine edlen Motive; ich war einfach ein schlechter Verlierer. Khan sollte brennen. Oder auch ertrinken. Oder vielleicht – mit etwas Glück – beides.

Mein eigener Abschied von der Welt würde so auch ein schnellerer sein. Das Feuer loderte immer heftiger. Ich schwankte, als es mir die Haut vom Gesicht zog. Mein Blut kochte, Knochen brachen in meinem ganzen Körper, während ich mich im Zentrum des Infernos wand, doch zu meinem Entsetzen blieb ich die ganze Zeit bei klarem Verstand. Ich war mir jeder Sekunde meines eigenen Verbrennens bewusst.

Nach einer Ewigkeit unbeschreiblicher Qualen vernebelte sich mein Denken und endlich ließ die Angst nach und ich konnte meinen Frieden machen; wenn auch der Schmerz blieb, nur noch intensiver, zusammengeballt in meiner Magengrube wie ein knotiger Ball aus Krämpfen. Um ihn loszuwerden, hätte ich alles getan.

Khan sah, dass ich noch nicht ganz tot war, und stürzte sich auf mich, um mir den Rest zu geben. Mit beiden Klauen holte er aus, wollte meinen Körper zerfleischen, bevor ich zu knusprig zum Tranchieren war, aber er erwischte mich nicht. Mit blitzartigen Reflexen parierte ich seine Hiebe und hielt erstaunlicherweise sogar seine Arme fest, sodass er nicht mehr ausholen konnte. Die ganze Zeit bellte er mich wütend an – und plötzlich bemerkte ich, dass ich verstehen konnte, was er sagte.

»Du wirst dich nicht erheben und mich herausfordern!«, grollte er, zwar nicht genau mit diesen Worten, aber es war doch die tiefere Bedeutung seines wilden Gebrülls – und ich verstand sie. »Ich werde dich zerstören!«

Was zum Teufel?!

Ich war aufrichtig verwirrt.

Ich konnte Khans Gebrüll verstehen? Ich kam gegen seine kolossale Kraft an? Ich konnte halb tot und mit nur acht Fingern an den Ketten der Winsch hochklettern? Ich konnte mit einem zerschmetterten Knöchel laufen?

Und ich konnte in diesem flammenden Inferno überleben?

Der Grund für all dies war natürlich offensichtlich. Er war mir nur noch nicht in den Sinn gekommen, bis ich auf die Hand blickte, mit der ich Khans Arm festhielt. Sie war ebenso gewaltig und sehnig wie seine, die Haut grau und bedeckt von rauem Fell, mit fünfzehn Zentimeter langen Krallen an jedem der vier verbliebenen Glieder.

Auch ich war zu einer Bestie geworden.

Auch ich war jetzt wie Khan.

Khan selbst hatte offensichtlich einen echt miesen Tag. Meine Verwandlung war für ihn ein wahr gewordener Albtraum.

»Du käsegesichtige kleine Ratte hast kein Recht auf diese Kräfte. Du bist unwürdig«, beschwerte er sich, als ob dies in der Liste meiner Probleme von irgendwelchem Belang wäre. »Ich bin dir zehnfach überlegen! Ich habe schon geherrscht, bevor du geboren wurdest!«

Ich kenne sprechende Personenwaagen, die einen Mann besser beleidigen konnten als Khan, also brüllte ich zurück, er könne seine Mutter in ihr stinkiges Loch ficken – worauf er blinzelte, als wolle er sagen: *Das geht jetzt aber wirklich etwas zu weit, mein Junge.* Dann schleuderte ich ihn quer durch den Maschinenraum in die Flammen.

Diese Kräfte gaben mir ein unbeschreibliches Machtgefühl. Am liebsten wäre ich durch den Raum gestampft, hätte ihm die Arme ausgerissen, seine Knochen gebrochen und das Mark aus den Splittern gesaugt. Doch irgendetwas hielt mich zurück; eine Stimme aus den Tiefen meiner gefesselten Seele, die mir riet, Khan zu vergessen und mir lieber Gedanken über die Reservetanks zu machen – und die gelben Flammenzungen, die bald am Diesel lecken würden.

Es war an der Zeit, die *SS Almayer's Folly* zu verlassen.

Und zwar schnell.

Khan mühte sich immer noch, dem Feuer trotz seiner nutzlosen Beine kriechend zu entkommen. Ich hatte solche Probleme nicht. Wie auf Sprungfedern katapultierte ich mich durch die Luke, die Gänge entlang und kam am Bootsdeck herausgeschossen. Der Sturm hatte nachgelassen und ein blutroter Mond stand über mir am Himmel. Der Glanz dieser riesigen Scheibe lud mich mit einer Kraft auf, die ich kaum fassen konnte.

Nie zuvor hatte ich mich so lebendig gefühlt. Ich heulte der wundersamen Macht des Mondes mein ewiges Treueversprechen entgegen, aber dann erinnerte mich ein Krachen von unten an die Macht, die 600 Gallonen Diesel entfesseln können, wenn man sie unter extremem Druck aufkocht. Auf allen vieren rannte ich zum Heck und sprang mit Anlauf über die Reling der *Folly*.

Sofort wurde ich vom Wasser umschlossen, tauchte ein in die eisigen Tiefen, und doch störte mich weder die Kälte noch der Gedanke daran, was unter mir lauern mochte. Meine Glieder zogen mich mühelos durch die Strömung und ich tauchte dreißig Meter vom Schiff entfernt wieder auf.

»Verflucht sollst du sein!«, bellte Khan mir durch das zertrümmerte Bullauge im Schiffsrumpf hinterher. »Von diesem Tag an liege ein Fluch auf deinem Haus, er folge dir ewig und beflecke dein …«

Den Rest bekam ich leider nie zu hören, weil in diesem Moment die Treibstofftanks explodierten und die *Folly* in einem Lichtblitz verschwand.

Von dem kompletten Schiff blieben nur zwei brennende Enden. Alles, was dazwischen gewesen war, kam vom Himmel herabgeregnet und klatschte in die Wellen, um der *Wind von Sumatra* auf dem Meeresgrund Gesellschaft zu leisten.

Nur ich blieb zurück, allein im Dunkeln. Nicht einmal eine Schwimmweste hatte ich.

Ich war vielleicht eine kolossale Bestie von unmenschlicher Grausamkeit, aber ich hatte immer noch meine sterbliche Seele. Immer noch fürchtete ich den Tod und alles, was der Teufel mit mir anstellen mochte. Ich schwamm los, Richtung Westen, zur Küste; mit einer Kraft, die mich nicht im Stich ließ … für acht lange Stunden.

Als die Sonne den Horizont überschritt, stand ich in einem Mangrovensumpf, schüttelte mir das Salzwasser aus dem Fell und knabberte am Hintern einer Schildkröte, die ich in der Brandung aufgepickt hatte. Nie zuvor und nie mehr danach hat mir etwas so gut geschmeckt wie dieses stinkende Reptil. Ich verputzte sie restlos bis auf den Panzer, mit Schnabel, Flossen und allem. Dann schlich ich in den Dschungel und suchte mir einen Baum, unter dem ich mich für ein dringend notwendiges Schläfchen zusammenrollen konnte.

Ich war am Leben.

Ich war an Land.

Bald würde ich wieder menschlich sein.

Jetzt musste ich nur noch nach Hause kommen.

Die Meinungen sind geteilt

»Na klar, jetzt sind Sie auch noch ein Scheiß-Werwolf, oder was?«, höhnte Tommy. Mit gespielter Belustigung sah er sich im Keller um und schnaubte abfällig. »Was für'n Haufen Scheiße!«

»Ich wünschte, das wäre es, Junge. Wirklich. Aber Khan hatte recht. Seit fast fünfzig Jahren liegt dieser Fluch jetzt auf mir.« Ich zuckte die Achseln, blies auf die verglimmende Glut meines Tabaks und genoss das Aroma, das er verströmte.

»Wie, dann verwandeln Sie sich immer bei Vollmond und so?«, fragte Barry. Seine Augen waren so groß, dass ich mich wunderte, dass sie ihm nicht aus den Höhlen fielen, unters Sofa rollten und vom Fußboden zu mir hochglotzten.

»Manchmal«, erklärte ich. »Heutzutage allerdings nicht mehr so oft. Es lässt im Alter nach. Aber unter den richtigen Bedingungen, wenn der Mond am hellsten ist und das Blut aufwallt … Ja, dann werde ich die Bestie.«

»Hmm, ich hab Sie aber noch nie irgendwo so gesehen«, wandte Farny ein.

»Das ist auch besser für dich«, versicherte ich ihm. »Ich verlasse das Haus nicht, wenn ich mich verwandle. Ich schließe mich im Keller ein, warte die Nacht ab und tobe mich an den Wänden aus. Ich habe dieses Gefängnis stabil gebaut; es hält eine Menge aus und lässt kein Geräusch nach außen dringen«, erinnerte ich die Jungs. »Denn wenn ich jemals ausbrechen sollte, dann gnade Gott allen, die mir über den Weg laufen.«

Ich ließ das Gesagte ein bisschen in der Luft hängen, wie die silbergrauen Wolken meines alten Tabaks. Dann deutete ich in Richtung der Kellertür und der frischen Schrammen, die darauf zu sehen waren.

»Was – haben Sie die gemacht, als Sie ein Werwolf waren?« Das Gesicht des Rotschopfs war eine Collage aus Entsetzen und Faszination. Und Akne.

Ich nickte das ernste, anerkennende Nicken eines Mannes, der ein bedeutungsschweres Geheimnis teilt.

»Am Arsch hat er das!«, konterte Tommy. »Wahrscheinlich hat er die gemacht, als er das Sofa hier runtergebracht hat.«

»Diese Schrammen stammen nicht von Sofabeinen, mein Sohn. Geh hin und sieh sie dir an, wenn du willst.«

Tommy verengte seine Augen zu verächtlichen Schlitzen und weigerte sich aufzustehen, als ob er damit seine Leichtgläubigkeit eingestehen würde. Barry und Rotschopf hatten allerdings keine derartigen Skrupel. Wie der Blitz waren sie zur Tür geflitzt, fuhren mit den Fingern die parallelen, neunzig Zentimeter langen Riefen nach, die über die mit Stahlplatten verstärkte Oberfläche liefen, und bekundeten, dass sie in der Tat von etwas anderem als Mobiliar zu stammen schienen. Ganz abgesehen davon hatte Tommy in einem Punkt recht gehabt: Das Miststück von Sofa hier runterzuschleppen war wirklich eine Sauarbeit gewesen.

»An dieser Stelle sind nur drei Kratzer«, bemerkte Rotschopf. Er zeigte auf einige besonders lange Linien, die von rechts nach links verliefen.

»Und an dieser Hand sind nur drei Finger.« Ich hielt meine Rechte hoch, damit alle sie sehen konnten.

Barry, Rotschopf und sogar Farny schnappten bei dem Anblick nach Luft. Tommy verdrehte bloß die Augen.

»Ist das der, den Khan ihnen abgeschossen hat?«, fragte Barry.

»So ist es. Er ist nie nachgewachsen, nicht einmal, wenn ich mich verwandle. Ein kleines Stück von mir hat Khan doch bekommen.«

»Das ist doch totaler Scheiß!«, quiekte Tommy, als er es nicht mehr aushalten konnte. »Wahrscheinlich ist ihm das beim Arbeiten passiert, oder beim Nasebohren oder so.«

»Aber die Kratzer ...« Rotschopf wies auf die Tür.

»Er hat alles geplant; merkt ihr das denn nicht? Er hat sie absichtlich da reingekratzt, damit er uns verarschen kann. Er ist nur eine stinkige Vogelscheuche mit 'ner Menge alter Scheißgeschichten, das ist alles.«

Aber niemand im Keller hörte auf Tommy. Verständlicherweise; schließlich konnte ich den Jungs Serienmörder und Werwölfe bieten, während alles, was Tommy zu bieten hatte, ein Lügner war. Und welcher Zwölfjährige, der etwas auf sich hielt, wollte nicht an Werwölfe glauben?

»Er hat es selbst gesagt«, stänkerte Tommy weiter, als er merkte, dass er dabei war, den Kürzeren zu ziehen. »Er war hundert Meilen weit draußen im offenen Meer und hatte keine Ahnung, wo genau, aber irgendwie schafft er es, mal eben ans verfickte Land zu schwimmen, einfach so. Das ist verschissener Schwachsinn.«

»Du hast recht«, gab ich zu. »Ich war hundert Meilen vor der Küste und völlig ohne Orientierung – zumindest, als ich ein Mensch war. Aber als die Bestie habe ich eine Sinneswahrnehmung, von der ein Bluthund nur träumen kann. Deshalb geraten wir in den Blutrausch, wisst ihr, der Geruch des Fleisches treibt uns vor Hunger in den Wahnsinn. Aber das bedeutete auch, dass ich das Land aus vielen Meilen Entfernung riechen konnte, also wusste ich, wo ich hinschwimmen musste. Am ersten Morgen schaffte ich es auf eine kleine Insel, die erste einer ganzen Kette von unbewohnten Inseln, die ins Ostmeer ragen. Dann verbrachte ich die nächsten beiden Nächte im Wasser und schwamm von Insel zu Insel, bis ich endlich Festland erreichte, etwas südlich von Dà Nang.«

»Wo ist Dà Nang?«, wollte Rotschopf wissen.

»Das ist in Vietnam«, belehrte ich ihn.

»Wie in den Filmen, weißt du?«, erläuterte Farny.

»Äh, ja, genau«, stimmte ich halbherzig zu. »Aber das war kein Film, das war ein echter Krieg, mit Soldaten und Toten und furchtbaren Gefechten. Es war entsetzlich.«

»Na klar, jetzt geht das schon wieder los. Im Krieg war er auch noch«, spottete Tommy.

»Nein, in dem nicht. Allerdings bin ich in der ersten Nacht ein paar Trüppchen von Fußsoldaten begegnet, als ich noch die Bestie war. Von beiden Seiten. Mein Beitrag zum Vietnamkrieg war also wenigstens ein ausgewogener.«

Ich blickte zu Boden, um klarzustellen, dass dieser spezielle Zwischenfall nicht für die Öffentlichkeit bestimmt war, und erzählte stattdessen, wie der Mond in der Nacht darauf seinen Zyklus vollendet hatte, sodass ich für die nächsten 25 Tage als Mensch durchgehen konnte. Ich stellte mich der ersten Patrouille, die mir über den Weg lief. Sie nahmen mich mit nach Saigon, nachdem ich sie davon überzeugt hatte, dass ich ein verschrobener junger Missionar sei, unterwegs im Auftrag des Herrn, und dass meine Gemeinde angegriffen und ermordet worden wäre.

»Volksarmee oder Vietcong?«, fragte ein Leutnant, der kaum älter war als ich, und hielt mir eine Karte unter die Nase, damit ich ihm zeigen konnte, wo all das passiert sein sollte.

»Ich weiß nicht, sie waren so schnell«, schluchzte ich. »Aber ungefähr hier sind wir in den Hinterhalt geraten.« So vage wie möglich zeigte ich auf einen Umkreis von hundert Quadratmeilen, die er jetzt nach jemandem zum Erschießen durchsuchen konnte.

»In Ordnung, Padre, halten Sie durch. Wir bringen Sie nach Hause, das hier ist kein Ort für Sie. Sie werden schon sehen, wir bringen Sie in null Komma nichts zurück nach Australien.«

»Hä?«

In Saigon bekam ich Essen und Kleidung und wurde von der britischen Botschaft nach Hause zurückgeschickt. Als sie erfuhren, dass ich der Sohn eines Victoriakreuzträgers war, schleusten sie mich in Rekordzeit durch das ganze bürokratische Prozedere, und zu meinem Erstaunen warteten nicht einmal die Bullen auf mich, als ich zwei Tage später in London landete.

Nach einer Woche kamen ein paar Kripobeamte in Zivil vorbei, denen ich erzählte, ich sei nach einem Riesenstreit mit meinem Vater abgehauen, um zur See zu fahren, und hätte erst in Saigon erfahren, dass er tot war. Die Beamten kauften mir das ab. Sie wiesen dezent darauf hin, dass sie schon so eine Ahnung hätten, worum es bei dem Streit gegangen sein könnte (*Er war oft nachts mit dem Auto unterwegs, stimmt's?*), aber sie setzten mich nicht besonders unter Druck. Nach ungefähr zwanzig Minuten klappten sie die Akte zu und verloren kein Wort mehr darüber.

»Es hat keinen Zweck, die Ehre eines Toten zu beschmutzen. Das hilft niemandem mehr«, befand der Chefinspektor, als er sich zum Gehen wandte.

Ich hatte schon festgestellt, dass die Sammelalben meines Vaters fehlten, als ich eine Woche zuvor in das Cottage zurückgekehrt war, aber keiner der Kripobeamten hatte irgendeine Vermutung in diese Richtung geäußert, also nickte ich nur kurz zum Zeichen, dass ich verstand, und das war es auch schon.

Ich war ein freier Mann.

Frei von meinem Vater. Frei vom Würger. Frei von der Polizei und von jeglichem Verdacht.

Wäre da nicht dieser mörderische Fluch gewesen, den ich mir aus dem Osten mitgebracht hatte, dann hätte ich bestimmt ein glückliches, normales Leben führen können.

»Und seitdem sind Sie immer ein Werwolf geblieben?«, fragte Barry.

»Das bin ich. Ich verkaufte das Cottage in King's Lynn und zog in die schottischen Highlands, an den Arsch der Welt, damit ich bei Vollmond die Berge durchstreifen konnte, ohne dass mir irgendjemand über den Weg lief. Leider passierte das trotzdem dauernd. Ob es ein Camper war oder ein Botaniker, ein Bauer oder ein Wanderer – ich tötete eine Menge Leute in diesen ersten paar Jahren, bevor es mir endlich gelang, die Sache in den Griff zu bekommen. Deswegen bin ich in dieses Haus hier gezogen, in dieses miese kleine Kaff: Weil es das einzige Haus mit einem Keller war, das ich damals auf die Schnelle finden konnte. Ich habe es direkt gekauft und mit Stahl ausgekleidet, ehe der nächste Vollmond die Bestie auf die Welt loslassen konnte, und zum Glück hat es bisher standgehalten. Seitdem habe ich mich immer bemüht, ein guter Mensch zu sein und mich um meine eigenen Angelegenheiten zu kümmern. Bis heute.«

»Was für ein Blödsinn!«, beschwerte sich Tommy und tippte sich gegen die Stirn, aber keiner von den anderen Jungen achtete auf ihn. Sie fraßen mir aus der Hand und hatten gar keine Eile mehr, sich aus dem Staub zu machen. Ein Fallbeispiel: Ich hatte vergessen, die Kellertür hinter mir abzuschließen, sodass Barry und Rotschopf mit Leichtigkeit hätten abhauen können, ohne dass ich sie jemals eingeholt hätte. Aber das taten sie nicht. Stattdessen kamen sie die Treppe wieder herunter, setzten sich aufs Sofa und wollten noch mehr hören.

»Dann können Sie nicht sterben?«, fragte Barry. »Das sagt man doch über Werwölfe, oder? Dass sie unsterblich sind.«

»Ich bin nicht unsterblich, junger Mann. Ehrlich gesagt bin ich auch ganz froh darum. Nein, ich kann sterben, und eines Tages werde ich das auch, genau wie jeder andere Mensch«, versicherte ich ihm. Dann setzte ich hinzu: «Besonders durch die Hände eines Ungeheuers, das genauso gottlos ist wie ich selbst.«

Barry, Rotschopf und Farny hingen sofort wieder an meinen Lippen. Tommy verdrehte die Augen zur Decke und stöhnte: »Ach du verfickte Scheiße, bitte nicht noch mehr!«

Aber es gab noch mehr. Sogar noch viel mehr. Denn das Schlimmste stand dem armen, jungen, verfluchten John Coal erst noch bevor.

TEIL 3

DER SCHWARZE FLECK

- I -

Es war im Sommer 1975. Ich war seit zehn Jahren zu Hause und hatte hart gearbeitet, um das beste Leben führen zu können, das unter meinen besonderen Umständen möglich war. Ich hatte meinen Bungalow gekauft, den Keller hergerichtet, das Monster in meinem Inneren in Schach gehalten und es sogar geschafft, den sehnlichsten Wunsch meiner Mutter zu erfüllen, indem ich mir einen Job besorgte – als reisender Handelsvertreter.

Es war nicht der beste Job der Welt, auch nicht der lukrativste; dafür war er abwechslungsreich und ich kam ganz schön im Land herum. Ich bin eigentlich nicht der gesellige Typ, aber ich kann ganz gut reden oder auch mal fünf Minuten am Stück lächeln, wenn ich einem Kunden zeige, wo er unterschreiben soll. Ich schlug mich gar nicht so schlecht. Ehrlich gesagt wäre es auch schwierig gewesen, in diesem Job zu versagen, denn die Ware verkaufte sich praktisch von selbst.

Schmirgelpapier. Das war meine Haupteinnahmequelle. Ich fuhr von Stadt zu Stadt, verteilte kostenlose Proben an Eisenwarengeschäfte und Werkstätten und demonstrierte jedem, der einen ungeschliffenen Stock zur Hand hatte, die außerordentliche Haltbarkeit unserer Ware.

»Bis zu achtundzwanzig Prozent langlebiger als die besten Markenprodukte«, pflegte ich den Geschäftsinhabern zu erzählen. »Wenn Sie eine größere Menge bestellen, kann dieses Schmirgelpapier Ihnen bares Geld sparen.« Was ich da erzählte, war natürlich ein Haufen Mist, aber wer kann sich schon wirklich daran erinnern, wie lange genau ein Blatt Schmirgelpapier hält? Jedenfalls bestellten die Leute fröhlich einen ganzen Haufen davon für vier Pence pro Blatt (*bitte kalkulieren Sie 48 Tage Lieferzeit ein*), denn letzten Endes ist doch ein Schmirgelpapier wie das andere, und wen interessiert es schon wirklich, wo das Zeug herkommt? Hauptsache, es ist einigermaßen billig und reißt nicht sofort ein wie ein Blatt feuchtes Klopapier, wenn man damit über einen Splitter reibt. Ich hatte also ein respektables Auskommen durch meine Reisen, und nur sehr selten endete eine Woche mit leerem Auftragsbuch oder leerem Bauch.

Und dann war da diese eine Woche.

Ich war in Lincolnshire unterwegs und hatte mich verfahren. Ich wollte nach Louth, doch die Grafschaftsverwaltung von Lincolnshire hatte wohl ihr gesamtes Geld für die Wegweiser nach Lincoln ausgegeben, die an jeder Straßenecke aufgestellt waren, und das arme alte Louth war vergessen worden.

Wer will denn schon nach Louth, wenn er auch nach Lincoln kommen kann?, hatte sich die Verwaltung wahrscheinlich überlegt; und das bestimmt zu Recht, nur hatte ich leider einen Termin mit einem neuen Holzhändler im Gewerbegebiet von Louth, bei dem ich gerne pünktlich sein wollte.

Natürlich hatte ich eine Straßenkarte dabei, aber ich hatte die A16 etwas südlich von Hundleby verloren und befand mich nun zwangsläufig auf einer der 37.000 Straßen in Lincolnshire, die nach Lincoln führen.

»Herrgott noch mal!« Ich trat auf die Bremse, als ich merkte, dass ich schon wieder falsch abgebogen war.

Es wurde langsam spät, fast drei Uhr am Nachmittag, deshalb wollte ich nicht umdrehen und riskieren, meinen Termin zu verpassen, während ich weiter nach der A16 suchte. Stattdessen machte ich den klassischen Fehler, den jeder auf der Welt macht, der verirrt, verspätet und verzweifelt ist: Ich fragte einen Einheimischen nach dem Weg.

Offensichtlich meinte er, es wäre gleichzeitig Weihnachten und sein Geburtstag, und verpasste mir die geballte Ladung: Insiderwissen, geheime Abkürzungen und wo ich unterwegs am besten Pommes, Pasteten und ein Pint bekam. Logisch, dass nichts in seinem Vortrag auch nur im Entferntesten an so etwas wie eine Hauptstraße erinnerte.

»Nee, von denen halt dich besser fern, Junge, nicht wenn du nach Louth willst, nicht von hier. Fahr einfach wieder hundert Meter zurück zu der Abzweigung da hinten, und wenn du eine große Bruchsteinmauer siehst, dann nimm die Nächste links, als ob du nach Skeggy fahren würdest, aber das machst du nicht, du fährst nach links. Du kannst es gar nicht verpassen, an der Ecke ist ein Pub, *The White Horse* oder *The White House* oder so ähnlich, ein bisschen weiter oben. Ich weiß nicht, ich trinke nicht mehr. 1953 hab ich aufgehört, und seitdem keinen Tropfen mehr. Und weißt du was, ich vermisse es kein bisschen.«

»Das ist wirklich ungemein hilfreich.« Meine Hände umklammerten das Lenkrad meines *Ford Cortina* so fest, dass die Knöchel weiß hervortraten.

»Also fahr einfach zurück und dann links. Siehst du es? Da hinten. Und in fünfundvierzig Minuten bist du in Louth.«

Aber das war ich nicht. Natürlich nicht. Eine Stunde später fuhr ich immer noch im Kreis, suchte gemäß der Anweisung von Barny Geröllheimer nach Bruchsteinmauern und fragte mich, wie ich so dumm hatte sein können. Nach einer Weile verschwanden sogar die Wegweiser nach Lincoln – ein untrügliches Zeichen, dass ich jetzt völlig verloren war.

Ich hielt neben einem wogenden Weizenfeld an und breitete die Straßenkarte auf der glühenden Motorhaube meines überhitzten Wagens aus.

Eine schwüle Brise faltete sie immer wieder zusammen, während hungrige Pferdebremsen mit Luftangriffen auf meinen Nacken zur weiteren Verschlechterung meiner Laune beitrugen. Ich schlug um mich, verfluchte den Auto-Atlas, meinen verlogenen Einheimischen und die Crew der *Enola Gay*, weil sie ihre Ladung 6.000 Meilen zu weit vom Ziel abgeworfen hatte. Dann rollte ich die Karte zusammen, warf sie auf die glühend heiße Rückbank und trat schon aufs Gas, bevor ich ganz im Auto saß.

Es war inzwischen fast halb fünf, und der Holzhändler hatte nur bis fünf geöffnet. Ich durfte diesen Termin nicht verpassen; nicht nachdem ich den ganzen Nachmittag damit verschwendet hatte, zwischen Hecken und Alleen herumzukurven, so grün und lieblich sie auch waren. Also trat ich das Gaspedal durch und schaltete die Scheibenwischer ein; nur für den Fall, dass mir noch irgendwelche Einheimischen über den Weg liefen.

Ich fuhr zu schnell. Ich wusste, dass ich zu schnell fuhr. Aber glauben wir nicht immer, dass alles schon irgendwie gut gehen wird? Nun, das tat es nicht. Die Kurve kam schneller auf mich zu als ich auf sie, und keiner von uns beiden konnte noch etwas dagegen tun. Bevor ich den Fuß vom Gaspedal nehmen konnte, fuhr ich schon über die Böschung und beobachtete entsetzt, wie ein Zaunpfahl aus dem Boden sprang und direkt auf mich zuschoss, um mir die Windschutzscheibe ins Gesicht zu schmettern.

Ich riss die Arme schützend vor meine Augen und fühlte, wie das Vorderteil des Wagens in einen Graben fiel, aber der Stoß, den ich erwartete, blieb aus.

Nur Stille. Und Dunkelheit.

Und dann gar nichts mehr.

- II -

Ich weiß nicht, wie lange ich weg war, aber als ich aus dem Auto kletterte, war es nicht mehr Nachmittag; es fühlte sich eher wie früher Abend an.

Ich war an der gegenüberliegenden Seite eines überwucherten Grabens zum Stehen gekommen, und – abgesehen von ein paar Unannehmlichkeiten – durchaus dankbar für das dichte Blattwerk und den Schlamm darin. Ein bisschen mehr nach rechts, und ich hätte mich um eine mächtige alte Eiche gewickelt, die nicht aussah, als würde sie Spaß verstehen.

Ich klopfte mich ab, zählte meine Gliedmaßen durch und war erleichtert, noch je zwei von allen zu haben. Dann schob ich mir eine *Rothman* zwischen die Zähne, damit die frische Landluft nicht so in den Lungen brannte. Ich hatte meinen Geschäftstermin verpasst, so viel war klar. Noch dazu saß ich an diesem goldenen, heißen Abend in der Wildnis fest, mit nichts als einem Koffer voll Schmirgelpapier für die Nacht. Das würde bestimmt ein unvergessliches Erlebnis werden.

In der ganzen Zeit, die ich an der Böschung gestanden hatte, waren keine Autos an mir vorbeigefahren. In der Zeit, die ich schlummernd im Graben verbracht hatte, auch nicht – oder wenn doch, dann vertraten sie wohl Darwins Theorie der natürlichen Auslese. Ich erkannte, dass ich mich am besten zu Fuß auf den Weg machte und darauf hoffte, vor Einbruch der Nacht auf einen Traktor oder einen Pub zu treffen. Doch schon beim ersten Schritt stieß mein Fuß an einen alten Wegstein, der im hohen Gras verborgen war. Unter dem Namen *Long Fenton* zeigte ein Pfeil auf einen Feldweg auf der anderen Straßenseite. Das klang nicht gerade nach einer Metropole, aber wenigstens war die Aufschrift nicht *Lincoln 64 Meilen*, und das war doch immerhin etwas.

Ich überquerte die Straße und folgte dem bewaldeten Weg. Er machte den Eindruck, als sei er nicht einmal mit einem Fahrrad zu bewältigen, geschweige denn einem Auto. Andererseits war das hier tiefstes, dunkelstes Lincolnshire. Wenn so mancher Stamm im Kongo gewollt hätte, hätten sie herkommen und den Einheimischen Glasperlen verkaufen können.

Die Luft war feucht, der Wind kaum ein Hauch. Ein langer, heißer Nachmittag hatte sich in einen langen, heißen Abend verwandelt. Die untergehende Sonne war perfekt in einen Rahmen herabhängender Äste eingefasst und ihre Strahlen folgten mir den ganzen, staubigen Weg entlang, bis ich auf das erste einer Reihe ordentlicher Cottages traf, die sich an die bewaldeten Hügel schmiegten. Unmittelbar dahinter stand eine kleine Kirche aus normannischer Zeit, umgeben von drei oder vier Dutzend mit Flechten überwachsenen Gräbern von lange verstorbenen Einheimischen. Ein Stückchen weiter, hinter der angrenzenden Steinmauer, war der Ort, wo die meisten der Friedhofsbewohner bestimmt lieber gewesen wären: *The Black Fox*, ein Pub.

Zwischen den anderen Gebäuden an der Straße gab es einen Dorfladen, eine Gemeindehalle und eine Reparaturwerkstatt, die alle geschlossen hatten. Schade, ansonsten hätte ich zweien der drei vielleicht etwas Schmirgelpapier verkaufen können. Stattdessen beschloss ich, mir ein paar dringend benötigte Pints zu gönnen, und betrat den Pub.

Die Jungs waren schon alle da: Rotgesichtige Dorftrottel lachten und laberten vor dem Hintergrundrauschen unablässiger sexueller Anspielungen. Ein rotwangiges Tresenmädchen kicherte hinter den Zapfhähnen, als würde sie nichts davon kapieren, obwohl sie ein Paar enormer Brüste vor sich hertrug, die wahrscheinlich mit jeder schwieligen Hand im Dorf auf Du waren.

Dann kam ich durch die Tür.

Vierzehn Augenpaare wandten sich mir zu, als sei ich gerade aus einem Raumschiff geklettert. Schnell überprüfte ich mein Spiegelbild in der Glasscheibe der Tür, um sicherzugehen, dass nicht doch ein Zaunpfahl in meinem Gesicht steckte. Dann fragte ich, ob es in Ordnung sei, wenn ich auf ein Bier hereinkäme.

»Na klar, Junge. Komm ruhig rein und fühl dich wie zu Hause«, lud mich ein alter Säufer leutselig ein und machte mir mit einem Schritt zur Seite an der Theke Platz.

Der Rest des Pubs war nicht so gesellig und hieß mich lediglich mit offenen Mündern willkommen. Die rotwangige Bedienung wackelte mit ihren Brüsten vor drei Zapfhähnen herum, um mir die Spezialitäten des Hauses zu zeigen.

»Ein Pint *Best Bitter*«, entschied ich. Kurz darauf erlebte ich den zweiten Absturz des Tages, als ich beim Griff in meine Hosentasche nichts zutage förderte als das fusselige Innenfutter. »Verdammt!«

»Sieht aus, als ob der Junge sein Kleingeld vergessen hätte«, kombinierte der alte Scherzkeks.

»Es muss mir wohl aus der Tasche gefallen sein, als ich aus dem Auto geklettert bin«, erklärte ich.

Der Alte zwinkerte mir zu, dann wandte er sich an die Bedienung. »Kein Problem. Mary, schreib das Bierchen für den Jungen auf meinen Deckel.«

Obwohl ich zum Schein protestierte, hätte ich jedem, der mich beim Wort genommen hätte, einen Kinnhaken verpasst. Ich versank in der schaumigen Krone, leerte das Glas in tiefen Zügen bis auf einen kleinen Rest und wischte mir mit malziger Zufriedenheit die Augenbrauen ab.

»Durstig, was?«, deduzierte der Alte.

Ich erzählte den Saufnasen von dem Unfall und meinem insgesamt beschissenen Nachmittag, worauf sie mir das nächste Pint ausgaben und Mary drängten, mir aus Gründen der Wohltätigkeit ein Käsesandwich sowie das Gästezimmer für die Nacht zu bereiten. Darauf folgten ein paar wissende Lacher von den Einheimischen und ein verschmitztes Grinsen von Mary. Offensichtlich beschränkten sich ihre guten Taten nicht auf Käsebrote. Ich tat, als würde ich nichts bemerken, und erklärte mich einverstanden, mich für die Nacht den kundigen Händen der Gastgeberin anzuvertrauen. Schließlich bin ich auch nur ein Mensch, jedenfalls einen Großteil des Monats, und sogar ein Bett, das die ganze Nacht über die Bodenbretter hüpfte, war besser als die Rückbank eines verkehrt herum liegenden *Ford Cortina*. Ich erhob mein Glas und trank auf meine Gönner.

»Gentlemen, auf Ihre Gesundheit.«

»Du solltest dir besser um deine eigene Gesundheit Sorgen

machen, Junge«, rieten sie mir, und schon war ich in die Gruppe aufgenommen, komplett mit Rückenklopfern und Anspielungen auf meine sexuelle Orientierung. Ich musste noch nicht einmal eine Runde geben. Oh ja, alles in allem hätte ich mir keinen besseren Ort aussuchen können, um in einen Graben zu fahren, als Long Fenton.

»Bist du aus der Stadt?«, fragte einer meiner neuen Kumpel.

»Lincoln?«, spezifizierte sein Freund.

»Norfolk«, antwortete ich.

»Norfolk?« Allgemeines Staunen. »Da bist du aber ganz schön weit weg von zu Hause.«

»Handelsreisender«, erklärte ich.

»Ach so. Wir dachten schon, du wärst einer dieser Wissenschaftler von der Regierung oder so«, sagte der Alte.

»Nein, außer es ist die Regierung von Schmirgelpapirien«, erwiderte ich. »Was denn für Wissenschaftler?«

»Von der neuen Düngemittelfabrik, da drüben hinter den Hügeln. Letzte Woche sind sie endlich fertig geworden. Haben im ganzen Bezirk Land aufgekauft für ihre Straßen und Anlagen. Haben mir ein ganz schönes Sümmchen für mein altes Gerstenfeld bezahlt.« Der Alte strahlte wie ein Zauberbohnenhändler, der mit vier Tonnen preisgekrönter Schwarzbunter vom Markt zurückkehrt.

»Nee, sorry, damit hab ich nichts zu tun.« Achselzuckend versicherte ich, kein *Wissenschaftler, Regierungsbeamter oder sonstiger Scheißeschaufler* zu sein.

»Wir sind doch alle Scheißeschaufler, mein Freund.« Der Alte zwinkerte mir zu. »Wir haben nur nicht alle eine Schaufel, das ist der Unterschied.«

»Nur zu wahr.«

Meine neuen Freunde und ich kicherten uns durch den Abend. Je fetter meine Leber wurde, desto dünner sah Mary aus. Wahrscheinlich wäre ich am Ende des Tages fröhlich vom

Barhocker in ihr Bett gefallen, wäre nicht noch ein später Gast zu unserem Gelage gestoßen.

»Aber hallo, junger Brian, hast du noch ein bisschen Kleingeld in der Sofaritze gefunden?«, kicherte der Alte.

Der junge Brian erschien mir gar nicht mehr so jung, er sah aus wie um die vierzig. Allerdings ist das oft so bei diesen Typen vom Land; das viele schwere Heben und Vermeiden von Zahnpasta macht die Jungen dort früher zu Männern als uns andere. Vermutlich war Brian eher in meinem Alter, Ende zwanzig oder Anfang dreißig, aber er hatte doppelt so viele Muskeln wie ich, die meisten davon in seinem Gehirn. Seine Hände konnten ein Treppengeländer schneller abschmirgeln als meine beste Sorte *Extra Körnig*.

Er warf einen einzigen Blick auf mich, wie ich am Tresen seiner Stammkneipe lehnte, in meinem schicken Stadtanzug mit der Schlaghose, und schluckte die Wespe, auf der er beim Hereinkommen gekaut hatte.

»Wer ist das?«, fragte er. Nicht mich, sondern den leutseligen alten Säufer, der den ganzen Abend so entgegenkommend gewesen war.

»Ein Bursche aus der Stadt«, zog der ihn auf. »Ist hier, um zu sehen, was unsere gute Mary so anzubieten hat.«

Die Reaktion, die er hervorrief – nicht zuletzt von mir, als ich ein halbes Pint Bier durch die Nase wieder von mir gab – führte zu viel Gelächter unter den Anwesenden. Offensichtlich hatte der Alte genau das beabsichtigt. Brian kratzte sich am Kopf und runzelte die Stirn in jede Richtung, dann machte er mich als das leichteste Ziel aus.

»Ach, so ist das? Du bist also hier, um meine Zukünftige anzumachen?«, fragte er mit trügerisch sanfter Stimme.

»Nein, nein«, prustete ich. Nachdem ich das letzte Bier aus der Luftröhre geräuspert hatte, konnte ich meine Absichten deutlicher machen: »Ich bin nur auf ein Bier reingekommen, das ist alles.«

»Soso, auf ein Bier. Ganz schön weite Fahrt von Lincoln nur für ein Bier, oder?«

Leck mich fett, wenn diese Idioten nachts die Sterne sahen, glaubten sie dann, das wäre Lincolns ganzjährige Weihnachtsbeleuchtung?

»Aus Norfolk sogar, junger Brian«, korrigierte der alte Säufer. Wahrscheinlich war die Vorstellung, dass Mary von jemandem aus Norfolk gevögelt wurde, noch abscheulicher als die, dass sie von jemandem aus Lincoln gevögelt wurde. Ich beschloss, die Tatsache für mich zu behalten, dass ich sogar schon mal in London gewesen war.

»Norfolk? Da bist du aber ganz schön weit weg von zu Hause«, meinte Brian. »Am besten fährst du wieder zurück, bevor es dunkel wird, würde ich vorschlagen.«

Das entbehrte nicht einer gewissen Komik. Leider war er so kräftig, dass er mich zu den Trophäen an die Wand hätte hängen können (außer in Vollmondnächten); ansonsten hätte ich ihm geraten, seinen Kopf in einen Kuhfladen zu stecken. Doch zwei Dinge wurden rasch klar: Erstens, dass Brian ein Mann war, der erst handelte und dann nicht nachdachte; zweitens, dass ich bei Weitem nicht so integriert in die Dorfgemeinschaft war, wie ich es naiv angenommen hatte. Tatsächlich war ich Freiwild, und sie hatten mich mit Glöckchen behängt, in der sicheren Gewissheit, dass der Dorfjüngling noch für seinen Schlummertrunk vorbeikommen würde, bevor der Pub dichtmachte.

»Ich hatte einen Autounfall; an der Hauptstraße am Ende des Feldwegs. Mein Auto liegt verkehrt herum in einem Graben. Da kann ich es heute unmöglich noch rausbekommen.«

»Wie praktisch.«

»Nein, eigentlich nicht (du dämlicher Vollidiot)«, antwortete ich (und setzte ich in Gedanken hinzu).

»Also haben Sie vor, über Nacht zu bleiben?«, grollte Brian.

»Mary hat ihm schon das Gästebett gemacht«, lachte der

alte Säufer und drehte damit das Messer in unser beider Wunden.

»Welches Gästebett? Sie hat nur ein Bett im Haus!«, schäumte Brian. Der ganze Pub brach in Gelächter aus; allen voran Mary, die ihren Verlobten offensichtlich gerne auf Trab hielt.

»Warten Sie, die ziehen Sie doch nur auf«, versuchte ich vergeblich zu beschwichtigen, doch Brian war gesundem Menschenverstand schon nicht mehr zugänglich. Wahrscheinlich benutzte er ihn grundsätzlich eher selten.

»Raus mit dir, Freundchen«, knurrte er, packte mich am Revers und beförderte mich durch die Haustür auf die Straße.

Hinter mir hörte ich den alten Mistkerl, der an allem schuld war, sich kaputtlachen.

»Gentlemen, wir schließen!«, rief er zur allgemeinen Erheiterung, dann schleuderte Brian mich in den Staub.

Ich rollte mich erwartungsfroh zu einem Ball zusammen, doch zu meinem Erstaunen brachte Brian seine Arbeitsschuhe nicht zum Einsatz. Er tapste lediglich triumphierend zu mir herüber und meinte, ich solle mir das eine Lehre sein lassen. Vorsichtig nahm ich die Hände von meinem Kopf und sah zu ihm auf.

»Was? Wenn ich in Zukunft in einen Graben fahre, soll ich einfach dableiben, anstatt Hilfe zu suchen? Ist das die Lehre, die du meinst?«

»Das weißt du ganz genau«, bestätigte er, was ungefähr so sinnvoll war wie Besteck bei seinem und Marys Hochzeitsfrühstück.

Sobald ich es für ungefährlich hielt, richtete ich mich auf und betrachtete die länger werdenden Schatten. Die Abenddämmerung war in vollem Gange, die Sonne hinter den Bäumen kaum noch sichtbar. Nicht mehr lange, dann würde sich die Nacht wie eine schwarze Decke über das ganze Dorf legen und den Weg zurück zur Hauptstraße verbergen.

»Wie weit ist es zum nächsten Dorf?«, fragte ich.

Brian hatte mit einer Wegbeschreibung weniger Probleme als die meisten Einheimischen. »Vier Meilen. Geh einfach die Dorfstraße entlang, halte dich links, dann kommst du nach West Ullerton.« Mit diesen warmen Abschiedsworten wandte er sich zurück zum Pub, um seine rechtmäßigen Ansprüche geltend zu machen.

Ich wusste, es konnte auch schiefgehen, aber ich konnte einfach nicht widerstehen, ihm eine spitze Bemerkung über die berühmte nordenglische Gastfreundschaft hinterherzuschicken. In der Tat drehte Brian sich wieder zu mir um.

»An deiner Stelle würde ich aufpassen, was ich über Lincolnshire sage, mein Freund. Du bist ganz schön weit weg von Norfolk, denk dran.«

»Ich bin auch ganz schön weit weg vom verschissenen West Ullerton, falls dir das noch nicht aufgefallen ist. Und ich hatte heute einen Unfall. Aber mach dir darüber keine Sorgen, Kumpel. Ich gehe einfach los und versuche am Arsch der Welt irgendein Dorf zu finden, wo ich noch nie gewesen bin, bevor es stockdunkel wird. Vielleicht gibt es ja da jemanden, der bereit ist, mir aus einer Notlage zu helfen. Aber genieß du ruhig dein Bier, Kumpel. Gut gemacht. Vielen Dank auch.«

Ich weiß nicht, was ich von Brian erwartete. Vielleicht, dass er ein schlechtes Gewissen bekam oder dass er mit der Faust ausholte, damit ich ihm den Stein, den ich hinter meinem Rücken versteckte, über den Schädel hauen konnte. Doch meine Worte riefen eine gänzlich andere Reaktion hervor.

Brian kramte einen Schlüsselbund aus seiner Hosentasche, wies mit dem Kinn auf einen verbeulten alten Transporter, der neben der Kirche geparkt war, und sagte: »Okay, Kollege, dann fahr ich dich hin.«

- III -

Vielleicht war Brian doch nicht so ein hartherziger Kerl, wie ich gedacht hatte. Oder vielleicht wusste er irgendwo tief drin in seinem Betonschädel, dass er für Long Fenton der Tanzbär war, den jeder nach Belieben mit einem spitzen Stock piksen konnte. Er wusste es, doch er konnte es nicht ändern. Womöglich wusste er sogar, dass da zwischen Mary und mir rein gar nichts lief, aber um sein Gesicht zu wahren, musste er mich trotzdem aus der Stadt jagen. Schließlich war er für alle der *junge Brian.* Und welcher Scheunenfest-Streithammel, der etwas auf sich hält, könnte es ertragen, von den ehrenwerten Dorfältesten nicht für voll genommen zu werden?

»Ich weiß das wirklich zu schätzen«, sagte ich, als der Transporter sich durch die waldigen Landstraßen in Richtung der weiten Felder schlängelte, die sich zwischen Long Fenton und West Ullerton erstreckten.

»Nicht der Rede wert«, murmelte Brian und hustete. Offenbar war es ihm unangenehm, dass er sich mit der Sorte Mann unterhielt, die er normalerweise nur auf die Straße schmiss.

Ich versuchte es mit etwas Konversation. »Scheint ein Haufen Idioten zu sein, in dem Pub.« Brian sah mich kurz von der Seite an, sagte aber nichts. Er schaltete einen Gang hoch, was ich als Zustimmung deutete, und fuhr zügig in den Sonnenuntergang.

Eine Minute oder zwei nachdem wir das Dorf hinter uns gelassen hatten, kamen wir zu einem glänzenden neuen Drahtzaun, der einen riesigen industriellen Schandfleck in der Landschaft umgab. Diese Scheußlichkeit war ebenso neu und glänzend wie der Zaun, aber auf die schlimmste vorstellbare Art. Silos und Türme erstreckten sich von der Fabrik aus über die Felder, untereinander durch spiegelblanke Rohrleitungen verbunden. Eine breite Zufahrtsstraße aus Beton durchschnitt die Landstraße, auf der wir fuhren, ohne sie weiter zur Kenntnis zu nehmen, und führte hügelaufwärts, wahrscheinlich zur Hauptstraße.

»Die Düngemittelfabrik?«, schlussfolgerte ich.

»Verdammtes Scheißding«, bestätigte Brian mit finsterem Blick. Ich fragte mich, mit wie vielen Wissenschaftlern eine Bardame wohl im Höchstfall vögeln konnte. »Warum mussten sie ausgerechnet hierher kommen? Warum zu uns? Warum jetzt?«

»Irgendwo mussten sie wohl hin, vermute ich.« Eigentlich war es mir egal; mir gefiel nur die Vorstellung, dass es auch im Leben des jungen Brian schmerzliche Momente gab.

»Warum sind sie dann nicht woanders hingegangen?«, grübelte der Einstein neben mir. Der Straße vor sich schenkte er kaum Beachtung, so gebannt war er von der neuesten Düngemittelproduktionsstätte der Grafschaft Lincolnshire.

»Was ist denn so schlimm daran? Na gut, es sieht vielleicht ein bisschen monströs aus, aber es schafft doch bestimmt Arbeitsplätze.«

»Ich hab schon einen Arbeitsplatz, vielen Dank auch. Oder wenigstens hatte ich einen, bis dieses verfluchte Ding herkam«, schäumte Brian.

Anscheinend hatte er den lokalen Arbeitsmarkt für Handwerker im Alleingang abgedeckt, so lange er zurückdenken konnte. Er erzählte, dass er für jeden Farmer in der Gegend gearbeitet hatte, immer zu seinen eigenen Bedingungen, und nie waren ihm die Angebote oder das Geld ausgegangen. Nur wenige der in Long Fenton geborenen jungen Männer wollten hierbleiben, wenn sie aus dem Alter für kurze Hosen heraus waren – und wer konnte es ihnen verdenken – also wurde die Bevölkerung immer älter und Brians Sparstrumpf immer fetter. Wahrscheinlich wäre es so weitergegangen, bis der letzte der alten Säcke umkippte. Und wer hätte dann die besten Voraussetzungen gehabt, ihre landwirtschaftlichen Kleinbetriebe aufzukaufen?

Oh ja, Brians Zukunft hatte in der Tat recht rosig ausgesehen. Jedenfalls bis eine Düngemittelfabrik sich dieses verschlafene kleine Nest als Standort ausgesucht hatte. Und als sich die großindustrielle Brieftasche öffnete, waren alle Dorfbewohner mit ihrem Grundbesitz auch ihre Probleme auf einen Schlag los.

Fast alle Dorfbewohner.

»Du könntest doch einen Job in der Fabrik annehmen«, schlug ich vor, »dich hocharbeiten, irgendwann sogar eine leitende Position haben.«

»Ich will in keiner Fabrik arbeiten!«, schnappte Brian. »Ich spüre gerne die Erde unter meinen Stiefeln, die Sonne im Gesicht. Ich bestelle das Land mit meinen eigenen Händen. Und es sollte mein eigenes Land sein.«

Brian schluckte seinen Ärger hinunter und warf noch einen Blick auf die im Rückspiegel kleiner werdende Fabrik. Dieses Thema brachte ihn anscheinend sehr aus der Fassung. Ich stocherte weiter, um die Fahrt für mich unterhaltsamer zu gestalten.

»Wenn sich eine Tür schließt, öffnet sich eine andere. Denk immer daran (wenn du für ein paar mickrige Kröten Scheiße schaufelst, du Dorftrottel, hahaha!)«, beschwichtigte ich (und lachte ich ihn innerlich aus).

Ich fing gerade an, meine eigene missliche Lage zu vergessen und die Fahrt nach West Ullerton zu genießen, als wir um die nächste Kurve bogen und uns genau dort wiederfanden, wo wir losgefahren waren: vor dem *Black Fox*.

»Scheiße, was …«, staunte Brian mit offenem Mund. Seine Balkonstirn schien mit jeder Minute weiter hervorzutreten.

»Vielleicht bist du falsch abgebogen?« Ich seufzte frustriert. Ich hatte mir schon ausgemalt, wie ich den Einheimischen im Pub von West Ullerton meine tragische Geschichte erzählte. Brians Minderbegabung als Taxifahrer kostete mich wertvolle Trinkzeit.

»Das geht nicht, man kann gar nicht falsch abbiegen. Die Straße führt direkt nach West Ullerton, immer geradeaus.«

»Vielleicht hat die Fabrik die Straße verlegt, als sie ihre eigene gebaut haben.«

»Aber ich kenne den ganzen Weg. Es hat sich nichts verändert.« Brian ging mir mit seinen Beteuerungen ziemlich auf die Nerven. Ganz offensichtlich war er irgendwo falsch abgebogen, es sei denn, die Straße führte im Kreis herum und alle in Long Fenton tauschten nur die Schilder aus und wechselten ihre Hüte, wann immer Brian den Ort verließ.

»Wir sind ganz sicher irgendwo zweimal links gefahren«, beharrte ich, doch Brian wollte nichts davon hören.

»Das sind wir nicht!«, blieb er stur. »Pass auf, ich beweise es.« Und schon waren wir wieder unterwegs, dieselbe Dorfstraße hoch, dieselbe Landstraße entlang, an derselben Fabrik vorbei, um dieselbe Kurve …

… und kamen wieder an exakt derselben Stelle heraus.

Vor dem *Black Fox*. In Long Fenton.

»Das ist nicht richtig so«, sagte Brian. »Das ist überhaupt nicht richtig.«

»Nein«, stimmte ich zu. Ich hatte den starken Verdacht, dass die Eisenwarenläden in der Gegend ein Vermögen damit machten, Brian ganzjährig Knochenschmalz und Lufthaken zu verkaufen. »Das ist in der Tat nicht richtig so.«

Einer der alten Säcke kam gerade aus dem Pub und wandte sich in Richtung Plumpsklo, also fragte Brian ihn, ob seit letzter Woche irgendwelche Straßen verlegt worden wären. Der Alte kratzte sich am Kopf und fragte zurück, ob Brian so spät und in diesem Zustand wirklich noch Auto fahren wollte.

Brian ließ seinen Frust an der Gangschaltung des Transporters aus. Wieder einmal ging es die Dorfstraße hoch, ab in die Botanik, vorbei an der Fabrik.

An dieser Stelle stieg Brian auf die Bremse und betrachtete sehr genau die vor uns liegende Straße.

»Das ist die Straße«, insistierte er. »Das ist die Straße nach West Ullerton.«

»Es ist die Straße, die wir schon zweimal entlanggefahren sind«, betonte ich.

»Das weiß ich!«, schnauzte Brian. »Aber sie führt nach West Ullerton.«

»Wettest du eigentlich gerne, Brian?« Mir war der Gedanke gekommen, dass ich, wo auch immer ich heute übernachtete, bestimmt etwas Geld gebrauchen konnte.

»In dem Baum da bin ich als Kind immer rumgeklettert.« Brian zeigte auf eine große alte Eiche gegenüber der Fabrik. »Und da hinten, die Hecken da, die gehen bis zu Ronnie Earlcotts Farm. Erst letzte Woche hab ich beim Zurückschneiden geholfen.«

»Das bezweifle ich ja gar nicht.« Ich zuckte die Achseln und hoffte, dass ich nicht aus Versehen bei der unbeliebtesten Besichtigungsrundfahrt von ganz Lincolnshire gelandet war.

»Und das steht alles an der Straße nach West Ullerton.«

»Dann steht es wahrscheinlich auch alles an der Straße nach Long Fenton, oder?«

»Willst du behaupten, ich kenne mich in meiner eigenen Heimat nicht aus?«, schnaubte Brian.

»Auf gar keinen Fall. Ich sage nur, dass sie die Straße um die Fabrik herum vielleicht ein bisschen … angepasst haben, damit die Baufahrzeuge besser durchkommen. So etwas wird manchmal gemacht, und man kann den Unterschied kaum erkennen.« Letzteres war natürlich völliger Blödsinn, aber ich brachte es in einem Tonfall vor, als ob ich wüsste, wovon ich sprach. Alte Vertreterangewohnheit.

»Ich erkenne diese Straße.« Brian trat endlich wieder aufs Gas.

»Ja, das tue ich auch.«

Ebenso erkannte ich den *Black Fox*, als wir mit quietschenden Bremsen davor zum Stehen kamen, sowie den verwirrten

Ausdruck auf dem Gesicht des alten Sacks, der auf dem Rückweg vom Plumpsklo seinen Reißverschluss hochzog.

»Na Jungs, habt ihr Spaß?«, fragte er.

»Ich hab schon mehr gelacht«, gab ich zurück, bevor Brian etwas sagen konnte.

Der war jetzt richtig in Fahrt gekommen. Wir waren schon wieder auf der Straße, bevor sich die Staubwolke von unserer Ankunft gesetzt hatte. Aber diesmal bogen wir hinter der Fabrik nach links auf die neue Zufahrtsstraße ab und fuhren dann auf gut Glück Richtung Westen. Die glatte schwarze Straße fraß sich wie ein Asphaltkorridor pfeilgerade durch die bewaldete Landschaft; daher war es eine herbe Überraschung, sogar für mich, als wir den Kamm eines Hügels hinunterkamen und uns in Long Fenton wiederfanden.

»Das ist jetzt wirklich … seltsam«, gab ich zu. Hatte vielleicht irgendein Hippie von Vermessungstechniker statt eines Theodoliten ein Kaleidoskop benutzt, als er die Straße plante?

»Glaubst du mir jetzt?«, wollte Brian wissen. Ehrlich gesagt wusste ich nicht, was ich glauben sollte. Mit Sicherheit hatte die Düngemittelfabrik nicht alle Straßen in der Gegend so umgebaut, dass sie immer wieder nach Long Fenton führten. Das schien mir keine Marketingstrategie zu sein, die den Absatz von Düngemitteln in irgendeiner Form anzukurbeln versprach. Irgendetwas ging hier nicht mit rechten Dingen zu.

»Wie kann es sein, dass wir auf einem Weg aus dem Dorf rausfahren und dann auf einem ganz anderen wieder zurückkommen?« Meine Frage zündete eine Idee in Brians Kopf, die sich im Knirschen der Gangschaltung und heftigem Kurbeln am Lenkrad manifestierte, bis wir in der Gegenrichtung wieder aus dem Dorf herausfuhren. Seltsamerweise war der Weg in dieser Richtung nicht mehr wiederzuerkennen. Das kann zwar manchmal vorkommen, aber nicht in einem solchen Ausmaß. Alles war anders: Andere Büsche, andere Bäume und andere Gräben als die, die wir bei der Hinfahrt gesehen hatten, säumten die Straße. Und dennoch kamen wir schließlich in Long Fenton heraus; an genau derselben Stelle vor dem *Black Fox*, so sicher wie ein paar Goldfische, die wieder und wieder am selben versunkenen Plastikpiratenschiff vorbeischwimmen.

»Was hast du mit mir gemacht?«, bellte Brian. Er drehte sich im Fahrersitz zu mir, um seine Nöte dem meistgefürchteten Übeltäter vorzuwerfen, den man auf dem Land kennt: dem Auswärtigen.

»Wer auch immer dir das antut, Kumpel, er tut es mir genauso an«, versicherte ich ihm.

Wir brachen noch dreimal auf, nahmen jedes Mal eine andere Straße in eine andere Richtung und bogen außerhalb von Long Fenton anders ab, und jedes Mal landeten wir wieder vor dem *Black Fox* – bis ich schließlich genug hatte.

»Okay, halt den Wagen an, ich steige hier aus!«, verlangte ich, als wir zum x-ten Mal aus dem Dorf gefahren waren und meiner Meinung nach den am weitesten vom *Black Fox* entfernten Punkt erreicht hatten. Brian fuhr rechts ran, ich kämpfte mit dem Türgriff, bis ich mich endlich befreit hatte, und sagte Brian auf Nimmerwiedersehen Lebewohl.

»Wo willst du denn hin?«

»Zurück zur Hauptstraße. Von da fahre ich per Anhalter.« Ich blickte mich um und versuchte mich zu orientieren.

»Nach West Ullerton? Die Hauptstraße führt nicht nach West Ullerton«, erklärte Brian.

»Diese hier aber auch nicht«, erinnerte ich ihn. »Nach Long Fenton geht es da und da.« Ich zeigte in die Richtung, aus der wir kamen, und die, in die wir fuhren. »Also gehe ich nach da.«

Mit den Augen folgte Brian meinem ausgestreckten Finger zu einer Baumgruppe, die sich in südlicher Richtung weg von Long Fenton (hoffentlich) in die Ferne erstreckte.

»Die Hauptstraße«, wiederholte ich, knallte die Tür des Transporters zu und warf mir mein Jackett über die Schulter. »Nach meinen Berechnungen müsste sie irgendwo dahinten sein.«

»Das ist nicht die Hauptstraße«, berichtigte Brian.

»Würde es dich sehr beleidigen, wenn ich mich nicht auf deine Ortskenntnis verlasse?«, fragte ich und würzte die Bemerkung noch mit dem Zusatz: »… du Vollidiot von Bauerntrottel.«

- IV -

Die Nacht wartete schon hinter den Kulissen. Sie lauerte nur auf den Moment, wo sie mir die größtmöglichen Unannehmlichkeiten verursachen konnte, wenn sie ihre dunkle Decke über das Land breitete. Ich beeilte mich vorwärtszukommen, solange ich in der Dämmerung noch etwas sehen konnte; über die Felder, die Böschung hinauf und zwischen die Bäume.

Die Dunkelheit verschluckte mich, sobald ich unter das Blätterdach trat, aber ich war mir ganz sicher, dass es nur eine Frage der Zeit sein würde, bis ich auf die Hauptstraße stieß. Wenn ich eine Sache vom Leben auf See mitgebracht habe, dann ist es ein guter Orientierungssinn. Wind, Wolken, Sterne und natürlich der Mond können einem helfen, den Weg nach Hause zu finden; außer natürlich, wenn man sie – wie in diesem Fall – nicht sehen kann. Aber ich zündete ab und zu ein Streichholz an und untersuchte die Baumstämme nach Moos und Flechten, um sicherzugehen, dass ich noch nach Süden ging, und nach zwanzig Minuten kam ich auf eine kleine Lichtung.

Trotz der Brise, die in den Blättern wehte, war es dem Abend noch nicht gelungen, die Feuchtigkeit von meinem Nacken zu vertreiben. Doch was mich wirklich befremdete, war das Fehlen der üblichen Sommernachtsgeräusche. Ich bin auf dem Land aufgewachsen, daher weiß ich, wie eine Julinacht sich normalerweise anhört. Grillen zirpen, Eulen schreien, Fliegen summen.

Aber nicht in dieser Nacht.

Außer der Brise in den Blättern gab es keine Geräusche. Nicht einmal eine Stechmücke surrte mir um die Ohren.

Ich hielt an und lauschte, so lange wie ich es aushielt. Alles, was ich hören konnte, war das Geräusch meines eigenen Atmens und das Rascheln von Blättern. Wo waren all die Insekten? Wo waren all die Vögel?

Auf einmal war ich mir gar nicht mehr so sicher, ob ich die Antwort überhaupt wissen wollte. Ich ging weiter, jetzt mit schnelleren Schritten, den Hang hinauf; dorthin, wo die Hauptstraße sein musste. Bloß weg aus dieser gottverlassenen Gegend.

Ein plötzliches Geräusch hinter meinem Rücken ließ mich fast aus den Schuhen springen. Bereit, nach jedem zu schlagen, der sich an mich herangeschlichen haben mochte, wirbelte ich in alle Richtungen – aber da war niemand. Bloß der Wind, die Bäume und die Nacht.

Ich untersuchte jeden Schatten und strengte meine Vorstellungskraft an, um den Verursacher zu finden, kam allerdings zu keinem Ergebnis. Ich schluckte meine Ängste hinunter und setzte meinen Weg über die Lichtung fort.

Nach nicht einmal zwei Schritten zwang mich ein lautes Rascheln zu einer abrupten Richtungsänderung.

Irgendetwas war dort zwischen den Bäumen am Rand der Lichtung. Zwar konnte ich weder sehen noch hören, was es war, aber nichtsdestotrotz spürte ich deutlich, dass es da war. Ich blieb in der Mitte der Lichtung stehen, um es genauer zu orten, doch es gelang mir einfach nicht. Dabei habe ich dank des besonderen Blutes in meinen Adern unnatürlich scharfe Sinneswahrnehmungen. Ich legte die Hände hinter die Ohren, strengte meine Augen an und schnüffelte sogar in die Luft; aber was auch immer da draußen war, bewegte sich wie ein Schatten auf Socken und blieb immer knapp außerhalb meines Gesichtsfeldes.

»Hallo?«, versuchte ich zu rufen, aber meine Stimme war so ausgedörrt wie das Land. »Ist da draußen irgendwer?«

Keine Antwort. Das war nicht gerade beruhigend. Ich änderte meine Taktik.

»Ich habe eine Schusswaffe. Und sie ist geladen. Ich würde sie lieber nicht benutzen, aber … ich bin ein Spion *(offensichtlich in ganz besonders geheimer Mission)*, also schleichen Sie sich besser nicht an mich heran, sonst merke ich vielleicht nicht, dass Sie nur Spaß machen«, warnte ich wen auch immer und setzte sicherheitshalber noch hinzu: »Und ich habe die Lizenz zum Töten.«

Ich hätte auch erwähnen können, dass ich ein Werwolf war, aber manchmal ist die Wahrheit noch absurder als eine Lüge. Außerdem war ich in dieser Woche nicht im Dienst, deshalb schob ich eine Hand in meine Hosentasche und versuchte auszusehen wie ein Mann, mit dem man sich besser nicht anlegt.

Eine Stimme.

Wenigstens hörte es sich so an. Ein Flüstern in der Dunkelheit, nicht lauter als ein Windhauch, in einer Sprache, die ich nicht verstand, durchsetzt mit grauenhaften Zischlauten.

Ich wich von den Bäumen zurück, die Waffe erschlaffte in meiner Tasche und ich verlor das letzte bisschen Mut.

Ein zweiter schwarzer Umriss sauste durch die Bäume zu meiner Rechten, erstarrte aber, sobald ich ihn anblickte. Die Gestalt stand vornübergebeugt zwischen den Bäumen und zeigte keine Anzeichen von Furcht, als ich sie mit gespieltem Zorn anbrüllte. Ich wagte mich ein paar Schritte näher heran und entzündete ein Streichholz. Vor Erleichterung machte ich mich fast nass, als ich merkte, dass es nur ein gefallener

Ast war, fast mannshoch, knorrig und mit verdrehten Zweigen.

Aber er hatte sich bewegt, da war ich ganz sicher. Der Schatten hatte sich bewegt. Ich hatte es doch gesehen – beinahe jedenfalls.

Ein zweiter plötzlicher Ansturm von hinten ließ mich zwei Meter nach links springen. Die Streichhölzer, die ich zu meiner Verteidigung anriss, entzündeten nichts als leere Luft und ein paar zundertrockene Klumpen Gras, als sie auf die Erde fielen.

Das war alles nur Einbildung. Es musste so sein. Die Dunkelheit spielte mir einen Streich, das war alles.

Andererseits neigte ich nicht zu Verfolgungswahn. Ich war zu oft an die Grenzen dessen gestoßen, was ein Mensch aushalten kann, um mich von bloßen Schatten ins Bockshorn jagen zu lassen. Hier draußen war ganz sicher etwas …

… das absolut nicht mit rechten Dingen zuging.

Ich beschloss, so schnell ich konnte nach Long Fenton zurückzukehren und den Rest der Nacht im *Black Fox* zu verbringen, komme, was da wolle. Zur Hölle mit Brian, zur Hölle mit den Witzbolden, die sich auf meine Kosten amüsiert hatten, und zur Hölle mit irgendwelchen Brüsten, auf die ich während der Nacht womöglich treffen würde.

Alles, was ich wollte, war, nicht mehr alleine hier in der Dunkelheit sein.

Und gerne auch noch ein Käsesandwich, falls noch welche übrig waren.

Ich versuchte mich zu erinnern, aus welcher Richtung ich gekommen war, doch die Angst hatte mir den Orientierungssinn geraubt. Geradeaus über die Lichtung und dann links? Oder zurück durch die Bäume und nach rechts? Als die Stimme ihre boshaften Verwünschungen aufs Neue murmelte, diesmal unmittelbar hinter meinem linken Ohrläppchen, beschloss ich, dass die Richtung egal war, solange ich bloß rannte. Und das tat ich. Ich floh durch die Nacht und durch jeden überhängenden Ast der Gegend. Hinter mir schwärmten hagere, krumme Gestalten zur Jagd auf mich aus. Es fühlte sich an wie hundert Schatten, die hinter mir her waren, ihre spindeldürren Arme ausstreckten und nach meinem Kragen griffen. Ab und zu sah ich etwas zwischen den Bäumen huschen oder durch einen Strahl Mondlicht hetzen.

Stimmen – eine Unzahl aufgeregter Stimmen wisperte und grunzte, kicherte und zischte, wie das Geplapper bösartiger Kinder, die einer besonders saftigen Spinne hingebungsvoll die Beine ausreißen.

Falls ich in meinem Leben jemals mehr Angst verspürt hatte, dann hatte ich die Erinnerung daran sehr erfolgreich verdrängt. Ich konnte kaum Atem holen, um das Feuer zu löschen, das in meiner Brust brannte. Ich rannte nur mechanisch weiter, stolperte über Wurzeln und Steine, Kaninchenlöcher und Grassoden, bis ich endlich aus den Bäumen hervorstürzte und in das verdorrte Gras von Ronnie Earlcotts brachliegendem Feld purzelte.

Ich rappelte mich auf und rannte weiter, traute mich für einen Sekundenbruchteil über meine Schulter zu schauen und bereute es augenblicklich, als ich sah, wie ein Dutzend der geisterhaften Läufer aus den Bäumen hervorbrach, um mich über das Feld zu jagen.

Ihre Bewegungen glichen nichts, das ich kannte. Sie schienen über den holperigen Boden zu gleiten wie Schlittschuhläufer über Eis. In Sekunden durchmaßen sie die offene Fläche; gleich würden sie mich und meine Schreie verschlucken – da vertrieb ein plötzlich aufflammendes grelles Licht alle Schatten. Ich fiel vornüber aufs Gesicht.

»Na, bist du schon wieder zurück, Junge?«, gluckste die lieblichste Stimme, die ich je gehört hatte.

Auf der anderen Seite des Stacheldrahtzauns schwang eine Transportertür auf.

»Brian? Heilige Scheiße! Bitte hilf mir. Bring mich zurück zum *Black Fox*. Bitte, bitte, bitte!«, flehte ich aus dem Innersten meiner Seele.

»Das, mein Lieber«, erwiderte er mit tiefer Befriedigung, »werde ich wohl gerade noch hinkriegen.«

- V -

Auf dem Rückweg nach Long Fenton platzte ich mit meinen Erlebnissen heraus: den Schatten, den Stimmen und der Verfolgungsjagd. Wenn Brian mir auch nicht alles vollständig abkaufte, was ich ihm auftischte, war er doch durch seine jüngsten Rundfahrten erschüttert genug, dass er seinen Zynismus im Zaum hielt.

Nicht so der Rest der Bande im *Black Fox*. Oh nein, sie lachten meine Ängste in Grund und Boden.

»Ach, da draußen sind Schatten? Natürlich sind da Schatten, Junge, es ist mitten in der verdammten Nacht, falls du das noch nicht bemerkt hast!«

»Hast der Kleine etwa Angst im Dunkeln?«

»Lass die Lampen für ihn brennen, Tony, die Irrlichter sind hinter ihm her.«

»Ha-ha-ha-ha, der war gut, Dicky!«

»Ihr dämlichen Flachwichser!«

Brian blieb während meiner peinlichen Befragung ungewöhnlich still; unsicher, auf welcher Seite der Theke er sein metaphorisches Lager aufschlagen sollte. Einerseits war er gerade stundenlang im Kreis gefahren, weil er erfolglos versucht hatte, das Dorf zu verlassen, in dem er aufgewachsen war und das er kannte wie Marys Westentasche. Andererseits war ich ein Außenseiter, ein extravaganter, überspannter Städter mit weißem Kragen, blank geputzten Schuhen und Fingernägeln, die man nicht mit dem Winkelschleifer schneiden musste. Brian befand sich eindeutig in einer Zwickmühle. Letztendlich schlug er sich trotz aller Bedenken doch lieber auf die Seite der altbekannten einheimischen Arschlöcher als auf die des Auswärtigen.

»Kann seinen Kopf nicht von seinem Arsch unterscheiden«, trug er zur allgemeinen Einschätzung meines Geisteszustands bei, was ihm Kichern und schallendes Gelächter von allen Seiten eintrug. Brian war in den Schoß der Gemeinde zurückgekehrt. »So sind die Angsthasen aus der Stadt nun mal.«

»Noch nie einen Schatten gesehen, was, Junge?«

»Noch keinen Schatten, der rennt«, beharrte ich. »Keinen, der einen über ein Feld jagen kann.« Aber sie nahmen sich nichts von meinen Beteuerungen an. Ich wäre wohl vor Fledermäusen oder Wolken oder sonst was weggerannt.

»Ha-ha-ha-ha, doofer Städter!«

Eins musste ich ihnen allerdings lassen: Sie hatten kein Problem damit, einem Mann ein paar Getränke auszugeben, während sie ihn beleidigten. Ich konnte also wenigstens meine Nerven mit einigen Schnäpsen beruhigen, und auch mein Bierglas wurde nie leer. Leider hatte der Direktor vom *Zirkus Black Fox* – der, wie ich herausfand, Richard hieß, oder Dicky für seine Freunde – das letzte Käsesandwich verputzt, als ich noch, wie er es nannte, *auf Ronnie Earlcotts Feld mit Goblins um die Wette gerannt* war.

»Angsthasiger Städter!«

»Was für'n Schwachkopf!«

Brian war, nachdem er seine Stellung in den Reihen der Spötter abgesichert hatte, inzwischen ruhiger geworden. Entweder wusste er im Innersten, dass hier etwas absolut nicht mit rechten Dingen zuging, oder er tat sich doch schwerer als gedacht damit, jemanden zu verarschen, dem er gerade noch mehrere Karussellfahrten rund ums Dorf spendiert hatte.

»Gentlemen, letzte Runde!«, rief Mary schließlich und läutete die alte Messingglocke um eine Uhrzeit, die wahrscheinlich näher am Frühschoppen als an der Sperrstunde lag.

Ich hatte immer noch keinen Schlafplatz. Alle Anspielungen auf meine bevorstehende heiße Nacht mit Brians Zukünftiger waren verstummt, sobald die Bande einen neuen Anlass gefunden hatte, sich auf meine Kosten zu amüsieren. Nicht, dass diese Möglichkeit noch in irgendeiner Form bestanden hätte. Brian hielt sich ununterbrochen zwischen mir und Mary und wartete sogar darauf, dass ich nach draußen ging und mir die Schuhe benetzte, bevor er sich selbst zur Toilette begab. Wenn ich auch noch nicht wusste, wo ich schlafen würde, so wusste ich doch ganz sicher, wo es nicht sein würde.

Ich leerte mein Glas und stand vor dem *Black Fox* auf der Straße, während der Rest der Truppe sich freundschaftlich Lebewohl sagte und nach Hause ins gemütliche warme Bett wankte. Der alte Dicky war einer der Letzten, die sich zum Gehen wandten. Seine Nase war so rot, dass sie ihm den Weg nach Hause leuchten konnte. Er nickte mir formell, wenn auch etwas peinlich berührt, zu, als er sah, dass ich keinen Schlafplatz hatte.

»Gutnacht«, murmelte er und schaute schnell weg, bevor ich womöglich Blickkontakt aufnehmen und mich auf seiner Couch einnisten konnte. Ich sah ihm nach, wie er die Dorfstraße entlangwatschelte und in einen Feldweg zwischen Bäumen abbog. Sollte ich ihm nachgehen? Ihn emotional unter Druck setzen, damit er mich aufnahm? Das hätte ich tun können, aber ich war zu betrunken und zu stolz zum Betteln. Wenn diese Leute mir nichts anboten, würde ich mich nicht aufdrängen und lieber im Freien übernachten; mit der Wiese als Bett, dem Gras als Kopfkissen und den Sternen als Nachtlicht.

Und natürlich mit den Geisterschattendingern als Bettgenossen.

»Scheiße!«, fluchte ich, als mir die Schattenmonster wieder einfielen, die ich schon ganz vergessen hatte. Eine Nacht den Stadttrottel für die Dorftrottel spielen und ein Bauch voll Bier hatte das Erlebnis sauber aus meiner Erinnerung getilgt; und jetzt fand ich mich neben einem Friedhof voller langer Schatten. Da gingen mit einem Mal im Pub die Lichter aus.

»Warte!«, rief ich, und beeilte mich, meinen Quälgeist einzuholen, bevor er seine Haustür zwischen uns ins Schloss fallen ließ. »Warte, Kumpel, du musst mir einen Gefallen tun.«

Überall in Long Fenton wurden nach und nach die Lichter gelöscht. Ich wusste, wenn ich auch nur eine Sekunde zu spät käme, dann hätte Dicky seine Schuhe ausgezogen und würde so laut er konnte hinter seiner Haustür Schnarchgeräusche machen, bis er mich endlich los war. Ich hetzte die Dorfstraße hoch, den Feldweg entlang, bis zum Tor des strohgedeckten Landhauses am Ende des Weges. Was ich dort sah, ließ mich erstarren.

Dickys Cottage war über und über von Schatten bedeckt. Sie wimmelten über sein Dach, die Wände und den Garten. Auf der Suche nach einem Eingang zerrten sie an den Fenstern, gruben sich ins Strohdach und kletterten auf den Schornstein. Nur Dicky selbst merkte nichts von alledem. Durch das Küchenfenster konnte ich ihn ein Wurstbrötchen essen sehen, während er die Töpfe und Pfannen auf dem Herd nach verwertbaren Resten durchsuchte und draußen tiefschwarze Horden an den Ziegel- und Bruchsteinwänden seines Hauses auf und ab, hin und her huschten.

Ich stand wie angewurzelt. Die Angst, mich zu verraten, ebenso wie die grauenhafte Faszination des Schauspiels, das die geisterhaften Erscheinungen boten, machte mich bewegungsunfähig. Ihre Form war mehr oder weniger menschlich. Sie hatten zwei Arme, zwei Beine und einen Kopf, doch ansonsten keine erkennbaren Unterscheidungsmerkmale. Sie waren einfach schwarz, wie Schatten, wie Löcher in der Nacht, ohne jegliche Substanz oder Details, und deshalb umso entsetzlicher. Mit unmenschlicher Gewandtheit bewegten sie sich über Wände und Dach, als wäre die Schwerkraft für sie bedeutungslos. Mehr als einmal beobachtete ich, wie zwei der Gestalten übereinanderwuselnd verschmolzen, sich als drei oder vier wieder trennten und in verschiedene Richtungen weiterhuschten.

Ich weiß nicht, wie lange ich dort an dem Tor stand. Es können nur Sekunden gewesen sein, auch wenn es mir vorkam wie eine Ewigkeit, doch schließlich wurde ich mir eines Augenpaares bewusst, das mich anstarrte.

Es war Dicky.

Er hatte mich doch noch durchs Küchenfenster entdeckt und schien darüber gar nicht glücklich zu sein. Ich versuchte ihm durch Gesten klarzumachen, dass er aus dem Haus herausmusste, doch offenbar verstand er meine Signale falsch, denn so unauffällig er konnte, schlenderte er zum Schalter und löschte das Licht in der Küche.

Sofort kam hektische Betriebsamkeit in die Schatten. Sie hetzten rund ums Cottage und schlüpften durch jeden winzigen Spalt hinein wie durch weit geöffnete Türen.

Bestürzt musste ich ansehen, wie die Schemen sich durch alle Fensterritzen drängten. Ein Entsetzensschrei drang aus der stockdunklen Küche, als Dicky aus diesem Leben gerissen wurde …

… und zappelnd und schreiend in das nächste gezerrt.

- VI -

»Sie sind hier! Sie sind hier! Sie haben ihn erwischt!«, schrie ich, so laut ich konnte, und rannte über die Dorfstraße zum *Black Fox* zurück.

Gardinen bewegten sich und Lichter wurden wieder angeschaltet, doch ich wurde nicht langsamer, bis ich den Pub erreicht hatte und an die Tür trommelte, dass mir die Arme schmerzten.

»Macht auf! Macht auf! Um Gottes willen, macht auf!«

Warum ich ausgerechnet zum Pub zurückgerannt war, kann ich nicht sagen. Wenn diese geisterhaften Schatten durch die Ritzen und Schlüssellöcher eines zweihundert Jahre alten Privathauses schlüpfen konnten, dann bot eine dreihundert Jahre alte Gaststätte bestimmt auch nicht wesentlich mehr Schutz. Wahrscheinlich war es rein instinktiv passiert. Ich hatte den größten Teil des Abends hier relativ gemütlich und zufrieden verbracht, da war es wohl nur natürlich, dass ich zurückkehrte, als ich meine Felle davonschwimmen sah. Davon abgesehen: Wenn man schon von einer Horde unaufhaltsamer Schattenmonster vom Leben zum Tod befördert werden soll, dann liegt man auf der Theke eines Dorfgasthofs, mit dem Kopf unter dem Zapfhahn, gar nicht so schlecht.

»Was ist los? Was soll der ganze Lärm?«, wollte Brian hinter der Tür wissen. Dem Geräusch seiner Pantoffeln auf der Treppe folgte das von Ketten und Riegeln.

»Sie sind hier! Sie sind hier!«, wiederholte ich atemlos. Brian hatte kaum die Tür geöffnet, da drängte ich an ihm vorbei und stürzte mich direkt auf den harten Stoff.

»Hey, komm zurück!«, erhob Brian Einspruch, und plötzlich war auch Mary da und versuchte ihr Bestes, eine Flasche Cinzano von meinem Gesicht wegzuzerren.

»Versteht ihr denn nicht? Sie sind hier. Die Schatten sind hier!« Ich wich hinter den Tresen zurück, als sich draußen Stimmen näherten.

»Er ist verrückt«, meinte Mary. »Schaff ihn hier raus.«

Brian zog mich hinter der Theke hervor, warf mich aber nicht auf die Straße. Stattdessen drückte er mich auf einen Barhocker und goss mir ein Glas Scotch ein, als Ronnie, Tony Potter, Nigel Soundso und ein paar andere hereinkamen, um ihren Nutzen aus der Wiedereröffnung des Pubs zu ziehen.

»Was is'n das für'n Rummel hier?«

»Der Junge. Er is' verrückt geworden.«

»Nein, es ist wegen Dicky«, stieß ich hervor, kippte den

Scotch und schnappte nach Luft, als er sich meine Kehle hinunterbrannte. »Sie haben ihn erwischt.«

»Wer hat ihn erwischt?«, fragte Tony mit einer Kopfbewegung in Marys Richtung, um sie zur Herausgabe weiterer Gläser zu bewegen.

»Die Schatten, sagt er.«

»Die Schatten?«

»Völliger Blödsinn«, höhnte jemand aus dem Hintergrund. Von der Flasche, die gerade entkorkt wurde, nahm er trotzdem gerne seinen Anteil.

»Er will uns doch verhohnepiepeln, oder?«

»Und das um diese Zeit!«

»Nein, wirklich nicht«, beteuerte ich. »Sie haben Dicky geholt. Sie haben schon auf ihn gewartet, als er nach Hause kam. Er ist tot!«

»Dicky ist tot?«

»Wie war das?«

»Er sagt, Dicky ist tot.«

»Wer sagt das?«

»Der Junge.«

»Was hast du mit ihm gemacht, Jungchen?«

»Was ist passiert?«

»Gibt's auch Eiswürfel, Mary?«

»Nein, nein, nein, ich habe gar nichts gemacht, das waren die. Wisst ihr, die Schatten«, warnte ich, aber sofort schwirrten wütende Anschuldigungen durch den Pub, bis Mary das Naheliegendste vorschlug: Dass jemand zu Dickys Cottage ging und nach dem Rechten sah.

Damit erstickte sie die hitzige Debatte im Keim.

Stille. Ohrenbetäubende Stille.

Die versammelten alten Säcke, die eben noch solchen Spaß daran gehabt hatten, mein traumatisches Erlebnis nach allen Regeln der Kunst durch mehrere Sorten Kakao zu ziehen, machten einen kollektiven Schritt zurück.

»Kommt schon, Leute«, rief Mary. »Irgendjemand muss zu Dickys Haus gehen und nach ihm sehen. Um Himmels willen, er könnte verletzt sein.«

»Tja, äh … Es ist ja nicht so, dass ich nicht will, aber ich hab meiner Alten versprochen, dass ich höchstens eine Sekunde wegbleibe …«, sagte einer der Drückeberger im Hintergrund, kippte schnell seinen Gratis-Schlaftrunk und stapfte zurück in die Nacht.

»Ich sollte wohl auch besser gehen«, lautete die einhellige Meinung der übrigen.

»Himmelherrgott noch mal!«, knurrte Brian schließlich, schnappte sich Ronnie Earlcott, Tony Potter und ein oder zwei andere, die es nicht rechtzeitig geschafft hatten, die Tür zu erreichen und der unfreiwilligen Einberufung in Brians Armee zu entgehen. »Wir gehen jetzt zu Dicky und sehen nach, ob alles in Ordnung ist. Besorgt euch irgendwelche Waffen und trefft mich in zwei Minuten auf der Straße.«

Hinter der Theke griff Brian nach einer doppelläufigen Flinte und füllte sie mit Patronen aus einer Schachtel neben der Registrierkasse. Er stopfte sich noch mehr Patronen in die Tasche, dann zog er mich aus dem Pub auf die Straße, wo wir den Rest der widerwilligen Truppe trafen. Alle hatten sich in ihren Werkzeugschuppen mit Waffen für den bevorstehenden Krieg gerüstet. »Bleib dicht bei mir«, befahl Brian.

Aus Gründen, die wohl nur er selbst kannte, hatte Ronnie Earlcott es nicht unter die letzten fünf geschafft. Nach ein paar Minuten des Wartens setzten wir uns in Marsch; die Dorfstraße hoch, den Feldweg entlang auf Dickys Cottage zu, wobei Brian sich die ganze Zeit über nicht ganz sicher war, ob er seine Flinte lieber auf mich oder in schattige Winkel richten sollte.

Das Cottage lag still und mit flirrenden Schatten bedeckt da, aber diese wurden nur von einer Reihe Pappeln verursacht, durch die das Mondlicht auf Dickys Strohdach schien.

Wir blieben alle fünf am Tor stehen und leuchteten mit unseren Taschenlampen jeden Zentimeter ab, bis Brian sich dazu durchringen konnte, nach dem Bewohner zu rufen.

»Dicky! Dicky, hier ist Brian. Ist bei dir da drin alles in Ordnung? Dicky, wir sind's!«

Auch ich suchte hinter den Fenstern nach Dicky, weil ich irgendwie immer noch hoffte, dass Mary und Brian doch recht gehabt hatten und ich einfach verrückt geworden war oder zu viel getrunken oder mir beim Autounfall den Kopf angeschlagen hatte … egal was. Hauptsache irgendetwas anderes als das, was, wie ich wusste, die Wahrheit war.

Aber Dicky erschien nicht.

Das Cottage blieb düster. Nichts regte sich außer dem Wind in den Bäumen und den Silhouetten von Dickys Pappeln, die über das silbern schimmernde Strohdach tanzten.

»Sie waren da, ich schwöre es«, flüsterte ich. »Sie waren überall auf seinem Cottage. Aber sie … sie …« Ich fand keine Worte für etwas, das ich selbst nicht verstehen, geschweige denn jemand anderem erklären konnte, also begnügte ich mich mit einer weniger komplizierten Erläuterung. »Dann haben sie … haben sie ihn … geholt.«

»Hört sich nach einem Haufen Scheiße an, wenn du mich fragst«, murmelte Colin Foster. Obwohl er der örtliche Amtsrichter war, machte er keine Anstalten, dieser Bemerkung eigene Nachforschungen folgen zu lassen. Stattdessen steckte er seine Gartenhacke ins Holster, wünschte den Anwesenden gute Nacht und machte sich auf den Weg nach Hause, bevor jemand eine andere Vorgehensweise vorschlagen konnte.

»Vielleicht sollte einer von uns gehen und an die Tür klopfen«, schlug Jack Turner-Green vor, und zeigte mit seinem Besenstiel auf Brian und seine Flinte, damit wir anderen einen Anhaltspunkt bekamen, an wen er dabei dachte.

Brian zauderte, während der Rest von uns zögerte, dann schnaubte er frustriert, stieß das Tor auf und betrat den Gartenweg. Die Gang gab ihm mit ihren Taschenlampen Deckung. Ich hielt meinen Blick auf die Fenster gerichtet. Brian erreichte die Haustür und atmete tief durch. Nachdem er zwei- oder dreimal den Türklopfer betätigt hatte, kam er zu uns zurückgewetzt wie ein Kind, das Klingelmännchen spielt.

Niemand öffnete.

»Vielleicht schläft er«, flüsterte einer der alten Knaben hoffnungsvoll, aber sogar Brians schärfste Kritiker hatten Mühe, so zu tun, als würden sie das glauben.

»Vielleicht ist er nicht zu Hause.«

»Vielleicht ist er oben auf seinem Feld.«

Vielleicht, vielleicht, vielleicht.

Brian wurde wieder an die Tür geschickt und klopfte noch dreimal laut, dennoch regte sich nichts im Inneren des Hauses.

Er leuchtete mit der Taschenlampe zuerst durch den Briefschlitz, dann in jedes der Fenster. Was er auf dem Küchenboden entdeckte, gefiel ihm gar nicht: Töpfe und Pfannen, Tassen und Teller, Messer und Gabeln. Offensichtlich hatte dort ein Kampf stattgefunden. Und jetzt öffnete Dicky seine Haustür nicht. Geister oder keine Geister – irgendetwas war hier ganz und gar nicht in Ordnung.

Brian kam zurück und hielt mir seine Flinte vors Gesicht.

»Na gut, Junge, dann erzähl uns doch mal, was hier wirklich passiert ist, bevor ich dir den Schädel wegpuste. Wo ist Dicky? Was hast du mit ihm gemacht?«

Taschenlampen und Beschuldigungen wurden gegen mich gerichtet, aber nichts davon strahlte so grell wie das Ende von Brians Flinte.

»Ganz ehrlich, ich schwöre es bei meinem Leben, ich habe Dicky kein Haar gekrümmt. Das waren die … Oh Gott!« Ich verstummte, als ich sah, wie die Pappelschatten vom Dach an den Seiten von Dickys Cottage hinabglitten und auf uns zukamen.

Brian schüttelte mich. »Die *was?*«

Ich streckte einen Finger aus.

»*Die.*«

Die anderen wirbelten herum wie ein Mann, doch im selben Moment verschwanden die Schatten – allerdings nur von Dickys Dach. Stattdessen erschienen sie überall um uns herum, in den Bäumen, auf dem Feldweg und unter den Hecken. Und diesmal war ich nicht der Einzige, der sie sah.

»Was zur verdammten Hölle …«

»Sie bewegen sich.«

»Sie sind überall.«

»Heilige Maria, Mutter von Joseph …«

Die Jungs wichen zurück und versuchten, einen Blick auf das zu erhaschen, was uns von allen Seiten belauerte, aber jedes Mal, wenn sie ihre Taschenlampen auf die Schatten richteten, zerflossen diese wie Quecksilber, nur um im nächsten Moment an einer anderen Stelle wieder zu erscheinen.

»Lasst uns sehen, dass wir hier wegkommen!«, entschied Jack Turner-Green schließlich, drehte sich um und rannte mitten durch unser Grüppchen hindurch, als wären wir Schilfhalme, die er zur Seite schieben oder niedertrampeln konnte. Die Schatten rückten näher. Verdrehte schwarze Finger reckten sich durch das Unterholz nach unseren Gliedmaßen, während verdrehte schwarze Stimmen mit grässlichen geflüsterten Beschwörungen unser Entsetzen anfachten.

»Oh Gott …«

Jetzt rannten wir alle drauflos, stolperten den Feldweg entlang auf die Dorfstraße zu, leuchteten mit unseren Taschenlampen in jede Richtung, damit unser Weg frei von Schatten blieb, und erschufen nur unendlich viele weitere, wenn die Strahlen durch tausende von Blättern gebrochen wurden.

Brian und ich waren jünger als die anderen, aber trotzdem konnten wir nicht mit den Oldtimern an der Spitze mithalten. Ich glaube, so eine unerwartete Einladung zum Dinner mit dem Teufel wirkt für die meisten wie ein echter Jungbrunnen. Jack Turner-Green war besonders gut zu Fuß. Er schleuderte Pantoffeln, Besen und Taschenlampe von sich, während er um sein Seelenheil rannte, aber die Schatten hatten ihn fest im Visier und waren nicht bereit, auf diesen Leckerbissen zu verzichten.

Ein riesiges schwarzes Loch wischte plötzlich von rechts nach links über den Weg, überraschte Jack mitten im Lauf und fegte ihn aus dieser Welt. Ich hörte seine Schreie noch, als er längst weg war. Nichts blieb zurück außer dem schnappenden Geräusch, mit dem die Luft abrupt den Raum füllte, den er vorher eingenommen hatte.

»Oh Jesus, die haben ihn!«, kreischte Tony Potter und blieb unvermittelt stehen, damit er nicht in die Stelle hineinstolperte, wo sein Freund gerade noch gewesen war.

»Beweg dich! Lauf weiter!« Nigel Soundso prallte gegen Tonys Rücken und schubste ihn vorwärts, doch es war zu spät: Ein knorriger Umriss streckte eine verrenkte Klaue aus, mit der er quer durch Nigels Körpermitte fuhr. Der schrie auf, verlor jedes bisschen Farbe, und zerstob zu Millionen knisternder Ascheteilchen.

»Nein!«, heulte Tony, dann war auch er weg, bevor er einen weiteren Ton von sich geben konnte. Nichts als ein leichter Schwefelgeruch blieb zurück, nachdem die Nacht ihn verschluckt hatte.

Nur Brian und ich waren jetzt noch übrig. Die Schatten holten zum Todesstoß aus, doch Brian war kein Mann, der kampflos aufgab, wie aussichtslos dieser Kampf auch sein mochte. Er hob seine Flinte und schoss auf die heranrasende schwarze Luft wie auf ein solides Objekt. Für einen Moment erleuchtete das Mündungsfeuer den ganzen Wald und Brian und ich waren wieder allein. Die Umrisse kamen zwar mit der Dunkelheit zurück, aber sie schienen weiter weg zu sein als vorher, also schoss Brian noch einmal. Blei und Funken flogen in sämtliche Richtungen, als Brian wieder und wieder aus allen Rohren feuerte.

»Lauf, lauf, lauf!«, rief er. Und das taten wir. Ohne genau zu verstehen, was uns die Galgenfrist verschafft hatte, rannten wir um unsere unsterblichen Seelen.

Kurz darauf erreichten wir das Ende des Feldwegs, stolperten aus den Bäumen und landeten auf unseren Gesichtern auf der Dorfstraße. Sofort tauchte uns der Schein von Taschenlampen in grellweißes Licht, und als wir aufblickten, stellten wir fest, dass das ganze Dorf erschienen war, um nachzusehen, was es mit all dem Rummel und Schusswaffengebrauch auf sich hatte.

Sie würden es bald wissen.

- VII -

»Bist du das, der da am Schießen ist, junger Brian?«

»Was war das? Was passiert da?«

»Habt ihr meinen Jack gesehen? War er bei euch?«

Aber Brian war zu sehr damit beschäftigt, sich wieder aufzurappeln, als dass er irgendwelche Fragen beantworten konnte, und ich hatte auch nicht viel mehr Zeit.

»Rennt! Rennt um euer Leben, sie kommen!« Wenigstens diese Information teilte Brian großzügig mit der Dorfgemeinschaft, aber niemand hörte auf ihn. Sie starrten uns nur mit offenen Mündern hinterher, als wir zurück zu dem hell erleuchteten Pub sprinteten, kratzten sich am Kopf und fragten sich, was in Gottes Namen denn die Dorfstraße entlangkommen könnte, wovor man um sein Leben rennen musste.

Schreie.

»Heiliger Jesus, seht euch das an!«

»Was zur Hölle …?«

»Oh mein Gott!«

Sie hatten keine Chance.

Ich blickte mich um, nur für einen Moment, und dieser Anblick wird mich für den Rest meiner Tage heimsuchen – wenn nicht noch länger. Eine Armee der Dunkelheit kam aus dem Feldweg und den Bäumen an beiden Seiten gequollen. Sie verschlang die Dörfler, als seien sie verbrannte Grashalme, die bei einem Waldbrand durch die Luft gewirbelt werden.

Die Dorfbewohner versuchten wegzurennen, doch es blieb bei dem Versuch. Vor dem puren Bösen gibt es einfach kein Entkommen. Jedenfalls nicht ohne einen beträchtlichen Vorsprung. Kohlschwarze Phantome fielen von links, von rechts und von oben über sie her, rissen sie in Stücke und ließen nichts übrig als verblassende Erinnerungen.

Brian lud seine Waffe mit den letzten zwei Patronen und feuerte aus beiden Läufen auf die Nacht, was uns dem Pub ein paar weitere kostbare Meter näher brachte. Mary, die mit aufgerissenen Augen dastand, rannten wir einfach um, warfen die Tür zu und knipsten jedes Licht an, das wir finden konnten.

Ronnie Earlcott und drei oder vier andere waren bereits da und hatten es sich an einem Tisch gemütlich gemacht. Sie blinzelten synchron, als wir die stimmungsvoll schummerige Beleuchtung durch gleißende Helligkeit ersetzten.

»Was ist los? Was passiert da draußen?«, wollte Mary wissen, aber wir hatten keine Lust, auf Fragen zu antworten, die sich in kürzester Zeit von selbst beantworten würden, wenn wir nichts unternahmen. Stattdessen schubsten wir die alten Säcke von ihren Plätzen, schoben die Tische umgedreht vor die Fenster und stapelten Stühle vor den Türen, bis es nichts mehr zu stapeln gab.

»Brian, sag mir doch bitte endlich, was los ist!«

»Sie sind weg. Sie sind alle weg!«, rief Brian schließlich, stopfte sich die Taschen voll mit Munition, schlug einer Flasche Brandy den Hals ab und entleerte den Inhalt über zwei dreckigen Gläsern. Als wir sie gleichzeitig hinunterkippten, staunte ich, dass wir überhaupt noch am Leben waren, um das eigene Entsetzen in den Augen des anderen widergespiegelt zu sehen.

»Wer ist weg?«, fragte Ronnie Earlcott.

»Alle«, antwortete ich. »Alle, die mit uns gekommen sind. Alle, die noch da draußen sind. Einfach alle!«

Die alten Säcke glotzten uns fassungslos an, aber keiner machte sich mehr über unsere Geistergeschichten lustig, nicht einmal der Pfarrer, der, wie es schien, mehr Zeit hier im Pub verbrachte als nebenan in der Kirche.

»Jack Green? Tony Potter? Jim Reynolds? Alle tot?", vergewisserte er sich.

»Tot?« Ich betrachtete die Glasscherben am Grund meines Brandys. »Ich bin mir nicht sicher, ob sie so leicht davongekommen sind.«

Marys Verstand schien noch nicht bereit, sich mit der Lage abzufinden.

»Redet keinen Unsinn«, schalt sie. »So spät in der Nacht macht man nicht mehr solche Scherze.«

Aber niemand lachte, am allerwenigsten Mary, als sie merkte, dass es uns vollkommen ernst war.

»Gott sei uns gnädig!«, stieß sie hervor.

»Was? Was ist da draußen?«, fragte Arthur Wilkinson.

Ich überließ es Brian, zu antworten, und besser, als ich es gekonnt hätte, fasste er es in ein einziges Wort: »Dunkelheit.«

Ein paar von den alten Knaben gingen zu den Fenstern und spähten nach draußen, konnten unsere Belagerer aber nicht entdecken.

»Das liegt daran, dass ich die Außenbeleuchtung eingeschaltet habe«, sagte Brian. »Ich glaube, sie mögen kein Licht.«

»Vielleicht können sie nicht hindurch«, vermutete ich. »Wie Schatten; vielleicht können sie nicht außerhalb des Dunkels leben.«

Brian nickte enthusiastisch.

Meine Theorie gefiel ihm, denn möglicherweise bedeutete sie, dass wir irgendeinen Vorteil gegenüber diesen Dämonen hatten. Ob sie zutraf oder nicht, stand allerdings auf einem ganz anderen Blatt. Auf jeden Fall hatten unsere Taschenlampen sie zurückgehalten und das Mündungsfeuer sie verscheucht, also mochte wohl tatsächlich etwas dran sein.

»Mary-Schatz, hast du das Schlafzimmerlicht angelassen?«, erkundigte sich Brian. »Mary?«

Ein Fingerschnipsen brachte Mary in die Realität zurück. Sie starrte Brian an.

»Hast du das Schlafzimmerlicht angelassen?«

»Ich glaube schon. Soll ich es ausmachen?«, antwortete sie und zeigte damit eindrucksvoll, wie gut sie die letzten paar Minuten zugehört hatte.

»Nein, im Gegenteil. Ich möchte, dass alle Lichter im Haus eingeschaltet werden. Greift euch jede Lampe und Taschenlampe, die ihr erwischen könnt. Heute Nacht verwandeln wir diesen Pub in einen Leuchtturm.«

Wir taten, was Brian gesagt hatte, arbeiteten uns von Raum zu Raum vor und knipsten alle Lichter an, die wir fanden. Allerdings mussten wir dabei sehr vorsichtig sein. Wir konnten nicht einfach in einen dunklen Raum spazieren und den Schalter umlegen, denn womöglich lauerte drinnen schon etwas auf uns. Also hielten wir Kerzen in der ausgestreckten Hand, um drohende Schatten abzuwehren, während wir nach den Lichtschaltern tasteten. Und das war auch besser so. Mehr als einmal sah ich eine tintenschwarze Spinne vor meinem Kerzenschein über die Decke und durch einen Fensterspalt nach draußen flüchten, wenn ich einen Raum betrat. Kein Korridor und kein Treppenhaus waren sicher.

Sobald der *Black Fox* erstrahlt war wie eine Kirmesbude, zogen wir uns zu taktischen Planungen in die Bar zurück. Der alte Clive schaute aus einem Fenster in der Nähe des Hinterzimmers. Er hatte immer noch nicht gesehen, was uns da draußen belauerte, wollte es aber unbedingt wissen. Um besser in die Dunkelheit sehen zu können, presste er sein Gesicht an die Glasscheibe und wickelte den Vorhang um sich herum.

»Sei vorsichtig, Clive«, warnte Brian, als er sah, was der alte Narr tat, doch als der Vorhang zurückfiel, war Clive schon weg.

»Was zur Hölle … ? Wo ist er hin?«, keuchte Bob Sellers.

Brian zuckte mit den Schultern. »Weg«, antwortete er bloß.

Ich brauche wohl nicht zu erwähnen, dass keiner von uns danach auch nur in die Nähe eines Fensters ging. Zu ängstlich, uns zu bewegen, zu erschrocken, um still zu sitzen, hielten wir uns an der Theke fest.

»So wie ich das sehe, müssen wir bloß bis zum Morgengrauen durchhalten, dann haben wir es geschafft«, vermutete Brian. »Wann wird es um diese Jahreszeit hell?«

»Die Sonne geht ungefähr um halb fünf auf«, sagte Arthur. Wir sahen auf unsere Uhren. Es war jetzt fast zwei. Wir mussten nur noch ein paar Stunden hier sitzen bleiben, dann würde vermutlich alles wieder in Ordnung sein.

Vermutlich war das Schlüsselwort.

»Glaubt ihr, es ist sonst noch irgendjemand im Dorf am Leben?«, fragte Ronnie Earlcott zögernd. Offensichtlich war er mit den Gedanken bei seiner Familie und Freunden.

»Ich weiß nicht. Aber wenn, dann haben sie hoffentlich herausgefunden, was wir wissen«, meinte Brian.

»Was wissen wir denn schon?«, fragte Mary. »Was zum Teufel sind das für Dinger da draußen?«

Stille.

Nach einer Weile fand Brian, dass einer von uns als der lokale Experte zu diesem Fachgebiet fungieren sollte, und dass er selbst der geeignetste Kandidat dafür wäre. »Das sind Schattenmonster«, erklärte er im Brustton der Überzeugung, was Mary allerdings weder besonders aufschlussreich noch beruhigend fand.

»Sie sind ein Zeichen von Gott«, befand der Pfarrer sehr vorhersehbar. Mir war aufgefallen, dass er von allen Pongo genannt und sogar mit diesem Namen gerufen wurde. Unter normalen Umständen hätte ich ihn vielleicht mit Hochwürden angesprochen oder ihn nach seinem wirklichen Namen gefragt, aber dies waren keine normalen Umstände. Ich nannte ihn Pongo wie alle anderen. Zuerst schien ihn das zu ärgern. Aber was sollte er machen? Es gab weiß Gott wichtigere spirituelle Dinge, über die man in Panik geraten konnte.

»Nein, Pongo, sie sind der Tod. Und sie sind hinter uns allen her, sogar hinter dir.«

Wir diskutierten eine unangenehme halbe Stunde lang über die Beschaffenheit von Brians Schattenmonstern, ohne irgendwelche Antworten zu finden. Niemand hatte je etwas Ähnliches gesehen oder gehört und Pongo bestand darauf, dass auch in der Dorfchronik, die nebenan in der Kirche aufbewahrt wurde, nichts dergleichen Erwähnung fand. Sie schienen einfach aus dem Nichts gekommen zu sein.

»Wie spät ist es?«

»Gerade halb drei durch. Nur noch ein paar Stunden«, antwortete Brian. Beinahe erlaubte er sich einen kleinen Seufzer der Erleichterung.

»Und du meinst, wir sind bestimmt in Sicherheit, wenn es wieder hell wird?«

»Höchstwahrscheinlich. Wir sind noch hier und uns ist nichts passiert. Diese Dinger haben nicht versucht hereinzukommen, seit wir alle Lichter eingeschaltet haben. Licht ist das Entscheidende.« Brians Zuversicht wuchs zusehends.

Und dann passierte es. Das Licht ging aus.

- VIII -

Das Entsetzen fuhr mir durch Mark und Bein. Trotzdem brachte ich im Angesicht des sicheren Todes noch ein paar halbwegs zusammenhängende Gedanken zustande, wie zum Beispiel, ob es wohl die Phantome gewesen waren, die den Stecker gezogen hatten. Die Wahrheit war sogar noch unglaublicher, wenn auch weitaus weniger dämonisch.

»Oh mein Gott!«, quiekte Mary. »Der Zähler! Wir brauchen einen Schilling.«

»Was?! Du blöde Kuh! Warum hast du nicht rechtzeitig Geld nachgeworfen, du verdammte, dämliche ...« Bevor Pongo den Satz beenden konnte, ertönte draußen ein widerwärtiger dämonischer Chor. Freudig erregt von unserer unverhofften Zugänglichkeit, plapperten die Belagerer wild durcheinander. Die alten Säcke durchwühlten ihre Taschen nach Münzen oder warfen beim hektischen Tasten nach der Registrierkasse Flaschen um, die klirrend zerbrachen. Doch ich wusste aus eigener Erfahrung, dass wir kaum Zeit für ein Stoßgebet hatten, geschweige denn dafür, einen Schilling in den Stromzähler zu werfen, deshalb griff ich eine Flasche Brandy von der Bar und warf sie gegen die nächste Wand.

»Ein Streichholz! Schnell, ein Streichholz!« Meine suchenden Hände wischten Gläser und Aschenbecher von der Theke.

Brian kam mir zu Hilfe. Er riss ein Streichholz an und hielt es, in der Annahme, dass ich die Angreifer damit auf Abstand halten wollte, in die Höhe. Doch für Erklärungen war keine Zeit. Ich riss es ihm aus den Fingern und schleuderte es gegen die mit Brandy getränkte Wand.

Mit einem lauten *Whuuusch* füllte sich der Raum augenblicklich mit Hitze und einem gleißenden Lichtblitz. Gleichzeitig zuckten ein Dutzend pechschwarzer Gestalten, die gerade nach uns greifen wollten, vor den Flammen zurück. Mary warf sich instinktiv hinter die Theke, um den Phantomen zu entkommen, aber zu ihrem Unglück sprang sie damit an den einzigen Ort, der von dem grellen Feuerschein abgeschirmt war. Bevor ich ihr eine Warnung zurufen konnte, war sie schon verschwunden.

Brian heulte verzweifelt auf, als er sah, was passiert war. Bob Seller und ich mussten all unsere Kraft aufwenden, um Brian festzuhalten, damit er sich nicht hinter Mary herstürzte. Als er schließlich erkannte, dass es vergebens war, tränkte er den Fußboden hinter dem Tresen mit Cognac und warf ein zweites Streichholz hinterher.

»Gott sei mit dir, Mary«, sagte er mit tränenerstickter Stimme. Ein gelber Flammenblitz verschlang die Gespenster, die hinter den Zapfhähnen lauerten.

Die Feuer vertrieben zwar die Phantome aus dem Pub, doch dies war bestenfalls eine Übergangslösung. Brian griff sich die letzen paar Flaschen entflammbaren Sprit, aber es würde nicht reichen, um die Dunkelheit bis zum Morgengrauen in Schach zu halten, und die Hitze ließ bereits die Glühbirnen platzen, was jede Hoffnung auf elektrisches Licht zunichtemachte.

Und das war noch nicht alles.

Die Flammen hüpften jetzt von Kissen zu Vorhängen, von Bildern zu Stühlen. Proportional zu ihrer Ausbreitung durch die Schankstube schrumpfte unser Zufluchtsort. Schnell wurde die Hitze unerträglich und nach ein paar Minuten kauerten wir uns im Eingang des Pubs zusammen, während die Flammen schon an der Schanklizenz über der Tür leckten, unsere Haare kräuselten und für Sonnenbrand in unseren Nacken sorgten.

»Könnt ihr sie sehen?«, rief Brian über das Brüllen des Feuers. Er starrte durch die Nacht die Dunkelheit an, die uns umringte. »Ich sehe sie. Da, sie sind überall um uns herum.«

Ich folgte seinem Blick über die Straße. Unmittelbar hinter dem flackernden Lichtschein, der den *Black Fox* umgab, sah ich unsere Quälgeister, die geduldig darauf warteten, dass die Flammen sich in schwarze Asche verwandelten.

»Das wird keine zwei Stunden mehr brennen«, meinte Brian und drückte sich ein paar Zentimeter weiter auf die

Straße hinaus, weg von dem erstickenden rußigen Qualm. »Wir müssen woanders hin.«

Die Reaktion der anderen war einhellige Bestürzung, besonders von Pongos Seite. Er bekreuzigte sich inzwischen so häufig, dass er Gefahr lief, seine Finger bis auf die Knochen abzunutzen. Aber Brian hatte recht, und das wussten wir alle. Hier konnten wir nicht bleiben. Und wir konnten auch nicht wieder in den Pub, wenn die Flammen sich zurückzogen. Sobald wir einen Fuß hineinsetzten, würden wir durch die Bodendielen in den Keller durchbrechen. Wir mussten woanders Zuflucht finden, wenn wir diese Nacht überstehen wollten.

»Die Kirche«, war der naheliegendste Vorschlag, ebenso wie das naheliegendste Gebäude zu unserem momentanen Standort. Der Feuerschein berührte fast ihre Mauern, besonders jetzt, wo die Flammen aus den oberen Fenstern des *Black Fox* schlugen. Den Ausschlag gab Pongo, der uns erzählte, dass in der Kapelle noch über fünfzig Kerzen brannten, die letzten Sonntag zum Erntedankfest angezündet worden waren. Das war die gute Nachricht. Die schlechte war, dass wir dort erst einmal hinkommen mussten. Und die Grabsteine, die zwischen uns und der Kirchentreppe lagen, warfen drei Meter lange Schatten über den zugewucherten Friedhof und boten den Monstern so den perfekten Unterschlupf. Jeder Schritt des Weges würde einen Kampf bedeuten.

»Helft mir ein paar Stöcke zu sammeln.«

Brian mochte sich zu Anfang wie ein sturer Dickkopf benommen haben, aber eins musste ich ihm lassen: Er war ein geborener Kämpfer. Die anderen hätten wahrscheinlich längst resigniert und auf den Tod gewartet, aber Brian weigerte sich, einfach aufzugeben, ohne irgendjemandem oder irgendetwas die Zähne eingeschlagen zu haben. Ich war froh, dass er auf meiner Seite war. Wenn es darauf ankam, das wurde mir jetzt klar, wäre er der Typ, der sich auf eine Granate warf, um seine Freunde zu retten.

Wenn ihn seine Freunde nicht vorher schon darauf geschubst hatten.

Aus den brennenden Fensterrahmen zogen wir ein Dutzend Stöcke und Stäbe, die wir in Kreuzform zusammenbanden. Brian besprengte sie mit seiner letzten Flasche Cognac und Pongo segnete jedes der Kreuze, bevor wir sie anzündeten und wie eine Abordnung dieses Karnevalsvereins aus Mississippi in die Dunkelheit tappten.

Brian hatte glücklicherweise eine der Taschenlampen vor dem Feuer retten können. Er ging voran, richtete den Lichtstrahl in die Bäume und in jede Ritze, damit wir nicht in einen Hinterhalt liefen.

Als wir aus dem grellen Schein des brennenden Pubs heraustraten, drängten wir uns dicht aneinander. Rücken an Rücken, die Kreuze in unseren ausgestreckten Händen haltend, bildeten wir einen Kreis aus Licht, den die Gespenster nicht durchdringen konnten. Auf diese Weise schoben wir uns Stück für Stück über die Straße, achteten darauf, wo wir hintraten, und gaben uns gegenseitig Deckung, bis wir die Kirchhofmauer erreicht hatten.

Thceir erhi thcruf, wisperten die Stimmen in der Dunkelheit. *Eis nessiw, eis nedrew thcin nemmoktne.*

Ich hatte die ganze Welt bereist und jede Menge seltsame Sprachen gehört, aber nirgends war mir eine wie diese begegnet. Sie war nicht menschlich. Aber wie so oft brauchte man die Worte nicht zu verstehen, um den Sinn zu begreifen. Ihre Absichten waren vollkommen klar.

Eis neneidrev eid tiehleknud!

»Hinfort mit euch!«, befahl Pongo versuchsweise, doch seine Stimme klang brüchig und hohl. Als Erwiderung gackerten und schnatterten die Gespenster, tanzten immer näher an unseren Kreis aus Feuer heran und ergötzten sich offensichtlich am mangelnden Gottvertrauen des Pfarrers.

Währenddessen spähte Brian über die Mauer und geriet

wegen der Schatten, die uns dahinter erwarteten, ziemlich ins Schwitzen. Er wedelte mit seinem Kreuz und versuchte sie mit dem Strahl der Taschenlampe abzuknallen, doch wie die Köpfe der Hydra schienen sie sich nach jedem Lichtbeschuss zu vervielfachen.

»Verbrenn sie!«, drängte ich ihn. Die Flammen meines eigenen hölzernen Bannwerkzeugs hatten sich schon zu einem harmlosen Flackern reduziert.

Brian schleuderte sein Kreuz in die Büschel von trockenem Gras auf der letzten Ruhestätte irgendeiner glücklichen Seele, die bereits zu ihrem Schöpfer heimgekehrt war, und sofort entzündete es sich wie zu einer nachträglichen Einäscherung. Als die Flammen durch das verdorrte Gestrüpp rasten, flohen alle Schatten, die hinter den schiefen Grabsteinen gelauert hatten, in die umstehenden Bäume. Sofort sprangen Brian und ich über die Mauer. Den widerstrebenden Pongo, und mit ihm die Schlüssel zur Kirche, zogen wir hinter uns her.

Obwohl wir jetzt im Feuer standen, war das immer noch die bessere Alternative, also sprangen und hüpften wir durch das glühend heiße Gras über den Friedhof, bis wir auf einen gepflasterten Weg stießen. Hinter uns schreckten Bob, Arthur und Ronnie einen entscheidenden Moment zu lange vor ihrer Feuerprobe zurück. Das Gras, das ihnen zwar die Knöchel versengt, dafür aber ihre Seelen gerettet hätte, war nach ein paar Sekunden abgebrannt und der in der Luft hängende Qualm brachte auch noch ihre Kreuze zum Erlöschen. Plötzlich fanden sie sich auf der falschen Seite der Mauer wieder, mit nichts in den Händen als ein paar verkohlten Fensterrahmen, die mit Gürteln zusammengebunden waren.

Die Gespenster nutzten die Gelegenheit. Sie glitten hinter den Gräbern hervor oder ließen sich aus den Bäumen fallen und umringten Ronnie, Arthur und Bob von allen Seiten. Sie hatten keine Eile, stürzten sich nicht blindlings aus den Schatten heraus, denn die drei waren ihnen sicher, und diesen

Triumph trachteten sie auszukosten. Sie weideten sich am blanken Entsetzen ihrer Opfer und zogen deren Qualen genüsslich in die Länge.

»Oh Jesus, bitte hilf uns!«, krächzte Arthur rau über das mitleiderregende Jammern der anderen, aber selbst wenn sein Gott ihn bei dem Gezische der abscheulichen Angreifer gehört haben sollte, war er anscheinend nicht gewillt, der Bitte nachzukommen. Im nächsten Augenblick wurden alle drei von der Dunkelheit verschluckt.

»Oh Gott, nein, Billy! Komm da raus!«, schrie Ronnie, als die Schatten über ihnen zusammenschlugen. Das ergab für uns Übrige genauso wenig Sinn wie alles, was heute passiert war. Aber vielleicht tat es das für Ronnie. Vielleicht erkannte er jetzt, was all dies zu bedeuten hatte. Wir jedenfalls wussten es immer noch nicht.

Das Gras um unsere Knöchel brannte noch. Brian zog mich und Pongo weiter, und gemeinsam rannten wir die letzten Meter zur Kirchentreppe. Beim dritten Versuch gelang es Pongo, den Schlüssel in die Tür zu bekommen. Wir purzelten ins Kircheninnere, als sich die Schatten schon den Friedhof zurückeroberten, einen rauchenden Grabstein nach dem anderen.

Brian schlug die Tür zu und schob den Riegel vor, auch wenn das höchstens den Sinn haben konnte, die Zeit totzuschlagen. Wir bewegten uns durch den Mittelgang auf die Kanzel zu. Dort ächzte der mit einem Tuch bedeckte Altar unter dem Gewicht von fünf Möhren, einem gammeligen Blumenkohl und vier Dutzend Kerzen. Entweder schien es dieses Jahr eine besonders schlechte Gemüseernte oder eine besonders gute Kerzenernte gegeben zu haben.

Ich knipste einen Lichtschalter an. Ein paar müde 60-Watt-Birnen erwachten zu warmem Glühen; trotzdem herrschte immer noch Zwielicht in der Kirche. Oben unter der Decke konnte ich unsere ständigen Begleiter hin und her krabbeln sehen, über die Balken und um die Buntglasfenster herum, wo sie jede unserer Bewegungen belauerten und doch, wegen der Kerzen, nicht näher kommen konnten. Als Brian seine Taschenlampe auf sie richtete, huschten sie in die Winkel und Risse des 800 Jahre alten Daches. Ich hielt Brians Hand in der Bewegung fest.

»Besser, sie bleiben da, wo wir sie sehen können, als dass sie sich irgendwo verstecken.«

Brian überlegte kurz und schaltete dann seine Taschenlampe aus. So schnell, wie sie verschwunden waren, schlüpften die Wesen wieder zwischen die Dachbalken. Sie bewegten sich leise und geschmeidig, wie Satin auf Glas, dabei umkreisten sie uns, so dicht sie konnten.

»Was seid ihr?«, fragte Pongo die Phantome. »Was wollt ihr von uns?«

Anstelle einer Antwort glitten und huschten sie bloß in endlosem Kreislauf übereinander und warteten ab, bis unsere Kerzen zu milchigen Pfützen heruntergebrannt sein würden. Zum Glück waren diese Kerzen dicke weiße Wachssäulen, die am letzten Sonntag entzündet und seitdem erst zur Hälfte heruntergebrannt waren. Sie würden locker noch zwei Stunden reichen.

Aber was dann?

Der Gedanke kam mir erst jetzt. Was würden wir tun, wenn die Sonne aufging? Wir waren so darauf fixiert gewesen, diese Nacht zu überstehen, dass wir einfach nicht darüber hinausgeplant hatten.

»Wir werden sehen, dass wir hier rauskommen«, war Brians Vorschlag. »So weit weg von diesem verfluchten Ort, wie es eben geht.«

Das klang nach einem vernünftigen Plan – theoretisch. Denn in der Praxis gab es da ein Problem: Genau das hatten wir am vergangenen Abend schon ein halbes Dutzend Male versucht.

Irgendetwas hielt uns hier fest. Etwas hatte verhindert, dass wir Long Fenton verließen. Der Ort war ein rundes Goldfischglas, aus dem wir nicht hinaussehen konnten, und es hatte irgendwie mit diesen Schatten zu tun; da war ich mir ganz sicher.

Aber wie?

Pongo hatte den größten Teil der letzten Stunde damit verbracht, die Dorfchronik fieberhaft nach einem Anhaltspunkt zu durchsuchen, was diese Dinger sein mochten, doch in keinem der Bände wurde etwas Ähnliches erwähnt. Ein paar Brände, einige Jahre mit hartem Frost und ein Mann, der gehängt worden war, weil er die Tochter eines höheren Beamten gegessen hatte – das war alles. Es gab keinen Präzedenzfall.

»Selbst wenn wir es bis Tagesanbruch schaffen … Wenn wir hier nicht wegkönnen, geht morgen Nacht alles wieder von vorn los«, vermutete ich.

»Wir können doch einfach querfeldein gehen. Irgendwohin.«

»Das habe ich schon versucht, weißt du nicht mehr? Wir würden nur bis Anbruch der Nacht im Kreis laufen, genau wie das letzte Mal.«

»Aber wir könnten doch bestimmt immer nur geradeaus gehen?«

Pongo war am Ende des letzten Bandes angekommen und las die Zeilen vor, die dort erst letzte Woche eingetragen worden waren.

»Bauarbeiten an der Düngemittelfabrik abgeschlossen. Baldige Eröffnung. Richard Deekings wird das Band durchschneiden.« Er klappte das Buch zu und setzte seine Lesebrille ab. »Das wäre heute gewesen. Wir wollten die Eröffnung mit einer großen Feier begehen.«

»Ihr vielleicht. Ich bestimmt nicht«, brummte Brian. Trotz allem, was passiert war, hatte er seinen Groll immer noch nicht vergessen. Das nennt man wohl Hingabe an die eigene Sache.

Und dann fiel mir etwas ein.

»Glaubt ihr, das hat etwas mit dem zu tun, was hier abläuft?« Dieses Gefühl hatte schon länger unterschwellig an mir genagt, ohne dass ich es hätte in Worte fassen können. Brian sprang natürlich sofort darauf an.

»Klar, diese Pisser! Die haben mit ihren künstlichen Chemikalien unsere Gedanken vergiftet oder so!«

»Könnte sein«, räumte ich ein, obwohl mir die Geschäftsidee dahinter nicht so ganz einleuchten wollte. »Aber ich glaube nicht, dass wir uns das alles nur einbilden. Schließlich sind die Leute da draußen wirklich gestorben.«

»Oder vielleicht bilden wir uns das auch nur ein«, zweifelte Brian.

»Wenn du das tatsächlich glaubst, dann blas von mir aus die Kerzen aus, Kumpel«, entgegnete ich.

Pongo sprang bestürzt auf. »Nein, um Gottes willen, nicht!«

»Das hab ich doch gar nicht vor«, beruhigte Brian ihn. Er blickte hoch zu dem wirbelnden Treiben über unseren Köpfen, das immer heftiger wurde, als ob die bloße Erwähnung des Kerzenausblasens das schwarze Blut in ihren schwarzen Venen in Aufruhr versetzt hätte – falls diese Wesen so etwas überhaupt hatten.

»Aber wenn sie nicht in unseren Köpfen sind, was sind sie dann?«

»Vielleicht entwickelt die Regierung gerade irgend so ein geheimes Waffenprogramm. Bevor sie die Sowjets mit dem Zeug besprühen, testen sie es erst mal an uns«, vermutete ich. »Oder vielleicht kommen sie aus dem Weltall.«

»Dem Weltall?«, echote Pongo.

»Ja, vom Mars oder so. Ich meine, nach allem, was wir wissen, könnte das auf der ganzen Welt passieren, nicht bloß hier. Es könnte eine Invasion aus dem Weltraum sein.«

»Fliegende Düngemittelfabriken vom Mars?« Brian war nicht gewillt, die Schuld noch irgendwo anders zu suchen, nachdem die Fabrik einmal erwähnt worden war.

»Nein, ich meine nicht, dass die Außerirdischen aus der Düngemittelfabrik kommen. Ich meine …«, begann ich, doch vom anderen Ende des Kirchenschiffes unterbrach eine vierte Stimme meine Erklärung. Fast wäre ich vor Schreck über die Kerzen gehüpft.

»Man kann sich nicht im Licht verstecken«, hörten wir aus dem Zwielicht der Taufkapelle. Alle Augen, natürliche wie übernatürliche, richteten sich auf den Sprecher. Einen Moment lang konnte ich nicht erkennen, wer es war, aber dann redete er weiter und kam dabei auf uns zu. »Ihr könnt höchstens die Augen vor der Wahrheit verschließen.«

Als der Sprecher ins Licht trat, sah ich, dass er ein kleiner rothaariger Junge von höchstens acht Jahren war. Brian und Pongo schienen ihn sofort zu erkennen. Ihre Gesichter mit den entsetzt offen stehenden Mündern sahen aus wie Spiegelbilder des jeweils anderen.

»Alex? Wie kann das sein?«, brachte Pongo schließlich hervor.

»Was glaubst du denn?«, gab Alex zurück und machte noch ein paar Schritte auf uns zu, bis er dicht vor uns stehen blieb. Seine Erscheinung war dunkel, dunkler als sie hätte sein sollen, so als ob er nur eine Projektion auf einer verbrannten Statue sei.

»Bist du echt?« Brians Stimme war ein zittriges Flüstern.

Alex blinzelte. »So echt wie du.«

»Wer ist das?«, fragte ich. Anscheinend war ich nicht auf demselben Stand wie die anderen beiden, was diesen Alex betraf.

»Das ist Alex«, fasste Brian die mir schon bekannten Fakten treffend zusammen.

Pongos Erklärung war etwas ausführlicher. »Alexander Earlcott, der Sohn von Ronnie«, sagte er, als würde er uns auf einem Dorffest miteinander bekannt machen. Alex schaute mich an, als Pongo ergänzte: »Er ist tot.«

Ein paar Jahre zuvor hatte Alex auf dem Heuboden von Ronnies Sommerscheune mit Streichhölzern gespielt und einen Brand entfacht, der ihn selbst, seinen vierjährigen Cousin Jacob und vier Pferde in den darunter liegenden Ställen das Leben gekostet hatte. Die ständigen Verbote hatten gegen seine Faszination für das Spielen mit Streichhölzern nichts ausrichten können. Er konnte es einfach nicht lassen. Deshalb wussten auch alle, was passiert war, obwohl man nur noch rauchende Trümmer, Asche und die Schuhe der Kinder fand. Ronnie hatte diese Tragödie nicht verkraftet und er hatte sein Land nicht zuletzt deshalb an die Düngemittelfabrik verkauft, weil es niemanden mehr gab, dem er es hätte vererben können. Es zu behalten wäre einfach zu schmerzhaft gewesen. Nachdem Ronnie verkauft hatte, taten die anderen es ihm schnell nach.

Das war vor vier Jahren passiert. Und doch stand Alex hier in voller … na ja, vielleicht nicht *Lebens*größe, aber jedenfalls stand er vor uns.

»Bist du ein Geist?« Brian brauchte noch eine Bestätigung für das Offensichtliche.

»Bist *du* einer?«, entgegnete Alex.

»Was soll das heißen? Ich weiß nicht, was du meinst. Alex, bitte, sag uns doch, was hier passiert«, drängte Brian. Wenn es einer wusste, so dachte er sich wohl, dann war es dieser unheimliche, seit Jahren tote kleine Brandstifter.

»Erinnerst du dich nicht?«

»Erinnern? An was?«

»Daran, was du getan hast.«

Brian sah mich und Pongo hilfesuchend an, aber wir hatten auch nicht mehr Antworten als Alex.

»Was habe ich denn getan?«, fragte er weiter.

»Du wirst dich erinnern. Wenn die Zeit kommt, wirst du dich erinnern, was du getan hast.«

Dann fixierte Alex mich mit seinem Blick. »Du bist John Coal.«

»Du kennst mich?«

»Du solltest nicht hier sein«, sagte er. »Dies ist nicht dein Schicksal.«

Das war eine seltsame Aussage, aber er war ja auch ein seltsamer Junge. In einem seltsamen Dorf. In das seltsame Schattenmonster eingefallen waren. Trotzdem fragte ich mich, ob es hier einen Ansatz gab, dem ich nachgehen sollte.

»Wirst du mich dann freilassen?«

»Ich halte dich nicht hier fest, John. Das tust du ganz allein.«

»Und wie mache ich das?«

»Indem du nicht gehst.«

Ich wusste nicht genau, ob ich einen Rosenkranz für ihn beten oder ihn lieber übers Knie legen und zurück ins Grab prügeln wollte. Schließlich biss ich mir auf die Zunge und bohrte weiter: »Wie genau kann ich denn gehen?«

»Auf demselben Weg, auf dem du gekommen bist. Das ist auch dein Weg zurück.« Seine Antwort war zweifellos nur sinnloses Geschwätz, mit dem er mich noch mehr frustrieren wollte. Ich hatte gestern Abend auf jedem erdenklichen Weg versucht, hier wegzukommen, auch auf dem, der zurück zu meinem Auto und der Landstraße führte, und nach jedem einzelnen Versuch hatte ich wieder mitten in Long Fenton gestanden.

»Alex«, sagte Pongo jetzt und ließ sich vor dem Jungen auf ein Knie nieder.

»Ja, Pongo?« Der Hauch eines hämischen Grinsens umspielte die Lippen des Jungen. Sogar im Tod würde Pongo immer noch Pongo sein. Gut zu wissen, dass auch die Schattenmonster einen Sinn für Humor hatten. Der Pfarrer riss sich zusammen und fragte, was er fragen musste.

»Bist du bei Gott?«

»Und du?«, kam die unvermeidliche ausweichende Antwort.

Pongo überlegte und schien im Geist eine Münze zu werfen. »Ja. Ja, das bin ich.«

Alex war anderer Meinung: »Wer bei Gott ist, sucht nicht nach Antworten. Er kennt sie schon.«

Sein Grinsen wurde breiter und bösartiger, dann lachte er ein Kinderlachen, das in dieser Nacht voller Grauen wahrscheinlich das bisher Grauenvollste war.

Es gab einen grellen Lichtblitz und Alex stand plötzlich in Flammen. Während er vor unseren Augen verbrannte, stieß er qualvolle Schreie aus. Seine Todesschreie schienen eine unerträgliche Ewigkeit anzudauern, dann stand er auf einmal ganz still und starrte uns nur voller Zorn an.

»Ich brenne! Ihr alle brrreeennnnnnt!«

Ein heißer Windstoß warf uns auf den Rücken. Alex verschwand in einer Rauchwolke, die wie ein wütender Wirbelsturm durch die Kirche fegte, Bänke umwarf, die Deckenlampen herausriss, auf den Altar traf … und jede einzelne Kerze zum Erlöschen brachte.

- X -

Flach auf dem Rücken in der plötzlichen Dunkelheit gaben wir ein leichtes Ziel ab, aber Brian hatte wohl schon so etwas kommen sehen und war auf den Angriff vorbereitet. Mit dem Strahl seiner Taschenlampe fuhr er wie mit einer Sense durch den Schwarm der Dämonen, die sich auf uns herabstürzten, und brüllte sie an, sie sollten ruhig kommen. Doch Brian konnte uns nicht alle beschützen. Nicht mit einer einzigen Taschenlampe. Es war zu spät, um die Kerzen wieder anzuzünden, und durch den immer noch herumrasenden Alex sowieso zu stürmisch, ein Streichholz anzureißen. Wenn wir blieben, wo wir waren, hatten wir nur noch Sekunden zu leben, also rannte ich. Blindlings drauflos, eher mit unbegründeter Hoffnung als einer echten Chance, rannte ich einfach. Ich stolperte über Kirchenbänke, prallte gegen Steinsäulen und rutschte auf Möhren aus. Fremdartiges Spottgeheul erklang rings um mich herum, aber ich blieb nicht stehen, nicht für einen Augenblick. Nicht für eine Sekunde. Irgendwo hinter mir rezitierte Pongo ein paar Zeilen aus *Der Herr ist mein Hirte*, was bestimmt seine Berechtigung hatte, aber ich für meinen Teil würde mich nicht in irgendeiner grünen Aue zum Sterben hinlegen. Erst recht nicht für einen dermaßen schlampigen Schäfer, der ein ganzes Rudel von Wölfen in seine Koppel gelassen hatte. Ich vertraute mein Seelenheil lieber meinem eigenen Paar Füße an und polterte durch die Dunkelheit, bis ich gegen die Ausgangstür krachte. Ich hatte keine Zeit zum Nachdenken und nur sehr wenig zum Handeln. Ich riss den Riegel zurück, stieß die Türflügel auf und wurde von den ersten Sonnenstrahlen geblendet. Die Sonne schaute gerade erst durch die Bäume hinter der rauchenden Hülle des Pubs, aber das reichte, um die Schatten, die mich fast erreicht hatten, zu vernichten und den Mittelgang mit Licht zu fluten.

Brian kämpfte sich seinen Weg durch die Gespenster auf mich zu, aber Pongo hatte keine Kraft mehr. Er wurde verschlungen, bevor er sich noch selbst vorlügen konnte, dass er *kein Unglück fürchten* müsse. Nur Brian und ich waren zurückgeblieben, um zu sehen, was der neue Tag uns bringen würde.

»Wir haben's geschafft! Ich weiß verfickt noch mal nicht wie, aber wir haben's geschafft, verdammt!«, schnaufte Brian, hielt sich die Seiten und blickte auf die tintenschwarzen

Kobolde zurück, die uns aus Long Fentons gottverlassenem Gotteshaus entrüstet anzischten.

»Scheiße noch mal, wir haben es geschafft.«

Wir blieben noch eine Stunde auf der Kirchentreppe sitzen, badeten in den morgendlichen Sonnenstrahlen und sahen zu, wie sich überall im Dorf die Schatten zurückzogen. Eigentlich hatte ich gehofft, dass das Tageslicht sie völlig verscheuchen könnte, aber sie lungerten immer noch in den Bäumen, unter Büschen und in der Kapelle hinter uns herum, beobachteten uns aus dem Düstern und warteten ab, bis die Straße wieder ihnen gehören würde. Tja, so lange würde ich nicht abwarten. Ich hatte ungefähr achtzehn Stunden Tageslicht, um herauszufinden, was Alex gemeint hatte, und ich war fest entschlossen, jede einzelne davon zu nutzen oder bei dem Versuch zu sterben. Es musste einen Weg geben. Ich brauchte ihn nur zu finden.

»Wir nehmen meinen Transporter, fahren auf die Straße Richtung Ullerton und gehen dann hoch zu Toms alter Windmühle. Das ist der höchste Punkt hier, von da aus kann man die ganze Gegend überblicken. Wenn es einen Ausweg gibt, dann sehen wir ihn von da.« Brian stand auf, reichte mir seine Hand und half mir hoch.

»Okay«, sagte ich. »Lass uns gehen.«

Wir überquerten die verbrannte Erde des Friedhofs und leuchteten mit Brians Taschenlampe in die Radkästen seines verbeulten alten Transporters, bis wir sicher sein konnten, dass wir keine unerwünschten Passagiere an Bord hatten, dann fuhren wir los.

Die Straße sah im Licht des frühen Morgens ganz frisch und anders aus, sodass ich schon hoffte, irgendetwas hätte sich während der Nacht hier getan. Und das hatte es auch – allerdings in einer Weise, die weder Brian noch ich vorhersehen konnten. Nicht in unseren schlimmsten Albträumen.

Direkt hinter dem Dorf war die Straße mit Autos verstopft.

Es sah aus, als ob die gesamte Bevölkerung gleichzeitig zu fliehen versucht hätte und durch ein für uns noch unsichtbares Hindernis aufgehalten worden sei. Der Boden war übersät mit Leichen. Sie lagen auf der Straße, in den Gräben oder saßen bleich hinter ihren Steuerrädern, die Füße noch auf den Pedalen ihrer unbeweglichen Fahrzeuge.

Wir stiegen aus dem Transporter und starrten erschrocken und verwirrt auf diesen verwesenden Verkehrsstau des Grauens. Zu allem Übel kannten wir die Toten auch noch.

»Da ist Dicky Deekings.« Brian streckte einen Finger aus. »Und seine Frau. Und Arthur und Ronnie und Colin. Was zur Hölle bedeutet das?«

Wir gingen an der furchtbaren Karawane entlang, fühlten bei jedem Körper den Puls, aber sie waren alle schon kalt. Was auch immer hier passiert war, es war bereits vor einer ganzen Weile geschehen.

»Aber sie wurden doch von den Schattenmonstern geholt. Wir haben es gesehen«, sagte Brian. »Warum haben sie sie hier hergebracht? Warum so?«

Keiner der toten Körper sah in irgendeiner Weise zerrissen oder verbrannt aus, nur ihr Leben war ausgelöscht worden. Ihre Lippen waren blass und ihre Augen glasig, einige hatten Erbrochenes am Kinn, was auf eine Art Vergiftung hindeutete, aber nichts dergleichen war letzte Nacht passiert. Es ergab keinen Sinn.

Brian heulte kurz auf, als er Mary, leblos wie all die anderen, in einem Dorngestrüpp gegenüber von ihrem Auto fand. Es sah aus, als sei sie bei ihrer panischen Flucht hineingefallen, habe sich verfangen und sei zwischen den Dornen gestorben. Als er sie mühsam befreite, schnitt Brian sich Gesicht und Hände auf, aber er schien den Schmerz nicht zu bemerken. Er hielt seine ehemalige Verlobte in den Armen, wiegte sie sanft und bat sie wieder und wieder um Vergebung, während ihm Tränen die Wangen hinunterliefen.

»Brian, sie ist tot. Wir müssen sie zurücklassen. Es wird ihr nichts ausmachen«, setzte ich hinzu, als er bei dem Gedanken zurückzuckte.

»Sie war mein Schatz«, erklärte er und ich begriff, dass er sie über alles geliebt hatte, auch wenn das halbe Dorf für ihn eingesprungen sein mochte, sobald er auf den Feldern war.

»Wir müssen gehen«, wiederholte ich und hielt ihm die Hand hin, wie er es auf der Kirchentreppe getan hatte.

Brian bestand darauf, Mary mit einer Decke zuzudecken, begnügte sich aber mit einer Plane, als wir nichts anderes finden konnten. Er pflückte ein paar Wildblumen für ihr Haar, küsste sie auf die kalten, toten Lippen und sagte ihr traurig Lebewohl. Dann erhob er sich.

»Das wäre getan«, sagte er mit neuer Entschlossenheit. »Jetzt lass uns hier abhauen.« An der Spitze der Autoschlange fanden wir Pongos alten *Morris Ten*, der sich um einen Bergahorn gewickelt hatte. Pongo selbst hatte sich drinnen um sein Lenkrad gewickelt. Er hatte allen anderen den Weg versperrt, aber so, wie es aussah, wären sie ohnehin nicht mehr weit gekommen.

25 Meter von uns entfernt lauerten die Schatten in den Bäumen, begleiteten jeden unserer Schritte und sahen zufrieden dabei zu, wie wir unsere grausigen Entdeckungen machten. *Erennire! Erennire! Erennire!*, schnatterten sie von allen Seiten, und plötzlich wusste ich, was sie sagten: »Erinnere!« Ich zermarterte mir das Hirn darüber, was es war, das ich vergessen haben mochte. Den Unfall? Den alten Wegstein? Den Feldweg, der zum Dorf führte? Den *Black Fox*? Aber erst als wir an der Düngemittelfabrik ankamen, wurde mir klar, dass sie gar nicht zu mir sprachen. Sie sprachen zu Brian.

Hier lag noch ein Körper im Gras. Eine weitere Leiche. Er lag neben einem Loch im Begrenzungszaun, seine Hände umklammerten einen Drahtschneider und eine Spitzhacke, und obwohl er auf dem Bauch lag, erkannten wir ihn beide sofort.

Es war Brian.

»Was soll das?«

Er blickte auf seinen eigenen toten Körper, dann auf die Fabrik, aus der eine gelbe Dampfsäule in die Morgenluft aufstieg, und dann auf die Phantome, die ihn aus den Schatten heraus verhöhnten.

Erennire! Erennire! Erennire!, kicherten sie. *Erennire!*

»Ich erinnere mich«, sagte Brian schließlich. »Ja, jetzt erinnere ich mich.«

Dann wandte er sich mir zu und sagte, ich solle gehen; zu meinem Auto gehen und diesen Ort verlassen. Ich würde hier nicht hingehören.

»Was ist los, Brian? Was ist hier geschehen?«

»Ich habe das getan«, war alles, was er, fast starr vor Schock, hervorbrachte. »Ich habe das alles getan.«

Weiter unten auf der Straße stand Alex im Sonnenschein und sah zu uns herüber. Er war gekommen, um zu sehen, ob Brian sich erinnerte, und nun drehte er sich um und ging zurück nach Long Fenton, zufrieden, dass er dort nicht als Einziger in Ewigkeit für vergangene Missetaten brennen würde.

»Du musst gehen«, drängte Brian. »Ich kann nicht mitkommen, aber du musst jetzt gehen. Geh!«

Ich verstand das alles immer noch nicht. Warum konnte Brian nicht mit mir kommen? Vielleicht hielt ihn ja eine Art schwarzer Magie hier fest, oder vielleicht wollte er auch nur noch bleiben, um seine eigenen Haare mit Gänseblümchen zu schmücken. Wie auch immer, ich war jetzt auf mich allein gestellt, und das gefiel mir überhaupt nicht.

»Wohin denn? Wo soll ich hingehen? Wie komme ich hier raus?«

»Zurück nach Long Fenton. Geh den Weg zurück, auf dem du gekommen bist. Wenn die Zeit kommt, wirst du dich auch erinnern«, sagte Brian und machte einen Schritt auf die Bäume zu.

»Warte, warte, was zur Hölle machst du denn da?« Ich fasste ihn am Ellbogen, um ihn zurückzuziehen.

»Ich muss mit ihnen gehen. Das ist mein Schicksal«, erwiderte er und hielt mir zum letzten Mal die Hand hin. »Geh mit Gott, John.«

Ich wusste, dass sein Entschluss feststand und ich ihn nicht mehr davon abbringen konnte. Nie zuvor hatte ich einen so halsstarrigen Sturkopf getroffen. Also ließ ich ihn gehen. Er überquerte die Straße, sprang über den Graben und kletterte die kleine Böschung hoch bis an den Waldrand. Dort drehte er sich kurz um, winkte mir ein letztes Mal zu und trat zwischen die Bäume.

Sofort umringten ihn die Schatten, bewegten sich in immer enger werdenden Kreisen um ihn herum und begrüßten ihn in ihren Reihen. Sie hatten keine Eile, ihn zu ergreifen. Brian sah nicht ängstlich aus, nur traurig, und als sie mit spindeldürren, biegsamen Fingern über seine Wange strichen, schloss er die Augen und ergab sich in sein Schicksal.

»Ich bin bereit«, sagte er. Sie tauchten in ihn ein, überzogen ihn mit ihrer Dunkelheit und zogen Brian durch das Gewebe dieser Welt in ein Reich der ewigen Nacht.

Jetzt war nur noch ich übrig.

- XI -

Ich tat, was Brian gesagt hatte, und ging die Straße entlang zurück ins Dorf. Alles war still. Die Schatten waren immer noch da, aber ihr bösartiges Geschnatter hatte aufgehört. Ruhig abwartend beobachteten sie mich aus dem dichten Gestrüpp heraus, während die Sonne sich auf ihrer Bahn langsam über den Sommerhimmel schob.

Ich rief mir ins Gedächtnis, was Brian und Alex gesagt hatten: Dass, wenn die Zeit gekommen wäre, ich den Weg nach draußen finden würde und es derselbe war, auf dem ich hergekommen war. Aber das schien mir unmöglich. Der Feldweg zur Landstraße war von Bäumen gesäumt und von einem dichten Blätterdach abgeschirmt. Die Gespenster konnten sich dort nach Belieben durch die Schatten bewegen. Den Fuß auf diesen Weg zu setzen, würde bedeuten, mich diesen Unholden auszuliefern, und dafür traute ich den vagen Versprechen von Brian und Alex bei Weitem nicht genug. Trotzdem war das der Weg, auf dem ich nach Long Fenton gekommen war, und sie hatten mir beide versichert, dies sei mein Ausweg. Ich konnte mir nur nicht vorstellen, wie das sein konnte.

Ich lungerte in der Dorfmitte bei dem Steinkreuz herum, das neben der Kirche stand, und versuchte, für den Fall, dass ich bis Einbruch der Dunkelheit keinen Geistesblitz hatte, einen Plan zu schmieden. Der *Black Fox* war ausgebrannt, die Kirche schäumte bereits über vor böser Energie und jedes Cottage und jede Scheune sahen aus, als bedeuteten sie den sicheren Tod. Es gab keinen Unterschlupf mehr.

Außerdem gab es auch nichts zu essen. In einem der Häuser hätte ich vielleicht etwas Brot und Schinken oder so gefunden, aber weil ich mich nicht hineintraute, hatte ich gar nichts. Neben der Ruine des *Black Fox* stand ein Apfelbaum, doch die Äpfel waren an den Ästen verdorrt und verdorben, ebenso die Pflaumen an dem Baum hinter der Kirche. Nichts lebte mehr in diesem Dorf. Nur noch ich.

Ab und zu sah ich Alex zwischen den Gräbern herumhopsen. Wenn ich auf ihn zuging, rannte er weg, nur um eine halbe Stunde später zwischen den Bäumen oder im zerstörten *Black Fox* wieder aufzutauchen; tanzend, hüpfend und vor sich hinsingend, als ob ich gar nicht da wäre. Schließlich ließ ich ihn in Ruhe und sah ihm einfach beim Spielen zu, aber jedes Mal, wenn er auftauchte, erinnerte er mich daran, wie der Tag verrann. Als der Schatten der Kirche quer über die Straße reichte, wusste ich, dass meine Zeit fast abgelaufen war.

Auch die Gespenster fühlten ihre Stunde nahen und fingen wieder an, mich zu verhöhnen. Es war das gleiche alte Rückwärtsgeschwätz, und obwohl ich es nicht wirklich verstand, wusste ich doch ziemlich genau, was sie meinten.

Enied elees tsi resnu, nhoj laoc. Riw nedrew hcid neloh! Und so weiter.

»Ach, fickt euch doch!«, gab ich zurück. Schlimmer als das, was sie ohnehin mit mir vorhatten, konnte es nicht kommen, dachte ich. Jedenfalls dachte ich das, bis sie antworteten.

Kcif hcid rebles!

Kcif hcid rebles!

Kcif hcid rebles! Kcif hcid rebles! Kcif hcid rebles!

Wieder und wieder schnatterten sie auf mich ein, ohne Unterbrechung, verspotteten mich kichernd und gackernd von allen Seiten, bis ich mir die Ohren zuhalten musste.

Ich musste in der Hölle sein. Das war die einzige Erklärung. Meine Missetaten hatten mich an diesen Ort gebracht. Alles, was noch fehlte, war, dass mein Vater aus der Erde hervorbrach, um mir zu erzählen, wie stolz er auf mich war.

Oh Gott, was hatte ich bloß aus meinem Leben gemacht!

Nach und nach fingen meine Verfolger an, die Bäume zu verlassen. Sie traten ins Freie, auf die Wiese und dann auf die Straße, wo die länger werdenden Schatten sich in meine Richtung reckten. Erst jetzt sah ich sie in ihrer ganzen Pracht. Wie schon gesagt, hatten sie eine menschliche Gestalt mit Armen, Beinen und einem Kopf, aber sonst nichts, mal abgesehen von ein paar Einbuchtungen, wo normale Menschen ihre Augen und ihren Mund zu tragen pflegten. Sie waren überall glatt und schwarz wie Teer, nur dass sie das Licht nicht reflektierten, wie es eine geteerte Oberfläche tut, sondern es einsaugten. Sie waren keine körperlichen Wesen; sie waren eher Löcher in der Dunkelheit, wo die Körper längst verstorbener Sünder einmal gewesen waren.

Sie erreichten das Steinkreuz, wimmelten darüber hinweg

und waren bald auf einen Steinwurf an mich herangekommen. Die Dämmerung legte sich schon über das Dorf, die Sonne stand hinter den Bäumen im Westen und nur noch wenige schrumpfende Sonnenflecken lagen zwischen mir und der ewigen Verdammnis. Ich wäre meinem Schicksal gern erhobenen Hauptes gegenübergetreten, ebenso kraft- und würdevoll, wie Brian das getan hatte, doch leider war Feigheit meine Grundeinstellung.

Das war es also. Das war das Ende meiner Reise.

Andererseits ... hatte ich das schon so oft gedacht und noch aus jeder brenzligen Situation einen Ausweg gefunden. Warum sollte mir das nicht auch diesmal gelingen? Hinter den Schatten der Kirche spielte Alex mit einem Kieselstein Himmel und Hölle. Er hüpfte über die mit Kohle gemalten Kästchen hin und her, dann hielt er plötzlich inne und sah mich an. Es war das erste Mal an diesem Tag, dass er mich überhaupt zur Kenntnis nahm, und ich erkannte, welche Bewandtnis dies hatte.

Ich blickte zu dem Feldweg und sah endlich meinen Ausweg.

Jetzt war mir alles sonnenklar.

Endlich konnte ich mich erinnern: Dies war mein Rückweg in die Welt.

Die Sonne, die im Westen hinter den Bäumen versank, schien direkt durch den Laubengang aus überhängenden Blättern, wie das Licht am Ende eines Tunnels. Genauso hatte es ausgesehen, als ich vor vierundzwanzig Stunden zum ersten Mal in Long Fenton angekommen war. Für eine kurze Zeit waren alle Schatten von dem Feldweg verbannt. Ich rannte auf die Sonne zu, so schnell ich konnte, dabei betete ich um das Heil meiner armen Seele, dass ich nicht wieder vor dem *Black Fox* herauskommen würde. Die Dämonen griffen nach mir und spien mir ihren Zorn entgegen, während ich mit aller Kraft Richtung Landstraße rannte.

Ud tsnnak thcin nemmoktne! Riw nedrew hcid nednif!, knurrten sie, aber so sehr sie es auch versuchten, sie konnten mich nicht erwischen, und ich erreichte das Ende des Feldwegs und die Straße, die ich am Tag zuvor verlassen hatte.

Ich hätte vor Freude heulen können, als ich dort in den letzten Abendsonnenstrahlen stand, doch der Anblick meines Autos im Graben setzte meiner Feierlaune ein schnelles Ende. Aus der Nähe konnte ich erkennen, dass es, entgegen meinen Erwartungen, nicht leer war. Jemand saß hinter dem Steuer – und dieser Jemand war ich.

Durch die zersplitterte Windschutzscheibe sah ich auf mich selbst hinunter und fragte mich, wie diese Sache meinen Schadensfreiheitsrabatt beeinträchtigten würde, da schreckte mich das Geheul tausender rasender Dämonen auf. Die Sonne versank gerade hinter dem Horizont.

Auf dem Feldweg stand Alex. »Geh zurück!«, rief er. »Geh auf demselben Weg zurück, wie du gekommen bist!« Mit einem beherzten Satz konnte ich gerade noch den Klauen, die sich nach mir ausstreckten, entkommen. Ich sprang durch die Windschutzscheibe, ins Auto … und in meinen eigenen Körper.

- XII -

»Komm zurück zu uns, Mann! Komm zurück!«

»Okay, das war's, wir haben ihn. Einen Kubikzentimeter Atropin und mehr Sauerstoff.«

»Können Sie mich hören, Mann? Können Sie mich hören?«, fragte eine Stimme jenseits von einem blendendweißen Licht. »Können Sie sprechen? Wie ist Ihr Name?«

Das Licht bewegte sich von meinen Augen weg. Ein Mann im blauen Hemd schaltete eine kleine Taschenlampe aus, steckte sie in seine Brusttasche und fragte noch einmal: »Können Sie etwas sagen?«

»Was denn?«, würgte ich hervor. Die Worte kamen mir nur schwer durch die Kehle. Mein Hals fühlte sich an, als wäre er voller Schmirgelpapier, was in Anbetracht der Umstände gar nicht so unmöglich war.

»Das reicht mir schon«, schmunzelte der Mann. Hinter ihm hörte ich zustimmendes Gemurmel mehrerer anderer Personen.

»Wie ist Ihr Name?«, fragte der Mann.

»John … John Coal …«, hustete ich. Plötzlich wurde mir die Tatsache bewusst, dass jeder Zentimeter meines Körpers höllisch wehtat.

»Gut, John. Ich bin Phil. Hören Sie, Sie hatten einen Autounfall, aber Sie sind okay. Sie sind in einem Rettungswagen und wir werden Sie ins Krankenhaus bringen, also bleiben Sie bei uns und schlafen Sie nicht wieder ein, ja?«

Phils Kollege sagte etwas über meine seltsame Blutgruppe (er hatte ja keine Ahnung, wie seltsam) und schloss einen Beutel mit Blutplasma an meinen Arm an. Phil machte die Trage fest, damit ich nicht im Krankenwagen herumkullern konnte, bedankte sich bei den versammelten Landeiern, die mich aus dem Wrack meines Cortina gezogen und den Notruf gewählt hatten, und zog die Türen zu. Dann ging es los. Sie machten sogar das Martinshorn an und ich erkannte schweren Herzens, dass ich trotz aller Bemühungen nicht darum herumkommen würde, diese Nacht in Lincoln zu verbringen. Aber so ist das wohl, wenn man nach Lincolnshire kommt.

»Sie sollten auf diesen Straßen vorsichtig sein, Mann«, riet mir Phil – etwas zu spät, wie man wohl einwenden könnte. »Sie sind ganz schön heimtückisch. Tödlich.«

»Was Sie nicht sagen«, wollte ich einwerfen, aber die Sauerstoffmaske verschluckte meine Worte.

»Diese Stelle, wo Sie den Unfall hatten, ist besonders übel. Ein schwarzer Fleck, eine richtige Todesfalle. Hat in den letzten zwanzig Jahren Dutzende Opfer gefordert«, plauderte mein fröhlicher Rettungssanitäter, und ich wunderte mich, dass er sich nicht eine Taschenlampe unters Kinn hielt, als er fortfuhr: »Beinahe hätte es Sie auch erwischt. Wissen Sie, Sie waren fast eine Minute lang klinisch tot. Oh ja, wenn wir nur ein bisschen später gekommen wären, wären Sie jetzt nur noch eine Zahl in der Unfallstatistik. Sie sind ein echter Glückspilz, wissen Sie das?«

Da war es nur noch einer

»Ich verbrachte die folgenden Nächte im *Lincoln-County-General*-Krankenhaus, um wieder zu Kräften zu kommen, aber sobald die Krankenschwestern nicht hinsahen, machte ich mich samt Rollstuhl aus dem Staub.«

»Warum?«, fragte Colin, außerstande, seinen Blick von den Schatten zu lösen, die uns von allen Seiten umgaben.

»Es musste sein. Es war bald Vollmond, also musste ich da raus und nach Hause in meinen Keller, bevor ich noch jemanden verletzte.« Beim Ziehen an meiner Pfeife stellte ich fest, dass sie schon wieder kalt geworden war. Ich klopfte die Asche an meinem Ölfass aus, suchte meinen Tabaksbeutel und füllte den Pfeifenkopf. »Hauptsache gut gestopft«, seufzte ich und rief damit bei den Jungs aus irgendeinem Grund einen Lachanfall hervor. »Was denn? Richtiges Stopfen ist enorm wichtig.« Jetzt lachten sie dermaßen, dass sie kaum noch atmen, geschweige denn reden konnten. »Alberne Blagen!«

Als sie das Schlimmste überstanden hatten, wischte Barry sich die Tränen aus den Augen und fragte, was mit den Bewohnern von Long Fenton geschehen sei. »Waren sie echt oder so was wie Geister?«

»Von beidem etwas.« Ich stand auf, schüttelte meine verkrampften Beine aus und nahm einen vergilbten Zeitungsausschnitt von der Pinnwand über meiner Werkbank. »Hier, lest das.«

Tommy riss mir den Artikel aus der Hand. Sehr detailliert war er allerdings nicht. GRUNDSTÜCK WIRD NEU BEBAUT, lautete die Überschrift. Darunter wurden Pläne für den Bau eines neuen Ferienparks in einer abgelegenen Gegend von Lincolnshire beschrieben. Am Ende des Artikels hieß es: *... umfasst das Gebiet, das bebaut werden soll, auch das verfallene Dorf Long Fenton Es wurde im Jahre 1951 nach einem Chemieunfall evakuiert, der vom damals neu gebauten Connaught-Watson-Werk ausging. Das Gelände der 1984 geschlossenen Fabrik ist ebenfalls für die Neubebauung vorgesehen.*

»Da steht nichts von irgendwelchen Monstern, die Leute umgebracht haben«, protestierte Tommy und fuchtelte mit dem Zeitungsausschnitt vor meinem Gesicht herum. »Seht ihr, er labert nur Müll, von wegen Schattenmonster und so 'ne Scheiße.«

»Doch, es sind Menschen gestorben«, beharrte ich. »Ungefähr zwanzig Familien. Aber sie sind gestorben, weil ein junger Heißsporn in eine Fabrik eingebrochen ist und wahllos irgendwelche Rohre zertrümmert hat. Was er nicht wusste, war, dass die Fabrik nicht nur Düngemittel, sondern auch Pestizide herstellte. Durch seine Torheit wurde das ganze Dorf vergiftet.«

»Und was waren dann die Schattenmonster?«, fragte Farny, der sich die Sache noch nicht selbst zusammenreimen konnte.

»Ich weiß es nicht genau. Ich glaube, sie kamen aus der Hölle«, teilte ich meine gruseligste Vermutung mit. Um das Kribbeln in meinen Beinen zu bekämpfen, stampfte ich mit den Füßen auf und rieb mir die Hinterbacken. Die Jungs blieben, wo sie waren, hockten auf meinem alten kaputten Sofa und schienen es nicht im Geringsten unbequem zu finden. Ach, noch einmal jung und gelenkig sein ... »Wisst ihr, ich habe sie wohl aufgeweckt, als ich nach meinem Unfall ins Dorf kam. Also, nicht ich, eher mein Geist. Und diese Dämonen sind aus der Hölle gekommen und haben alle wieder nach unten gezogen.«

»Aber warum?«, hakte Farny nach.

»Keine Ahnung. Ich bin kein Experte. Vielleicht wird der Ort jedes Mal wieder zum Leben erweckt, wenn eine neue Seele ankommt. Vielleicht wirkt er sogar wie eine Art Magnet für neue Seelen. Wenn man die ganzen Unfälle auf den Straßen ringsum bedenkt, ist das gar nicht mal so unwahrscheinlich. Wie auch immer, ich glaube jedenfalls nicht, dass Brian und seine Kumpels damals zum ersten Mal gegen die Schattenmonster gekämpft haben, und bestimmt auch nicht zum letzten Mal. Arme verlorene Seelen ...«

»Aber das war 1951«, sagte Tommy, hielt mir den Zeitungsausschnitt vor die Nase und rieb mir seine Meinung unter selbige. »Und Sie haben gesagt, das wäre Ihnen 1975 passiert. Sie sind ein Lügner.«

»Nein, verstehst du denn nicht«, ergriff Colin Partei für mich, »das waren Geister. Es war in der Vergangenheit, aber auch in der Gegenwart. Wie die römischen Soldaten in dem Buch von meinem Bruder, die alle über diese Baustelle marschiert sind. Weißt du nicht mehr?«

Anscheinend wusste Tommy es nicht mehr und er wollte es auch gar nicht wissen. Er wollte, dass ich ein *mieser alter Lügner* war, also war ich das. Wenigstens für ihn. Für die anderen war ich ein Mann, der eine Nahtoderfahrung gemacht hatte und mit Geschichten von Geistern und Dämonen zurückgekehrt war. Welche Erklärung, fragte ich mich, stellte einen Jungen wohl mehr zufrieden?

»Aber hier steht auch nichts von irgendwelchen Leuten, die durch einen Chemieunfall gestorben sind. Hier steht, sie wurden alle evakuiert.« Tommy konnte einfach nicht mit der Klugscheißerei aufhören, auch wenn ihn das bei seinen Freunden nicht gerade beliebter machte.

»Natürlich nicht, das wurde damals alles vertuscht. Zu viel Geld war im Spiel. Man kann den Leuten keine Möhren verkaufen, die mit einem Zeug besprüht sind, das ein ganzes Dorf ausgelöscht hat.« Ich versuchte, Tommy meinen Zeitungsausschnitt wieder abzunehmen, doch er zog absichtlich am anderen Ende, sodass das Papier zerrissen worden wäre. »Wenn es dir nichts ausmacht ...?«, sagte ich. Ein Lächeln breitete sich über Tommys Gesicht aus. Er hätte meinen Artikel zerrissen, hätte ich nicht die Browning vom Fußboden aufgehoben und ihn daran erinnert, wer in diesem Keller das Sagen hatte.

»Wenn es dir nichts ausmacht!«, wiederholte ich, diesmal etwas entschiedener. Tommy gab sowohl das Stück Zeitung als auch sein Grinsen auf und lehnte sich schmollend auf dem Sofa zurück. Barry, Colin und Farny sahen ihren Kumpan allesamt missbilligend an, als wollten sie sagen: *Was sollte das denn jetzt?*

»Nein, die Regierung hat es vertuscht, Berichte gingen verloren und das ganze Dorf wurde für ein halbes Jahrhundert dichtgemacht und vergessen, bis Micky Maus das Land kaufte«, sagte ich.

»Micky Maus?«

»Na ja, wer auch immer diese Ferienparkleute waren. Blockhütten, Wanderwege, Wasserrutschen und all so was. Das war kein Ort für diesen ganzen Unsinn«, lamentierte ich. Der wahre Grund für meine Ablehnung war, dass sie alle Gräber des Friedhofs verlegt hatten, auch das von Alex. Nach meinem Unfall war ich alle paar Jahre zurückgefahren und hatte frische Blumen um seinen Grabstein gepflanzt, bis ich 2003 einen neuen Fahrradschuppen an der Stelle vorfand. Niemanden außer mir schien das weiter zu stören. Man verwies mich auf den städtischen Friedhof in Lincoln, wo sie alle wiederbestattet worden seien, aber ich ging nie dorthin, um Alex zu besuchen, denn Alex war nicht dort. Bloß seine alten Knochen. Und Knochen sind nicht das, was einen Menschen ausmacht. Eine Seele tut das.

Ich sah auf meine Uhr. Es war fast Mitternacht, und ich fand, ich hatte die Jungen jetzt lange genug festgehalten, um ihre Lektion zu lernen. Farny, Colin und der kleine Barry waren in ihrem Inneren gute Kinder, denen meine alten Geschichten anscheinend gefallen hatten. Mit ihnen würde ich bestimmt keinen Ärger mehr haben. Mit Tommy war das etwas anderes. Er war der faule Apfel im Fass und das Haar in meiner Suppe. Mit gruseligen Horrorgeschichten würde man ihn nie erreichen können, denn er war ein schreckliches Kind. Manche Leute behaupten, so etwas wie schreckliche Kinder gäbe es nicht, es käme alles auf die Eltern an, und da mag durchaus etwas dran sein, aber nur bis zu einem gewissen Maß. Manche Kinder haben es schwerer als die meisten anderen und entwickeln sich zu den besten Menschen. Andere haben es ganz leicht und werden zum Bodensatz der Gesellschaft. Ich glaube, wir sollten unseren Raupen etwas mehr Verantwortung für die Schmetterlinge zugestehen, zu denen sie sich entwickeln, und nicht alles auf Gott, Darwin und Computerspiele schieben.

Mein eigenes kleines Mädchen war da das beste Beispiel. Sie hatte einen furchtbaren Start ins Leben und die schlimmste vorstellbare Mutter gehabt; trotzdem hatte sie alle noch so mächtigen Hindernisse überwunden und war zu einem echten Engel geworden. Dafür konnte ich sie nur bewundern. Sie hatte sich selbst gerettet, indem sie die richtigen Entscheidungen traf. Und niemand hatte ihr diese aufgezwungen, sie hatte es ganz allein geschafft.

Die Jungs hatten angefangen, auf dem Sofa hin und her zu rutschen, und ich sagte ihnen, sie könnten jetzt nach Hause gehen, wenn sie wollten.

»Das wird auch verfickt noch mal Zeit! Die ganze Scheiß-Nacht haben wir hier rumgesessen!«, schnaubte Tommy, wie nicht anders zu erwarten gewesen war. Die anderen waren großmütiger. Sie bedankten sich für meine Geschichten und Colin entschuldigte sich sogar dafür, dass sie in mein Haus eingebrochen waren.

»Das ist schon okay, Colin. Wir machen alle Fehler. Ich wollte nur nicht, dass ihr Jungs in Gefahr geratet, das ist alles«, erklärte ich, öffnete eine Schublade in meiner Werkbank und ließ die Browning hineinfallen. Tommy verfolgte diese Tätigkeit aufmerksam, also beschloss ich, einem neuerlichen Einbruch vorzubeugen, indem ich die Waffe wieder herausholte und den Abzug betätigte. Eine kleine Flamme erschien am Ende des Laufs und Tommys Gesicht verdunkelte sich.

»Die ist noch nicht mal echt?«

»Natürlich nicht. Glaubst du, ich würde eine echte Waffe auf Kinder richten? Wofür hältst du mich?« Tommy begann in allen Farben des Regenbogens zu fluchen, während die anderen kicherten, teilweise aus Erleichterung und teilweise über Tommys Schmach.

»Geht nach Hause ins Bett, es ist schon nach Mitternacht«, sagte ich.

Tommy stürmte sofort los, kam aber eine Minute später zurück, als er feststellen musste, dass keiner seiner Freunde ihm folgte. Sie waren von einigen der obskuren *Objets d'Art* abgelenkt worden, die ich in meinem Keller aufbewahrte, wie zum Beispiel meiner Mäusearmbrust (die nicht *von* Mäusen, sondern von mir *gegen* sie eingesetzt wurde) oder meinem *Allwissenden Spiegel*, der allen, die hineinschauten, ihre Zukunft zeigte. Leider hatte er mir nicht gezeigt, dass ich im Begriff war, 25 Pfund zu verschwenden, als ich ihn damals beim Räumungsverkauf eines Hellsehers erworben hatte.

»Hier, nehmt euch ein paar alte Patronen mit«, sagte ich und überreichte den Jungs eine Handvoll leerer Patronenhülsen, die ich letzte Woche im Heidekraut gefunden hatte, nachdem im Zuge der jährlichen Schädlingsbekämpfung die Kaninchenpopulation reduziert worden war.

»Sind die aus dem Krieg?«, keuchte Farny. In seiner Fantasie eroberten schon die Sturmtruppen feindliche Bunker, also wollte ich ihn nicht enttäuschen.

»Sie sind aus der Schlacht von Conning Heath. Sechzig tapfere Kämpfer traten dort am Ende des Tages vor ihren Schöpfer, nachdem sie ein Netz aus Kommandotunneln gegen einen einzigen feindlichen Scharfschützen verteidigt hatten *(und sie hatten alle große Vorderzähne und lange flauschige Ohren).* Gedenkt ihres heldenhaften Opfers, Jungs.«

Farny presste die Patronenhülsen inbrünstig an seine Brust und versprach mir, sie sofort *bei eBay einzustellen*, was auch immer das bedeuten mochte. Ich wünschte allen eine gute Nacht, aber sie wollten sich immer noch nicht verziehen. Leider hatte ich ihnen schon gezeigt, dass meine Browning nur tödlich war, wenn man sie vierzig Jahre lang in Verbindung mit Zigaretten benutzte, deshalb fragte ich schließlich, ob sie sonst noch etwas auf dem Herzen hätten.

»Ja, kommt schon, ihr Pisser, ich will nach Hause!«, stellte Tommy sich unbeabsichtigt auf meine Seite. Schließlich war es Barry, der die Frage aussprach, auf deren Antwort sie alle gewartet hatten.

»Der Sarg oben … ist der echt?«

Ach ja, mein Köder. Der Sarg, den ich ins Wohnzimmer gestellt hatte, um sie in meine Falle zu locken. Er hatte seinen Zweck offensichtlich gut erfüllt, denn sogar jetzt wollten sie nicht gehen, solange sie nicht wussten, was darin war.

Genauer gesagt: Wer darin war.

»Es sah aus wie ein Mädchen«, sagte Barry.

»Das war es auch«, bestätigte ich. »Das ist Rachel.«

»Wer ist Rachel?«, fragte Colin.

»Sie … nun, sie kam her, weil sie Hilfe brauchte, also habe ich sie sozusagen unter meine Fittiche genommen.«

»Ist sie tot?«, wollte Farny wissen.

»Ja, leider ist sie das.«

»Er labert schon wieder Müll!«, mischte sich Tommy ein. »Ich hab nämlich gesehen, wie sie sich bewegt hat, deshalb kann sie nicht tot sein. Sie ist bloß eine Freundin von ihm, die seinen Scheiß hier mitspielt. Und außerdem könnte er sie gar nicht im Haus haben, wenn sie tot wäre, stimmt's? Dann müsste er sie nämlich beerdigen. So!«

»Erstens habe ich gar keine Freunde, das hatten wir doch schon festgestellt, oder?«, gab ich zurück. »Und zweitens ist sie tot, aber ich kann sie nicht beerdigen. Wie ich euch schon gesagt habe: Sie hat mich um Hilfe gebeten, also tue ich genau das. Ich helfe ihr.«

»Ihr helfen? Wobei denn? Das Haus vollzustinken?«, höhnte Tommy. Er merkte immer noch nicht, dass er mit seiner zynischen Einstellung allein dastand. Die anderen waren ganz begierig darauf, zu hören, was ich zu erzählen hatte. Ich führte sie nach oben und versammelte sie um den Sarg. »Das ist Rachel. Sie mag es nicht, wenn man sie stört.«

Ich hatte den Deckel kaum berührt, da schlug etwas mit aller Kraft von innen dagegen. Erschrocken machten die Jungen einen Satz nach hinten – einschließlich Tommy, der, wie ich bemerkte, am weitesten sprang.

»Hört ihr? Sie bewegt sich, sie ist nicht tot, er ist ein verschissener Lügner!«, tobte Tommy, doch niemand wollte sich auf seine Seite schlagen; erst recht nicht, als ich ihnen den Grund verriet, warum Rachel sich bewegen konnte, obwohl sie tot war.

»Sie ist ein Vampir.«

»Klar ist sie das!«, schnaubte Tommy verächtlich. Was die anderen betraf, hätte ich ebenso gut einen roten Anzug und schwarze Stiefel hervorzaubern und ihnen erzählen können, ich sei der Weihnachtsmann.

»Ein Vampir? Ein echter Vampir? Sie haben einen Vampir?«

»Bitte, erzählen Sie uns …«, drängte Barry so aufgeregt, dass er kaum die Worte finden konnte. Ich ließ die Jungen sich setzen (bis auf einen, der sich nicht setzen aber auch nicht gehen wollte) und richtete den Blick auf den Sarg meiner armen lieben Rachel.

In der Tat war sie gekommen, weil sie Hilfe brauchte. Von allen Menschen auf der Welt hatte sie ausgerechnet mich um Hilfe gebeten. Und so versuchte ich seit nunmehr dreißig Jahren, dieser Bitte nachzukommen.

TEIL 4

WIE DIE MUTTER, SO DIE TOCHTER

- I -

Ein paar Jahre, nachdem ich aus Long Fenton entkommen und zu etwas Ähnlichem wie einem normalen Leben zurückgekehrt war, kam ich von einer ziemlich ereignislosen Geschäftsreise nach Hause und bemerkte dort einen eigenartigen Geruch. Wie ich vielleicht schon erwähnt habe, besitze ich einen besonders feinen Geruchssinn, sogar in meiner normalen Gestalt, deshalb roch ich sofort, dass im Keller etwas Ungewöhnliches sein musste. Es roch wie frisch umgegrabene Erde, die sich ganz von allein umherbewegte. Ich kramte meine stärkste Taschenlampe hervor und spähte vorsichtig in den Keller.

Zuerst konnte ich niemanden sehen, doch dann rief mir eine Stimme zu, dass ich am richtigen Ort suchte: »Ja, ich bin hier unten. Bitte komm herunter. Ich kann nicht nach oben.«

»Wer sind Sie?« Da ich mir nun sicher war, dass es sich nicht um eins der Schattenmonster handelte, das mich aufgespürt hatte, legte ich die Taschenlampe weg und bewaffnete mich stattdessen mit einem Küchenmesser.

»Ich bin Rachel. Ich bin gekommen, weil ich deine Hilfe brauche.«

»Meine Hilfe?« Irgendwie war ich nicht bereit, das als Garantie für meine Sicherheit aufzufassen. »Wie sind Sie hereingekommen? Warum haben Sie nicht einfach wie jeder normale Mensch an die Tür geklopft?«

»Ich bin nicht wie normale Menschen. Und das bist du auch nicht, John Coal«, erwiderte sie wissend.

So sehr diese Anspielung auch zutraf, wusste ich doch immer noch nicht, wer sie war, also drohte ich damit, die Polizei zu rufen, wenn sie nicht sofort hervorkäme und sich zeigte. »Das Spielchen ist vorbei«, warnte ich. »Dies ist mein Privatbesitz und Sie sind nicht befugt, sich ohne meine Erlaubnis hier aufzuhalten.«

»Ich muss schon sagen, für einen Werwolf bist du ein ziemlicher Idiot.«

Rachels Entgegnung erwischte mich kalt.

»Was hast du gerade gesagt?«, flüsterte ich so leise, dass ich es kaum selbst hören konnte, geschweige denn Rachel unten im Keller. Aber sie antwortete trotzdem und bewies damit ohne jeden Zweifel, dass sie in der Tat nicht so war wie normale Menschen.

»Ich sagte, du bist ein Werwolf. Du bist John Coal, Erbe von Tran Van Khan, einstmals der Moor-Würger, Wanderer im Zwielicht und verfolgt von den Hütern der Dunkelheit. Oh ja, ich kenne dich, John Coal. Und jetzt komm endlich hier runter. Ich möchte dich mit eigenen Augen sehen.«

Besorgter und verwirrter als zuvor zögerte ich noch ein paar Sekunden, dann erkannte ich, dass ich gar keine Wahl hatte. Ich hätte weglaufen können, aber Rachel klang nicht wie die Sorte Mädchen, bei der ich sehr weit gekommen wäre, deshalb steckte ich das Küchenmesser in meine Tasche und stieg die Treppe hinab.

»Könntest du bitte die Tür schließen?«, bat Rachel. Ich zog die Kellertür hinter mir zu und tastete mich hinunter, den Rücken immer fest an der Ziegelwand.

Rachel versuchte weder sich zu verstecken noch mich zu überrumpeln. Sie stand bloß höflich lächelnd an der gegenüberliegenden Wand.

»Hallo John. Es ist schön, dich endlich persönlich zu treffen«, strahlte sie und machte sogar den Eindruck, die Worte auch wirklich zu meinen.

Sie sah nicht älter als zwölf aus, doch ihre Haut war blass und verdreckt, was eine genaue Schätzung schwierig machte. Sie hatte schulterlange lockige Haare, die unter all dem Dreck einmal kupferrot gewesen sein mochten, jetzt aber nur noch schwarz und leblos aussahen. Ihr altes viktorianisches Nachthemd reichte ihr bis zu den schmuddeligen Zehen. Theoretisch war es weiß, aber genau wie Rachel selbst offensichtlich kein Fan von Wasser und Seife. Außerdem war sie eiskalt und roch nach frischer Erde.

»Hallo«, sagte ich. Wenn ich mir auch noch kein Lächeln abringen konnte, wollte ich meine guten Manieren doch nicht völlig vergessen.

»Ich bin einen weiten Weg gekommen, um dich zu treffen.« Rachel sagte das, als ob sie dafür eine Umarmung von mir erwartete.

»Das sieht man.«

»Ich will dir nichts tun«, versprach sie. »Ich konnte nur nicht nach oben kommen, das ist alles. Es ist zu hell für mich.«

»Ach so«, antwortete ich, als sei dies eine absolut logische Erklärung. Ein Dutzend Fragen schwirrten mir im Kopf herum, aber keine davon schaffte es bis auf meine Lippen. Schließlich fragte ich: »Und wie geht es dir sonst so?«

»Danke, gut«, lächelte Rachel. »Wir haben einen gemeinsamen Freund, Alex Earlcott. Er hat mir von dir erzählt.«

»Bist du auch ein Geist?«

»Nein, ein Vampir.«

Ich schluckte. »Ah, das ist ja noch besser.«

»Du kannst ganz beruhigt sein. Ich habe dir mein Wort gegeben«, versicherte sie. »Davon abgesehen: Werwolfblut ist nicht gerade lecker, das kannst du mir glauben.«

Ich hätte fast gelacht; allerdings nur fast, denn um das zu wissen musste sie definitiv schon Werwolfblut probiert haben. Und dies schien mir nicht der richtige Tag, kleine Mädchen zu erzürnen, die es mit Werwölfen aufnehmen konnten.

»Okay, Rachel. Wie kann ich dir helfen?«

Es stellte sich heraus, dass Rachel seit ungefähr siebzig Jahren ein Vampir war, was für Vampirverhältnisse nicht besonders alt ist. Der Gentleman, der sie gebissen hatte, war damals über fünfhundert gewesen. Sowohl als Vampir, wie auch in ihrer körperlichen Erscheinung, war Rachel also noch ein Kind, wenn sie auch älter an Jahren war als mein längst verstorbener Vater.

Außerdem war sie ein ziemlich erfolgreicher Vampir, der sich in den Straßen Londons mühelos ernähren konnte. Ich glaube, ihr Äußeres half ihr dabei beträchtlich, denn sie konnte das arme kleine Mädchen spielen, das sich verlaufen hatte, und so jede Menge hilfsbereiter Samariter in dunkle Gassen locken. Seit einiger Zeit bereiteten die psychologischen Nebenwirkungen ihr allerdings echte Probleme. Sie war eine Achtzigjährige mit dem Aussehen eines unbedarften Kindes und musste feststellen, dass sie nach und nach immer brutaler wurde, besonders gegenüber jungen Frauen und Mädchen im Teenageralter. Denn diese Mädchen konnten etwas, das ihr versagt blieb: Sie wuchsen zu Frauen heran. Ich wette, wenn die Kosmetikindustrie das, was Rachel hatte, in Flaschen abfüllen könnte, würde jedes Mädchen auf dem Planeten eine davon kaufen wollen. Und genauso sicher würden sie vierzig Jahre später zwei Flaschen des Gegenmittels kaufen.

Rachel war in eine Spirale unnötiger Gewalt abgerutscht, was zu einem Selbsthass führte, der wiederum die Ursache für noch mehr Gewalt war. Sie wusste, sie musste diesen Teufelskreis durchbrechen, aber allein schaffte sie das nicht. Sie brauchte Hilfe.

Auf Jahre des Unglücks folgten Jahre des Zorns, bis sie eines Nachts von einem Werwolf hörte, der sich immer bei Vollmond in seinen Keller einschloss und es so geschafft hatte, seit über zehn Jahren niemanden mehr zu töten. Das war eine Bestie ganz nach Rachels Geschmack. Sie musste ihn kennenlernen.

»Aber da gibt es einen Unterschied«, meinte ich. Inzwischen saß ich schon etwas entspannter neben ihr auf den Treppenstufen. »Ich kann in meiner menschlichen Gestalt essen.

Und falls der Hunger zu sehr schmerzt und ich unbedingt töten muss, kann ich mir vorher ein Tier kaufen – eine Ziege oder meinetwegen auch zehn oder zwölf Hühner, wenn ich wirklich einen draufmachen will. Aber du kannst – und musst – doch bestimmt nur Blut trinken, wenn ich diese ganze Vampirsache richtig verstanden habe. Also musst du weitermachen wie bisher, um zu überleben.«

»Nein, ich muss zwar trinken, aber theoretisch brauche ich dafür niemanden zu töten. Nicht, wenn sie mir ihr Blut freiwillig geben.«

»Ach so.« Ich dachte nach. »Und wie funktioniert das?«

»Tja, eigentlich gar nicht«, kicherte Rachel. »Aber theoretisch würde es gehen.«

»Okay.« Ich kratzte mich am Kopf und überlegte, wie großzügig die Nachbarn in der Gegend waren. Von einer Tasse Zucker hatte sich jedenfalls keiner dieser Knauser trennen wollen, als ich ein Jahr zuvor von Tür zu Tür gegangen war. »Na gut, reden wir mal über die Menge.«

Um zu überleben brauchte Rachel einen guten halben Liter im Monat als absolutes Minimum. In einer perfekten Welt, in der alle mit Kanülen in den Hälsen herumliefen, würde sie pro Nacht ein paar Liter trinken. Allerdings war es nicht ganz so einfach. Wenn sie jemanden biss und mehr als einen Liter von ihm trank, infizierte sie ihr Opfer, deshalb tötete sie nicht nur, um sich zu ernähren, sondern auch, um ihr Revier zu verteidigen. Praktisch bedeutete das, dass sie zwei- bis dreimal im Monat jemanden umbrachte und sich zwischenzeitlich zurückzog, was für ein erfahrenes Raubtier wie Rachel ein guter Schnitt war. Doch von Zeit zu Zeit, wenn sie das Fernsehballett gesehen hatte, wurde sie von Wut verzehrt und die Todesrate schnellte in die Höhe.

»Ich sollte mich nicht so benehmen. Nachher schäme ich mich immer dafür, aber ich kann nichts dagegen machen. Manchmal bin ich so wütend und einsam und verängstigt, und dann passiert es einfach, obwohl ich weiß, dass es nicht richtig ist.« Rachel zog aufrichtig bekümmert die Schultern hoch. »Ich bin nun mal ein sehr emotionales Mädchen.«

Das war nicht nur ein heißer Favorit auf die Untertreibung des Jahres, sondern womöglich das Gruseligste, was jemals irgendjemand zu mir gesagt hatte.

»Ich finde, du bist ganz großartig«, wurde ich nicht müde, ihr wieder und wieder zu versichern.

»Meinst du, du kannst mir helfen, John?«

Ich dachte lange und intensiv über das Problem nach und versprach ihr, dass ich mein Bestes tun würde.

»Aber wenn ich ehrlich sein soll, bist du selbst die Einzige, die dir wirklich helfen kann.«

Rachel lächelte wieder und gab mir recht.

»Alex hat gesagt, du wärst ein guter Mensch, John Coal.« Sie beugte sich zu mir herüber, um mir einen Kuss auf die Wange zu geben, doch ich erkannte die Absicht nicht. Ich stieß sie weg, machte einen Satz die Treppe hinunter und griff mir, noch während ich über den Fußboden rollte, zwei Fahrradpumpen, um daraus ein Kreuz zu formen.

»Zurück, du Dämonenmiststück!«

Rachel betrachtete mich milde amüsiert und schüttelte den Kopf. »Für einen Werwolf bist du *so* ein Idiot!«

- II -

Um das Wichtigste kümmerte ich mich zuerst: Ich mietete einen Transporter und fuhr nach London, um Rachels Sachen aus einem verfallenen viktorianischen Reihenhaus in einer Seitenstraße der *Mile End Road* zu holen. Sie besaß ein paar Andenken, die ich ihr bringen sollte, wie zum Beispiel ein silbernes Medaillon an einer Kette, das ein paar Strähnen kupferrotes Haar enthielt. Außerdem waren da einige dreckige und zerkratzte Puppen, von denen ich annahm, sie seien Erinnerungsstücke aus ihrer Kindheit, bis Rachel mir erzählte, dass sie bloß Requisiten für die Jagd waren. Wieder einmal machte ich mir bewusst, dass sie kein kleines Mädchen mehr war und ich aufhören musste, sie als solches zu betrachten. Das Wichtigste, was ich abholen sollte, war allerdings ihr Sarg. Er war gefüllt mit Erde aus ihrem ursprünglichen Grab und wog eine Tonne. Nachdem ich eine Stunde lang vergeblich mit dem Ding gekämpft hatte, stellte ich mich raus auf die Straße und fächelte mir mit einer Handvoll Fünf-Pfund-Noten Luft zu. Bald hatte ich eine illustre Gruppe von Sargträgern zusammen.

Rachel hatte mich angewiesen, auch etwas zu trinken mitzubringen. Ich fragte den klapprigsten der gesellschaftlichen Außenseiter, ob er mir nicht auch beim Ausladen helfen und sich zu den zehn Pfund, die ich ihm schon gegeben hatte, noch hundert obendrauf verdienen wolle. Begeistert kraxelte er über den Sarg in den Laderaum des Transporters. Ich knallte die Tür hinter ihm zu und überprüfte, ob irgendjemand etwas gesehen hatte.

Niemand hatte.

In den folgenden Wochen lernten Rachel und ich uns immer besser kennen. Wir machten mitternächtliche Spaziergänge durch die Natur, sprachen über unsere Familien, unsere Erlebnisse und redeten uns Dinge von der Seele, die uns bedrückten und die wir bedauerten. Das war eine völlig neue Erfahrung für mich. Bisher hatte ich alles in mich hineingefressen, aber Rachel war älter als ich und schon einer Menge übernatürlicher Wesen begegnet.

«So wie Alex?«, hakte ich nach, während wir über eine grasbewachsene Uferböschung zu einem gurgelnden kleinen Bach hinunterschlenderten. Es war eine mondlose, wolkenverhangene Nacht, dennoch hatte keiner von uns Probleme, sich in der Dunkelheit zurechtzufinden. Die ewige Verdammnis hat eben auch ihre guten Seiten.

»Ja, wie Alex«, bestätigte Rachel. »Ohne ihn wäre ich heute gar nicht hier.«

»Wie hast du ihn getroffen? Warst du in Long Fenton? Oder hat er einen Ausflug nach London unternommen?«

Weil Rachel darüber kicherte, als hätte ich einen Witz gemacht, kicherte ich mit und tat so, als wäre es wirklich einer gewesen.

»Nein, er ist mir im Traum erschienen«, erklärte sie.

»Du siehst in deinen Träumen Geister?«

»Sicher. Du etwa nicht?«

»Nein … ich weiß nicht … das sind doch nur Träume, oder?«, fragte ich, worauf Rachel natürlich wissen wollte, wie ich mir so sicher sein könne, dass es nur Träume waren.

»Weil mein Vater nie in seinem Leben einen Sari getragen hat«, antwortete ich – und hätte noch ergänzen können, dass er auch nie ein Fahrrad hatte, mit dem er seitlich an Wolkenkratzern hochfahren konnte, aber Rachel hatte recht. Woher wollte ich wissen, was der alte Mistkerl mittlerweile so trieb?

»Natürlich habe ich über die Zeit auch ein paar Vampire kennengelernt – größtenteils Arschlöcher – und Zauberer und Kobolde und sogar den einen oder anderen Menschen«, erinnerte Rachel sich. Dabei hüpfte sie über eine Reihe von Steinen zum anderen Ufer des sanft plätschernden Bachs. »Aber mit Menschen funktioniert es einfach nicht. Egal wie vertraut man auch mit ihnen ist, irgendwann kommt immer der Punkt, wo sie in Panik geraten und Angst vor mir bekommen, und dann muss ich sehen, wie ich damit fertig werde. Menschen können uns eben nicht verstehen. Mit dir ist das anders, John. Du bist ein Werwolf, deshalb weißt du, wie es für uns ist. Und aus diesem Grund glaube ich, dass das mit uns wirklich klappen könnte.«

Ich gab ihr recht und versicherte noch einmal, wie großartig ich sie fände. Auf der anderen Seite des Bachs angekommen, warf ich einen Blick auf die Uhr.

»In ein paar Stunden geht die Sonne auf. Wir sollten langsam zurückgehen.«

Auf dem Heimweg kamen wir an einer großen Farm vorbei, die etwas abseits der Straße lag. Rachel wollte anhalten und sich ein Huhn oder vielleicht ein Lamm holen, weil sie schon seit einer Woche nicht getrunken hatte. Sie war kein großer Fan von Tierblut; es galt in Vampirkreisen nicht gerade als fein, aber es würde sie für ein paar Nächte über Wasser halten und mir die Mühe ersparen, nach London zu fahren und wieder einen Penner von der Straße zu holen, also kletterten wir über den Zaun. Wir schlichen bis auf knapp dreihundert Meter an das Farmhaus heran. »Keine Lämmer«, sagte ich und schnüffelte in die Luft. »Aber da sind kleine Kälber in einem Stall hinter dem Haus.«

Rachel leckte sich über ihre Fangzähne, bis sie vollständig ausgefahren waren, und sagte, sie würde nur eine Minute brauchen. Während sie weg war, fragte ich mich, was wohl aus dem Kalb werden würde, wenn sie es nicht tötete. Würde es ein Vampirkalb werden und auf die Jagd nach anderen Kälbern gehen? Und was würde passieren, wenn ich es biss? Würde es dann zu einem Werkalb? Wie funktionierten diese Sachen? Ich wusste es nicht. Ob es sich wohl lohnte, ein Kalb mit nach Hause zu nehmen und damit zu experimentieren? Oder hätte ich dann irgendwann einen ganzen Zoo voller Monster? Und was würde die Siedlervereinigung dazu sagen? Schließlich waren die Mitglieder gerade erst über Mr. und Mrs. Singhs Einzug in Nummer 27 hinweggekommen.

Ich beschloss, lieber keine schlafenden Kälber zu wecken, und überlegte stattdessen, wie ich auf regelmäßiger Basis Blut – ob menschlich oder nicht – für Rachel besorgen könnte, ohne dafür jemanden töten zu müssen. Bevor ich eine Eingebung hatte, hörte ich jedoch schrilles Kreischen, dann einen Schrei und gleich darauf einen Knall wie von einem Gewehrschuss. Es folgten Rufe aus der Richtung des Stalls. Ich rannte los, um Rachel zu suchen und sie aus der Gefahrenzone zu bringen, fand aber keine Spur von ihr. Nur aufgeregtes Muhen und mehrere ärgerliche Stimmen drangen aus dem weitläufigen Stall. Ich lief zur Rückseite und suchte nach einem Nebeneingang, wieder ohne Erfolg. Als ich mich gerade zur anderen Seite aufmachen wollte, brüllte eine Stimme, dass ich ein toter Mann sei.

»Du krankes Arschloch!«

Ich wirbelte herum und starrte in die beiden Läufe eines großkalibrigen Jagdgewehrs. Am anderen Ende befand sich ein junger Kerl in Pyjama und Mantel, der den Abzug durchzog, ohne meine Seite der Geschichte gehört zu haben. Mündungsfeuer blitzte auf. Ich wurde gegen die Stallwand geschleudert, doch als ich die Augen öffnete, sah ich Rachel, die ihren Körper um den meinen geschlungen hatte. Sie war wie aus dem Nichts aufgetaucht und hatte die Kugel abgefangen, genau zwischen ihren Schulterblättern, aber sie war nicht einmal außer Atem. Sie zwinkerte mir kurz zu, dann war sie auch schon wieder weg. Die Strecke zu dem Schützen überwand sie im Bruchteil einer Sekunde. Er feuerte einen weiteren Schuss ab, was ihm allerdings nicht viel nützte, weil Rachel mit ihren Nägeln seinen Hals aufschlitzte und sich festsaugte, noch während er zu Boden ging. Sie trank gierig und schnell. Kaum hatte sie sein Blut hinuntergestürzt, sprang sie auf, lud seine Büchse nach und blies ihm damit den Kopf samt Hals weg. Dann warf sie das Gewehr zur Seite und blickte sich mit einer raubtierhaften Wachsamkeit um, die ich zuletzt bei Khan zu seinen besten Zeiten gesehen hatte. Bevor ich sie aufhalten konnte, war sie schon wieder in die Nacht geflitzt, sich um den Rest der Stimmen zu kümmern, die sie von dort herausforderten.

»Nein, Rachel! Komm zurück!« Ich sprintete hinter ihr her. Aus dem Farmhaus drangen Schreie und Schüsse, aber in jedem Zimmer kam ich um Sekunden zu spät und fand nichts als Blut, das von Wänden und Decken tropfte, und Revolverhelden, die ihre Reise in die Ewigkeit im Schlafanzug angetreten hatten: vermutlich der Farmer und seine drei Söhne. Als Rachel sie erst einmal zwischen den Zähnen hatte, hatten sie keine Chance mehr. Rachel verwischte ihre Spuren, indem sie auf die Bisswunden schoss, sodass sie wie ganz normale Mordopfer aussahen. Bei der Frau des Farmers war sie allerdings über das Ziel hinausgeschossen und hatte mit der (vorher) gut aussehenden Frau mehr oder weniger das komplette Badezimmer gestrichen, sodass ich Rachel zuerst gar nicht sehen konnte, weil sie dieselbe Farbe wie die Wände hatte. Erst als sie sich bewegte, erkannte ich, dass sie wie ein Wasserspeier auf dem Spülkasten der Toilette hockte, erregt und atemlos, wenngleich ein wenig beschämt.

»Ich war böse«, murmelte sie und starrte hinunter auf die unglückselige Farmersfrau – oder das, was nach einem von Rachels *dunkleren Momenten* von ihr übrig war. Sie wickelte sich eine schmutzige Haarsträhne um einen blutigen Finger und schaffte es schließlich, mir in die Augen zu sehen. »Bist du jetzt sauer auf mich?«

Sauer? Ich war außer mir vor Entsetzen, aber Rachel brauchte jetzt Bestätigung, keine Rüge. Und was würde es schon bringen, wenn ich sie jedes Mal übers Knie legte, nachdem sie eine ganze Familie abgeschlachtet hatte? Also sagte ich ihr, es wäre alles in Ordnung, ich wäre nicht sauer, nur enttäuscht, und Rachel steckte den Rüffel bereitwillig weg.

»Es tut mir leid«, säuselte sie. Genau genommen ging diese Entschuldigung an den Falschen, aber es war immerhin ein gutes Zeichen, dass sie sich überhaupt entschuldigte. Ich nahm Rachel bei der Hand und führte sie nach draußen in die Dunkelheit.

Doch eine Sache musste ich noch loswerden: »Danke, dass du mir das Leben gerettet hast.«

»Schon okay«, lächelte sie. »Gern geschehen.«

- III -

Zuhause machte Rachel sich erst nach einem Streit sauber. Sie mochte das Gefühl von Blut auf ihrer Haut, besonders wenn es antrocknete, und früher war eins ihrer üblichen Rituale gewesen, dass sie wartete, bis es von selbst abbröckelte, bevor sie wieder auf die Jagd ging. Ich sagte ihr, so würde sie ihr altes Verhaltensmuster nie durchbrechen, und schließlich erklärte sie sich bereit, sich zu waschen. Ich rieb mit einem nassen Waschlappen ihre Hände und ihren Mund ab, säuberte sie zwischen den Fingern und Zehen und machte sogar einen kleinen Fortschritt bei ihren Haaren. Doch als sie ihr Nachthemd abstreifte und mir ihren Körper darbot, verließ ich den Keller. Rachel gefiel meine Reaktion überhaupt nicht. Sie warf mir vor, ich würde sie immer noch als ein kleines Kind betrachten.

»Ich wette, du würdest mich nur zu gerne waschen, wenn ich aussähe wie dreiundzwanzig, mit großen Brüsten und runden Hüften«, schmollte sie. Ich versuchte sie vom Gegenteil zu überzeugen.

»Es ist nicht, dass du nicht … äh, ich meine, nicht erwachsen aussiehst oder so. Eigentlich mag ich sogar sehr gerne Mädchen, die … so jung sind wie du«, log ich. Es tat weh, mich auch noch als Kinderficker ausgeben zu müssen, wo ich schon der Sohn eines Serienmörders und ein Werwolf war. Kein Wunder, dass ich keine Freundin fand. Aber Rachel hatte recht. Ich fühlte mich wirklich nicht wohl dabei, ein vorpubertäres Mädchen zu waschen; besonders ein vorpubertäres Mädchen, das sich danach sehnte, wie eine Frau behandelt zu werden. Es gab bestimmt Männer, die von so einer Gelegenheit träumten. Und wenn ich auch selbst keiner von diesen Männern war, hätte ich diejenigen, die es waren, nur zu gerne mit Rachel bekannt gemacht.

»Ruf mich, wenn du fertig bist«, sagte ich und nahm ihr Nachthemd mit nach oben, damit es zum ersten Mal eine Waschmaschine von innen betrachten konnte.

»Arschloch!«, maulte sie.

In der nächsten Nacht gingen wir nicht nach draußen, denn es war Vollmond und ich musste mich verwandeln. Rachel wollte unbedingt dabei sein und weigerte sich, den Keller zu verlassen, so sehr ich sie auch bekniete. Am Ende ließ ich sie gewähren. Ich machte mir immer noch Sorgen, nicht nur um Rachel, sondern auch um mich. Ich war nicht scharf darauf, am Morgen aufzuwachen, nachdem ich die ganze Nacht mit einem Vampir gekämpft hatte. Rachel beruhigte mich. Es sei schon in Ordnung, sie könne gut mit Tieren umgehen. Ich schloss also die stahlverstärkte Kellertür ab und warf den Schlüssel in einen Abfluss in der Ecke.

»Wofür soll das gut sein?«, fragte Rachel.

»Zu meinem eigenen Schutz«, erklärte ich. »Die Öffnung ist gerade groß genug für meine Hand, so wie sie jetzt ist, aber zu klein für die der Bestie. Auf diese Art komme ich nicht an den Schlüssel, wenn ich verwandelt bin.«

»Und was ist, wenn ich dich heute Nacht rauslasse?«, fragte sie mit einem schelmischen Glitzern in den Augen.

»Was ist, wenn ich dich morgen zum Sonnenbaden nach oben trage?«, gab ich zurück.

Wir spielten ein paar Stunden lang Karten, bis Rachel bemerkte, dass ich aufgehört hatte, Buben auszuspielen. Die Haut in meinem Nacken wurde immer heißer und meine Muskeln verspannten sich.

»Es hat angefangen«, sagte ich. Während das Brennen immer stärker wurde, schüttelte ich die Knoten aus meinem Körper. »Gott helfe uns beiden!«, keuchte ich und fiel zu Boden.

Ich weiß nicht mehr viel von dieser Nacht. Ich weiß noch,

dass Rachel die Stühle wegräumte und dass sie mir sagte, ich sähe fantastisch aus, aber sonst erinnere ich mich nur noch an sehr wenig aus der Perspektive von John Coal. Wenn ich erst einmal verwandelt bin, werden meine Erinnerungen lückenhaft und alles kommt mir fast wie ein Traum vor. Mit dem bewussten Nachdenken schwindet auch meine Fähigkeit, die Erinnerungen hinterher zu ordnen. Da sind nur noch Affekte und Zwänge, Sinneseindrücke und Instinkte. Ich kann mich an bestimmte Geschehnisse erinnern, die einen lebhaften Eindruck hinterlassen haben, und ich weiß auch noch, welche Rolle ich dabei gespielt habe. Ich kann mich sogar erinnern, dass ich etwas in dem Moment für eine wirklich gute Idee hielt, zum Beispiel diesen Typen von der Landvermessung zu fressen, damals im *Ben Armine Forest*; aber ich weiß nicht mehr, wie ich jemals darauf kommen konnte, das sei ein akzeptables Benehmen. Es ist, als würden meine moralischen Sicherungen durch dicke Eisennägel ersetzt. Egal wie sehr meine Impulse auch überhitzen, mein Gewissen schaltet sich einfach nicht dazwischen. Jedenfalls nicht bis zum Morgen danach.

Meine Nacht mit Rachel war allerdings ganz anders. Ich konnte mich weder an Kämpfe noch an irgendwelche Schmerzen erinnern. Tatsächlich konnte ich mich an fast gar nichts erinnern, was bedeutete, dass es wahrscheinlich eine recht ereignislose Nacht gewesen war. Mit Sicherheit war es eine der friedlichsten Nächte gewesen, die ich jemals in Gestalt der Bestie verbracht hatte. Normalerweise füge ich mir immer ein paar Schnitte und blaue Flecken zu, wenn ich versuche, mich mit Klauen und Zähnen aus dem Keller freizukämpfen, aber als ich an diesem Morgen erwachte, war ich unversehrt und vollkommen entspannt. Rachel saß neben mir, legte Patiencen und wirkte ebenfalls ganz ruhig.

»Was ist passiert?« Obwohl ich mir den Kopf zerbrach, wollte sich kein Bild formen.

»Nichts.« Rachel zuckte ohne aufzusehen mit den Schultern. »Wir haben einfach die ganze Nacht gevögelt.«

Zum Glück nahm Rachel mich bloß auf den Arm. Mit einem hatte sie allerdings recht gehabt: Sie konnte wirklich gut mit Tieren umgehen, besonders anscheinend mit übernatürlichen, denn sie hatte mich die ganze Nacht unter Kontrolle gehalten. Während der Verwandlung hatte sie beruhigend auf mich eingeredet, mich anschließend verhätschelt wie einen preisgekrönten Zuchtpudel, und ich war nicht einmal auf sie losgegangen, als sie meine dichte Mähne geflochten hatte. Drei rosa Bänder, die immer noch in meinen Haaren hingen, sowie zehn weitere auf dem Fußboden um mich herum, legten davon beredtes Zeugnis ab.

»Braves Hundchen«, lächelte sie.

In den kommenden Nächten verwandelte ich mich noch dreimal, und immer blieb Rachel bei mir. Am letzten Abend fragte sie, ob sie mich nicht für die Verwandlung in den Wald bringen sollte. Sie meinte, es würde mir guttun, wieder einmal durch den Farn zu streifen, und sie versprach, mich nicht von der Leine zu lassen, aber ich weigerte mich standhaft. Rachel konnte sich nicht einmal selber im Zaum halten; deswegen war sie überhaupt hier. Ich schauderte bei dem Gedanken, was passieren konnte, falls wir auf ein Pfadfinderinnen-Campinglager trafen.

Sie schmollte den ganzen Abend und am nächsten Morgen erwachte ich mit zwei blauen Augen und einer geschwollenen Oberlippe.

Rachel machte sich nie die Mühe einer Erklärung.

- IV -

Am nächsten Tag machte ich mich daran, Rachels Ernährungsproblem zu lösen. Ich besuchte ein Schlachthaus und brachte den Typen dazu, mir ein paar Liter Blut zu verkaufen, indem ich ihm erzählte, ich wolle meine eigene Blutwurst herstellen. Danach fuhr ich nach Norwich und erkundigte mich, wo ich Blut spenden könne. Ich bekam die Adresse eines örtlichen Krankenhauses, fuhr hin und sah mich dort um, ging aber nicht so weit, etwas von meinem eigenen Blut zur Untersuchung abzugeben.

Zu Hause schreckte Rachel vor dem Kuhblut zurück und schlug es mir im wahrsten Sinne des Wortes um die Ohren. Der Idee mit der Blutbank stand sie schon aufgeschlossener gegenüber, also brachte ich sie in der Nacht nach Norwich und wartete an der Rückseite des Gebäudes im Auto. Beim Einbruch brauchte Rachel keine Hilfe. Sie war selbst eine geschickte Einbrecherin, die erfolgreich den Kühlschrank ausräumte und eine Reisetasche voller Blutkonserven mitbrachte, von denen sie in den kommenden Nächten leben wollte. Als wir nach Hause kamen, stellte ich fest, dass das meiste davon zu den selteneren Blutgruppen gehörte: AB positiv und negativ.

»Schmeckt das irgendwie besser als die häufigeren Sorten?«, fragte ich.

Rachel zuckte die Achseln. »Eigentlich nicht. Aber es schadet ihnen viel mehr, wenn dieses Zeug weg ist, als nur eine langweilige Ladung Blutgruppe 0.«

Das war wieder typisch Rachel. Wenn sie die Wahl hatte, entweder menschenfreundlich oder bösartig zu handeln, entschied sie sich mit Sicherheit jedes Mal für bösartig. Dabei traf sie nicht einmal eine bewusste Entscheidung; es war vielmehr eine Charaktereigenschaft. Sie war eben im tiefsten Inneren ein schlechter Mensch. Die Tatsache, dass sie auch ein Vampir war, machte es nur noch schlimmer für alle Beteiligten. Rachel war die Dunkelheit, die nicht vor sich selbst fliehen konnte.

Ich fragte mich, ob sie das überhaupt versuchte.

Rachel hatte eine furchtbare Kindheit gehabt. Manche würden vielleicht behaupten, dass sie die immer noch hatte, aber das würde ich so nicht sagen – zumindest nicht in Rachels Hörweite. Ihre Mutter war gegen Ende der Regierungszeit von Queen Victoria eine Hure im East End gewesen, und Rachel war nur einer von zwölf Betriebsunfällen, die Happy Sue, wie sie damals genannt wurde, zugestoßen waren. Rachels elf Geschwister waren nur Tage nach ihrer Geburt entweder im Armenhaus oder auf dem Friedhof gelandet, doch als Happy Sue mit Nummer Zwölf an die Tür klopfte, meinten die Leute vom Armenhaus, sie hätten schon genug Sprösslinge von dieser glücklichen Frau, und lehnten es ab, ihre Tochter aufzunehmen. Unter normalen Umständen wäre Rachel noch vor dem Abend im Fluss gelandet, aber der Armenhausvorsteher war ein glühender Kämpfer für hoffnungslose Fälle. Er schärfte Happy Sue ein, sie habe sich entweder mit ihrer Tochter an jedem Monatsende bei ihm zu melden, oder sie würde sich mit den Füßen in der Luft an einem Seilende wiederfinden. Natürlich war es keine Kleinigkeit, damals in den viktorianischen Slums ein Baby am Leben zu erhalten, doch der Vorsteher drohte, dass sogar wenn die kleine Rachel an einer der vielen populären Krankheiten ihrer Zeit versterben sollte, ihr Körper sofort zu einem Arzt gebracht werden musste, der die Todesursache untersuchte. Und wehe, wenn nicht.

Wie ihr euch vorstellen könnt, bekam – und überlebte, sehr zum Missfallen ihrer Mutter – die kleine Rachel so ziemlich jede der Medizinwissenschaft bekannte Krankheit, aber nichts konnte sie von der Brust ihrer Mutter hinwegraffen. Acht Jahre lang spielte Happy Sue deshalb Mutter und Kind mit diesem unerwünschten Mühlstein um ihren Hals. Die Wege der beiden trennten sich erst an Weihnachten 1899, als Happy Sue erwischt wurde, wie sie ihrer Vermieterin eine halbe Krone aus der Geldbörse stahl, und anschließend bei ihrer Flucht die Treppe hinunterfiel, wobei sie sich den Kopf einschlug.

Rachel sah das alles aus nächster Nähe mit ihren eigenen Augen. Und es war ihr ziemlich egal.

Ich entdeckte Parallelen zu meinem eigenen Vater. Verglichen mit Rachels Kinderstube war meine zwar eine einzige lange Liebkosung gewesen, aber unsere Eltern hatten beide eine wichtige Rolle bei unserer späteren Entwicklung gespielt. Wäre ich nicht zur See gefahren, um den Folgen der Handlungen meines Vaters zu entkommen, wäre ich nicht der Mann, der ich heute bin (oder die Bestie). Doch bei Rachel war es noch grundlegender. Ihre Mutter hatte ein Gefühl der Verachtung tief in ihre Seele gepflanzt. Ich bin nicht sicher, ob Rachel überhaupt wusste, warum sie so voller Hass war, aber er zerfraß sie wie ein Krebsgeschwür, und das hatte nichts mit ihrem Vampirismus zu tun. Wenn sie ein normales Kind gewesen wäre, hätte ich eine Therapie für sie suchen können, nur war sie leider achtzig Jahre darüber hinaus – obwohl es mir irgendwie so vorkam, als sei sie nie wirklich erwachsen geworden. Ihr Körper war in der Zeit stehen geblieben und ich erkannte, dass ihr Geist das auch war. Sie mochte zwar schon seit dem letzten Jahrhundert auf dieser Welt sein, aber sie hatte nichts von der emotionalen Reife oder der Weisheit des Alters, nur achtzig Jahre voller Verbitterung. Sie bereute ihre Taten nicht um ihrer Opfer willen, niemals, sondern immer nur um ihrer selbst willen und wegen der Katerstimmung, in die sie nach dem Töten verfiel. Dieses Selbstmitleid verkleidete sie als Reue, weil es so einfach besser aussah, und sie trug es mit sich herum wie einen tragischen Fluch, doch in Wirklichkeit war der Zorn lange vor den Klauen und Fängen da gewesen.

Im Innersten war sie immer noch ein Kind – über achtzig und gefährlich wie ein Tiger, und dennoch ein Kind. Für Rachel ging es immer nur um Brüste und Schamhaare, und ich kam zu dem Schluss, dass sie mit dem Problem recht hatte; sie lag nur falsch mit dem Bereich, in dem sie es ansiedelte.

Natürlich versuchte ich, mir in den kommenden Wochen nicht in die Karten schauen zu lassen, denn wenn es eins gibt, was eine emotional retardierte Psychopathin mehr aufregt als alles andere, dann ist es, wenn ihr jemand sagt, dass sie eine emotional retardierte Psychopathin ist. Stattdessen machte ich einen Plan, wie ich ihr helfen konnte.

Als Erstes waren da ihre materiellen Bedürfnisse. Vor der Tatsache, dass sie Blut trinken musste, um zu überleben, konnten wir nicht die Augen verschließen, egal wie viele kuschelige Plüschhäschen ich ihr in den Sarg legte.

Ich kundschaftete alle Krankenhäuser in einem Radius von hundert Meilen aus und wir beschlossen, dass wir über die nächsten Monate systematisch in eins nach dem anderen einbrechen würden – und wir würden sie nicht plündern, sondern nur so viel nehmen, wie sie entbehren konnten. Es war von entscheidender Bedeutung für Rachels Therapie, dass sie nicht mehr tötete, um zu trinken.

Rachel erklärte sich einverstanden, also stiegen wir einmal pro Woche ins Auto und ich wartete in der Nähe, während Rachel die Krankenhauswand hochkletterte, um ihre Ration zu stehlen. Sie hatte eingewilligt, nur 0 und A+ zu nehmen und den Rest der Blutvorräte nicht zu ihrem Privatvergnügen zu zerstören. Außerdem waren wir übereingekommen, dass sie, selbst wenn sie erwischt wurde, niemanden tötete, was einen echten Durchbruch für sie bedeutete. Diese Dinge zu versprechen und sie tatsächlich zu tun waren jedoch zwei verschiedene Paar Schuhe, daher biss ich mir regelmäßig die Nägel blutig, wenn ich auf Rachels Rückkehr wartete, aber zu meiner Erleichterung hielt sie ihr Wort und stahl wirklich nur, was sie brauchte. Wir schienen eine echte Chance zu haben, ihr Leben zum Besseren zu wenden.

Und damit kamen wir zum zweiten Teil der Therapie: In achtzig langen Jahren hatte Rachel niemals Liebe oder menschliche Wärme kennengelernt. Weder die Liebe eines

Elternteils, noch die Zuneigung eines Freundes. Sie hatte nur Abneigung und Furcht erfahren, und als Resultat konnte sie in anderen auch nur Abneigung und Furcht hervorrufen. Wahrscheinlich ging das Problem in Wirklichkeit noch tiefer, aber das war meine beste amateurpsychiatrische Diagnose, und die Lösung schien offensichtlich: Ich musste sowohl Elternteil als auch Freund für Rachel sein. Ich musste ihr all die Liebe und Geborgenheit schenken, die ihr fast ein Jahrhundert lang versagt geblieben war, und ihr den Glauben an die Menschheit zurückgeben. Sie war zwar ein Raubtier, das auf Menschen Jagd machte, doch das bedeutete nicht, dass sie sie deshalb auch hassen musste.

Also begannen wir ganz von vorn.

Wir begannen mit *Peter Pan.*

Ich muss zugeben, dass es vielleicht nicht die allersubtilste Herangehensweise war – ein Junge, der nicht erwachsen werden konnte und auf einer verwunschenen Insel herumflog, wo er magische Abenteuer erlebte – aber Rachel konnte gar nicht genug davon bekommen.

Ich musste ihr jedes von J. M. Barries Büchern wieder und wieder vorlesen, bis sie zerfleddert und eselsohrig waren. Rachel selber konnte nicht lesen, und egal wie oft ich es auch versuchte, war es mir nicht möglich, ihr auch nur die Grundlagen zu vermitteln. Weil ich so ihr einziger Weg nach Nimmerland blieb, wurde ich nur umso wertvoller für sie. Es war ein Fortschritt, kein bedeutender, nur ein kleiner, denn genau genommen dienten ihre neu entdeckten Gefühle immer noch nur ihren eigenen Bedürfnissen; aber es zeigte immerhin, dass da etwas war, worauf wir aufbauen konnten. Alles, was ich brauchte, war Zeit.

Alles, was ich bekam, waren zwei Monate.

- V -

Die dritte Woche in Folge bestand Rachel nun schon darauf, immer zu derselben Blutbank zu fahren. Sie erzählte mir, diese sei nicht nur am besten ausgestattet von allen, die sie in den letzten paar Monaten ausgeräumt hatte, sondern das Eindringen sei hier auch am leichtesten. Deshalb konnten sie die Verluste besser verschmerzen und die Chance, dass jemand sie während des Raubs entdeckte, war gering. Lauter gute Gründe, warum ich Montag für Montag die fünfzig Meilen bis Colchester fuhr und gegenüber dem Kreiskrankenhaus im Auto wartete, während Tinkerbell sich ihr Abendessen besorgte.

Erst in der dritten Woche, als sie fast zwei Stunden lang wegblieb, erwachte mein Misstrauen. Das sah nicht gerade nach der *bestausgestatteten, am leichtesten auszuraubenden Blutbank* aus. Als Rachel zurückkam, entdeckte ich außerdem Blutspritzer auf ihrem Nachthemd, obwohl die Blutkonserven alle versiegelt in ihrer Reisetasche lagen.

Ich sagte nichts, doch am nächsten Morgen fuhr ich nach Colchester zurück und sah mich auf eigene Faust um. Das Krankenhaus war genau, wie sie es beschrieben hatte, und niemand gab an, irgendwelche Eindringlinge gesehen zu haben, als ich ihnen meine gefälschte Polizeimarke vor die Nase hielt. Ich schnüffelte noch ein bisschen auf dem Grundstück herum, verfolgte Rachels Weg vom Auto zum Fenster der Blutbank zurück und suchte den Boden nach Anzeichen von Gewalt ab, fand aber nichts.

Als ich meine Suche ausweitete, stieß ich auf der Rückseite des Krankenhausgeländes auf einen bewaldeten Park, den ich durchquerte, um zu sehen, was auf der anderen Seite war. Dort stand ein großes viktorianisches Gebäude, von einem eigenen Grundstück umgeben, dreistöckig und ungefähr zehn Fenster breit, das einen offiziellen Eindruck machte. Ein

Schild neben der Eingangstür trug die Aufschrift KINDERHEIM COLCHESTER.

Zwei Polizeiwagen standen davor.

Anscheinend wurde das Kinderheim seit drei Wochen von einer mysteriösen Seuche befallen. Die Kinder im obersten Stockwerk hatten angefangen, sich systematisch selbst zu verletzen, schnitten sich mit Rasierklingen oder warfen sich mitten in der Nacht aus dem Bett und die Treppen hinunter. Anschließend gaben sie an, dass sie nicht wussten, wie sie dort hingekommen waren. Ein paar der Kinder berichteten von schrecklichen Albträumen, in denen böse Geister sie in ihren Betten angegriffen hatten, aber die meisten stritten jedes Wissen darüber ab, was passiert war, sodass die Erzieher eine Art bizarren Pakt vermuteten, den die Kinder geschlossen hatten, um Unruhe zu stiften. Man versuchte hart durchzugreifen, doch egal wie streng die Kinder auch bewacht wurden, immer Montagnacht flippte eins von ihnen aus und brachte sich bei der ersten Gelegenheit halb um. Zumindest bis die siebzehnjährige Rhiannon aufs Ganze ging und sich vom Dach hinunter auf den Zaun stürzte. Diese an sich schon furchtbare Tragödie wurde dadurch umso rätselhafter, dass Rhiannon eine zuverlässige Helferin gewesen war, die selbst angeboten hatte, auf die anderen Kinder im obersten Stockwerk aufzupassen. Es ergab einfach keinen Sinn.

Jedenfalls nicht für sie.

Auf manch anderen wirkten diese Ereignisse nur allzu vertraut.

- VI -

»Ich bleibe nicht lange«, versprach Rachel, schlüpfte aus dem Auto und wirbelte einmal aufgeregt um die eigene Achse, bevor sie die Tür zuschlug und hinaus in die Nacht eilte.

Sobald sie außer Sicht war, ließ ich den Wagen an und trat

das Gaspedal durch. Ich raste über die Ringstraße, die um den Rand des Parks herumführte und auf der anderen Seite am Kinderheim herauskam. Knapp fünfzig Meter vom Gebäude entfernt trat ich auf die Bremse, sprang aus dem Auto, schnappte mir meine Tasche aus dem Kofferraum und lief mit einem Vorschlaghammer über der Schulter auf den Eingang zu. Mit einem einzigen Schlag brach ich durch die Tür, zertrümmerte Holz, Glas und Stahl, ließ den Hammer achtlos fallen und rannte zur Treppe.

»Halt! Bleiben Sie sofort stehen!«, rief die diensthabende Oberschwester, doch ich wurde nicht einmal langsamer. Drei Stufen auf einmal nehmend zog ich mich am Geländer immer höher hinauf, bis ich durch die Tür des obersten Stockwerks platzte.

»Haltet ihn! Haltet ihn!«, schrie die Oberschwester irgendwo hinter mir. Zwei stämmige Pfleger sprangen auf die Füße und versuchten mich abzufangen, bevor ich in die Nähe der Kinder kommen konnte.

»He, Sie! Kommen Sie her!«

»Bleiben Sie stehen!«

Aber ich hatte genauso wenig Lust für die beiden anzuhalten wie für die Oberschwester. Ich hetzte den Flur entlang und trat jede Tür ein, an der ich vorbeikam.

»Ich weiß, dass du hier drin bist. Komm raus! Sofort!«, brüllte ich aus Leibeskräften, zog ein silbernes Kruzifix aus der Tasche und hielt es in jeden Schlafsaal. Die Kinder schrien, als ich in ihre Zimmer stürmte, und die Pfleger machten einen Satz auf mich zu, aber ich holte Dads alten Webley-Revolver aus meiner Tasche und feuerte ein paarmal in die Decke, um sie auf Abstand zu halten.

»Geht weg! Ich meine es ernst!« Mit dem Revolver in der einen und dem Kruzifix in der anderen Hand sah ich wahrscheinlich aus wie der geistesgestörte schlimmste Albtraum jedes Waisenhauses.

»Legen Sie die Waffe weg und lassen Sie uns reden«, wechselte der Pfleger, der mir am nächsten stand, die Taktik. Ich sagte ihm, die Kinder seien in Gefahr, und wenn er mir nicht aus dem Weg ginge, würde vor dem Ende der Nacht noch ein Kind sterben.

»Wir wollen doch niemandem wehtun.«

Der Pfleger drängte mich in eine Ecke, bis ich keine andere Wahl hatte. Ich senkte den Revolver und schoss ihm in den Fuß. Er ging sofort zu Boden, während sein Kollege in Deckung sprang.

»Tut mir leid, Mann«, sagte ich zu dem Pfleger, der sich jetzt in seiner selbst gemachten roten Pfütze wand. »Keine Zeit für Erklärungen, aber ich will wirklich nur helfen.«

Ohne Zweifel glühten in der unteren Etage schon die Telefone. Ich trat die verbliebenen Türen eine nach der anderen ein. Der zweite Pfleger stellte sich zwischen mich und die Oberschwester und diese brachte die Kinder, an denen ich vorbei war, in Sicherheit. Aus jedem Zimmer, zu dem ich kam, zog ich ein schreiendes Kind, schubste es zu dem Pfleger und der übergab es seinerseits an die Oberschwester. Offensichtlich verstand keiner von beiden die Zusammenhänge, und wahrscheinlich waren sie außer sich vor Sorge, was ich noch anstellen mochte. Doch solange ich ihnen die Kinder bloß anreichte, anstatt sie zu exorzieren, ließen sie mich gewähren und warteten auf die Männer mit den großen Schmetterlingsnetzen.

Inzwischen hatte ich fast alle Türen durch. Als mein Fuß durch die vorletzte krachte, fand ich ein achtjähriges Mädchen, das in der Wäschekammer neben einem offenen Fenster stand. Ihr Gesichtsausdruck wirkte leer, wie in einer Art Trance, aber aus mehreren offenen Wunden an ihren Armen tropfte Blut auf die frischen weißen Laken um sie herum.

»Komm mit mir, Kleine.« Ich streckte die Hände nach ihr aus, als plötzlich etwas von der Decke herabgefallen kam. Im letzten Moment blickte ich nach oben, gerade rechtzeitig, damit zehn wütende Klauen sich um mein Gesicht krallen konnten. Bevor ich reagieren konnte, lag ich schon auf dem Boden.

»Sie gehört mir!«, kreischte Rachel und stieß mich mit so viel Wucht gegen die Regale, dass sie über mir zusammenbrachen. Ich krabbelte unter dem Haufen von Bettwäsche hervor. Um Rachels Aufmerksamkeit zu erregen, schoss ich ihr mit dem Revolver in den Rücken, woraufhin sich der Pfleger und die Oberschwester auf dem Flur umdrehten und flohen. Rachel wandte sich vom Fenster ab. Sie schenkte mir ihren finstersten Blick, der noch finsterer wurde, als ich ihr das Kruzifix zur Begutachtung entgegenstreckte.

»Raus hier!«, befahl ich, stand auf und ging auf sie zu. »Verlass sofort diesen Ort und komm nie wieder. Solange du bei mir wohnst, darfst du diese Mauern nicht mehr betreten. Hast du verstanden?«

Ich wusste nicht genau, ob das Ganze überhaupt irgendwas brachte, aber Rachel machte einen angemessen entrüsteten Eindruck und drohte, Stücke in allen möglichen Formen aus meinem Kopf zu beißen, falls ich je wieder wagen sollte, so mit ihr zu reden.

»Es ist mir ernst«, wiederholte ich und ging noch näher an die geifernde und fauchende Rachel heran. »Lass das Mädchen frei oder deine Zeit bei mir ist vorbei.«

Das kleine Mädchen, um das es ging, wusste immer noch nicht, was eigentlich los war, doch Rachel drängte sie langsam aber sicher immer näher an das offene Fenster heran, während sie vor meinem heiligen Artefakt zurückwich. Ich wusste, dass ich nur noch Sekunden hatte, bevor sie hinausfallen und unten auf dem Zaun landen würde. Es war an der Zeit, andere Saiten aufzuziehen. Ich zog eine abgegriffene Ausgabe von *Peter Pan und der rote Pirat* aus meiner Tasche.

»Siehst du das?«

Eine Patrone aus meiner Waffe durchschlug den Buchdeckel und riss ein ziemliches Loch in die Handlung. Lose Seiten flatterten durch die Wäschekammer.

»Neiiin!« Rachel packte das Mädchen, drehte sie herum und umklammerte sie mit ihren Klauen unterhalb des Kinns. Wahrscheinlich hätte sie ihr aus schierer Rachsucht einfach den Kopf abgerissen, wenn ich nicht blitzschnell *Peter Pan in Kensington Gardens* aus der Tasche gezogen hätte. Oh ja, es gab noch drei weitere ihrer geliebten Geschichten, die mit dem Buchrücken zur Wand standen.

»Ich zerstöre sie alle, wenn du dem Mädchen wehtust!«, versprach ich. Rachel war es nicht gewohnt, dass jemand sich ihr entgegenstellte, und es gefiel ihr überhaupt nicht. Sie brüllte mir ihre Empörung ins Gesicht, schleuderte das Mädchen in einem Anfall von frustriertem Groll zur Seite und flitzte erst die Wand hoch und dann aus der Tür.

Ich verfolgte sie den Flur entlang, in Zimmer hinein und wieder heraus, während sie unter der Decke davonraste und Leuchtstoffröhren und Deckenplatten auf mich herabregnen ließ. Weil die Oberschwester und der Pfleger das gesamte Stockwerk evakuiert und auch ihren verwundeten Kollegen mitgeschleift hatten, war niemand mehr da, an dem Rachel ihre Wut auslassen konnte – jedenfalls niemand außer mir. Und da ich nach wie vor eine Waffe an Peter Pans Kopf hielt, musste sie immer noch befürchten, das zu verlieren, was ihr auf dieser Welt am meisten bedeutete. Dieses Ohnmachtsgefühl war für Rachel ebenso neu wie unerfreulich. Sie tobte sich an Inventar und Einrichtung des letzten Schlafraums aus, warf in kindischer Zurschaustellung ihrer Macht Betten und Matratzen durchs Zimmer, bis es aussah wie das Kinderzimmer eines Poltergeists nach einer Kissenschlacht.

»Wir fahren jetzt nach Hause!«, befahl ich. »Komm sofort mit zurück zum Auto!«

Rachel zog verächtlich die Oberlippe hoch. Sie schien völlig verblendet von der eigenen Raserei und ihr Äußeres hatte sich ihrer inneren Verfassung angeglichen. Ihre Augen waren trübe und blutunterlaufen, ihre ausgefahrenen Fangzähne standen aus dem Mund heraus wie eine Reihe Beißzangen. Schwarze Venen traten aus Hals und Gesicht hervor und entstellten ihre bleichen Züge noch mehr. Sie war nicht mehr das kleine Mädchen, das ich kannte und – auf eine gewisse Weise – mochte; sie war eine unaussprechliche Ausgeburt des Teufels, eine abscheuliche Schnecke an der Blüte der Menschheit. Während sie mich an den Wänden umkreiste, hielt ich das Kruzifix immer zwischen uns. Plötzlich war ich mir der eigenen Unverletzlichkeit gar nicht mehr so sicher.

Das Geräusch sich nähernder Schritte auf der Treppe überraschte uns beide. Ein Blick aus dem Fenster zeigte mir ein Dutzend flackernder blauer Lichter unten auf dem Gelände. Die Kavallerie war endlich eingetroffen; auch wenn ich wohl eher auf Seiten der Indianer stand. Noch schlimmer war allerdings, dass Rachel meine kurze Unaufmerksamkeit nutzte, um sich auf mich zu stürzen. Sie kam quer durch den Raum geflogen, schlug mir das Kruzifix aus der Hand und rammte mich mit dem Kopf voran durch ein paar billige Kleiderschränke auf den Fußboden.

Ich blieb auf dem Rücken liegen, Rachels Fangzähne nur Zentimeter von meinem Hals entfernt, und fragte mich, wie ich so naiv gewesen sein konnte, zu glauben, diese unbarmherzige Tötungsmaschine zum Guten bekehren zu können. Gleichzeitig staunte ich über die unglaubliche Kraft, die in ihrem zarten Körper steckte. Sie drückte mich auf den Linoleumboden, als sei sie aus Beton gemacht, und schrie mir ihr Missfallen ins Gesicht.

»Du bist ein Nichts! Du bist eine wurmzerfressene Töle ohne jegliche Bedeutung, die ich mit meiner Gegenwart beehrt habe. Glaub auch nicht für einen Moment, dass du mein Hüter wärst. Du bist nichts weiter als mein Haustier und ich habe die Macht, dir jederzeit den dreckigen Hals zu brechen, du räudiger Köter!«, schäumte sie giftig und besprühte mich mit Geifer.

Inzwischen waren auf dem Flur Stimmen zu hören, die verlangten, ich solle herauskommen. Bis zu unserer Entdeckung konnte es nur noch Sekunden dauern. Rachel knurrte unwillig ob der Unterbrechung, hob mich vom Boden hoch, als wöge ich nicht mehr als ein Mantel, und rannte zu dem Schiebefenster am Ende des Schlafsaals. Mit einem Satz beförderte sie uns beide hindurch in die Nacht.

Glas, Holz und Schrauben regneten auf die Polizeiwagen unter dem Fenster, aber Rachel und ich landeten erst dreißig Meter weiter, schlugen zwischen den Bäumen auf dem Boden auf und verschwanden in den Schatten, bevor irgendjemand mitbekam, wo wir geblieben waren. Als die Polizei ausschwärmte, waren wir schon längst weg. Sie durchkämmten den Wald mit Taschenlampen und Hunden, doch bis auf ein paar gebrochene Äste in sechs Metern Höhe und eine Seite aus J.M. Barries Klassiker *Peter und Wendy* fanden sie keine Spur von irgendwelchen Eindringlingen.

Das war der neueste Zwischenfall in einer ganzen Reihe unerklärlicher Ereignisse, die das Kinderheim von Colchester heimgesucht hatten.

Es würde nicht der letzte bleiben.

- VII -

Es war meiner Aufmerksamkeit nicht entgangen, dass Rachels Gefühle mehr auf die Bücher selber fixiert waren, als auf die Geschichten, die auf den Seiten geschrieben standen. Es war ihr gar nicht in den Sinn gekommen, dass sie sie ruhig alle ins Feuer werfen und mich am nächsten Tag losschicken konnte, ihr ein paar neue Exemplare zu besorgen. So wie sie es sah, spendeten diese Bücher ihr eine Menge Trost und Zufriedenheit, deshalb waren sie ihr ans Herz gewachsen. Es war eine Art der Zuneigung, die Rachels Unschuld hinter der Boshaftigkeit verriet. Ebenso wenig war ihr der Gedanke gekommen, dass sie ganz leicht jemand anderen finden konnte, der ihr vorlas. Ich war ihr fast genauso lieb und teuer geworden wie die Bücher; auch wenn dieser Umstand sie nicht davon abgehalten hatte, mich durch jedes Dickicht im Park zu schleifen, als wir im Bogen um die Polizisten herum zurück zum Auto geschlichen waren. Rachel schlug den Beamten, der darum herumschnüffelte, k.o., brachte ihn zu meinem Erstaunen aber nicht um. Ich glaube, sie verzichtete nur darauf, um die Missstimmung zwischen uns nicht weiter anzuheizen; trotzdem war ich erleichtert. Wir fuhren nach Hause, ohne noch weitere Gesetze zu brechen und ohne auf der ganzen Fahrt ein Wort miteinander zu wechseln. Das war Rachels erster Teenager-Trotzanfall. Die Narben davon würden mir ein Leben lang bleiben.

Da ich selbst einmal einer gewesen war, wusste ich, was für komplizierte, unberechenbare und stolze Kreaturen Teenager sind, also machte ich eine Menge Zugeständnisse, als wir uns endlich hinsetzten, um »darüber zu reden«.

Ich entschuldigte mich dafür, dass ich sie angeschrien hatte; ich entschuldigte mich dafür, dass ich sie in eine peinliche Situation gebracht hatte; ich entschuldigte mich dafür, dass ich sie im Stich gelassen und keine Rücksicht auf ihre Gefühle genommen hatte; außerdem dafür, dass morgens die Sonne aufgeht, sowie für alles andere, was mir einfiel, bis Rachel schließlich einlenkte.

»Ich hätte dich nicht einen räudigen Köter nennen sollen«, räumte sie ein. Ich wartete auf den Rest, aber das war schon alles. Mehr gab es nicht. Die Überfälle, die Angriffe, das Morden und der Schrecken, den sie über das Waisenhaus gebracht hatte, zählten nicht für sie. Sie war lediglich bereit, sich für ein Schimpfwort zu entschuldigen, an das ich mich nicht einmal mehr erinnerte. Dennoch nahm ich ihre Entschuldigung so wohlwollend an, wie ich konnte. Allerdings war ich nicht bereit, über alles andere stillschweigend hinwegzusehen, solange sie sich weigerte, es auch nur zu erwähnen – was sie schließlich auch tat.

»Ich habe dich nicht darum gebeten, mich zu einem Kinderheim zu fahren, oder? Du hast mich dort hingebracht und mich aus dem Auto geschubst, wo ich das junge Blut schon im Wind wittern konnte. Obwohl du genau weißt, was ich bin, hast du mir einfach gesagt, ich soll mir Nahrung besorgen, und als ich einen Rückfall hatte, hast du mich angeschrien«, maulte sie. »Du solltest dich doch um mich kümmern. Du hast mich in diese Situation gebracht und jetzt schimpfst du noch mit mir. Fick dich doch ins Knie!«

Auf eine seltsame Art und Weise hatte sie damit sogar recht. Ich hatte zu viel von ihr erwartet und war selbstzufrieden geworden. Ich hätte die Orte besser recherchieren müssen und ihre Boshaftigkeit nicht unterschätzen dürfen. Sie war ein wildes Raubtier außer Kontrolle, keine Pfadfinderin, die jeden Tag eine gute Tat vollbrachte. Ich war leichtsinnig geworden und nun musste ich die Konsequenzen tragen.

»Es tut mir leid, Rachel, du hast recht. Ich habe nicht nachgedacht. Ich hätte aufmerksamer sein sollen«, gab ich zu. Nachdem die Feuer hinter ihren Augen ein wenig heruntergebrannt waren, offenbarte sie den Schmerz, der ihr am meisten auf der Seele lag.

»Und du hättest meine Bücher nicht kaputt machen dürfen«, schniefte sie und vergoss zu meinem Erstaunen sogar ein oder zwei Tränen. »Das waren meine. Du hattest kein Recht dazu.«

Ich pflichtete ihr bei, dass es wirklich übertrieben war, Löcher in alte Taschenbücher zu schießen, nur um ein Blutbad zu verhindern, und versprach, dass ich es nie wieder tun würde. »Ich glaube, ich wollte dir nur deutlich machen, wie wichtig dieses kleine Mädchen für mich war; genauso wichtig, wie deine Bücher für dich sind.« Rachel verstand nicht.

»Wichtig für dich? Du kanntest sie doch nicht einmal. Wie konnte sie wichtig für dich sein?«, fragte sie.

»Jedes Leben ist wichtig für mich«, antwortete ich. »Besonders das von denen, die sich nicht selbst schützen können. Das liegt wohl an meiner menschlichen Seite. Und ich weiß, dass du auch so fühlen kannst, deshalb tut es mir leid, wenn ich dich verärgert habe. Ich wollte dir bloß zeigen, wie ich mich fühlte.«

Rachels Augen verengten sich. Ich vermutete, dass meine Gefühle für sie einen ähnlichen Stellenwert hatten wie die Evakuierung von Ameisen bei einem Waldbrand, doch sie ging nicht weiter darauf ein. Stattdessen brachte sie das Gespräch zurück auf ihre Bücher und darauf, wie weit sie schon gekommen war und wie sehr sie ihr dabei geholfen hatten, sich selbst zu verstehen und so weiter und so fort, bis ich ihr mitten in der Selbstanalyse ins Wort fiel und ihr sagte, dass ich wusste, wo ich noch mehr Exemplare bekommen konnte.

»Wo?«, wollte Rachel wissen.

»Ich weiß noch was Besseres: Ich gehe direkt los und hole sie dir«, schlug ich vor. Ich dachte nicht im Traum daran, ihr meinen eigenen Kopf auf einem Silbertablett zu servieren – garniert mit meinem Büchereiausweis.

- VIII -

Der Zwischenfall im Kinderheim hatte sehr viel weniger Auswirkungen, als ich erwartet hatte; sowohl von Rachels als auch von offizieller Seite. Ich hatte eine landesweite Fahndung erwartet, einen Aufschrei quer durch die Medien und rasant ansteigende Verkaufszahlen bei Mistgabeln, doch die Presse ließ kaum ein Wort verlauten. Nur ein kleiner Artikel in der

Times berichtete über eine Parlamentsdebatte, die das Budget von staatlichen sozialen Einrichtungen im Zusammenhang mit einer *Serie von Zwischenfällen in Kinderheimen während der letzten Wochen* betraf.

Eine *Serie von Zwischenfällen*? So beschrieb man also die vielen Verletzten, den Tod eines Kindes und den bizarren Angriff eines scheinbaren religiösen Fanatikers auf ein staatliches Kinderheim? Kein Wunder, dass Rachel fast ein Jahrhundert lang mit ihren Morden davongekommen war. Ich konnte es nicht fassen.

Davon ganz abgesehen war Rachels Benehmen fast noch seltsamer. Nach einem Tag mürrischen Schmollens wurde sie quasi zum Sinnbild der Reue, entschuldigte sich vorbehaltlos für ihr Verhalten und versicherte mir, dass sie jetzt endlich begriffen habe, welchen Schmerz sie über all die Jahre verursacht hatte. Zugegebenermaßen kam sie erst zu dieser Erkenntnis, nachdem ich ihr einen neuen Satz *Peter-Pan*-Bücher gekauft hatte, was auf ein gewisses Maß an Eigennutz schließen ließ, aber immerhin wirkte sie aufrichtig zerknirscht.

Wenig später, während eines nächtlichen Spaziergangs durch die Felder, lockte uns die Versuchung in Form eines Liebespaars, das es im silbernen Mondlicht trieb wie die Karnickel. Die beiden zogen so eine Show ab, dass ich sie am liebsten selbst in Stücke gerissen hätte, doch Rachel beobachtete sie nur aus dem Schatten heraus. Als sie schließlich zum theatralischen Ende ihres Akts gekommen waren, drehte Rachel sich um, nahm meine Hand und zog mich weiter.

»Hast du das schon einmal getan?«, fragte sie, als wir über ein Gatter auf einen von Hecken gesäumten Feldweg stiegen. Irgendwo hinter uns wurden zwei Zigaretten angezündet.

»Ein paarmal, als ich jünger war, aber schon lange nicht mehr. Leider hat dieses Beziehungsding bei mir nie so richtig funktioniert. Irgendwann habe ich dann wohl das Interesse verloren.« Ich zuckte mit den Schultern.

Rachel nickte, als würde sie mich verstehen. Dann sagte sie: »Ich habe es schon getan.«

Das war ein mutiges Geständnis, und ich dachte, sie spräche von ihrer Zeit als Untote, doch die Wahrheit war sehr viel verstörender.

»Sue hat mich dazu gezwungen«, sagte sie und meinte damit Happy Sue, ihre Mutter. »Sie hat gut an mir verdient, besonders die ersten paar Male. Sogar so gut, dass sie es nie wieder selber tun musste, besonders nicht mit jemandem, den sie nicht wollte.« Ihr Blick schweifte in die Nacht und in ihre ferne, finstere Vergangenheit, bevor sie ihr Urteil fällte. »Es gefiel mir nicht, aber sie hat mich immer wieder gezwungen. Meinte, ich müsste sie so unterstützen, wie sie mich unterstützt hatte. Das war an meinem sechsten Geburtstag.«

Etwas Tröstliches gab es dazu nicht zu sagen, also sagte ich bloß: »Das tut mir leid«, aber Rachel nahm es kaum wahr. Ich kam mir vor wie jemand, der ein Pflaster auf eine Guillotinenwunde klebt.

»Stehst du wirklich auf so junge Mädchen wie mich?«, grub sie nach einer kleinen Weile des Nachdenkens die Ausrede wieder aus, die ich benutzt hatte, als sie sich alleine waschen sollte. Ich wälzte mögliche Antworten in meinem Hirn hin und her, versuchte Rachels jeweilige Reaktion vorherzusehen, und entschied mich schließlich für die schnöde Wahrheit. Wenn sie mir schon den Kopf abriss, dann besser dafür als für eine Lüge.

»Nein, eigentlich nicht«, gab ich zu. »Ich wollte dich bloß nicht wütend machen.«

Rachel nickte lächelnd.

»Du bist ein guter Mann, John Coal«, sagte sie und fügte hinzu: »Für einen räudigen Köter.«

In der nächsten Woche machten wir eine Pause, weil ich meine Nächte hatte. Rachel half mir bei der Vorbereitung auf die Verwandlung und schob sogar ihren Sarg in die Ecke des Kellers, damit ich genug Platz hatte, mir die Pfoten zu vertreten. Ich bin manchmal etwas launisch und gereizt an Verwandlungstagen, besonders in den letzten paar Stunden, bevor ich die Gestalt wechsle, also setzten wir uns hin und machten ein Brettspiel, um mich von den bevorstehenden Schmerzen abzulenken. Ich hatte *The Game of Dracula* für eine passende Wahl gehalten und es gleich mitgenommen, als ich Rachel ihre neuen *Peter-Pan*-Bücher gekauft hatte. Glücklicherweise mochte sie es auch. Wir spielten ein paar Runden, ich ließ sie gewinnen, und als sie sah, dass ich meinen Hals verrenkte, fragte sie, wie lange ich noch hatte.

»Vielleicht noch eine gute Stunde, würde ich sagen.«

Das war das Letzte, woran ich mich erinnerte. Schmerz überflutete meine Sinne, die Welt wurde dunkel, dann … nichts.

Als ich erwachte, wusste ich nicht, wo ich war. Der Raum war dunkel, aber es war nicht mein Keller. Außerdem hatte ich mich noch nicht verwandelt, also war es ausgeschlossen, dass ich nach einer Nacht der Jagd hierhergelangt war. Nein, meine Verwandlung stand unmittelbar bevor; trotzdem war ich irgendwie bewusstlos geworden und hier gelandet, außerhalb meiner sicheren Zuflucht, in feindlicher Umgebung. Blitzartig war ich hellwach und sprang alarmiert auf.

Was zum Teufel passierte hier? Wo war Rachel?

Ich brauchte sie, wenn ich sicher nach Hause kommen wollte, ohne irgendjemanden zu verletzen.

Ich tastete im Dunkeln herum, bis ich einen Lichtschalter fand. Als das Licht anging, wusste ich sofort, wo ich mich befand. Und wie ich hergekommen war.

Bettlaken. Unzählige Stapel von Bettlaken. Seit meinem letzten Besuch waren sie gewaschen, gebügelt, gefaltet und in den Regalen aufgestapelt worden. Das kleine Mädchen, dem ich hier begegnet war, war nicht mehr da und ihr Blut weggewischt, aber ich erkannte die Wäschekammer sofort wieder.

Das Fenster am anderen Ende war aufgebrochen worden – auf diesem Weg musste Rachel mich hereingeschmuggelt haben – und hinter der erbärmlich dünnen Tür konnte ich die Schritte großer und kleiner Füße hören. Die Bewohner machten sich fertig zum Schlafengehen.

Sie hatten keine Ahnung, dass ich hier war. Sie hatten keine Ahnung, was auf sie zukam.

Und sie hatten keine Zeit zu fliehen.

Meine Haut brannte wie Feuer, als die Verwandlung einsetzte. Ich versuchte, eine Warnung nach draußen zu rufen, aber mein Hals war wie zugeschnürt von den Qualen, die mich jetzt zerrissen. Ein gegen die Tür gerichteter Tritt führte nur dazu, dass ein Stapel frisch gefalteter Laken über mir niederging.

»Rennt weg!«, keuchte ich unter der Bettwäsche. »Reennnt!«

Doch niemand hörte es. Niemand antwortete. Und niemand rannte.

Rasiermesserscharfe Krallen sprossen aus jedem meiner schwarzen Finger und meine Füße machten kurzen Prozess mit den Schuhen. Der Rest der Kleidung folgte, mein Körper sprengte die Nähte, bis ich splitternackt in der Wäschekammer stand – mal abgesehen von meinem rauen, gesträubten schwarzen Fell.

Ich schnüffelte an der Decke, die jetzt nur noch einen Zoll von meiner Schnauze entfernt war, und schmeckte die Luft um mich herum. Über dem muffigen Institutionsgeruch des

Heims lag das unverkennbare Aroma jungen Fleisches. Es tollte direkt hinter der schwachen Tür herum, sodass mir das Wasser im Mund zusammenlief bei dem Gedanken, wie ich meine Zähne in die weichen rosa Körper schlagen würde. Ich hatte so lange kein saftiges Fleisch mehr gehabt. Über ein Jahrzehnt lang hatte mein selbstsüchtiger Wärter mich eingesperrt, aber er würde mich nicht länger kasteien. Ich musste schlemmen. Ich musste verschlingen. Ich musste zerreißen und zermalmen. Mein Hunger kannte keine Grenzen.

Mit einem einzigen Prankenhieb riss ich die Tür der Wäschekammer aus den Angeln und sprang mit einem Satz in den Korridor.

Vier saftige Welpen und ein Alphamännchen erschraken fast zu Tode, als sie mich sahen. Während sie vor mir in das am weitesten entfernte Zimmer flüchteten, bellte ich meinen Heißhunger hinter ihnen her. Ich folgte ihnen langsam, mein Geheul übertönte ihre Schreie und überflutete ihre kleinen Herzen mit Todesangst, was meinen Appetit noch anstachelte. Todesangst ist köstlich. Sie bringt die Säfte zum Fließen und macht das Fleisch aromatischer. Todesangst ist aufregend. Sie ist ein Teil der Jagd; der Teil, den ich am meisten vermisste in jenen langen, bitterlich frustrierenden Nächten, die ich eingesperrt im düsteren Keller verbracht hatte, auch wenn mein Wärter mir eine Ziege zum Knabbern dagelassen hatte. Das Gemecker eines angebundenen Tieres war nichts gegen das entsetzte Quieken von jungem Fleisch auf der Flucht. Diese süße Melodie zog mich an, bis ich in Begehren fast ertrank.

Ich stand in der Tür eines großen Schlafraums. Meine massige Gestalt füllte den Türrahmen gänzlich aus, sodass meiner Beute auch nicht die kleinste Chance blieb, sich an mir vorbeizudrücken. Heute Nacht würde ich jeden Bissen verschlingen. Nicht einen Zehennagel würde ich verschmähen, so viel war ich mir selbst schuldig. Erfreut sah ich, dass noch ein paar Extragänge aus den Betten gefallen waren, um das Menü zu komplettieren. Mindestens ein Dutzend kleiner Gesichter sahen mit unterwürfigem Entsetzen zu mir auf und versuchten verzweifelt, aus diesem trostlosen Albtraum zu erwachen, doch heute Nacht würde es keine tröstende Umarmung und keine frische Bettdecke für sie geben, denn ich war nur allzu real.

Und ihre schmackhaften kleinen Knochen würden das gleich zu spüren bekommen.

»Nein, du Hund!«, rief das Alphamännchen. Im vergeblichen Versuch, seine Stellung noch ein wenig länger zu halten, griff er mich mit einem Besenstiel an. Allerdings kam er nicht näher als zwei Meter heran, dann holte ich mit einer Pranke aus und hieb ihn in Stücke. Die Luft füllte sich mit rotem Nebel aus seinen Adern, der die Welpen mit einem köstlichen Überzug bedeckte. Konnte es etwas Besseres geben?

Ich zog den Ersten an einem zappelnden Fuß in die Höhe und ließ ihn kopfüber baumeln. Er sah so winzig aus, dass ich ihn am Stück hätte verschlingen können, doch dann würde sich das Aroma nicht richtig entfalten, also leckte ich probeweise das warme Blut und die Tränen von seinem roten kleinen Gesicht, bis mein Gaumen sich nicht länger auf die Folter spannen lassen wollte.

Ich sperrte meine Kiefer weit auf und legte den kleinen Welpen hinein, doch in diesem Moment der Befriedigung erklang ein Ruf, so volltönend und bestimmend, wie ich noch nie einen vernommen hatte, der mich zwang, den Welpen abzusetzen und zurückzuweichen. Die Macht dieses Befehls war so gewaltig, dass ich keine andere Wahl hatte, als zu gehorchen. Eine Weigerung war ebenso unmöglich wie die Weigerung zu atmen.

Noch einmal ertönte der Ruf.

»Friss uns nicht! Bitte friss uns nicht!«

Es war der klagende Schrei eines von Furcht zermürbten Verstandes, aber dieselben Mächte, die meine Verwandlung vom Menschen zur Bestie bewirkten, zwangen mich zu tun, was die Stimme verlangte. Verwirrt und ängstlich wich ich zurück zur Tür und bellte meinem unbekannten Gegenüber bedingungslosen Gehorsam entgegen. Mein Blick durchsuchte das Meer von Gesichtern vor mir auf der Suche nach dem einen, dessen Befehl ich Folge leistete.

Inmitten des Gewühls fand ich ein achtjähriges Mädchen mit bandagierten Armen, das mir bekannt vorkam. Sie stand mit ausgebreiteten Armen vor den anderen wie ein strahlender Mond, überwältigend in ihrer Hoheit, und dennoch war ihre Haltung geduckt, als ob sie sich ihrer Herrschaft über mich gar nicht bewusst sei.

»Bitte, friss uns nicht, bitte!«, flehte sie, und noch einmal bellte ich zustimmend, wartete auf eine Äußerung ihres Wohlgefallens – und taumelte nach vorne, als mir eine Axt ins Kreuz gerammt wurde.

Als ich herumwirbelte, sah ich ein zweites Alphamännchen, das gerade mit seiner Waffe zum tödlichen Schlag ausholte, doch diesmal erwischte ich die Axt knapp unter der Klinge. Bevor das Männchen den Griff loslassen konnte, steckte sein Kopf schon zwischen meinen Kiefern. Ein Biss, und mein Maul füllte sich mit Knochen und Hirn, als sein Kopf abriss. Der fleischige Brei war von fast orgastischer Köstlichkeit. Trotzdem spuckte ich ihn sofort aus, denn das Mädchen mit den bandagierten Armen befahl mir aufzuhören.

»Nein, oh Gott, nein! Lass ihn!«, jammerte sie, also ließ ich den Kadaver aus meinem Maul fallen und trat respektvoll ein paar Schritte zurück.

Um sie herum piepsten und quiekten immer noch die anderen Kinder, aber dieses Mädchen war alles, was ich hören konnte. Sie flehte mich an, das Leben der Kinder zu verschonen, schrie immer wieder nach ihrer Mami und brauchte fast eine ganze Minute, bevor sie merkte, dass ich alles getan hatte, worum sie gebeten hatte – außer ihre Mami zu holen, und wahrscheinlich hätte ich auch das getan, wenn sie mir die Adresse gegeben hätte. Für einen langen Augenblick starrte das Mädchen mich an und ich starrte zurück. Ich badete in der Wärme ihrer Aufmerksamkeit, bis ich wegsehen musste, weil es einfach zu viel wurde, aber bald sah ich wieder hin. Ihre Anziehungskraft war einfach unwiderstehlich.

Das Mädchen war verwirrt, so viel war klar, doch sie hatte eine schnelle Auffassungsgabe. Sie sah, wie die anderen Kinder um sie herum verrücktspielten, und ich trotzdem nur Augen für sie hatte. Nachdem sie zwei und zwei zusammengezählt hatte, sprach sie wieder zu mir; sehr, sehr leise, wenig mehr als ein ängstliches Piepsen, aber ich habe nun mal ein hervorragendes Gehör.

»Bell!«, stieß sie hervor, also bellte ich.

Das Mädchen zog scharf den Atem ein und hielt eine Hand vor den Mund. Im nächsten Moment nahm sie die Hand weg und gab mir noch einen Befehl.

»Steh auf einem Bein«, sagte sie, also tat ich auch das.

War sie vorher schon unwiderstehlich gewesen, so sprühte sie förmlich vor Autorität, nachdem sie das Ausmaß ihrer Macht erkannt hatte, und ich konnte mich kaum erinnern, wie ich jemals in der Lage gewesen sein sollte, selbstständig zu denken, bevor sie in mein Leben getreten war.

Das Mädchen drängte jetzt die anderen Welpen, still zu sein, doch unglaublicherweise gehorchten sie ihr nicht. Sie wiederholte ihre Anweisung, sagte ihnen wieder und wieder, sie sollten »aufhören zu weinen, bitte seid still, hört mir doch zu«, wurde aber weiter ignoriert, bis ich ein Geheul ausstieß, das die Fenster aus den Rahmen platzen ließ, ein paar der leichteren Häppchen hintenüber warf und jedes andere Geräusch aus dem Raum blies.

Als das Rappeln der Fensterläden aufgehört hatte, war es still im Zimmer. Niemand traute sich mehr, das Mädchen mit den Bandagen zu unterbrechen. Dass sie sich überhaupt in der Nähe ihrer Schönheit aufhielten, entlockte mir ein verächtliches Schnauben, doch ich ließ sie in Ruhe. Wenn es dies war, was sie wollte, dann sollte sie es bekommen. Weder Mensch noch Tier würde etwas anderes verfügen, oder sie würden meinen unbändigen Zorn zu spüren bekommen.

»Töte uns nicht!«, wiederholte das Mädchen. Diesmal sprach sie so klar und deutlich, dass es keinen Zweifel an ihrem Willen geben konnte. »Verletze weder uns noch irgendjemand anderen hier; die Oberschwester, die Pfleger oder sonst irgendwen. Du darfst niemandem etwas tun, den du hier siehst. Niemandem. Verstehst du das?«

Ich verstand die Anweisung, wenn auch nicht die Logik dahinter, aber das war auch egal. Das Mädchen mit den Bandagen hatte es so bestimmt, und das war alles, was ich wissen musste. Ich würde niemanden in diesem Gebäude mehr verletzen. Bellend versicherte ich ihr meine Unterwerfung.

Wahrscheinlich wäre ich so noch die ganze Nacht kläffend auf einem Bein stehen geblieben, wenn eine andere Stimme, ebenso laut wie die des Mädchens mit den Bandagen, nicht gefragt hätte, was ich da eigentlich tat.

»Steh da nicht bloß rum, du räudiger Köter. Töte sie. Töte sie alle!«

- X -

Rachels Anweisung war genauso unwiderstehlich wie die des Mädchens mit den Bandagen, nur stand sie im krassen Gegensatz zu dem, was mir vorher befohlen worden war. Das brachte mich durcheinander. Rachel, die hinter mir im Korridor aufgetaucht war und mich in Richtung der Welpen schubste, brüllte noch lauter.

»Tu es! Reiß sie in Stücke! Tu, was ich sage!«

Ich war nicht stark genug, solcher Autorität zu widerstehen. Ihrem Kommando folgend sprang ich vorwärts, doch das

Mädchen mit den Bandagen hob ihre Hände und befahl mir, stehen zu bleiben.

»Nein, tu es nicht! Stopp! Bleib da!«, bat sie. Ihr Einschreiten brachte mich aus dem Gleichgewicht. Ganz im Gegensatz zu mir ließ Rachel sich nicht beirren.

»Na los, du bist doch ein Killer, du räudiger Köter, also beweise es. Bring sie alle um!«

Ich bellte meine Herrinnen wild an, damit sie sich endlich einig wurden, und das Mädchen mit den Bandagen nutzte meine Unentschlossenheit aus. »Tu nicht, was sie sagt. Sie ist ganz furchtbar zu dir. Mach nur das, was ich sage, und verletze niemanden.«

Merkwürdigerweise hatte Rachel das Mädchen mit den Bandagen bis zu diesem Moment noch gar nicht wahrgenommen; wahrscheinlich weil meine enorme Gestalt zwischen den beiden in den Türrahmen gequetscht war. Jetzt bemerkte sie sie allerdings und war völlig perplex von so viel Dreistigkeit.

»Du Schlampe! Du diebische kleine Schlampe! Du hast mir das weggenommen und nun glaubst du, du kannst ihn auch noch wegnehmen? Ich bringe dich selbst um, du Schlampe!« Rachel schoss an mir vorbei und warf sich auf das kleine Mädchen. Die beiden krachten gegen eine Kommode, die schnell zu Kleinholz zersplittert wurde, und kugelten dann durch das Zimmer, dass Betten und Welpen nur so flogen.

Das Mädchen mit den Bandagen schlug sich hervorragend. Sie hielt Rachel erstaunlich lange stand, doch irgendwann zahlte deren größere Erfahrung sich aus. Blut und Haare flogen in alle Richtungen.

»Hilfe! Hilf mir doch!«, rief das Mädchen mir zu. Neben der Furcht lag jetzt auch noch Schmerz in ihrer Stimme.

Rachel rief, ich solle mich heraushalten und lieber »die anderen töten«, wenn ich etwas Nützliches tun wolle, aber ich konnte einfach nicht länger zusehen. Die Autorität des Mädchens mit den Bandagen war vielleicht weniger selbstsicher, dafür schienen mir ihre Bitten sehr viel wahrhaftiger als Rachels lügenverseuchte Kommandos. Sogar in meiner wilden Gestalt konnte ich spüren, dass sie mich nur benutzen wollte. Und wenn es eins gibt, das eine unaufhaltsame übernatürliche Gewalt wie ich noch weniger mag, als ein räudiger Köter genannt zu werden, dann ist es, wenn jemand versucht, mich zu seinem Werkzeug zu machen.

Ich wandte mich von den Welpen ab und versuchte die Aufmerksamkeit der am Boden kämpfenden Mädchen zu erregen, indem ich sie anbrüllte. Rachel und das Mädchen mit den Bandagen schauten überrascht zu mir auf, doch mein Zorn ließ sich nicht länger zurückhalten.

»Ich befehle dir …« Weiter kam Rachel nicht, bevor ich sie mit einem einzigen Tatzenhieb gegen die Wand schleuderte.

Sie krachte durch die Wand in den nächsten Schlafsaal, und sofort setzte ich ihr nach, sprang brüllend durch das gezackte Loch, hinter dem sie schon wieder auf die Füße gekommen war und mich erwartete. Ich griff sie an, rannte mit meinem massigen Körper und meinen Klauen einfach über sie hinweg und erntete für meine Mühen nichts als ein paar tiefe Kratzer quer über die Schulter. Bevor ich mich umdrehen und verteidigen konnte, warf Rachel sich auf mich, versuchte kratzend und beißend meine Kehle zu erreichen, doch Schnelligkeit und Kraft waren auf meiner Seite. Ich brach durch die nächste Wand, ohne aus dem Tritt zu kommen. Dort wollte ich mich auf den Rücken fallen lassen und Rachel mit meiner ausgestreckten Pranke zu fassen bekommen, aber sie entkam meinem Zugriff, indem sie über die Zimmerdecke huschte und sich von dort herunterfallen ließ. Ihre Fangzähne kamen geradewegs auf meinen Adamsapfel zugeschossen. Zum Glück schaffte sie es nicht weit genug nach unten. Als sie noch einen knappen Meter von mir entfernt war, landete ich mit dem Fuß einen Glückstreffer, der sie durch die geschlossene Tür in den Korridor beförderte.

Ein Trio bewaffneter Polizeibeamter, die gerufen worden waren, um einen tollwütigen Hund unter Kontrolle zu bringen, schaute ungläubig durch das Loch herein. Dann eröffneten sie spontan das Feuer, ohne sich vorher zu vergewissern, ob ich überhaupt die Tollwut hatte. Ich wetzte durch ihren Kugelhagel und stürzte mich auf die schmierige Vampiröse in ihrer Mitte, worauf die drei Polizisten in drei verschiedene Richtungen auseinanderstoben. Mein Mündel und ich prügelten uns weiter quer durch das Waisenhaus.

Doch die Polizisten ließen nicht ab, mich mit ihren Smith & Wessons zu beharken. Ich konnte die Kugeln schon nicht mehr zählen, die ihren Weg in meinen Rücken fanden. Rachel dagegen wurde auch nicht mit einem einzigen Schuss belästigt, was wieder einmal zeigte, wie wichtig die äußere Erscheinung für diese Trottel war. Ich warf eine Kommode nach dem am nächsten stehenden Bullen, mit der zusammen er erst durchs Fenster und dann in die Rosenbüsche darunter flog.

»Wir brauchen Verstärkung! Jeden, den ihr kriegen könnt! Schickt uns alle Waffen, die ihr habt!« Ich hörte, wie einer der verbliebenen Polizisten in sein Funkgerät brüllte, während er und sein Kollege ihre Magazine auf mich entleerten und wieder nachluden, bis es nichts mehr nachzuladen gab. Leider zeigten ihre Bemühungen nicht die geringste Wirkung bei mir. Ich war völlig auf Rachel fixiert, die von einem Zimmer ins andere jagte und dabei Deckenplatten, Leuchtstoffröhren, Kabel und Leitungen herunterriss. Wie ein Wirbelsturm tobten wir durch das Heim, bis alle Räume von Qualm und Staub erfüllt waren.

Schließlich gaben die Polizisten ihre Versuche, mich zu töten, auf und widmeten sich stattdessen der Evakuierung der Kinder. Wie bei einer Feuerübung führten sie sie in einer Reihe die Treppe hinunter und Rachel schäumte vor Wut, als sie merkte, dass sie schon wieder nicht das bekommen würde, was sie wollte.

»Neeiiin, sie müssen sterben!«, schrie sie, gab den Kampf mit mir auf und stürzte sich auf einen der Nachzügler. Sie war zu schnell für mich, doch das Mädchen mit den Bandagen erschien wie aus dem Nichts, packte Rachel an einem Knöchel und schwang sie einmal im Kreis zurück in meine offenen Arme.

»Nimm sie! Nimm sie und geh!«, wies sie mich an. Ich packte Rachel, so fest ich konnte. Eine Pranke um ihren schmalen Hals geklammert, stürmte ich durch das Chaos und brach durch ein frisch vernageltes Fenster hinaus in die Nacht. Ich rannte so schnell und so weit ich konnte, schleifte die sich windende Rachel mit durch den Wald und tat mein Bestes, sie festzuhalten, obwohl sie mich mit ihren krallenartigen Nägeln fast zerfetzte. Im Gegenzug schmetterte ich ihren Kopf gegen jeden Baum oder Zaunpfahl, an dem wir vorbeikamen, bis sie sich nach drei Meilen der Verwüstung mit einem Waffenstillstand einverstanden erklärte.

»Okay, okay, ich hab's verstanden«, protestierte sie, während ich sie durch Felder und Wälder erst nach Norden und dann wieder zurück in Richtung der Sicherheit meines Kellers schleppte. »Ich werde den Blagen nichts mehr tun. Ich lasse sie in Ruhe. Jetzt lass mich endlich los, du Töle.«

Aber ich ließ sie erst vierzig Meilen später los, erst als der kurz bevorstehende Sonnenaufgang sie daran hinderte, nach Colchester zurückzukehren. Das Mädchen mit den Bandagen hatte mir aufgetragen, dies zu tun, und ich hatte keine Wahl als zu gehorchen.

Ich schaffte es, einen Weg zurück durch Essex, Suffolk und wieder nach Norfolk zu finden, auf dem wir nicht allzu vielen Menschen begegneten, lediglich dem ein oder anderen geschockten Autofahrer, dem sowieso niemand glauben würde, und der wahrscheinlich den Rest seines Lebens versuchen würde, das Gesehene zu verarbeiten. Als wir kurz vor Thetford waren, lockerte ich endlich meinen Griff um Rachels Hals.

Die Nacht war so gut wie vorbei, aber wir waren fast zu Hause.

Ärgerlich schnaubend sah ich zu, wie Rachel sich Holzsplitter und Zweige aus dem Haar zupfte. Keiner von uns hatte noch Zeit oder Lust, unsere Kabbelei fortzusetzen, denn im Osten ging schon die Sonne auf und wir hatten vielleicht noch eine Stunde, bis wir uns verwandelten: Ich in einen Menschen und Rachel in ein Häufchen Staub. Also legten wir unseren Streit fürs Erste bei und kümmerten uns um die Rückkehr in den Keller.

Hinter dem letzten Stück Heideland lagen noch ein paar kleine Gehöfte und die ein oder andere Katzenzucht vor uns, dann streckten sich die Straßen der Vorstadt wie Krampfadern ins Grüne.

Obwohl mein Haus – mit voller Absicht – am äußersten Rand der Siedlung stand, würde es doch einem kleinen Wunder gleichkommen, wenn ich es in meiner augenblicklichen Verfassung unbemerkt erreichte. Jetzt, da ich mich nicht mehr um meinen Auftrag kümmern musste, war mein Hunger wieder erwacht, doch zum Glück für meine Nachbarn war auch Rachels Macht über mich zurückgekehrt. Und weil sie mir schlecht gestatten konnte, so nah an ihrem Unterschlupf Amok zu laufen, hielt sie mich mit wenigen durchdachten Worten bei Fuß.

»Du verdammter Idiot! Warum hast du zu dieser Schlampe gehalten statt zu mir? Du hast alles kaputt gemacht! Die ganze schöne Nacht! Du hättest sie alle in Stücke reißen sollen, wie ich es dir gesagt habe. Ich bin deine Freundin, weißt du noch? Nicht irgendein kleines Blag, das gerade erst seiner Mutti aus der Möse gekrochen ist. Ohne mich wäre sie nicht mal mehr auf der Welt! Das war alles nur deine Schuld! Du hast mich letzte Woche dazu gebracht, sie leben zu lassen. Du bist ein Feigling, John Coal. Ein dreckiger, stinkiger, verschissener Feigling!«

Ich schüttelte mir ihre Beschimpfungen einfach aus dem Fell. Worte konnten mich nicht verletzen – ebenso wenig wie Stöcke, Steine, Messer oder Kugeln. Wie zum Beweis fielen ein paar Patronen heraus, als ich meine Mähne schüttelte.

»Arschloch!«, schäumte Rachel, biss sich aber auf die Lippen und schluckte ihren Ärger hinunter. Der Gedanke daran, was in der letzten Nacht hätte passieren können, wenn es nach ihrem Willen gegangen wäre, ließ ihr immer noch keine Ruhe. Kopfschüttelnd blickte sie zu den Sternen und dann zu den rosa Wolken, die über den Horizont segelten. Manchmal taugen die besten Mordpläne nichts. Es hatte wohl nicht sein sollen.

»Ach, komm, lass uns nach Hause gehen«, seufzte sie schließlich, ergriff meine Pranke und führte mich über die Wiesen zurück zu unserem unvollendeten *Game of Dracula.*

- XI -

Meine Erinnerungen an die vergangene Nacht waren natürlich bestenfalls lückenhaft, aber nach und nach tröpfelten sie stückweise in mein Bewusstsein wie Fetzen eines furchtbaren Albtraums, sodass ich mir am frühen Abend die meisten der fünf Dutzend tiefen Kratzer an meinen Armen und meinem Hals erklären konnte. Am Morgen kam ich allerdings erst einmal mit dem Kopf in der Toilette wieder zu mir.

»Was zum Teufel?!«

Rachel versuchte zuerst jedes Wissen über den Zwischenfall abzustreiten, doch die zahlreichen Radiomeldungen über einen wilden Hund, der in Colchester sein Unwesen trieb, sowie meine eigenen lebhaften Erinnerungen an das Waisenhaus brachten sie schließlich dazu, ihre Rolle bei den Ereignissen einzugestehen.

»Ich wollte das nicht. Du hast mich dazu gezwungen« beharrte sie. *»Ich wollte dir bloß zeigen, wie ich mich fühlte.«*

Hmm, sie gab mir meine eigenen Worte zu schmecken. Eins musste man Rachel lassen, sie wusste wirklich, womit sie mich weichkochen konnte.

»Siehst du, ich kann mich nicht besser kontrollieren als du unter diesen Umständen«, fuhr sie fort. »Deshalb bin ich doch überhaupt zu dir gekommen, wie du dich vielleicht erinnerst: damit du mir hilfst. Also, was ist jetzt? Hilfst du mir? Oder bist du wie all die anderen selbstsüchtigen Arschlöcher, die ich je kennengelernt habe, und machst dich einfach aus dem Staub?«

Die arme alte Rachel. Sie war so weit vom rettenden Ufer entfernt – sogar für einen völlig kaputten Psycho-Vampir – dass sie nicht einmal mehr wusste, in welche Richtung sie schwimmen sollte. Ich weiß, das hört sich nach allem, was sie mit mir angestellt hatte, wahrscheinlich ziemlich bizarr an, aber auf eine gewisse Weise tat sie mir immer noch aufrichtig leid. Und wahrscheinlich war ich der Einzige, der ihr dabei helfen konnte, über ihre »Anfälle« hinwegzukommen. Schließlich war ich selbst ein übernatürliches Wesen. Welcher Mensch würde sie jemals so verstehen können, wie ich das konnte? Das galt natürlich auch umgekehrt. Ich wusste, ich musste ihre Therapie fortsetzen, selbst wenn es mich umbrachte. Ich war ihre einzige Hoffnung. Außerdem war ich die einzige Hoffnung des Waisenhauses – auch wenn sie sicher nicht gerade glücklich sein würden, das zu hören.

»Du hast recht, Rachel. Du hast völlig recht. Ich verstehe jetzt, wie hart das alles für dich sein muss«, sagte ich zu ihr und warf einen Blick auf die Uhr an der Kellerwand. »Hör mal, in etwas weniger als sechs Stunden verwandle ich mich wieder. Lass es mich bitte hier tun, okay? Gönnen wir den Kindern im Waisenhaus mal eine freie Nacht, ja?«

Als Rachel merkte, dass ich nicht vorhatte, ihr noch weiter die Leviten zu lesen, regte sie sich ab und erklärte sich einverstanden, heute Nacht ein Spiel mit mir zu spielen. Da ich wusste, wie viel Spaß sie an ihren kleinen Spielchen hatte, zweifelte ich nicht eine Sekunde an ihren Absichten. Sobald sie sich in ihren Sarg zurückgezogen hatte, um sich vor dem Abend noch etwas auszuruhen, sprang ich deshalb auf den Deckel und schraubte ihn mit sechs Schrauben fest, die ich selbst aus einem echt silbernen Kruzifix gegossen hatte. Dieses war mir von der Kathedrale in Lincoln großzügigerweise – wenn auch unwissentlich – als kleine Spende für Rachels Rehabilitation zur Verfügung gestellt worden.

»Was tust du da? Lass mich hier raus, du Töle! Wie hast du das gemacht? Lass mich raus! Lass mich sofort raus!« Sie schlug und trat von innen gegen den Sargdeckel, doch so gewaltig ihre Kraft auch war, nicht einmal Rachel konnte ihrem eigenen Grab entkommen. Nicht, wenn die Macht des Allmächtigen selbst sie dort festhielt.

»Lass mich frei! Lass mich augenblicklich frei!«

»Ich werde dich freilassen«, versprach ich. »Aber nicht augenblicklich. Es wird schon noch ein paar Augenblicke länger dauern. Hab Geduld. Aber ich werde dich freilassen. Irgendwann. Was immer dann aus dir geworden ist.«

Ich schlug das Buch auf, das ich mitgebracht hatte, zog einen Stuhl heran und begann zu lesen.

»Alle Kinder, außer einem, werden groß. Sie wissen sehr früh, dass sie groß werden, und genauso war es auch bei Wendy. Eines Tages …«

- XII -

Jetzt gab es nur noch eine Sache zu tun.

In den kommenden Nächten verwandelte ich mich noch drei Male, zum Glück immer innerhalb meines befestigten Kellers. Dennoch war ich frustriert, denn die Verwandlungen verhinderten, dass ich das tun konnte, was ich mir vorgenommen hatte.

In der vierten Nacht ließ der Mond mich endlich in Ruhe und ich konnte mich mit meiner Tasche in der Dunkelheit auf den Weg machen. Hoffentlich war es noch nicht zu spät!

Leider hatte ich dank Rachel nicht einmal mehr ein Auto. Sie hatte es benutzt, um mich Anfang der Woche nach Colchester zu fahren, und wollte mir einfach nicht verraten, wo sie es abgestellt hatte. Ich konnte es auch nicht gestohlen melden, für den Fall, dass sie es in der Nähe des Schauplatzes unserer Verbrechen gelassen hatte, also musste ich wohl oder übel das Auto meines Nachbarn ausborgen. Ich hoffte bloß, dass ich am Morgen wieder zurück sein würde, damit ich ihn nicht doch noch um Erlaubnis fragen musste.

Wieder einmal fuhr ich also nach Colchester und stellte das Auto auf dem Parkplatz des Krankenhauses in der Nähe des Kinderheims ab. Ich schlug mich in die Büsche und stellte überrascht fest, dass das Heim immer noch geöffnet war, wenn auch ein Polizeiwagen die Einfahrt zierte. Es würde schwierig sein, hineinzukommen. Und nahezu unmöglich, wieder herauszukommen.

Ich wog meine Optionen ab, schlich zurück zum Auto und überlegte, was zu tun sei. Nach ein paar Minuten fiel mir endlich das Offensichtliche ein. Ich stieg aus und spazierte zur Notaufnahme des Krankenhauses, wo die üblichen gebrochenen Beine und Kugelschreiber in der Nase warteten, bis sich jemand um sie kümmerte. Ich hielt meinen Arm fest, als ob er verletzt wäre, und humpelte durch die Notaufnahme in den nächsten Korridor. Dort folgte ich der Beschilderung zur Waschküche, suchte mir einen etwas fleckigen weißen Kittel aus einem Haufen und machte mich wieder auf den Weg.

Ich schnappte mir die erstbeste Schwester, die vorbeikam, und versuchte, mit meinen sieben Tage alten Bartstoppeln und den blutunterlaufenen Augen so arztmäßig wie möglich auszusehen – was dank der Arbeitszeiten von Krankenhausärzten heutzutage zum Glück problemlos klappte.

»Die Patientin aus dem Kinderheim ... Auf welcher Station war sie noch gleich?«, fragte ich aufs Geratewohl.

»Meinen Sie den Fall mit den rätselhaften Symptomen?«, gab sie zurück. »Isolierstation, dritter Stock. Darf ich fragen, wer Sie sind?«

»Ich bin ein Spezialist aus der *Great Ormond Street.* Man hat mich gebeten herzukommen und sie mir mal anzusehen«, sagte ich. Die Schwester musterte mich verdutzt, dann nickte sie auf eine Weise, die verriet, dass sie keinen Schimmer hatte, wovon ich redete. Nicht, dass das etwas ausgemacht hätte. Wir Spezialisten waren schließlich nicht verpflichtet, jede Bettpfannenschubse über unsere Absichten aufzuklären, also dankte ich ihr knapp für die Hilfe und hastete zur Treppe.

Die Isolierstation bestand aus mehreren langen Fluren mit Zimmern auf beiden Seiten. Nur autorisierte medizinische Fachkräfte durften zu den Patienten hinein, was mich, den *religiösen Spinner* und *tollwütigen Hund* der letzten Wochen höchstwahrscheinlich nicht einschloss, aber es ist doch immer wieder faszinierend, was ein weißer Kittel bewirken kann.

Das Zimmer, das ich suchte, lag ganz am Ende des zweiten Flurs. Ich wusste, dass es das Richtige war, weil es als einziges von einem Polizeibeamten bewacht wurde, der auf einem Stuhl vor der Tür saß. So selbstsicher ich konnte, ging ich auf ihn zu, räusperte mich mehrmals, bis er von *Der weiße Hai* aufschaute, und fragte ihn, ob in diesem Zimmer das Mädchen aus dem Waisenhaus untergebracht sei.

»Wer will das wissen?«, antwortete der Polizist, legte sein Buch zur Seite und musterte mich von oben bis unten, wie es schon die Krankenschwester getan hatte.

»Doktor Coal, Spezialist für Kinder«, informierte ich ihn und schlug die Hacken zusammen.

»Doktor Coal also? Hm, wenn Sie Arzt sind, warum tragen Sie dann einen Küchenkittel?« Das war eine gute Frage, die bestimmt eine gute Antwort verdient hätte, ihm aber lediglich einen Schlag in die Zähne und einen zweiten über den Kopf einbrachte.

Ich blickte mich um, ob jemand etwas beobachtet hatte. Der Flur war leer, also schleifte ich den Polizisten mit mir durch die Tür in das abgedunkelte Zimmer.

Eine Schwester sah mich überrascht an, ebenso wie ein echter Arzt, der keine Soßenflecken auf seinem Kittel hatte. Ich ließ den Polizisten auf die kalten, harten Fliesen fallen und zog einen Revolver aus meiner Tasche.

»Kein Wort!«, befahl ich, richtete meine Waffe auf die beiden und legte zur Bekräftigung einen Finger auf meine Lippen.

»Ich weiß nicht, wer Sie sind, aber Sie müssen sofort wieder verschwinden. Dieses Mädchen ist schwer krank, die geringste Infektion könnte es töten.« Zum Wohle seiner Patientin ignorierte der Arzt sowohl den Revolver als auch meine Drohung. Das war eine lobenswerte Einstellung; noch dazu eine, die ihm die Gelegenheit verschaffen würde, seinen Arbeitsplatz einmal von der anderen Seite aus zu betrachten, falls er darauf beharrte.

»Ich möchte nicht auf Sie schießen, aber ich werde es tun, wenn Sie versuchen, mich zurückzuhalten«, versprach ich.

»Sie wovon zurückhalten? Wer sind Sie? Was wollen Sie?«, bohrte er nach.

»Nur ein Freund«, gab ich zurück. »Ich bin gekommen, um zu helfen.«

Ich ging zum Bett und schaute auf das erbarmungswürdige Häufchen Elend, das darin lag. Das Mädchen hatte die Bandagen nicht mehr nur an den Armen, sondern am ganzen Körper; dazu diverse Röhren, Schläuche, Drähte und Gurte. Sogar im Dämmerlicht des Zimmers wirkte sie bleich wie ein Geist und so dünn wie ein Pfeifenreiniger. Sie sah mich ebenso wachsam wie ängstlich an und in ihren Augenwinkeln sammelten sich Tränen.

»Hab bitte keine Angst, ich werde dir nichts tun«, beruhigte ich sie und nahm den Revolver aus ihrem Sichtfeld. »Ich heiße John. Und wie heißt du?«

Das Mädchen musste ein paarmal schlucken, bevor sie ihre Stimme wiederfand und endlich ihren Namen hervorstoßen konnte. »Wendy«, sagte sie, vor Anstrengung nach Atem ringend.

Wendy. Perfekt.

»Wendy, hör mir zu. Ich kann dir helfen, aber dafür musst du mit mir kommen«, erklärte ich, doch der Arzt trat ans Bett und meinte, ich solle nicht so ein Narr sein.

»Sie sind doch verrückt. Das Mädchen ist nicht transportfähig und Sie sind kein Arzt«, versuchte er an meine Vernunft zu appellieren. »Ich bezweifle ja gar nicht, dass Sie die besten Absichten haben, aber wenn Sie sie mitnehmen, wird sie sterben, so einfach ist das. Sie haben doch gar keine Ahnung, womit Sie es hier zu tun haben.«

»Und genau in dem Punkt irren Sie sich, Doktor«, widersprach ich. »Sie sind diejenigen, die keine Ahnung haben, womit Sie es hier zu tun haben, und Sie sind diejenigen, die Wendy umbringen werden. Ich weiß, was mit ihr nicht in Ordnung ist, und ich kann sie retten, aber nur, wenn sie mit mir kommt.«

Um das Gesagte zu unterstreichen, zog ich ein Taschenmesser aus der Hosentasche, machte damit einen Schnitt in meine Handfläche und schob die Hand unter Wendys Sauerstoffmaske. Der Doktor schnappte fast über, als er das sah. Er versuchte meine Hand wegzuziehen, also zog ich ihn mit dem Kolben meiner Waffe aus dem Verkehr und warnte die Schwester, dass ich mit ihr genauso verfahren würde, falls sie irgendwelche krummen Dinger versuchen sollte. Die Schwester wich in die hinterste Ecke des Zimmers zurück. Ich legte meine Hand wieder über Wendys Mund, woraufhin sie zuerst würgte und den Kopf wegdrehte, bis etwas von meinem Blut den Weg zwischen ihre Lippen fand. In dem Moment hörte sie auf sich zu wehren. Ein Schauer durchlief ihren gesamten Körper. Als habe dieser Schauer irgendeine Verwandlung bewirkt, zog sie plötzlich meine Hand zu sich heran, anstatt sie wegzustoßen. Sie leckte über meine Handfläche, begann zu saugen und schließlich gierig zu schlucken, bis mir vom Blutverlust ganz schwindelig wurde. Die Schwester, die alles mit ohnmächtigem Entsetzen beobachtet hatte, fing an zu weinen. Ich riet ihr, sich hinzusetzen und die Augen zu schließen, was sie bereitwillig tat. Wahrscheinlich war sie froh, diesem Albtraum zu entkommen. Sollte ich ihretwegen doch machen, was ich wollte. Ich ließ Wendy noch etwas länger trinken, damit sie wieder zu Kräften kommen konnte, bevor ich meinen Arm wegzog.

»Wie fühlst du dich jetzt?«, fragte ich und wickelte eine Mullbinde um meine Hand.

»Immer noch hungrig«, keuchte sie. Die Gurte, die sie vor einer Minute lang noch durch ihr bloßes Eigengewicht ans Bett gefesselt hatten, spannten sich.

»Wendy, wenn du mit mir kommst, kann ich mich um dich kümmern«, sagte ich. Ihre Unterlippe begann zu zittern und schon wieder schossen ihr Tränen in die Augen. Trotz der besonderen Nahrung, die ich ihr gerade gegeben hatte, war Wendy immer noch ein verwirrtes, verängstigtes und krankes kleines Mädchen; das durfte ich nicht vergessen. Und genau wie ihre arme verstörte Schöpferin würde sie das wohl auch noch ein paar Jahrhunderte lang bleiben. Natürlich wusste Wendy das alles noch nicht, und ich konnte es ihr auch nicht erzählen. Noch nicht. Aber bald würde ich es tun; wenn die Zeit gekommen war. Erst einmal musste ich ihr Vertrauen gewinnen.

»Wendy, weißt du, wer ich bin?« Ich ging um das Bett herum in den Lichtkegel der einzigen Lampe, die in einer Zimmerecke stand, sodass sie mich besser sehen konnte.

Wendy schüttelte den Kopf, dann wandte sie sich ab. Ich sagte ihr, sie solle noch einmal zu mir herüberschauen.

»Du kennst mich ganz bestimmt.« Ich zog mein linkes Bein hoch und stand nur noch auf dem rechten. Zuerst verstand Wendy nicht, doch als der Groschen fiel, hielt sie sich, wie ein paar Tage zuvor, die Hand vor den Mund.

»Oh mein Gott! Ich … ja. Ja, ich weiß, wer du bist«, sagte sie schließlich.

»Dann weißt du auch, dass ich dir nicht wehtun werde, oder?«

Wendy dachte kurz nach, dann sagte sie: »Ja. Ich weiß nicht warum, aber ich weiß, dass du mir nichts tun wirst.«

»Kommst du dann mit mir?«

Wendy atmete tief durch, nickte und ließ ein nervöses Lächeln sehen.

»Gut«, lächelte ich erleichtert zurück. »Dann lass uns gehen.«

Die Schwester war so freundlich, sich mit den Schläuchen und Drähten fesseln zu lassen, die ich von Wendy abpflückte. Der Arzt und der Polizist schliefen immer noch friedlich, sodass ich keine Notwendigkeit sah, sie weiter zu behelligen. Ich wickelte Wendy in eine Decke, nahm sie in die Arme und trug sie aus dem Krankenhaus, ohne dass irgendjemand auf die Idee kam, mir eine Frage zu stellen.

»Kannst du mir wirklich helfen?«, wollte Wendy wissen, als wir am Auto angekommen waren.

Das konnte ich ihr aufrichtig versprechen. »Ja. Wir können uns gegenseitig helfen.«

Gute Nacht und schlaft schön

»Und Rachel ist die ganze Zeit da drin geblieben?«, fragte Barry. Er machte ein paar Schritte zurück, damit der Sarg ein bisschen mehr Platz hatte.

»Das ist sie. Nachdem ich Wendy aus dem Krankenhaus gerettet hatte, habe ich sie nie mehr herausgelassen. Es wäre einfach zu gefährlich. Abends lese ich ihr immer etwas vor, manchmal mache ich auch das Radio an und lasse sie ein bisschen Musik hören. Aber am liebsten hat sie Bücher; Fantasy und Abenteuergeschichten, ein kleines bisschen Science Fiction und ab und zu immer noch Peter Pan, sogar nach dreißig Jahren.«

Fast hörte man die Spannung in der Luft knistern, als die Jungen – oder zumindest drei von ihnen – den Zedernsarg mit ihren Augen verschlangen und versuchten, sich das Mädchen darin vorzustellen. Da sie ihre Kindheit mit X-Stations und Boygames verschwendet hatten, gelang ihnen das leider nicht; deshalb fragte Farny, ob ich den Deckel vielleicht abschrauben würde, damit sie einen Blick auf Rachel werfen könnten.

»Klar, kein Problem«, antwortete ich. »Falls es euch nichts ausmacht, dass sie das Letzte ist, was ihr je sehen werdet.«

»Was soll'n das heißen?«

»Er meint, dass sie uns umbringen wird«, übersetzte Barry.

»Oh.« Farny nickte, dann fragte er: »Nicht mal ganz kurz?«

Ich lächelte nur und Colin stellte eine naheliegende Frage: »Wie lange wollen Sie sie denn noch da drin lassen? Ich meine,

Sie sind doch ein alter Mann. Sie können nicht für immer auf sie aufpassen.« Dann wurde er rot. »Tut mir leid, ich wollte Sie nicht beleidigen oder so. Ich meine, von wegen dem alten Mann.«

Ich zwinkerte Colin zu. »Du hast schon recht, ich bin ein alter Mann, und daran kann ich leider nichts ändern. Nun, ich werde sie da drin behalten, bis sie ihre Lektion gelernt hat, vielleicht noch so zehn oder zwanzig Jahre. Im Vergleich zu früher hat sie sich schon sehr gebessert, aber sie kann immer noch ganz schön anstrengend sein.« Liebevoll tätschelte ich den Sargdeckel. Barry wollte es mir nachmachen, aber ich warnte ihn, nicht zu nahe heranzugehen. Nicht um diese Zeit. Rachel war manchmal empfindlich, was Fremde anbelangte. Barry wich zurück und schaute die anderen an. Farny grinste.

»Und was ist mit Wendy?«, fragte Colin. »Wo ist sie? Ist sie auch hier drin?« Seine Augen suchten die Haufen und Stapel von altem Kram nach einem zweiten Sarg ab, doch leider hatte ich nur diesen einen. Manche Leute würden sagen, das sei durchaus genug für einen Reihenendhaus-Bungalow mit zwei Schlafzimmern, aber wahrscheinlich hatte ich die Latte heute etwas höher gelegt.

»Nein, Wendy ist hier nirgends. Sie wohnt nicht mehr bei mir. Sie ist schon vor langer Zeit von zuhause ausgezogen, aber manchmal schaut sie noch vorbei.«

»Und ist sie noch ein Vampir?«, fragte Barry.

»Oh ja, das ist etwas, das man nie mehr loswird. Man kann es unter Kontrolle bekommen und gerade so viel trinken, dass man überlebt, aber man kann nie wieder ein Mensch werden.« Und genauso war es bei Wendy. In den ersten Wochen hatte ich sie mit Kuhblut und einem Bett aus frisch aufgeschütteter Erde gesund gepflegt, aber das Schwierigste war die Vorbereitung auf ihr zukünftiges Leben gewesen. Es hatte eine Menge Tränen und Verzweiflung gegeben, sogar den Wunsch, allem ein Ende zu machen, doch schließlich hatte ich es geschafft.

Oder vielmehr mein Alter Ego. Als ich mich nach gut vier Wochen verwandelt hatte, war Wendy die ganze Nacht über bei mir geblieben, hatte mich beruhigt, getröstet, und nicht zuletzt selbst Trost in diesen Stunden als Werwolfflüsterin gefunden. Am nächsten Morgen, als ich mich wieder in einen Menschen verwandelte, fand ich auch Wendy verwandelt vor.

»Danke, John«, sagte sie, und zog mich in eine Umarmung, die fast den ganzen Morgen dauerte.

»Wo ist sie jetzt?«, wollte Colin wissen.

»London. Sie ist sehr gefestigt, besorgt sich ihr Blut größtenteils aus Blutbanken und von freiwilligen Spendern. Es gibt ein paar Leute, die wissen, was mit ihr los ist, und gerne ihren Beitrag leisten, wenn sie dadurch Leben retten. Wendy kommt gut zurecht, sie hat Freunde und führt ein ganz zufriedenes Leben. Ich sehe sie nicht so oft, wie ich gerne möchte, aber so geht es wohl den meisten Eltern, oder?« Sogar Ersatzeltern wie mir, hätte ich hinzufügen können, aber das konnten sich die Jungs wohl selber denken. »Sie kommt auch deswegen nicht oft, weil sie nicht gern in der Nähe ihrer Mutter ist«, sagte ich und wies auf Rachels Sarg.

»Ach, sie war ihre Mutter?« Farny kratzte sich verwirrt am Kopf.

»Nur ihre Vampirmutter, wenn du weißt, was ich meine. Sie hat sie erschaffen, aber die beiden vertragen sich nicht. Rachel tötet gerne. Wendy nicht«, erklärte ich. Hatte nicht jede Familie ihre Probleme?

»Also tötet sie überhaupt nie niemanden?« Farny war offensichtlich empört, dass es so etwas wie pazifistische Vampire auf der Welt geben sollte und er noch nie etwas von ihnen gehört hatte.

»Doch, Wendy tötet schon gelegentlich, wenn sie meint, dass es nötig ist. Manchmal treibt sie sich im Dunkeln auf Spielplätzen herum, wenn alle anderen Kinder nach Hause gegangen sind, und steigt zu fremden Männern ins Auto. Sie hat kein Problem damit, am Rand der Gesellschaft zu knabbern.

»Krass. Respekt.« Colin machte eine Geste mit der linken Hand, wie ich sie manchmal machte, wenn die Arthritis mich plagte. Ich sah zu Tommy hinüber, der während meiner letzten Geschichte und der anschließenden Fragestunde ungewöhnlich still geblieben war, und fragte mich, ob ich endlich auch zu ihm hatte durchdringen können. Tommy bemerkte meinen Blick, lehnte sich aber nur mit verschränkten Armen gegen den Türrahmen, starrte ins Leere und biss sich auf die Zunge. Dann schnaubte er, sah auf seine Uhr und meinte zu den anderen, es sei Zeit zu gehen.

»Es ist nach Mitternacht. Wir kriegen ganz schön Dresche, wenn Dad merkt, dass wir uns wieder rausgeschlichen haben«, wandte er sich an Barry. Aber Barry war die Dresche egal. Immerhin stand er gerade vor einem Sarg mit einem echten Vampir, um den sich ein Serienmörder-Werwolf kümmerte, der mit Geistern sprechen konnte. Wen interessierte noch die Dresche, wenn das Leben so aufregend war?

»Kapierst du's denn immer noch nicht? Das ist alles Schwachsinn!«, fauchte Tommy plötzlich. »Der ganze Kram. Nichts als totaler Scheiß! Und ihr Idioten glaubt ihm auch noch. Das ist echt nicht zu fassen.«

»Aber wir haben sie gesehen, weißt du nicht mehr? Sie hat sich bewegt, als wir reingeguckt haben«, gab Colin zu bedenken.

»Er hat da irgendeine Puppe drin oder so was, die an Fäden festgemacht ist. Verdammte Scheiße, habt ihr etwa noch nie *Scooby Doo* gesehen?« Tommy stürmte zum Sarg und trat ihn von seinem Stützbock. Die Zedernbretter knirschten, und einen furchtbaren Moment lang dachte ich, er würde auseinanderbrechen, aber er stammte zum Glück aus einer Zeit, in der noch Qualitätsarbeit abgeliefert wurde.

Colin, Farny und Barry erschraken fast zu Tode und wollten schon die Flucht ergreifen. Tommy lachte nur. »Was seid ihr alle für Pussies! Werdet doch endlich mal erwachsen.«

Er zeigte mit dem Finger auf mich. »Und was dich betrifft: Deine Werwölfe und Vampire und Dämonen kannst du dir in den Arsch schieben, Alter. Und mach dir keine Sorgen, ich komme bestimmt nicht wieder. Aber nicht, weil du irgendein Monster bist oder so, sondern weil du ein langweiliger alter Sack bist und ich die Schnauze voll habe. Scheiß-Victoria-Kreuze und Peter Pan. Du solltest dir mal deine Scheiß-Birne untersuchen lassen, du alte Vogelscheuche, du bist nämlich total irre!«

Damit drehte Tommy sich um, stampfte durch den Flur und knallte die Haustür.

Er hielt mich für verrückt. Er hielt mich für einen Aufschneider. Er hielt mich für langweilig. Und er würde nicht mehr zurückkommen.

Das reichte mir vollkommen aus.

Farny und Colin machten sich jetzt auch auf den Weg, tanzten nach Tommys Pfeife und taten meine Geschichten als »eine Ladung Bullshit« ab, wahrscheinlich um sich bei ihrem Anführer beliebt zu machen. Nur Barry blieb noch zurück. Er sah zu, wie ich Rachel wieder auf den Rücken drehte und ignorierte die ungeduldigen Rufe seines Bruders. Es gab noch etwas, das er loswerden wollte.

»Mr. Coal?«

»Ja, Barry?«

Er blickte zur Tür, um sicherzugehen, dass keiner von den anderen zurückgekommen war und ihn hören konnte. Dann beugte er sich zu mir und flüsterte: »Ich glaube Ihnen.«

Barry warf einen letzten Blick auf Rachels Sarg und ging zur Tür. Bevor er verschwunden war, rief ich ihn noch einmal zurück und dankte ihm für sein Vertrauen.

»Und übrigens: Du kannst ruhig John zu mir sagen.«

Die Monster sind unter uns

Bemerkenswerterweise machten mir die Jungs danach nie wieder irgendwelche Schwierigkeiten. Meine Milch blieb in den Flaschen, meine Mülleimer blieben auf ihrem Platz und die Hundescheiße der Nachbarn blieb auf dem Bürgersteig vor der Pommesbude, also genau da, wo meine Nachbarn sie hinterlassen hatten. Alles war wieder wie früher.

Aber das Bemerkenswerteste war, wie ich begrüßt wurde, wenn ich einen der Jungs an der Straßenecke traf. Kein Gejohle, keine Pfiffe oder Beschimpfungen mehr, wie ich sie fast ein Jahr lang hatte ertragen müssen; stattdessen begegnete mir Höflichkeit und sogar Humor.

»Hey, John, heute schon jemanden gefressen?«, rief Colin, wenn ich mit einem Stück Dachrinne oder einem halben Dutzend Ziegelsteine vorbeikam, die ich aus einem Schutthaufen gerettet hatte.

»Nur ein paar Zeugen Jehovas, verdammte Missionierer, war kaum was dran«, antwortete ich zur allgemeinen Erheiterung. Sogar die Kids, die in jener Nacht gar nicht dabei gewesen waren, lachten und imitierten ein Wolfsgeheul. Vermutlich hatte sich meine »Geheimidentität« herumgesprochen, aber das machte mir nichts aus. Nach Jahren der Abgeschiedenheit genoss ich es, ein wenig sozialen Kontakt zu haben, auch wenn es nur mit den örtlichen jugendlichen Kleinkriminellen war.

»Hallo John«, winkte Barry von seinem Kinderzimmerfenster, wann immer ich vorbeiging.

»Alles klar, Alter«, rief Farny, wenn er auf seinem Fahrrad an mir vorbeiraste.

Und offensichtlich hatte mein Ruf sich in der Stadt verbreitet, denn eines Tages halfen mir zwei junge Burschen, die ich noch nie im Leben gesehen hatte, die Einkaufstaschen nach Hause zu tragen, und ein pickeliges Jungchen mit Rotznase klopfte an meine Tür und bot mir ein Autoradio zum Kauf an, das er nicht mehr gebrauchen konnte.

Es war ein völlig neues Lebensgefühl.

Natürlich war Tommy immer noch nicht mein bester Freund, aber er machte mir auch nicht mehr das Leben schwer. Er ignorierte mich schlichtweg, wenn ich ihm einen guten Morgen wünschte, oder verzog den Mund zu einem sarkastischen Grinsen, wenn ich vorbeikam, doch das war auch schon alles. Wahrscheinlich meinte er, ich hätte ihn lächerlich gemacht, als ich ihn in meinem Keller eingesperrt hatte, und außerdem gefiel ihm nicht, wie seine Freunde sich auf meine Seite geschlagen hatten, wenn auch nur für ein oder zwei Stunden. Das waren große Hürden für so junge Beine und Tommy kam einfach nicht darüber hinweg. So dachte man wohl, wenn man jung war. Wenigstens nahm ich das an. Es war schon zu lange her und ich konnte mich kaum noch erinnern, aber auch in meiner fernen Vergangenheit hatte es bestimmt so manche Schmach und Erniedrigung gegeben, da war ich mir sicher. Abgesehen davon stand Tommy zu seinem Wort und hatte mich seit jener Nacht in Ruhe gelassen. Ich hielt das für ein Zeichen des Respekts, besonders von jemandem wie Tommy.

Von mir aus hätte es ruhig so weitergehen können. Ich konnte mich nicht erinnern, je zuvor ein so zufriedenes Leben geführt zu haben. Doch ein unerwartetes Klopfen an der Tür veränderte alles – wie es eben oft so ist mit dem Unerwarteten.

Vor meiner Tür stand ein Mann mit rasiertem Kopf, den ich nicht kannte. Er trug ein Fußballtrikot und Jogginghosen. Ich dachte, er sei gekommen, um nach seinem Ball zu fragen, aber stattdessen packte er mich am Hals und schubste mich ins Haus.

»Du dreckiger Pädophilen-Abschaum!«, brüllte er, warf mich auf den Boden und trat mir ins Gesicht, bevor ich überhaupt fragen konnte, was er für ein Problem hatte. »Wenn du meine Kinder noch mal anfasst, dann bringe ich dich verdammt noch mal um, du krankes Arschloch!«

Ich hob die Arme, aber er war zu groß und zu schwer, um ihn abzuwehren. Er trampelte auf mein Gesicht, trat mir in den Magen, stampfte auf meine Brust und deckte den Rest meines Körpers mit Schlägen seiner tätowierten Fäuste ein. In der Kampfkunst des Zusammenschlagens von Rentnern kannte er sich offensichtlich aus. Ich hatte keine Chance.

»Perverser! Du verdammtes Tier!«

Das wäre wohl alles gewesen, wenn in diesem Augenblick nicht Tommy hereingestürzt wäre, den kahlrasierten Mann von mir weggezogen und ihn angefleht hätte, mich in Ruhe zu lassen.

»Dad, nicht, er hat uns gar nichts getan, ehrlich, bitte, lass ihn einfach.«

Doch der Glatzkopf schlug jetzt auf Tommy ein und brüllte ihn an, dass er nicht mehr sein Sohn wäre, sondern ein »beschissener Schwuler«, der zugelassen hätte, dass sein kleiner Bruder »von dieser alten Vogelscheuche gefickt wird«. Tommy stritt alles ab, sogar als er selbst am Boden lag. Er beharrte darauf, dass ich niemanden angerührt habe, am allerwenigsten Barry, und dass ich ihnen nur Gruselgeschichten erzählt hätte.

»Hältst du mich für dämlich oder was? Meinst du, ich bin gerade mit dem Bananenboot aus Scheiß-Bananenland gekommen? Ich weiß, wie solche perversen Schweine wie der hier ticken. Abknallen sollte man die ganze verdammte Bande. Meine Scheiß-Kinder anzubaggern!«

»Er hat uns nicht angebaggert, Dad, ehrlich!«

»Du bist eine verdammte Schande!«, stellte Dad fest, und wäre er ein Mann gewesen, der weiß, wie man einen Gürtel trägt, hätte er uns zweifellos beide damit verprügelt. Aber Tommys Dad war ein aufrechter Gummizugband-Mann, der sich mit dem Einsatz von Fäusten und Füßen begnügte. Er schlug und trat so lange auf Tommy und mich ein, bis ich nichts mehr spüren konnte.

Die Ironie der Situation war mir nicht entgangen, und wäre ich noch dazu in der Lage gewesen, hätte ich wohl ein unvollständiges Grinsen dafür übrig gehabt. Ich hatte den Jungen Geschichten von Werwölfen, Geistern, Dämonen und Vampiren erzählt ... Aber wer waren die wirklichen Monster um sie herum? Meine Geschichten mussten ihnen geradezu harmlos vorgekommen sein. Der arme Tommy. Er hatte nie eine Chance gehabt.

Endlich hatte ich das verstanden.

Und das war es. Ein letzter Tritt ins Epizentrum meiner Gedanken, dann nichts mehr.

Vor mir stand Alex. Er musste wohl schon eine ganze Weile dort gestanden haben, denn er schien mit seiner Weisheit am Ende, raufte sich die Haare und schrie mich an, ich solle aufstehen.

»Komm doch, John, bitte, steh auf! Beweg dich! Ich weiß, dass du mich hören kannst. Steh doch auf. Steh sofort auf!«

»Alex?«, murmelte ich. Ich wollte mich aufstützen, damit ich ihn besser sehen konnte, aber meine Arme fühlten sich schwer wie Blei an. »Was ist los?«

»Du bist nicht im Keller, John. Schnell, du musst in deinen Keller zurück. Los, John, beweg dich!«

Ich wusste nicht, wo ich war oder was hier passierte, und wenn ich versuchte, den Kopf zu heben, drehte sich mir sofort der Magen um. Trotzdem wollte Alex unbedingt, dass ich aufstand.

»John, bitte hör mir zu, du musst sofort in deinen Keller. Du musst aufwachen. Los, John, du schaffst das. Mach die Augen auf. Mach bitte die Augen auf!«

Ich wusste, dass es ernst war, denn abgesehen von der einen zweifelhaften Anspielung hatte Alex mich in den dreißig Jahren unserer Freundschaft nie hängen lassen, also ballte ich meine ganze Konzentration in einem einzigen Punkt zusammen und – öffnete meine Augen.

Stille.

Alex war weg. Genauso wie Tommy und sein Dad. Ich lag alleine auf dem Fußboden in meinem Flur im Dunkeln. Von nebenan hörte ich meine antike Tischuhr Mitternacht schlagen. Nur ein paar Meter vor mir sah ich die offene Kellertür.

Oh Gott, Alex hatte recht, die Zeit war fast gekommen und ich war außerhalb meines Kellers.

Ich versuchte, meine sichere Zuflucht kriechend zu erreichen, doch jede kleine Bewegung verursachte mir höllische Schmerzen. Mehrere Rippen schienen gebrochen zu sein und mein Gesicht klebte mit Blut am Teppich fest. Ich war noch keinen Zentimeter vorwärtsgekommen. Trotzdem durfte ich nicht aufgeben. Ich musste die Tür erreichen.

Doch es war schon zu spät. Mein Körper fing an zu brennen und die Kleidung fiel in Fetzen von mir ab. Oh Gott, bitte, das durfte nicht sein. Nicht so. Nicht hier. Nicht jetzt. Aber Gott hatte mich fast siebzig Jahre lang ignoriert und er sah keinen Grund, meine Gebete jetzt zu erhören.

Zwei Reihen Raubtierzähne brachen durch mein Zahnfleisch und füllten das riesige Maul. Scharfe Klauen sprossen aus jedem meiner dicken, kraftvollen Finger, während meine Handflächen auf die Größe von Bratpfannen anwuchsen. Plötzlich verschwand auch der Schmerz. Meine Blessuren verblassten zu Erinnerungen und meine Invalidität war vergessen, als ich mich zu voller Größe aufrichtete und mit der Schnauze die Deckenleuchte zerbrach. Ich merkte es nicht einmal.

Mein Verstand war nur noch ein Nebel aus Gedankenfetzen und Emotionen, doch meine Sinne waren rasiermesserscharf. Ich konnte das tote Huhn riechen, das mein Wärter für mich in den Keller gelegt hatte – aber hinter der dünnen Tür vor mir gab es frisches Fleisch – jede Menge davon, und noch war es ahnungslos. Meine Entscheidung war längst gefallen, aber falls ich nach all den Jahren, die ich an die Leine gelegt worden war, noch Zweifel gehegt hätte, so war da immer noch Rachel. Aus dem Nebenzimmer, unter dem staubigen Sargdeckel aus Zedernholz, hörte ich sie rufen.

»Na los, John, worauf wartest du noch? Du weißt, was du tun musst, also tu es endlich! Töte sie! Töte sie alle!«

-ENDE-

Begriffserklärungen

Tyburn – Das Dorf Tyburn war jahrhundertelang durch Londons wichtigsten Galgen für öffentliche Hinrichtungen berüchtigt. Tyburn tauchte in vielen spöttischen Redensarten auf, die sich auf die Todesstrafe bezogen. Wen dieses Schicksal erwartete, der »machte eine Fahrt nach Tyburn«

Shandy – ein Shandy ist ein Mischgetränk aus Bier und Limonade, wie z.B. das deutsche »Radler«

LUZIFER
VERLAG